1781

Whitley Strieber

UNHEILIGES FEUER

ROMAN

Aus dem Amerikanischen von
Christel Wiemken

Hoffmann und Campe

Titel der Originalausgabe: »Unholy Fire«
Erschienen im Verlag Dutton
(Penguin Books USA, Inc., New York, N.Y.)

Die Deutsche Bibliothek – CIP Einheitsaufnahme

Strieber, Whitley:
Unheiliges Feuer : Roman / Whitley Strieber.
Aus dem Amerikan. von Christel Wiemken.
– 1. Aufl. – Hamburg : Hoffmann und Campe, 1994
ISBN 3-455-07497-9

Deutsche Ausgabe:

Schutzumschlaggestaltung: Lo Breier/Kai Eichenauer
Gesetzt aus der New Caledonia
Satz: Utesch Satztechnik GmbH, Hamburg
Druck- und Bindearbeiten: Offizin Andersen Nexö, Leipzig
Printed in Germany

Und Satan wird befreit werden aus seinem Grabe, und er wird umgehen und großen Schaden tun. Aber sie werden blind sein vor seinen Werken und sich ihrer erfreuen, bis die Wasser des Himmels kommen und ihnen die Augen waschen, und wenn sie sehen, was ihnen geschehen ist, wird große Furcht sein unter ihnen.

Theologium Ioannes, Sechstes Buch

NACHTSPUK

Es war das Gelächter, das sie rennen ließ, mehr als die Dunkelheit, mehr als der gleitende Schatten.

Die Luft strich wie kalte Seide über ihr Gesicht. Sie hörte ihre Füße auf das Pflaster trommeln, spürte, wie der eisige Wind in ihre Lungen drang. Sein schwererer Schritt trieb sie vorwärts; sie wußte, daß er aufholte. Natürlich war sie eine verdammte Närrin gewesen; sie hätte sich ein Taxi bestellen sollen.

Innerlich wütete sie gegen den Mann, der es wagte, ihr diese Angst einzuflößen. Aber sie hatte ein Recht auf die Schönheiten der Nacht. Außerdem würde die Party überlaufen sein – heiß und stickig und intensiv. Melanie hatte sie als das Ende des Clubs angekündigt, als die Letzte Party. Und das war sie auch – Krankheit hatte den Mut der Schlimmen untergraben.

Sie hatte vorgehabt, sehr spät und eiskalt einzutreffen.

Sie bog in die Charles Lane ab, gelangte in die Dunkelheit der Lagerhäuser. Selbst in der eiskalten Luft roch man die Erinnerungen an Fleisch und Gewürze, an Dinge, die auf Gestellen in den alten Gebäuden lagerten, in denen am Tage kräftige Männer ihren Geschäften nachgingen. Jetzt war alles braun und grau und mit stählernen Rolläden verschlossen. Eine Laderampe, krank vor Fäulnis, säumte eine Seite der Straße. An der anderen wurde Müll entlanggeweht, raschelte an einigen Autos vorbei, geparkt oder aufgegeben.

Sie drehte sich um, duckte sich hinter einen verrosteten Chevy Camaro. Hinter ihr war nichts als der Wind. Aber war das wirklich alles – der Umriß eines nackten Fensters, der in einer durchlöcherten Dachrinne lachende Wind? Sie richtete sich auf.

Der Schatten ragte riesig empor, füllte die Straße, und das Gelächter erfüllte sie, ließ ihre Muskeln, ihre Knochen und sogar ihr Blut erbeben. Sie machte kehrt und rannte wie eine verängstigte Katze, umflattert von ihrem teuren und strategisch fatalen weißen Hermelin, dessen leichte Berührung ihre Wangen kitzelte.

Er war da, oh ja. Er. Sie konnte seine erzwungenen Küsse fühlen, sein brutales Eindringen spüren. Ihre Beine wollten sie nicht tragen, ihre Füße fanden keinen Halt auf den frostglatten Pflastersteinen. Sie sprang auf die Laderampe. Gott, wenn sie doch nur eine Waffe hätte. Nur eine kleine Pistole, nichts Großes. Dann würde sie stehenbleiben, würde sich umdrehen, würde sie in diese dunkle Gestalt leeren. Vergewaltigung ist nicht Sex. Vergewaltigung ist Wut über Sex.

Jeder Polizist: Du warst um drei Uhr nachts unterwegs, du mußtest damit gerechnet haben. Nein, ich war aus auf den Mond in den Winterschatten, auf das Mysterium eines einsamen Lichts im Fenster eines Hochhauses. Ich wollte die lange Stimme des Windes genießen. Ich wollte die Kälte auf meinem Gesicht spüren. Ich wollte mich mollig warm fühlen in meinem schönen Mantel, oh Gott, hilf mir, hilf mir jetzt!

Dicht hinter ihr grunzte er, sein schwerer Körper kam näher. So viel zu dem Schatten, dem Hauch des Unbekannten: Dies war ein harter, angestrengt keuchender Mann.

Der Geheimclub war irgendwo in der Nähe. Einerlei, wie die Party verlief, der Eingang blieb unsichtbar.

Wo bist du, Melanie, die ich in meiner Jugend geküßt habe? Wo seid ihr, Freunde, von denen ich mich trennte? Wo…

Ein Licht flackerte hinter ihr: ein Streichholz. Er hat ein Streichholz angezündet. Weshalb? Es war hell genug zum

Sehen. Sie drehte sich um und war wie gebannt von der bösen Blüte.

Sobald sie den langen schwarzen Mantel sah, den breitkrempigen Filzhut, wußte sie, daß dies kein gewöhnlicher Vergewaltiger war. Und es war auch kein gewöhnliches Streichholz. Er stand da, hielt es zwischen den Fingern – eine haßerfüllte, flammende Rose aus weißem Feuer.

Als die Flamme erlosch, hatte sie sich an das Licht gewöhnt und sah ein flackerndes Bild seines Gesichts.

Sie schrie, es war der fassungslose Aufschrei einer zutiefst entsetzten Frau. Die hellen, vorstehenden Augen, der Mund – sie waren sinnlich, monströs begierig.

»Nein«, flehte sie, »nein!«

Das Streichholz machte *paff* und wurde zu einer Fackel, hoch und grell, sie erfüllte die Straße mit dem Widerschein ihrer Flammen. Sie konnte sich nicht rühren, war völlig erstarrt. Er stand da, ernst wie ein Bischof, und hielt seine Fackel hoch.

»Und immer, Frau, ist es dein Schicksal, verbrannt zu werden in der verheerenden Welt.«

Was für eine Stimme war das, wie das Rascheln von Blättern im Wind, mit dem Anklang der klammen Bedrohung durch das Nicht-völlig-Menschliche?

Sie hätte abermals geschrien, aber die Fackel segelte plötzlich auf sie zu, zischte durch die Luft, beschrieb einen grellen weißen Bogen; und er hatte ein Gesicht, er hatte einen Namen, der war Luzifer, und sie hörte ihn sagen *»do wop«*. Seine Stimme war leise und langsam und überaus bedrohlich.

Die Fackel explodierte auf den Pflastersteinen, und sie mußte beiseitespringen. Sie kämpfte gegen den Drang, aufzugeben und ihrem Bedränger mit den Fingernägeln gegenüberzutreten.

Du wirst den Kampf nicht gewinnen; wenn du nicht weiterrennst, wirst du vergewaltigt oder Schlimmeres. Das ist Realität, Maria Julien, das ist absolute Wirklichkeit.

Sie machte kehrt und klapperte davon, hochmodische Schuhe auf der verrotteten Laderampe.

Er war jetzt so nahe, daß sie seinen Atem hören konnte. Ein Blick über die Schulter brachte ihre Nase mit dem wehenden weißen Pelz in Berührung, und sie dachte wütend, daß sie schön sein mußte in der Nacht. Unvorstellbar schön.

Er war eine dunkle Gestalt... mit diesem Gesicht. Ein erkältender Schmerz wie von einem heftigen Schlag durchfuhr sie und ließ sie stolpern. Das hatte sie nicht gesehen, nein, nicht eine Fratze, nicht dieses nasse, speichelnde...

Von Kindheit an hatte sie in Schweiß und Entsetzen von dem fremden Mann geträumt, der sie verfolgte, aber *dieses* Gesicht blieb verschwommen.

Sie wagte nicht, sich noch einmal umzusehen. Es mußte Einbildung gewesen sein.

»Wo ist es, großer Gott, wo ist es?« Das Entsetzen hatte ihr Tränen in die Augen getrieben, die jetzt gefroren und ihren Blick trübten. Sie wischte sie weg, sie konnte sie sich nicht leisten, nicht jetzt.

Sie stöhnte, lauschte den inneren Belehrungen: Es ist nicht meine Schuld, die Vergewaltigung ist nicht die Schuld der Frau!

Wenn dies Vergewaltigung war. Irgend etwas daran – das Feuer, das Gesicht des leibhaftigen Teufels – gehörte tief drinnen zu ihr, zu dem Leben, das sie jetzt führte. Sie konnte ohne weiteres glauben, daß dieses Ding hinter ihr aus dem Loch aufgestiegen war, das nach unten führt.

Aber das war Aberglaube, oder etwa nicht? An den Teufel glauben, heißt, ihn erschaffen. Sie glaubte nicht an ihn, natürlich nicht. Er war Entropie, nicht mehr, das Fallen des Weizens, nicht mehr. Er war nicht hinter ihr.

Noch eine schwarze Metalltür, diesmal ohne Griff. Sie versuchte, sich ein Jahr zurückzuerinnern, als sie zum letzten Mal hiergewesen war. Andy Webb, Laura Walker, jetzt tot, die damals Silberlamé getragen hatte, so still, so fern, so… eingesunken. »Wo ist die verdammte Tür, Melanie?«

Hinter ihr, klapp, klapp, das Tappen von Schuhen auf Holz. »Mach, daß du wegkommst!« schrie sie.

Ihre Priester würden von ihr erwarten, daß sie betete.

Ganz plötzlich schloß sich ihre Hand um einen vertrauten Knauf. Die Tür war dieselbe wie immer, groß und rostig und durch nichts gekennzeichnet. Im allgemeinen ließen sie sie unverschlossen. Clam, Melanies Rausschmeißer, nahm sich jeden vor, der nicht dazugehörte.

Maria glitt hinein, zog die Tür hinter sich zu. Vom Fuß der Treppe kamen blaues Licht und das langsame Trommeln von Musik. Dies war kein Rockclub, dies war kein Jazzclub. Etwas weitaus Esoterischeres ging hier vor sich. Sie ging hinunter, ihre Absätze klickten auf den Steinstufen.

Sie hörte, wie hinter ihr die Tür geöffnet wurde. Also hatte er gesehen, daß sie hineingegangen war. Verdammt. »Hol Clam«, sagte sie, als sie auf Melanie zuging. »Ich werde von einem Spinner verfolgt.«

Clam kam, der ehemalige Sumo-Ringer. Er hatte Muskeln wie harte Butter. Offenbar hatte der Verfolger ihn auch entdeckt, denn als er nachsehen ging, war niemand auf der Treppe.

»Jesus, Gott, ich wäre beinahe umgebracht worden.« Das Feuer flackerte noch immer in ihren Augen. *Do wop?*

Melanie nahm sie in die Arme. Die Welt der Nacht ist nicht groß, es gibt nur wenige Leute, die Orte wie den Geheimclub kennen.

Melanie bot ihr ein paar Tabletten an. »Küchenschaben«, sagte sie.

»Hübscher Name.«

»Ich weiß nicht, was sie bewirken.«

»Ich bin nicht in der Stimmung für ein Abenteuer. Und ich nehme keine Drogen mehr.« Der Anblick dieses Gesichts schwebte im Mittelpunkt ihres Bewußtseins, und sie konnte sich nicht einmal vorstellen, wie es pharmakologisch übersteigert aussehen mochte. »Ich brauche etwas zu trinken. Ich möchte mich hinsetzen.«

»Komm hier herüber, Baby.«

»Hi, Maria«, rief ein Mann in schwarzer Seide. »Wie geht es deinen Priestern?« Seine Stimme klang spöttisch.

»Scher dich zum Teufel, Louie«, erwiderte sie liebenswürdig.

»Ich brauche eine heilige Kommunion. Ich möchte sie in einem meiner Bilder verwenden.«

»Sie wäre fast vergewaltigt worden«, flüsterte Melanie, während sie riesige Kissen zusammentrug. Daraufhin machten Leute Platz für sie, drückten ihr Mitgefühl aus.

Sie sank in die Kissen.

»Eine Beruhigungspille?« fragte Leila Griffiths-Gordon.

»Nein, danke. Nichts. Vielleicht ein Bier. Melanie, hast du irgendwelches Bier?«

Jemand reichte ihr eine Flasche Budweiser, halb voll. Sie trank einen großen Schluck. Sie wollte nicht hier sein, sie war hereingeweht worden wie ein Blatt, das vor dem Wind herfliegt. Sie gehörte nicht mehr an Orte wie diesen. Die Dichte der Erinnerungen hatte sie angezogen, die Einladung mit dem dunklen, unbeschreiblichen Porträt von Melanie und ihren Versen. Früher wäre sie von einer solchen Einladung, einer solchen Party begeistert gewesen.

Dann hörte sie das Gelächter.

»Was ist das?«

»Du meinst das Schlagzeug?«

»Nein. Nichts.«

Sie hatte so viele Gründe, sich selbst zu hassen, so viel Versagen. Aber jetzt war sie ein neuer Mensch; das ziellose, nutzlose Leben, das sie geführt hatte, lag hinter ihr. Sie war zu einsam gewesen, zu reich, zu sehr mit sich selbst beschäftigt. Jetzt schien das alles nur noch aus Stanniol und Rauch zu bestehen. In ihrer neuen Welt wurde sie gebraucht.

Sie beruhigte sich ein wenig. Hier war es warm, hier gab es eine Menge Sympathie, ein Gefühl der Sicherheit.

Sie schauderte, stieß langsam den Atem aus, ließ das Entsetzen durch ihre Nase, ihre Poren entweichen. Sie öffnete ihre Ohren der Musik.

Die Schlagzeuger waren seit zehn am Werk. Jetzt war es drei. Sie betrachtete ihre nackten, arbeitenden Körper. *Drums at the Edge* nannten sie sich. Da waren Leute, die seit Stunden getanzt hatten, völlig versunken. Dies war kein Ort des Amüsements, sondern der Meditation. Maria stand auf und drehte sich, ließ ihr leichtes Kleid um ihren Körper wirbeln. Als sie stehenblieb, kam ein Mann herbei, berührte ihr Gesicht.

»Du bist großartig«, sagte er. Er war schweißgebadet, die Haut seines Gesichts spannte. Sie war zu straff geliftet. Seine Augen funkelten, die Pupillen winzig von Drogen.

»Ich bin ein Engel«, sagte sie. »Laß mich dir helfen.«

»Dann töte mich.«

Früher hätte sie gelacht, aber jetzt versetzte ihr sein Verlangen einen Stich ins Herz; es war durchaus möglich, daß er es ernst meinte.

Melanie trat zwischen sie. »Ich bin so froh, daß du zurückgekommen bist«, sagte sie. Melanie war zweifellos froh; Maria Julien war ein begehrter Gast gewesen an Orten wie diesem.

»Der offizielle letzte Tag ist morgen, aber da kommt niemand mehr«, sagte Melanie. »Das war's dann wohl.« An den Rändern ihrer Augen hingen Tränen. »Schönheit weint.«

»Was wirst du tun?«

»In meine Wohnung gehen und meine Papiere durchsehen. Du kannst dir nicht vorstellen, wieviel Papier sich in zehn Jahren im Clubgeschäft ansammelt.« Sie sah sich um, aus ihren Augen blitzte Wut. »Vorwiegend Steuerkram.«

»Du hast Steuern bezahlt?«

»Wenn ich es getan hätte, gäbe es jetzt keine Probleme.«

Solche Probleme kannte Maria kaum. Sie war reich geboren, ihre Eltern waren beide tot, sie war allein mit ihrem Geld.

Vor kurzem hatte sie sich in mancher Hinsicht geändert. Da war ein Gefühl des Verfliegens gewesen, der verpaßten Gelegenheiten. Sie hatte Tod gesehen, Freunde, die kahl und mager wurden und vierzig Grad Fieber hatten.

Sie hatten die Randbereiche der Liebe erkundet, ohne zu ahnen, daß sie gleichzeitig die Randbereiche des Lebens erkundeten. In diesen dampfendheißen Räumen, umgeben vom Gewimmel der anderen, dachte niemand an die letzten Dinge.

Menschliches Leben ist immer eine ernste Sache. Die Partylampe mochte fröhlich schaukeln, aber sie schaukelt im Wind, und das Stückchen Folie auf dem schmutzigen Fußboden am Morgen erzählt die Wahrheit.

Sie hatte für das Schulorchester Uniformen gekauft, ein Stipendium gestiftet, jeden Sonntag für Blumen in der Kirche gesorgt.

Die Kirche: Sie hatte eine Gemeinde adoptiert, zum Gedenken an ihren Vater. Ein Bild von ihm, wie Wachs: sein scheinbar unerschütterliches Gesicht, seine gestreiften Manschetten, sein Duft nach Kölnischwasser. So leicht war sein Leben gewesen, so sanft. Das einzige, woran er geglaubt hatte, war die Kirche; alles andere hatte dem Schnaps gehört und südamerikanischen Huren.

Seinetwegen hatte sie die Kirche gesucht, als sie nach Sinn suchte. Er hatte der Jungfrau Maria seinen Krebs gebracht, hatte ihr Geld gebracht, Versprechungen und Reue über sein schlechtgelebtes Leben. Er war mit dem Rosenkranz zwischen den Fingern gestorben.

Ihre Gedanken drifteten zu dem exotischen Aussehen der Priesterkleidung, dem Weiß des Chorhemdes, dem Weiß der Ostergewänder.

Sie wollte Franks stämmige Arme um sich spüren.

Jetzt ging ihr das Getrommel auf die Nerven. Sie kämpfte gegen seine hypnotisierende Wirkung. Ein Mann war an einem Herzschlag gestorben, als er hier getanzt hatte. Völlig gesund. Kokain und extreme körperliche Erschöpfung hatten dazu geführt, daß sein Herz nicht mehr mitmachte.

Es war alles Hypnose, und sie konnte sie in ihren Bann schlagen, selbst jetzt. Sie wollte nicht in diesem stickigen kleinen Raum sein. Sie schaute auf die Tür, die dunkle Treppe dahinter. »Melanie, Liebste, laß es mich wissen, wenn du deinen neuen Laden aufgemacht hast.«

»Das ist das Ende.«

»Ja, das ist es. Aber du wirst bald einen neuen Laden haben. Ich gebe dir drei Wochen.«

Melanies Schultern waren herabgesunken, ihr Haar schlaff. »Ich wollte, ich wäre reich«, sagte sie.

»Ich weiß, wie dir zumute ist.«

Da wurden ihre Augen hart. »Nein, das weißt du nicht.«

Maria sah auf die Uhr. Eine Viertelstunde war sie hier gewesen, hatte inmitten einer tanzenden Menge gestanden, eine Flasche mit lauwarmem Bier in der Hand. Sie ging zu Clam. »Geh hinauf und sieh nach, ob er weg ist.«

Er verschwand in der Dunkelheit. Sie sah das schwache Licht, als die Außentür geöffnet wurde. Er blieb fünf Minuten fort. Die Musik dröhnte in ihren Ohren, sie beobachtete ein Paar, das reinweiße Linien aufschnupfte, das Schlagzeug trommelte.

»Weg.«

Sie sah auf, erstaunt. Clam schaute auf sie herab, ließ seine rissigen Zähne sehen.

»Bist du sicher?«

»Niemand da.«

Sie eilte die Treppe hinauf, steckte den Kopf in die klirrende Kälte hinaus. War er überhaupt je dagewesen? Ja, ganz bestimmt.

Vielleicht.

Sie hatte nicht einmal die Hälfte des Weges bis zum Ende der Straße zurückgelegt, als sie das Gelächter hörte. Es war nicht laut, man hätte es sogar für das Keckern einer Eule halten können. Aber es steckte so viel Intelligenz darin, so ein – gräßlicher Verstand.

Sie rannte. Sie schaute nicht hinter sich. Etwas so Grauenhaftes kann man ein- oder zweimal sehen, dann erträgt man es nicht mehr. Erinnerungen an Böses sind selbst böse. Der böse Mann mag einen Nagel in dich stoßen und davonlaufen, und die Wunde wird vielleicht heilen, aber die böse Erinnerung wird für immer in deinem Herzen schwären.

»Wir wollen tanzen«, sagte er. Seine Stimme war ein volles, hartes Flüstern, in der Stille mühelos vernehmbar.

Er hätte sie ohne weiteres packen können, aber er tat es nicht. Nein, sein Vergnügen lag woanders. Zweifellos würde er sie rennen lassen, bis sie stürzte, und dann würde er kommen und sie in die Arme nehmen, und dann würde sie die feuchten Knochen seines Gesichts aus der Nähe sehen.

Sie rannte den leeren Mittelabschnitt der West Street entlang. Wo bist du, New York? Wo sind deine Autos, deine Menschen, deine beleuchteten Hauseingänge?

Wünschte sie sich insgeheim das? Nein, nein, nein!

Er kam hinter ihr her, atmend wie eine Maschine. Sie rannte und stolperte weiter, die verdammten Schuhe behinderten jeden ihrer Schritte.

Er tat einen Griff nach ihr, seine behandschuhten Finger berührten den flatternden, zarten Pelz ihres Mantels. Sie schrie auf, versuchte einen Spurt, schaffte es gerade um eine weitere Ecke herum. Hinter ihr, ganz leise: *»Do wop.«*

Und ganz plötzlich fand sie sich inmitten einer Schar von Männern. Gerüche nach Leder, Whisky, Bier und starkem Tabak. Sie waren aus dem Boondocks gekommen, einer Kneipe für schwule Ledermänner, deren Existenz sie total vergessen hatte. »Helft mir«, keuchte sie und sank in die Arme des ersten Mannes, den sie sah.

Er reagierte sofort. Unter den Nieten, dem Leder, den glitzernden silbernen Totenschädeln steckten manchmal erstaunlich mitfühlende Menschen. Solche Männer sind die Freundlichen der Nacht.

»Okay, Schwester«, sagte er. Als sie in seine Arme sank, sah sie eine tätowierte Spinne auf seinem Handrücken, sah eine silberne Gürtelschnalle in Form eines Totenkopfes.

»Mir gefällt deine Gürtelschnalle«, brachte sie heraus.

»Sie ist okay«, sagte er. Andere umdrängten sie, beschützten sie. »Ist er dein Macker?«

Sie schaute zurück. Er stand außerhalb des Lichtkreises, der diesen wesentlich öffentlicheren Club umgab. »Ich habe keine Ahnung, wer der Scheißkerl ist.«

Dann sprach der Verfolger. Seine Stimme war klar und jung und schrill vor Wahnsinn. »Die Vollkommenheit der Inquisition lag im Charakter ihrer Urteile«, sagte er.

»Himmel«, sagten die Männer. Sie beobachteten ihn, als wäre er ein Panther in einem Zoo. Sich immer direkt außerhalb des Lichtkreises haltend, begann er, sich zurückzuziehen.

Sie hätte für immer in den Armen dieses Mannes ruhen können, von dem silbernen Totenschädel an seiner Taille hochschauen können zu seiner gewaltigen, in Leder gehüllten Brust, in dieses knorrige, harte Gesicht und diese grenzenlosen Augen.

Ihr Verfolger ließ nur Gelächter zurück.

1

Daß Maria ihn in dieses kleine Café abseits ihrer üblichen Lokale bestellt hatte, bereitete John Rafferty Unbehagen. Sie lebte am Rande, und sie war schön. Das machte sie für einen Priester doppelt gefährlich. Er saß in der letzten Nische, starrte auf die Wand. Er war bei seinem zweiten Kaffee; wenn sie kam, würde er einen dritten und einen vierten trinken.

Warum hatte Maria gewollt, daß er hierher kam? Im Café DeRobertis gab es kein gutes Gebäck wie im Westen von Greenwich Village. Nur harten, heißen Espresso und Capuccino und vielleicht ein Stück *pignoli*-Kuchen, wenn man unbedingt eines haben wollte. Normalerweise zog Maria Lokale wie das Café Reggio oder die Patisserie Lanciani vor.

Auch dieser dunkle, abgeschiedene Winkel gefiel ihm nicht. »Gehen Sie ganz nach hinten«, hatte sie gesagt. »Achten Sie nicht auf die Tür. Ich werde Sie überraschen.«

Er war reif für sie, und er wußte es. In seinem Alter müßte er eigentlich einzig Gott ergeben sein, aber er war nicht ergeben. Für ihn war die Priesterschaft ein ständiger Kampf. Obwohl er sein gesamtes Leben in der Kirche verbracht hatte, war ihm heitere Gelassenheit bisher versagt geblieben.

Rings um sich herum roch er Leben, und der Geruch machte ihn benommen vor Bedauern. Um ihn zu verführen, würde schon die leichteste Geste von ihr genügen, und er wußte es. Fast vierzig Jahre Priester, und er war im Begriff, zuzulassen, daß er einer Frau verfiel, und dazu einer, die nur halb so alt war wie er. Aber natürlich – warum nicht? In einem Priestertum so voller Fragen, was bedeutete da schon ein weiteres Gelübde?

Es bedeutete sehr viel. Trotz des Kampfes hatte er nie seine Gelübde gebrochen, kein einziges Mal.

Er steckte seine linke Hand unter den rechten Arm. Er schwitzte. Sie würde es bemerken, erkennen, was es bedeutete – daß er verletzlich war. Sie wollte ihn, und das hätte ihn eigentlich wütend machen müssen. Aber das tat es nicht; im Gegenteil, er fand es rührend. Sie wollte ihn auf eine mädchenhafte, sentimentale Art. Er verstand es, ein wenig. Er verstand ein wenig von Frauen.

Bevor er Maria kennengelernt hatte, hatte er sich immer unzulänglich gefühlt, wenn er Frauen beraten mußte. Sein einziges Verhältnis war ebenso hitzig wie kurz gewesen, die Folge einer einzigen erfolgreichen Verführung, eine verzweifelte Affäre in der letzten Woche des letzten Monats vor seinem Eintritt ins Seminar.

Maria hatte ihn Geheimnisse des Frauentums durch das Medium der Poesie gelehrt. *»Sie schreitet in Schönheit wie die Nacht.« – »Du, Geliebte, die du in all den Gärten bist, die ich je sah…« – »Sag mir nicht hier, des Worts bedarf es nicht, welche Melodie die Zauberin spielt…«*

Sie hatte ihn vieles über Frauen gelehrt!

Father Samuel Dozier, St. Joseph's Seminar, Juni 1956: »Du wirst an einen Punkt kommen, an dem du willens bist, mit jeder beliebigen Frau zu schlafen, das versichere ich dir. Dein Fleisch wird buchstäblich brennen. Dann nimmst du deinen Rosenkranz und betest ihn. Du wendest dich Ihr zu, widmest Ihr deine totale und absolute Hingabe. Sie ist für jeden Priester da. Sie durchschaut uns.«

»Sie sehen aus, als wären Sie auf dem Weg zum elektrischen Stuhl«, sagte Maria. Sie ließ sich ihm gegenüber nieder. Mit ihr kam eine Woge Parfum, dieser bemerkenswerte Duft, der ihr überallhin folgte. Wie immer berauschte er ihn, zog ihn in ihre sanfte Autorität.

»Außerordentlich«, sagte er. Es kam völlig unerwartet heraus. Ihr Gesicht leuchtete wie im Licht der Madonna. Ihre Lippen waren voll und perfekt; sogar für den Übermut in ihren Augen war er dankbar.

»Nennen Sie mich Maria Magdalena.«

»Still!«

Die Mahnung hob ihre Brauen. Sie konnte sehen, daß die Kellnerin kam; er hörte nur das Tappen ihrer Füße auf den Fliesen. »Father«, verkündete sie, als die Frau herankam, »ich liebe Sie.« Dann drehte sie sich um und bestellte einen doppelten Espresso. »Er schmeckt gut hier«, sagte sie. »Wir sollten öfters herkommen.«

»Nein.«

»Keine Diskretion mehr, John. Wir machen es publik.«

Es war seine Berufung, von der sie sprach, und sie wußte es. Er hörte die Drohung in ihrer Stimme. Er widersetzte sich. »Es gibt nichts publik zu machen.«

»Ich möchte es auf den Straßen herausschreien! Ich möchte hören, wie Sie es von der Kanzel verkünden!«

Maria war eine überschwengliche Frau, aber auch eine feinfühlige. Dieser Ausbruch konnte viele Bedeutungen haben. Natürlich wollte sie damit erreichen, daß er entsetzt zurückschreckte, aus dem Gleichgewicht geriet. Dennoch gab sie nach. Sie bedachte ihn mit einem verhangenen Blick. »Ihr Glaube steht Ihnen nicht im Wege.«

»Ich habe keine Glaubenskrise. Es ist eine Krise der Überzeugung.«

»Haarspalterei kann Sie auch nicht retten. Ihre Krise ist körperlicher Art. Sie werden alt, und Sie haben nie eine Frau gehabt. Das ist Ihre Krise.«

»Meine Krise besteht darin, daß ich glaube, daß die Kirche in sehr vielen Dingen völlig falsche Ansichten hat. Und dennoch fühle ich mich innerlich immer noch als Katholik. Das ist meine Krise.«

»Zehntausend Männer haben aus diesem Grund dem

Priestertum den Rücken gekehrt. Die Kirche *hat* völlig falsche Ansichten. Falsche über die Geburtenkontrolle. Teilweise falsche über die Abtreibung. Falsche über den Zölibat der Priester.« Sie ergriff seine Hand. Jetzt würde sie ihn zu ihrem Rettungsring machen. Sie war dem Ertrinken nahe. Sie hob die Bögen ihrer Brauen, ließ ihre langen Wimpern über ihren steten, kühlen Augen flattern. »Ich muß es mit Ihnen tun«, sagte sie.

»Ich kann nicht.«

»Uns nur gegenseitig halten, wenn wir nackt sind. Das ist nicht zuviel verlangt.«

»Viel zuviel.« Wie wundervoll sich das anhörte. In seinem ganzen Leben hatte er noch nie eine Frau nackt gesehen. Aber er konnte es sich vorstellen, konnte es sich gut vorstellen.

»Wir fahren heimlich in mein Landhaus.«

»Ihr Wagen ist nicht in Ordnung. Das Verdeck läßt sich nicht schließen.«

»Dann packen wir uns eben warm ein.«

»Wir haben zwölf Grad minus!«

»Aber wenn das Verdeck wieder funktioniert, dann kommen Sie mit?«

Er würde es nicht ertragen, in ihre Wohnung zu gehen, und erst recht nicht in ihr Landhaus. In beides hatte er noch nie einen Fuß gesetzt. Er sah Maria bei der Messe, saß ihr im Beichtstuhl gegenüber, sprach mit ihr im Pfarrhaus… und traf sich hin und wieder mit ihr in der öffentlichen Umgebung eines Cafés.

Er glaubte an seinen Zölibat. Er sah in ihm nicht ein sinnloses Überbleibsel der neurotischen Kirche des Mittelalters, sondern ein bedeutsames, lebendiges Sakrament. Er hatte seine Männlichkeit preisgegeben, und soweit es ihn anging, galt diese Preisgabe lebenslänglich.

»Ich glaube, Sie sollten mich nicht in Versuchung führen.«

Lächelnd ließ sie ihre Hand vor ihm baumeln. »Küssen Sie sie.«

»Nein.« Er trank einen Schluck von seinem Kaffee.

»Weshalb trauen Sie sich nicht?«

Die Hand war lang und glatt, leuchtete in der trüben Beleuchtung so weiß wie der Tod. Sie bewegte sie näher an seine Lippen heran. Er konnte die winzigen Fältchen in ihrer Haut sehen, die Seife und das Parfum riechen. Ohne zu wissen, daß er es tun würde, neigte er den Kopf. Seine trockenen Lippen berührten sie, berührten die Haut. Sie drehte die Hand um und drückte die Handfläche auf seine Lippen.

Er schmeckte sie endlich, nur dieses kleine bißchen, und spürte ein so außerordentliches Gefühl. Das Herz tat ihm weh, nicht vor Verlangen oder Kummer. Im Gegenteil, es war Dankbarkeit.

Dann wurde die Hand weggezogen, die Finger wischten über seine Lippen, als sie sich lösten. Er schob den Kopf ein wenig vor, versuchte den Kontakt zu verlängern. »Ihre Lippen sind so sinnlich«, sagte sie.

»Das weiß ich. Gott hat sie so geschaffen.«

Sie schloß die Augen, lachte lautlos. Dann schaute sie ihn direkt an. »Weshalb lieben Sie mich, John?«

»Weil Sie ein menschliches Wesen sind – ein ganz wunderbares.«

Sie neigte den Kopf, betrachtete ihn interessiert. Aber da war auch Trauer, tief und beängstigend. Sie sprach leise, fast flüsternd.

»Der weiche Gang geschmeidig starker Schritte,
der sich im allerkleinsten Kreise dreht,
ist wie ein Tanz von Kraft um eine Mitte,
in der betäubt ein großer Wille steht.«

Ihre Stimme hob sich, während sie die Verse sprach. Ihm schoß der Gedanke durch den Kopf, daß sie würde sterben müssen, wenn er auf seinem Zölibat beharren wollte, und er blinzelte.

Sie lachte laut auf. »Sie sehen so überrascht aus!«

»Rilke überrascht mich immer.«

»Der Panther? Er sollte Sie nicht überraschen. *›Nur manchmal schiebt der Vorhang der Pupille sich lautlos auf...‹«* Die Kellnerin brachte ihren doppelten Espresso. »Und jetzt, mein Lieber, werde ich Sie schockieren, mit zwei Stück Zucker. *Sucre.*« Er beobachtete ihre knappen, angemessenen Bewegungen, wie die einer Krankenschwester bei vertrauten Wohltaten. Plötzlich begegneten ihre Augen den seinen. »Ich bin schön«, sagte sie. »Sie können sich nicht vorstellen, wie mein nackter Körper auf Sie wirken würde.«

Instinkt veranlaßte ihn, die Hand auszustrecken. Sie betrachtete sie, auf ihrem Gesicht spielte die Andeutung eines Lächelns. Es war ein so vieldeutiges Gesicht, die Augen standen erstaunlich weit auseinander, die Lippen waren voll, aber zu subtilem Ausdruck fähig. In Marias Gesicht war der Unterschied zwischen einem Lächeln und einem Ausdruck der Trauer nicht groß. Ihre Brauen hoben sich, wenn sie lächelte, senkten sich ein wenig, wenn sie enttäuscht war. Sie konnte erröten, wobei Farbe vom Hals bis zu den Wangen hochschoß. Sie war schlank, aber nicht mager, und ihre Knochen waren kräftig. In ihren Augen lag dieses eigentümliche Schielen, das ein Kennzeichen außerordentlicher Schönheit ist. Jeder Zug, für sich genommen, war lediglich gut. Aber die Harmonie ihres ganzen Gesichts war hinreißend.

Er war gekommen, um die Versuchung anzunehmen, um dieser Frau zu helfen, in ihrer Seele den Ort zu finden, an dem sie seinen Zölibat respektieren würde und damit sein Priestertum und damit die Kirche.

Aber die Versuchung war real, und die Versuchung brannte in ihm. Er war zu vorsichtig gewesen, um hier sein geistliches Gewand zu tragen, aber seit dem Augenblick, in dem sie sich zu ihm gesetzt hatte, sehnte er sich nach einer Soutane, die seine Erregung verbarg.

»Sie inspirieren mich, wissen Sie das?«

»Wozu? Zum Beten des Rosenkranzes? Die Jungfrau Maria ist meine Rivalin.«

»Und dazu eine, die stärker ist.« Aber er sagte nicht, daß er seinen Rosenkranz ganz bewußt auf der Kommode liegengelassen hatte. Ihm wurde klar, daß er gekommen war, um sich verführen zu lassen, und er spürte, wie seine Augen feucht wurden. Wenn er mit ihr ins Bett ging, würde er es in einem Ozean von Tränen tun.

»Es ist so unrecht von mir, daß ich versuche, Sie zu verführen«, sagte sie. »Aber es ist ein so außerordentliches Vergnügen.«

»Das habe ich vermutet.«

»Aber haben Sie es nicht satt, ständig zu philosophieren? Einfach satt? Sich zu lieben ist etwas so Herrliches.«

»Außerhalb der Ehe und durch Gelübde gebunden?«

»Aber wenn Sie es tun, werden Sie wissen, daß Gott es so gewollt hat. Sie können die Göttlichkeit darin spüren.«

Er entspannte sich. Plötzlich hatte sie ihn auf sichereren Boden geführt. Sie hatten auf diese Weise diskutiert, seit sie einander kennengelernt hatten. Der Kampf selbst war hitzig mit sinnlichen Anspielungen. Wenn sie redeten, betrachtete er ihr Gesicht, stellte sich seine Lippen auf den ihren vor, schmeckte die sanfte Linie ihres Halses oder hob mit seinen feuchten Händen ihre nackten Brüste an.

»Sie sind puterrot, John.«

»Ich bin verlegen.«

»Nein, das sind Sie nicht, Sie sind wütend. Ich habe Sie in Rage gebracht!« Sie kniff die Augen zusammen und lachte, warf den Kopf zurück, und er schlug hart gegen die Rückwand der Nische – aber sie lachte nur noch lauter.

Er wartete ab und stellte zu seiner Überraschung fest, daß sie recht hatte. Er hätte es wirklich genossen, ihr einen kräftigen Schlag ins Gesicht zu versetzen. Da war Lachen, da war Liebe, aber er spürte, daß da möglicherweise auch ein Teil von ihr war, der ihn verhöhnte.

Aber weshalb empfand er dann für sie, was er für sie empfand? Vielleicht, weil er jenseits ihrer Liebe und ihres Zorns etwas Gutes spürte, das noch größer war. Jede Priesterschaft ist ein phantastischer Vorstoß in die Selbstüberheblichkeit. Kein Mensch ist gut genug, um alle Gelübde halten zu können, und es ist Hochmut, Gott Versprechungen zu machen, die nicht gehalten werden können.

Also hatten ihre zerstörerischen Impulse ihren Platz; sie konnte ziemlich sicher sein, daß er nicht der Priester war, der zu sein er vorgab. Auf irgendeiner Ebene wußte sie, daß er die Zerstörung verdiente.

Sie reagierte überaus sensibel auf seine Stimmungen, und als sie sich von ihrem Lachanfall erholt hatte, spürte sie sofort, daß er ihr mißtraute. *»Ich kenne viele Dinge, denn ich wandre durch die Nacht. Ich kenne dieses namenlose Grauen, von denen Menschen nicht zu sprechen wagen!«* Sie spielte auf seine Vorliebe für alte Radiosendungen an. Das stammte aus dem Vorspann von *The Whistler*.

»Sie wandern nicht durch die Nacht. Und Sie kennen kein namenloses Grauen.«

»Doch, John, das tue ich.« Ihr Tonfall war so verändert, daß er überrascht blinzelte. »Das tue ich wirklich.«

Er hätte beinahe gelacht, aber ihre Miene hielt ihn davon ab.

»Sie halten mich für unschuldig«, sagte sie. »Ich bin es nicht.«

»Das weiß ich.« Er argwöhnte, daß einiges von dem, was sie gebeichtet hatte, Teil ihres Verführungsplans gewesen war. Er konnte diese Worte nie vergessen. »Ich habe ihn berührt, Father, ich habe ihn entflammt...« Allerdings hatte sie nie gesagt, wer »er« war. Anfangs hatte er ihre Geständnisse für falsch gehalten, aber später war ihm klar geworden, daß sie es nicht waren. Der dunkle Mann, wie John ihn in Gedanken zu nennen pflegte, war durchaus real.

Ein- oder zweimal hatte sie blaue Flecken gehabt. »Wir beten zusammen, spät in der Nacht. Wir tun es, und hinterher beten wir... und manchmal gerät er in Wut.«

Weshalb wollte sie einen Priester korrumpieren? Das war zweifellos ihre Absicht, und es war keine schöne. Trotzdem war sie so liebenswert, einer der besten Menschen, die ihm je begegnet waren. Es war nichts Böses, was sie tat, nicht in ihren Augen.

»Gehen Sie mit mir ins Moon?«

»Wieder dorthin?«

»Es ist ein wundervoller Ort.«

Er hatte fast sein ganzes Leben in New York verbracht. Obwohl die Prohibition vor seiner Zeit gewesen war, glaubte er, daß es selbst damals in der Stadt nicht so viele geheime Nachtlokale gegeben hatte wie heute. »Dort werden Drogen verkauft.«

»Ich finde, es ist ein wirklich großartiges Lokal.«

»Psilocybin in den grünen Bohnen? Nein, danke.«

»Oh, John, Sie armer Mann. Sie können nicht so sterben! Ihre Seele wird auf ewig durch die Welt wandern.«

»Weshalb das?«

»Wenn Sie mit unerfüllter Liebe sterben, wandert Ihre Seele zwischen den Winden.«

»Das ist nicht katholische Doktrin.«

»Nein, das behaupten die Sioux. Aber es stimmt. Man kann spüren, wie all die Priester und Nonnen der Vergangenheit zwischen den Winden wandern. Ich glaube sogar, daß sich deshalb das Wetter ändert.«

Ein schweißfeuchtes Erröten ließ ihn schaudern. Sein Körper quälte ihn. Er konnte sie kaum hören, konnte kaum sprechen. »Ich weiß nie, wann ich Sie ernst nehmen muß«, murmelte er.

Sie trank einen Schluck Espresso. Ihre Augen funkelten.

»Ich glaube, irgendjemand hat mir letzte Nacht einen ziemlich gemeinen Streich gespielt.« Sie hielt inne, dann fuhr sie fort. »Jemand, der wußte, daß ich zum Geheimclub wollte.« Sie hob die Brauen, ihr Gesicht verlangte eine Antwort.

Zuerst begann er zu lachen, doch es steckte zuviel hinter ihrer Frage. »Ich habe mich um halb elf hingelegt«, sagte er.

»Ich bin allein die Charles Lane unten am Fluß entlanggegangen.«

»Wann?«

»Gegen drei.« Sie sagte es, als wäre es die natürlichste Zeit der Welt, um allein durch diese menschenleere Gegend zu wandern.

»Nun, das überrascht mich nicht. Darf ich fragen, was passiert ist?«

Ein Flackern glitt über ihr Gesicht, von irgendeiner Emotion, die er nicht recht zu bestimmen wußte. »Das kann ich nicht genau sagen. Mir war, als würde ich von einem Spinner verfolgt.«

»Was wahrscheinlich der Fall war.«

»Ich habe ihn gesehen. Er sah … seltsam aus.«

»Vermutlich war er es.«

»Ich meine, *wirklich* seltsam.«

»Also erzählen Sie.«

»Es würde sich zu verrückt anhören.«

»Für einen Priester hört sich nichts verrückt an. Da war einmal ein Mann, der mir erzählte, Außerirdische hätten ein Loch in seinen Schädel gebohrt und einen alten Babyschuh in sein Gehirn gestopft. Wenn Sie das übertreffen, dann bekommen Sie etwas von mir.«

»Einen Kuß? Einen ganz langen?«

»Ich liebe Sie«, flüsterte er. In den simpelsten Worten kann süße Pornographie liegen. Sie reagierte mit einem Kräuseln der Nase. Er spürte ein Aufbranden von Loyalität; er betete sie an. »Ich möchte Sie beschützen.«

»Wahrscheinlich war es eine Halluzination. Wie nennt man das, wenn jemand, der seit Jahren kein LSD mehr genommen hat, plötzlich wieder auf dem Trip ist?«

»Flashback.«

»Ja, das war es, geliebtes Wesen. Ein Flashback.«

Er griff ihre Worte auf. »Geliebtes Wesen«, sagte er. »Ich weiß nicht, was ich ohne Sie täte.«

Jetzt erschien auf ihrem Gesicht ein Ausdruck von Güte. Nicht Zärtlichkeit, sondern Güte. Er dachte: Wenn ich nicht mit ihr schlafe, gehe ich zugrunde. Und er hatte Angst. Er wußte, er redete sich selbst hinein.

»Mit Ihnen hat man viel Spaß, John.« Jetzt gab sie sich beiläufig, als wäre er entbehrlich. Sie wußte genau, was sie tat. Der Knoten der Verführung straffte sich ein wenig.

Er erkannte, daß die Situation sich geändert hatte. Jetzt war es nicht mehr so, daß er widerstrebte und sie es versuchte; jetzt ging die Verführung von beiden aus.

Es gab einen Schritt, den er tun konnte; er konnte etwas sagen, das seine Kapitulation bestätigte. Wie viele Worte? Er zählte sie im Kopf. Vier Worte. Er brauchte nur vier Worte zu sagen.

Sie lauteten: »Es gibt praktische Erwägungen.«

Ein langsames Lächeln erschien auf ihrem Gesicht. Ihr Hals rötete sich, dann ihre Wangen. Er war überzeugt, daß sie in diesem Moment das vollkommenste Bild menschlicher Schönheit bot, das er je gesehen hatte.

»Lassen Sie mich Ihre Wange küssen«, sagte er. Sie ließ es zu, und er spürte die Weichheit und dachte, daß körperliche Schönheit wahrhaftig das größte Wunder war.

Wie töricht, sich in eine Frau zu verlieben, die so viele Jahre jünger war! Als sie zehn gewesen war, war er vierzig und versah bereits sein Amt in Mary and Joseph. Sie war noch in abgeschnittenen Jeans die Straße entlanggerannt, als er schon seit fast einem Vierteljahrhundert Priester gewesen war.

Er schloß die Augen, dann schaute er in seine leere Kaffeetasse. »Mein Gelübde bedeutet mir sehr viel.«

»Und das respektiere ich. Wirklich.«

Er versuchte zu beten, aber er war unfähig, sich zu konzentrieren. Ihm war, als wüteten Dämonen in ihm, die selbst die einfachsten Gebete zermalmten.

»Lassen Sie uns jetzt gleich in meine Wohnung gehen«, sagte sie.

»Das ist ein großer Schritt für mich.«

»John, wenn Sie mich lieben, würden Sie das Priesteramt für mich aufgeben?

»Aufgeben?«

»John, Sie lieben mich! Begreifen Sie denn nicht, wie kostbar das ist, wie wenig Zeit Ihnen noch bleibt? Sie sind alt, dem Tode nahe! Es war kein Scherz, als ich sagte, es wäre schlimm, mit unerfüllter Liebe zu sterben. Oh, John, die Kirche hat Ihr ganzes Erwachsenenleben bekommen! Fast alles! Belohnen Sie sich mit dem wenigen, das davon noch übrig ist.«

Als in den Siebzigern der Niedergang der Kirche ernstlich einsetzte, hatte John Rafferty sich geschworen, niemals zu einer Zahl in einer Statistik zu werden. »Als ich meine Gelübde ablegte...«

»Taten Sie es auf Lebenszeit!« Sie legte die Hände über die Ohren. »Das weiß ich, John. Sie haben es mir tausendmal gesagt. Aber ich weiß auch, daß Sie mich lieben und daß es Sie nach mir verlangt und mich nach Ihnen.«

»Einem unansehnlichen alten Mann?«

»Sie sind nicht der schönste Mann, den ich je gesehen habe. Aber, John, Sie haben einen wundervollen Geist, eine gute Seele und einen erfreulichen Sinn für Humor. Solche Dinge sind mir viel wichtiger als häufige Erektionen.« Sie legte die Hand auf die Lippen, kicherte. »Ich wette, bei Ihnen würde ich in weniger als einer Minute kommen«, sagte sie. Er spürte, wie ihm das Blut ins Gesicht schoß. Sie hatten noch niemals zuvor über... funktionelle Dinge gesprochen. »Und was ist mit Ihnen?« fuhr sie fort. »Was meinen Sie, wie lange würde es bei Ihnen dauern beim ersten Mal?« Sie hielt inne, stützte das Kinn auf die Hand. »Wie viele Stöße?«

Das war zuviel. »Ich habe keine Ahnung.«

Sie ließ sich nicht beirren. »Ich würde es wissen, je nach dem Ausmaß der Härte. Ich wette, Sie werden fürchterlich hart.«

Er dachte abermals daran, sich mit Beten zu verteidigen, senkte den Kopf.

»Nein! Nein, Sir! Wagen Sie es nicht, zu beten. Denken Sie nicht einmal daran! In ungefähr einer Minute werde ich aufstehen und Sie bei der Hand nehmen, und dann gehen wir Hand in Hand den ganzen Weg bis zum Waverly Place.«

Er war entsetzt. Das würde Selbstmord sein. »Wir würden einen Skandal erregen!«

»Ja, das würden wir – bei den Christos-Leuten und anderen Spinnern. Die meisten in der Gemeinde glauben, daß wir es bereits tun.«

»Sie halten ihren Pastor in Ehren!«

»Das tun sie wirklich. Sie kommen zu ihm wegen der Sakramente, sie flüstern einander zu, daß er ein Heiliger ist – was ich für wahr halte –, und sie akzeptieren die Tatsache, daß er eine wesentlich jüngere Geliebte namens Maria Julien hat.«

»Das ist nicht...«

»Ach, kommen Sie. Reggio, Lanciani, Figaro – wir treffen uns ständig an öffentlichen Orten. Ich gehe zu Ihren Messen, Sie hören meine Beichten. Ich gehe in Ihr Pfarrhaus, Sie führen mich zum Dinner zu Ennio und Michael's. Machen wir uns doch nichts vor – die ganze Gemeinde weiß es. Und sie hat nichts dagegen, John! Die Italiener erwarten, daß ihre Priester Affären haben. Und die anderen – die Katholiken im Village sind anders. Dies nicht nicht New Rochelle.«

»Abgesehen von den Christos-Leuten.«

»Frank Bayley ist hervorragend darin, sie im Zaum zu halten.«

Das gab den Ausschlag, er war überzeugt. Er konnte ihr Liebhaber werden, ohne seine Pfarrei zu zerstören. Sein Mund war so trocken geworden, daß er vor dem Sprechen ein paarmal schlucken mußte. Er wußte, was es bedeutet, wenn die Lenden in Brand geraten sind. »Ich habe Angst.«

Sie stand auf, nahm seine Hand. »Kommen Sie, Johnny. Sie werden großartig sein.«

Sie gingen durch das kalte, goldene Licht, das alte Licht des Nachmittags, passierten Stuyvesant Place mit seinen Erinnerungen an ein nicht mehr existierendes Dorf, die Häuser der Kaufleute, deren Unternehmungsgeist die Stadt gebaut hatte, und dann die Fassade von Cooper Union, wo John oft hinging, um Musik oder Vorträge zu hören. Sie gingen am Astor Place entlang, wo die große neue Buchhandlung die alte National verdrängt hatte, in der man alle Loeb-Klassiker in brandneuen Ausgaben kaufen konnte.

Sie gingen durch die Achte Straße, vorbei an der Unmenge von Schuhläden und Ledergeschäften, die dort in den letzten Jahren an die Stelle der Buchhandlungen und Cafés des alten Village getreten waren. Dann überquerten sie einen leeren, windgepeitschten Washington Square, und ihm war, als glitte der Kummer der Zeiten im Sonnenlicht herunter und legte sich auf seine Schultern.

Er dachte an das Kreuz, das zentrale Sinnbild seines Lebens: den gemordeten Gott, dem John Rafferty sich angelobt hatte mit Leib und Seele.

»Das erste wird ein langer, langer Kuß sein«, sagte sie. »Ich wette, das haben Sie noch nie getan.«

»Nein, das habe ich nicht.«

Sie erreichten ihr Haus, ein ungefähr fünfzig Jahre altes Apartmenthaus aus roten Ziegelsteinen. Es war elegant, mit weißen Einfassungen und einem marmorgetäfelten Foyer.

Sie zog ihn rasch an dem Portier vorbei; er sah sie mit den Hundeaugen eines Mannes an, der Bescheid weiß.

Die Welt füllte sich mit Details, mit dem Zischen der Fahrstuhltüren, dem Surren eines Ventilators, dem leisen Knarren der Kabel, als er hochfuhr. Er bemerkte den Streifen Staub in der Fuge, in der die Tür lief, er bemerkte die Schönheit des Teppichs, der den Korridor mit tiefblauer Stille füllte.

Vor ihrer Tür hob sie endlich ihr Gesicht und öffnete ein wenig ihren Mund, und ganz plötzlich küßte er sie.

Das Gefühl von Mund auf Mund, die Süße ihres Atems, die Wärme, die Feuchtigkeit und ihre Hand, die seinen Kopf hielt, zwangen ihn sanft zum Weitermachen.

Der Kuß, der Kuß, der Kuß.

2

Sie stand am Fenster ihrer Wohnung und sah zu, wie Father John in seinem schwarzen Mantel und Hut in Richtung Seventh Avenue davonwanderte.

Jetzt plagten sie Schuldgefühle. Sie konnte sich vorstellen, wie ihm zumute war. Ihr Herz litt für ihn und mit ihm. Wie sie diesen Mann respektierte! Welch edle Seele, welches Glück hatte Gott, daß seine Liebe ihm gehörte. »Ich werde dich nie verlassen«, flüsterte sie. »Ich bin die Kerze, die entzündet wurde, um dir beizustehen auf deinem Weg.« Ihr Atem zitterte gegen das kalte Glas. Einen Augenblick später zog sie mit einem Fingernagel eine schmale Linie hindurch.

Sie sah zu, wie er in einer wirbelnden Dampfwolke verschwand, die aus einem Luftschacht entwich. »Kalter, kalter Tag«, sagte sie. Es war fast drei. Sie griff nach dem Telefon, wählte die Nummer des Pfarrhauses. »Father Frank«, sagte sie, als der Kurat sich meldete, »er ist auf dem Heimweg.«

»Intakt?«

Was sollte sie darauf erwidern? Frank hatte gewollt, daß John mit ihm in die Grube gezogen wurde. Außerdem war Frank überaus eifersüchtig. Es würde ihn verrückt machen.

Das würde ein Spaß sein. »Die Kirsche ist entkernt, mein Geliebter.« Oh, wie niederträchtig, was hat dich veranlaßt, ihm das zu sagen? Was für eine Gemeinheit!

»Ich... er... ich meine... hat er wirklich...«

Sie lachte. »Es war etwas ganz Besonderes.«

»Wieso? In welcher Hinsicht?«

»Das ist etwas, das ich weiß und das du herausfinden mußt.«

Oh, du Sklaventreiberin, du Teufelin, du solltest ihn nicht auf diese Weise anstacheln!

»Ich komme zu dir.«

»Ich bin sehr müde, Frank.«

»Du bist wirklich müde? Er hat dich müde gemacht?«

In seiner Stimme schwang echte Wut mit, und sie spürte einen Anflug von Schuldbewußtsein. Sie durfte ihn nicht so quälen. Sie versuchte, ihre Beziehungen zu den Priestern ganz sachlich zu sehen. Aber wenn sie tief in sich hineinschaute, nach Motiven suchte – ja, dann...

Die Kirche zog sie an wegen ihrer Unnahbarkeit und ihrer Mysterien. Die feminin wirkenden Gewänder faszinierten sie. Sie liebte es, die Priester zu beobachten, wenn sie sich in ihren Soutanen und Kaseln bewegten. Das Rascheln des Stoffes, der dumpfe Geruch nach Stärke machte sie neugierig und nährte tiefen, tiefen Zorn.

Es war falsch, davon war sie überzeugt. Die Kirche war eine Falle. Sie fing Menschen ein, entzog sie den Gelüsten und Körpern, die Gott ihnen gegeben hatte, damit sie sich ihrer erfreuten. Der Vogel hat Flügel, weil er zum Fliegen geschaffen ist. Die Genitalien eines Menschen sind der auffallendste Teil des Körpers, was bedeutete, daß Gott wollte, daß der Mensch liebt. Deshalb mußten die größten Liebenden die größten Heiligen sein.

Sie war in die Katakomben hinabgestiegen, hatte die Krypta unter dem Vatikan durchforscht, hatte sich weit abseits der normalen Touristenpfade bewegt. Sie war durch die Straßen von Nazareth gewandert, hatte in Jerusalem die Stationen des Kreuzwegs absolviert, hatte Lourdes und Medjugore besucht und einige der jungen Leute kennengelernt, die dort Visionen gehabt hatten.

Sie war sich nicht sicher, ob sie an die Visionen glaubte, aber an die Frömmigkeit glaubte sie. Ihre Suche hatte sie weit und in tiefe Bereiche geführt. Sie kannte die Geheimnisse der christlichen und moslemischen Welt, war in Rennes-le-Château in Südfrankreich in das Geheime Kloster eingedrungen, hatte den Tod durch Enthaupten riskiert, weil sie das Männerhaus tief im Innern der Sahara betreten hatte.

Sie hatte ihre eigenen Ideen über die Erlösung; sie hatte die Mysterien von Kundalini gekostet und glaubte an die verwandelnde Kraft sexueller Ekstase. Ihre Schönheit lieferte ihr jeden aus, den sie wollte. Sie hatte sexuelle Kontakte mit zahlreichen berühmten geistlichen Führern gehabt. Aber das war alles leicht gewesen. Schwer war es bei den Priestern, besonders bei Father John. Father John glaubte.

Nun, das war recht beeindruckend. Trotzdem glaubte sie nicht, daß er seine spirituelle Reise fortsetzen konnte, wenn seine Sexualität auch weiterhin schlief. Es war ihre Pflicht, sie aufzuwecken. Dieser Gedanke führte ihr ein Bild von sich selbst als gute Fee vor Augen, und sie lachte ihr volles, klirrendes Lachen, das ihn so entzückte.

Draußen auf dem Flur öffnete sich die Fahrstuhltür. Ihr geretteter Priester war auf dem Weg zu ihr. Sogar seine Schritte waren stämmig. Diesen Mann liebte sie voll und ganz, mit Leib und Seele.

Außerdem hatte sie Angst vor Frank Bayley, und das machte es noch aufregender. Ihre Glocke läutete. Sie ging nicht sofort zur Tür. Er haßte es, auf dem Flur warten zu müssen. Er hatte immer Angst, ihre Nachbarn könnten ihn sehen. Sie hatte ihm gesagt, einige von ihnen gingen in Mary and Joseph zur Messe. Das war natürlich eine Lüge, aber was für ein Spaß!

Er klopfte, nicht sehr laut. Er versuchte, höflich zu sein; das hatte sie ihm beigebracht. Sie ging zur Tür, lehnte sich dagegen. Natürlich hörte er sie. Sie sorgte sogar dafür, daß er sie hörte.

»Mach auf, Maria.«

Schließlich öffnete sie die Tür, und der große, bemerkenswert gutaussehende Mann in Jeans und Anorak trat ein. »Danke«, sagte er.

»Du darfst nicht vergessen, wer der Boß ist.«

»Ja, schon gut. Aber ich habe nicht mehr als eine halbe Stunde Zeit.«

Sie lehnte sich an ihn, umarmte seinen harten Körper. Er war nur zwei Jahre älter als sie. Er hätte ihr Ehemann sein können. Sie hatte mit dem Gedanken gespielt, sich von ihm schwängern zu lassen, war aber bisher nicht imstande gewesen, sich selbst als Mutter eines Säuglings zu sehen. Im Augenblick waren John und Frank Kinder genug.

»Du willst eine schnelle Nummer?« fragte sie. Sie hob ihr Gesicht und ließ sich von ihm einen seiner herrlichen, ungeschickten Küsse geben. Sie taten es seit einem Jahr, und er war immer noch ungeschickt, immer noch grob. Sie spürte, wie er an ihr zitterte. Er war so groß und doch so empfindlich. Und im Schlaf schrie er manchmal wütend auf. »Ich will nie eine schnelle Nummer. Ich liebe dich so sehr.«

»Was steht als nächstes auf deinem Stundenplan?«

Er sah sie an. Sie standen noch immer an der Tür. »Warum?«

»Was ist es – Messe? Beichte?«

Er schüttelte den Kopf. »Mein Priestertum wartet draußen vor der Tür.«

Und es war eine Menge Priestertum. Als Hilfsgeistlicher, als Kurat war er beliebt und erfolgreich. Sie legte ihm einen Arm um die Taille und zog ihn ins Wohnzimmer. Was wollte er heute, was gedachte er von seiner geheiligten Prostituierten zu verlangen? »Irgendwelche besonderen Wünsche?« Sie hatte ein geeignetes Instrument unter dem Bett, griffbereit, um es an ihm zu benutzen.

»Bitte, fang nicht damit an.«

Sie hatte nicht vor, ihn davonkommen zu lassen. Das wichtigste für diesen Mann war, daß er seine Schuld erkannte. Er wurde von ihr gepeinigt, verschlungen, verzehrt. Dieser prächtige junge Mann wurde von innen aufgefressen wie von Würmern und Säure. »Willst du, daß ich dich heile, Frankie?«

»So, wie du John geheilt hast?«

Sie bohrte ihre Hand zwischen seine Beine.

»Oh, Gott«, flüsterte er. »Oh, Gott.«

»Denkst du noch daran, Frank, wie du vor dem Altar lagst, zu Füßen deines Onkels...«

»Halt den Mund!«

»Zu Füßen von Bischof Bayley, und dein Leben – dein *Leben*, mein Freund – dem Dienst am Herrn gewidmet hast?«

Er sah sie voller Grausen an.

»Denkst du noch daran, Frank?«

»Was zum Teufel ist in dich gefahren? Davon will ich nichts hören!«

Sie öffnete seinen Reißverschluß, schob ihre Finger hinein. »Wo stehen wir, in moralischer Hinsicht?«

»Nirgendwo! Wenn du es unbedingt wissen mußt, überhaupt nirgendwo!«

Sie packte ihn nackt. »Ich glaube, diese Hölle ist die Entdeckung, die dir Zeit deines Lebens entgangen ist. Wir müssen die Gaben nutzen, die Gott uns gegeben hat.«

Er lehnte seinen Kopf an die Rückenlehne der Couch, gab sich den Freuden ihrer Berührung hin. Es erstaunte sie immer wieder, wie sehr dieser arme Mann es genoß, ihre Hände auf seinem Körper zu fühlen. Jeder muß berührt werden, jeder hat einen Anspruch darauf. Wir halten es für ein Geschenk, aber das ist es nicht. Irgendwo mußte es ein Gesetz geben, in dem es heißt: Berühre deinen Nächsten.

»Oh, Maria.«

»Bist du wütend auf mich?«

»Natürlich nicht!«

»Ich meine, wegen John.«

»Du hast ihm einen Gefallen getan. Genau so, wie du mir einen getan hast. Und gerade wieder tust.« Er lächelte, und die Sanftheit des Mannes kam zum Vorschein. »Ich könnte nie wütend auf dich sein.«

Sie fuhr fort, ihn zu berühren. Aber sanft, ganz sanft. Sie stellte sich vor, daß ihre Berührung die Sanftheit seiner Seele widerspiegelte.

»Oh, hör auf«, sagte er, einen vertrauten Refrain wiederholend. Sie wußte, es bedeutete nicht, daß sie tatsächlich aufhören sollte. Nicht in Wirklichkeit...

Sie lachte ein wenig. »Laß uns ins Schlafzimmer gehen. Ich werde dir eine Lektion erteilen.«

»Eine Lektion in Liebe?«

Sie stand auf, zog ihn hoch.

Sie sah ein wenig Angst in seinen Augen und dachte, daß das gut war. Bis zu einem gewissen Grad hing sein Vergnügen von diesen Momenten der Vorwegnahme ab. Er konnte seiner Liebe nicht vollen Ausdruck geben, wenn da nicht gleichzeitig etwas Schmerz war, der das Schuldgefühl linderte. Der Schmerz war nicht immer körperlicher Art; auch heute würde er es nicht sein. Aber dieses Vorgefühl auszulösen – das war die Kunst, ihn zu befriedigen.

»So, und jetzt komm«, sagte sie scharf. »Es ist Sache des Kuraten, zu vollenden, was der Pastor begonnen hat.«

»Kannst du nicht endlich damit aufhören, mich immer wieder daran zu erinnern, daß ich Priester bin?«

»Nein.« Sie zog den Pullover über den Kopf. Er kam zu ihr, und er war sein zärtliches, sanftes Selbst. Sie entkleidete ihn. »Sieh dich an«, sagte sie. Sie nahm ihn sanft zwischen die Finger, drückte ganz leicht zu. »Auf einer Skala von eins bis zehn würde ich dies als zwölf bezeichnen.« Er seufzte, seine Hände kamen zu ihren Brüsten.

Sie lagen eine Weile da und berührten sich gegenseitig. Seine Augen waren feucht. »Traurig?«

Er nickte. »Verlaß mich nie.«

Sie streichelte ihn sanft, die heiße, samtige Haut, dann zog sie die Haut am Ansatz seines Penis straff, bis er, glänzend und purpurn, steif ins Licht hineinragte. »Männer sind so nackt«, sagte sie, »soviel nackter als wir.«

Da wendete er sich ihr zu, und sie akzeptierte das Feuer seiner Küsse, hungrig und vertraut. Dann war er, ganz plötzlich und geschickt, in sie eingedrungen. Sie wölbte ihren Rücken, entzückt von der Fülle, die sie spürte, und dann die plötzlichen Stöße, gefolgt von seinen Küssen, heftig, lüstern und naß. Wie hingegeben er war! Wie er sie anbetete!

Dann ging es richtig los, er stieß und schauderte und schwitzte, seine Augen waren wild, seine Lippen schlaff, und trotzdem blieb er ein Mann, der schön anzusehen war. Langsam, aber stetig stieg die Hitze in ihrem Inneren, eine Blüte brach auf, ein plötzlicher Frühlingstag, und dann hatte das Vergnügen sie schwach gemacht, und sie sah es vor ihrem inneren Auge, das große, stoßende Ding in ihr, und als sie sich verausgabt hatte und ganz still lag, während er immer noch zustieß, dachte sie, daß er sauer roch, aber süß schmeckte.

Mit jedem seiner Stöße intonierte sie: »Segne mich, Father, denn ich habe gesündigt.«

Im gleichen Moment, in dem er fertig war, rollte er von ihr herunter. »Wie kannst du es wagen!«

»Ich habe ein Recht auf Absolution. Ich will sie jetzt. Auf der Stelle.«

»Das ist unerhört.«

»Du willst mich nicht absolvieren?«

»Maria, wir haben eingehend darüber nachgedacht! Wir haben es ausdiskutiert! Es ist keine Sünde.«

Er machte also Fortschritte. Irgendwo auf dieser Straße würde Frank Bayley seine Freiheit finden.

»Maria!«

Sie küßte seine Brust, seinen Hals, seine Lippen, schob ihre Zunge tief in seinen Mund. Als sie ihn endlich freigab, seufzte er. Er klammerte sich an sie. Mehr als alles andere liebte Frank es, geküßt zu werden. Wenn man spürte, wie er zitterte, sah, wie er es genoß – dann dachte man an all die anderen Priester, die nie dieser Gnade teilhaftig wurden. Es gab eine Phantasie, in der sie riesig war, mit Raum für sie alle, und sie alle kamen zu ihr.

»Mein Engelsname ist Zophiel. Und ich bin überhaupt keine Frau. Meine wirkliche Gestalt ist die eines Mannes. Ich sehe aus wie ein Drillsergeant der Marines.« Sie ließ ihre Hände vor seinem Gesicht baumeln. »Meine Hände sind voller Warzen.«

Er hob die Brauen. »Mit Zophiel kann ich nichts anfangen.«

»Du weißt eben nicht genug über unsere Religion. Es ist schön und gut, die Rituale befolgen zu können. Aber du mußt auch die Mythen kennen.« Sie öffnete die Arme und zog ihn an sich. Sanft, beharrlich drückte sie seinen Kopf herunter, noch weiter herunter, bis er sie dort küßte, und sie lachte ein wenig in ihrer Kehle.

Der Körper ist eine so außerordentliche Sache, so tiefer Empfindungen fähig. Genuß, Schmerz, alles so herrlich. Sie träumte von gelben Blüten, die von der Sonne geküßt wurden und im Wind tanzten. Manchmal hatte sie das Gefühl, das älteste Geschöpf auf Erden zu sein. »Ich bin ein Engel«, sagte sie. »Mein Name ist Zophiel, und ich bin der Sendbote der Hölle.«

Er küßte die Innenseite ihres Schenkels, ließ seine Zunge über die Haut gleiten. »Du bist sanft, Engel.«

»Wenn du mir jetzt in die Augen schautest, würdest du mein Feuer sehen. Mein entsetzliches Feuer.«

Er hob den Kopf. Ihre Augen trafen sich, und sie war verblüfft von dem Entsetzen, dem Schmerz, den sie sah. »Nein, Baby«, sagte sie. »Oh, nein, Baby.«

Aber nichts, was sie tat, konnte ihn trösten, all ihre Sanftheit nicht und all ihre Listen.

Er wendete sich von ihr ab, schlug die Hände vors Gesicht. »Geh weg von mir«, sagte er.

Sie ging in die Küche, jetzt wütend auf ihn, und machte eine Flasche Heineken auf. Ihre Priester, ihre Kinder. Verdammt abergläubische, von Schuldgefühlen geplagte Kinder. Sie trank einen großen Schluck, und dann weinte sie.

Er hatte die Fähigkeit, sich anzuschleichen wie eine Katze. Sie war überrascht, als seine Finger eine ihrer Tränen berührten. »Ich möchte, daß du heute abend mit mir betest.«

Das wieder. Na schön, sie liebte die Kirche, wenn sie dunkel war. Außerdem glaubte sie an das Gebet, wußte, daß es real war. Sie würde mit ihm beten.

»Ich habe um sieben eine CCD-Klasse, und um halb zehn ist eine Budgetkonferenz. Kannst du um Mitternacht kommen? Oder ist dir das zu spät?«

»Natürlich ist mir das nicht zu spät. Ich bin heute morgen erst nach vier heimgekommen.«

»Du bist nicht müde?«

Sie betrachtete ihn. »Vielleicht sollte ich es sein.«

»Du hast gesagt, John hätte dich müde gemacht.«

»Nun, du hast mir meine ganze Energie zurückgegeben.« Sie wollte, daß er glücklich war mit ihr, aber vor allem, daß er sich wohlfühlte. Er lächelte. Es war eine angespannte, vieldeutige Miene, die bewirkte, daß sie sich einsam fühlte und auf unerklärliche Weise wütend. Sie würde ihm heute abend eine Lektion erteilen müssen.

Statt dessen ertappte sie sich dabei, daß sie ihn küßte. »Kümmere dich um deine CCD-Klasse, bring deine Budgetkonferenz hinter dich. Danach gehen wir auf die Reise.«

Er ging, zog sich zurück wie ein Höfling von einer Prinzessin. Manchmal kam sie sich vor wie ein Eindringling, jemand, der sich in die Geheimnisse der Geschichte eingeschlichen hat. Sie hatte diesen Mann in ihrer Gewalt und deshalb auch die gesamte Kirche, die er repräsentierte – zumindest in gewisser Hinsicht.

Er war eifersüchtig auf John, wirklich eifersüchtig. Vielleicht hatte sie ihm deshalb gesagt, was sie ihm gesagt hatte. Obwohl es nicht geschehen war. Sie ging durchs Wohnzimmer, rückte die Blumen in der Vase auf dem Flur zurecht, dann schaltete sie den Fernseher an. CNN langweilte sie. Ein paar Minuten sah sie sich einen alten Film auf AMC an. Lucille Ball schrie irgendeinen Schauspieler an. Sie waren jung und frisch. Sie betrachtete ihre eigenen Hände. Wie ging das Altern vor sich? War es eine Art monströser Krankheit, die jedermann durchmachen mußte?

Sie duschte, zog sich wieder an, rief das Empire Szechuan in der Bleeker Street an und bestellte sich ihr Abendessen. »Zophiel«, sagte sie und lachte leise vor sich hin. Es hörte sich an wie der Name des Windes.

Bei den Hindus gab es eine Geschichte über einen Gott, der in den Körper eines Schweins eindrang und sich selbst vergaß. Und was taten sie daraufhin? Sie schlachteten das Schwein. Was war mit einem Engel? Konnte ein Engel in einen menschlichen Körper eindringen und sich dann vergessen? Was würden die anderen Engel tun – das Schwein schlachten?

Es war bereits dunkel, als ihr Essen kam, gebracht von einem mürrischen Mann, der nach Zigaretten stank. Sie machte sich darüber her, ohne wirklich zu schmecken, was sie aß. Einem plötzlichen Impuls folgend, öffnete sie eine Flasche Clicquot, trank ein paar Schlucke direkt aus dem Hals. Sie stieß auf und stellte die Flasche in den Kühlschrank.

Sie haßte es, Zeit totschlagen zu müssen, sie war fürchterlich darin. Es mußte doch etwas zu tun geben – Anrufe machen, mit ihrem Geld herumspielen, irgendetwas. Sie wollte nicht ausgehen und jemanden aufreißen und die Zeit völlig sinnlos verbringen. Das hatte sie zur Genüge getan, mehr als genug. Die Folgen waren eindeutig: Mit achtundzwanzig hatte sie den Blutdruck eines altgewordenen Trapezkünstlers.

Sie versuchte einem Leben zu entkommen, das schlimmer war als sinnlos. Die Drogen, die durchgemachten Nächte, die endlos wechselnden Sexualpartner – es war ein Zustürmen auf den Tod. Menschen wollten vergessen, und sie wollten es für immer. Darum ging es bei all dem Glitzerkram, der Musik und den Lichtern.

Schließlich warf sie sich auf die Couch und wendete sich ernstlich dem Fernsehen zu. Das Bild war noch nicht einmal erschienen, als sie auch schon eingeschlafen war. Als sie aufwachte, erinnerte sie sich an keine Träume. Da war nur das normale Gefühl, daß sie weggewesen war, und das Erwachen war eine Rückkehr aus fernen Nebeln.

Sie zog ihren Kaschmirmantel über ein Sweatshirt und Jeans, dann griff sie nach der schwarzen Handtasche mit ihrem Monogramm. Sie benutzte den hinteren Fahrstuhl, um den alten Tommy nicht zu wecken, der die Tür hütete und jedesmal, wenn oben auf den Knopf gedrückt wurde, den Hauptfahrstuhl aufschließen mußte. Sie ging durch die von summenden Leuchtstoffröhren erhellte Stille des Kellerflurs und trat auf Waverly Place hinaus. Der Wind schnitt in sie ein, der Wind bauschte den Mantel auf und ließ ihn flattern, und seine Kälte brachte sie zum Schreien und Lachen.

Leichter Verkehr rauschte mit hoher Geschwindigkeit die Sixth Avenue entlang; die Fahrer entschädigten sich für die Stau-Frustrationen des Tages. Sie bog um die Ecke von Washington Place, registrierte die leere, beleuchtete Einsamkeit des McDonald's und den Zeitungsverkäufer, der sich gegen die Kälte auf die Arme schlug. Eine immense Dunkelheit lag an diesem Abend über der Stadt, als hätte irgendein großes Geschöpf seine riesigen kalten Schwingen entfaltet. Sie senkte den Kopf in dem eisigen Wind und wünschte sich, sie wäre so vernünftig gewesen, eine warme Mütze aufzusetzen.

Dann die Greenwich Avenue entlang, vorbei an dem alten

»Elephant and Castle« mit seinen Erinnerungen an Omelettes und kochendheißen Kaffee um vier Uhr morgens. Mit John war sie nie hier gewesen; es war ein Teil ihres alten Lebens gewesen, ihre letzte Ruhestätte. Hier hatte sie einmal auf einem Tisch getanzt, ausgerechnet zu einem schwermütigen Corelli-Trio. In den Tagen der Götter hatte sie getanzt.

Sie sah die alte Kirche vor sich, den massigen Glockenturm, die dicken Säulen, die düsteren, jetzt sämtlich dunklen Fenster. Wie viele Stimmen waren am Tage dort erhoben worden? Wie viele erstaunte Säuglinge hereingebracht und wie viele Tote durch ihre Türen hinausgetragen? »Wie solln sich Lichter heben, ihnen zum Geleit?« dachte sie, einst die Frau eines Dichters, jetzt die Witwe eines Dichters. Reicher Dichter, reiche Witwe.

Mary and Joseph stand da wie eine Art Wächter, eine Schwelle in eine andere Welt, düster, süß, gefährlich und gerissen wie der Tod. Die Kirche war grau und alt, und ihr Dach war lang und dunkel. Hoch oben auf ihrem Turm stand ein schartiges Kreuz, und der Ruf ihrer Glocken klang heiser und rostig.

Sie stieg die Stufen zum Portal hinauf, holte ihren Schlüssel aus der Tasche und drehte ihn im Schloß. Der Duft brennender Kerzen und die Stille veranlaßten sie, auf der Schwelle stehenzubleiben. Alle Lichter waren aus, nur Kerzen würden ihren Weg erhellen.

Es war gespenstisch, die wächsernen Gesichter der großen Statuen von Maria und Joseph in ihren Seitenkapellen, die mächtige Gegenwart des Kreuzes über dem Altar.

Wenn man je eine Stille als angespannt bezeichnen konnte – dies war nicht Stille, es war eine lautlose Stimme. Man konnte nicht hierher kommen, ohne zu spüren, daß an alledem irgend etwas Wirkliches war. Vielleicht war es das ferne Rauschen von zweitausend Jahren des Glaubens, das Weinen der Frommen, das den Eindruck erweckte, als wären die Statuen lebendig und als tanzten die Flammen der Kerzen.

Sie hatte den halben Weg durch das Mittelschiff zurückgelegt, bevor ihr bewußt wurde, daß noch jemand da war, und es war nicht Frank.

»John?«

Keine Antwort. Sie ging weiter, ganz und gar nicht gefaßt auf denjenigen, den sie vorfand: den bösartigen Anführer der Fundamentalisten der Gemeinde, George Nicastro, Diakon der Christos-Bruderschaft.

Als sie an ihm vorbeiging, zischte er wie eine Schlange, und sie erhaschte einen Blick auf den funkelnden Haß in seinen kleinen, dunklen Augen.

Zum Teufel mit ihm! Zum Teufel mit allen Frauenhassern, den Schuldverkündern. Zum Teufel mit ihnen allen.

»Raus mit Ihnen.«

Sie blieb stehen, verblüfft von dem scharfen, haßerfüllten Befehl.

»Ich denke nicht daran.«

»Sie sind eine verdammte Hure.«

Was für ein erstaunlicher Spinner, seht ihn euch an in seinem zu engen Anzug mit dem speckigen Revers und der mit einem Clip befestigten Krawatte. Wenn ihr überhaupt je etwas begegnet war, das auf die Realität Satans hindeutete, dann war es die Christos-Bewegung mit ihren giftigen, frauenhassenden, furchtbesessenen Ritualen und der ganz, ganz strengen Kontrolle ihrer Anhänger.

Satan ist anders als Gott. Gott ist ewig. Satans Geheimnis besteht darin, daß sein Überleben von unserem Glauben abhängt, und deshalb haßt er uns und kann uns nie in Ruhe lassen. Es waren Leute wie Nicastro, die diesem Glauben Nahrung gaben. Wie Krebs ist auch das Böse eine abhängige Lebensform.

Sie setzte ihren Weg durch das Schiff fort, zum Bleiben entschlossen trotz der Augen, die sich in ihren Rücken bohrten, und mit einem Anflug von Ärger, daß Frank nicht da war, um sie vor diesem Irren zu schützen.

»Der Platz der Pharisäerin«, sagte er, als sie in der vorderen Bankreihe niederkniete.

Wo war Frank? War sie zu spät gekommen oder zu früh? Nein, es war zwölf Uhr, genau die richtige Zeit. Hatte er Nicastro gesehen, sich ins Pfarrhaus zurückgezogen? Nein. Dazu war Frank zu mutig. Frank wäre geblieben, um sie zu beschützen. Oder etwa nicht?

»Sie müssen einen Schlüssel haben«, winselte Nicastro.

Noch immer antwortete sie nicht, sie konnte es nicht. Ihr Mund war ganz trocken geworden wegen dem, was sie vor sich sah. Im Schatten neben dem Altar stand das stumme, ausgetrocknete Gespenst, Father Tom Zimmer, stand da und beobachtete.

Er war schon vor Jahren mit Stummheit geschlagen worden. Frank hatte gesagt, er glaubte es nicht, sie hatten sogar darüber gelacht. Das Gegenteil eines Wunders – ein Fluch.

Sie wußte, daß er sie anstarrte; er wollte, daß sie Nicastros Befehl gehorchte. Sie haßten Frauen, sie steckten voller Angst und Schuldgefühlen. Warum fürchteten sich Männer vor Lust? Warum konnten sie nicht einfach genießen, Gebrauch machen von den Gaben Gottes?

Sie kam sich vor wie eine Missionarin aus einer geheilten Welt. Selbst die Drogen, die Parties, die leeren Nächte waren nicht schlimmer als der fürchterliche Zustand, in den diese Männer geraten waren.

An Nicastro würde man nie herankommen; seine Frau war genau wie er, ebenso trocken und gräßlich. Und Tom Zimmer war für immer in den dunklen Höhlen des Priestertums versunken.

»Ich bleibe«, sagte sie.

George Nicastro senkte den Kopf, umgab sich mit seinen Gebeten. Als Maria hochschaute, war Father Tom Zimmer fort, so lautlos verschwunden, wie er gekommen war.

NACHTSPUK

Er tanzte, wirbelte durch die Gänge, er tanzte. *Paff* erloschen ein paar Kerzen, *paff* erloschen noch ein paar.

»Wer ist da?«

Ihre Stimme war laut, war schrill, und er lächelte; wie entzückt er war, daß sie Angst hatte. Wenn ihre Angst sie leitete, würde sie nicht entkommen.

»Eh heh heh heh.«

So, das brachte sie zum Schweigen. Oh, strecke deine Arme aus, recke sie hoch, wirble herum und herum, wirble wie die Flamme, die um den schwarzen Docht tanzt, die Flamme des Feuers.

Sie beichteten vom Scheiterhaufen aus, das taten die Hexen, während das Feuer sie kostete und dort leckte, wo ihre Opfer es getan hatten. Oh, die Flammen und der Scheiterhaufen und die Nacht: das Böse ist nicht böse, das Gute nicht gut.

Tap.

Was war das?

Hör auf zu tanzen.

Sie stand auf, tap, tap, und dann das Poltern des umkippenden Kniestuhls. Ein dumpfes, flatterndes Rascheln: ihr Mantel, der sich um ihren Körper legte. Die Arme, sie hatte genug gehabt. *»Do wop.«*

»Oh, Gott!«

Singe, oh meine Geliebte, singe mir von ewigen Gelübden. Die Flamme in seinem Herzen loderte auf, die Flamme der Wahrheit und der Vergeltung, und in ihrem Licht sah er, wie sie sich den Mittelgang entlangtastete.

Er lauschte ihrem Atem, sah die antike Schönheit ihres Gesichts, den Winkel ihrer Nase und die perfekte Linie ihrer Brauen, und er sah, wie ihre Augen hilflos in der Dunkelheit flackerten. Ihre Hände waren vor ihr ausgestreckt, Fäuste, und sie gab dumpfe, erstickte Laute der Angst von sich mit geweiteten Nüstern.

»Backe, backe Kuchen, Bäckersmann, back mir einen Kuchen, damit ich ihn essen kann.«

Er nahm die große vergoldete Sonne von dem Seitentisch, auf dem sie stand, und bewegte sich schnell durch das Mittelschiff, am Marienaltar mit seiner starrenden Gipsjungfrau vorbei, hielt die Monstranz vor sich und in ihr das geheiligte Fleisch unseres Herrn. Oh Gott, wann wurdest du je als Mordwaffe benutzt?

Oh, so betrüblich, aber: »Im Süden war die Inquisition gegen die Hexerei eine Begleiterscheinung der Pogrome gegen die Juden. Aber im Norden richtete das Heilige Offizium seine Aufmerksamkeit auf diesen alten Glauben und verbrannte den größten Teil seiner Anhänger. Es waren durchweg rückständige Leute, die in den Wäldern lebten und sich mit dem Verkauf von Heilmitteln und Kräutern einen bescheidenen Lebensunterhalt verdienten. Sie wurden in die Städte geschleift und verbrannt, vor Qual schreiend, und ihr medizinisches Geschäft ging über an Barbiere mit verkrusteten Skalpellen und schmutzigen Schröpfbecken.«

»Wer ist da?«

Er kam näher, aber sie sah ihn nicht. Ihre Augen waren weit aufgerissen, sie schlug auf die Luft vor sich ein, sie weinte ein wenig. Sie brachten sie auf Karren zum Scheiterhaufen, denn niemand konnte den Weg zu diesem grauenhaften Tod gehen. Sie hatten es alle gesehen, sie kannten alle die totale Agonie und die totale Demütigung, die Verwandlung von süßem Fleisch in geschundene, verkrustete Kohle. Sie beteten zu ihren Göttern, die Leute aus den Wäldern, und starben als Hexen.

So!

Er machte einen meterhohen Satz vor ihr, mit vorstehenden Augen, das Gesicht verzerrt zum größten, strahlendsten Lächeln, das er hervorbringen konnte.

Ihr Aufschrei war schrill und hoch und laut. Er hob die Monstranz, und sie wich zurück, versuchte, sich mit dem Unterarm zu schützen, stolperte.

»Tun Sie mir nicht weh!«

»Ich muß!«

So verängstigt, um ihr Leben fürchtend: »Nein, nein, nein!«

»Ich habe ein Recht darauf.«

Betäubtes Schweigen, sie mußte die Wahrheit in seiner Stimme gehört haben. Er hatte in der Tat ein Recht darauf. Sie sollte niederknien, ihm ihren Hals darbieten. Aber sie kniete nicht nieder; sie verweigerte ihm sein Recht und wehrte sich, kämpfte gegen seine eiserne Hand, kämpfte gegen den eisernen Druck seiner Finger, die Knochen zermalmen konnten.

Sie kreischte, ihre Stimme wurde klirrend, wurde hoch und schrill. Sie zappelte wie ein Fisch an der Leine, ihre Füße hämmerten auf den Boden, ihre Schultern zitterten, ihr Kopf ruckte.

Sie hatte außergewöhnliche Angst vor dem Tod, diese hier.

Erfreulich.

»Na, schön«, sagte er verbindlich. »Dann werde ich Sie jetzt töten.«

Er hob die Monstranz und ließ sie los. Ein überraschtes Keuchen, dann rannte sie den Gang entlang. Oh ja, sie rannte tatsächlich! Er bewegte sich, die süße Luft auf seinem Gesicht, stürmte durch die Dunkelheit, und als sie erreicht hatte, was sie für einen sicheren Abstand hielt, und stehenblieb, um nach Atem zu ringen, sagte er: »Hallo, hier bin ich.«

Sie wäre abermals gerannt, vor und zurück zwischen den sie umschließenden Mauern, bis sie zusammengebrochen wäre. So stark ist die Lebenskraft der Jungen, so stark die Kraft der Schönheit. Seufzer, so hübsch. Seufzer.

Er schwang die Monstranz. »Oh, nein« – fast ein Flüstern, und das Zusammenkrümmen …

Pock: das Geräusch des eingeschlagenen Schädels. Unverständliches Gestammel: »Obalmah!« Stimme, zerrüttet durch die Zerstörung des Gehirns. Was glaubte sie zu sagen? Dann flog sie zurück, ihre Arme flegelten, und sie landete mit feuchtem Aufprall auf dem Boden.

Hinüber, keine Bewegung, die Seele entwich durch das Loch in der Stirn.

Er wischte den Fuß der Monstranz sauber und stellte sie auf ihren Ehrenplatz zurück. Dann entzündete er liebevoll die Kerzen von neuem, eine nach der anderen.

Als letztes übergoß er sie mit Benzin, schüttete es über ihren reglosen Körper. Dann zündete er noch ein Streichholz an und hielt es hoch. Er konnte die Dünste rings um sich herum riechen, und wenn er das Streichholz fallen ließ, würde sie in Flammen aufgehen. Es war Zeit, daß die Frau, die Kirche und der ganze verdammte Wahnsinn verbrannt wurden. »Sie soll den Flammen übergeben werden. Er wird dem Feuer übergeben. Er soll im Feuer verbrennen. Auf dem Scheiterhaufen. Nehmt ihn und bindet ihn auf den Scheiterhaufen und verbrennt ihn bei lebendigem Leibe.«

Bei totem Leibe …

Dann, in dem geheiligten Moment, bevor das Streichholz aus seinen Fingern fiel, hatte er eine Vision. Er sah, was er tun, welche Verheerungen er anrichten konnte. Wie grandios das war, wie überaus herrlich.

Er blies sein Streichholz aus und stand noch einen weiteren Augenblick da, mit gesenktem Kopf. Er war außer Atem von der Großartigkeit dessen, was er begriffen hatte. Was für eine Rache konnte er hier üben! Präzise kalkuliert, würde sie in der ganzen Welt widerhallen. Oh, geliebte Kirche, wie ich dir wehtun werde!

Wie ich dir wehtun werde, alter Freund.

»Ad altare Dei«, flüsterte er. »Die Kirche brennt.« Dann sagte er: *»In nomine Domini.«* Er faltete seine Schwingen und beugte seinen langen Kopf und ging rasch davon. Hinter sich ließ er die Tote und ihre Gerüche und die lautere Dunkelheit.

3

Um sechs Uhr morgens schlug Father John Rafferty die Augen auf. Er hatte seit Jahren keinen Wecker gebraucht. Sein Leben, sein Priestertum machten ihn sofort wach. Er schob einen bestürzenden, schuldbewußten Traum von Maria in das Dunkel seines Denkens und stand auf.

Er steckte in einer tiefen Krise, aber er war kein ausgebrannter Priester. Für ihn war das Gebet etwas Reales, die Sakramente taten ihr Werk, ein lebendiges und unvorstellbar heiliges Wesen namens Christus fuhr tatsächlich in das Brot ein, wenn ein Priester den Akt der Weihe vollzog.

Kommunion war eine Art Speise, die eine mystische Vereinigung zwischen Mensch und Gott anbot. John weihte die Hostie jeden Tag mindestens einmal und war immer voller Staunen und nahm sie jeden Tag in seinen Körper auf, und jedesmal fühlte er sich wie ein kleiner Junge, der eine ehrfurchtgebietende Hand ergreift.

Er lebte ein Leben voller Wunder; er war immer ehrfürchtig. Doch für ihn bestand ein Unterschied zwischen dem Glauben, den er praktizierte, und der Kirche, der er diente. Er konnte seinen Kardinal nicht ausstehen und mißtraute ihm, und den Papst hielt er für eine Katastrophe von historischen Ausmaßen. Zusammen hatten sie die Kirchen fast völlig geleert, zumindest in der Erzdiözese New York.

Der Kardinal predigte, Gott wäre in erster Linie männlich. John glaubte, daß Gott ein Mysterium war. Der Kardinal benutzte Gott als Mittel, andere zu beherrschen; John versuchte sich der Herrschaft Gottes zu unterwerfen.

Aber er war auch ein Mann der Rituale und Gewohnheiten. Er liebte das Gefühl der Dauerhaftigkeit, das sie mit sich brachten. Deshalb folgte er morgens immer derselben Routine. Er stand auf, ging in seinem alten roten Bademantel und seinen Lammfellpantoffeln nach unten und schaltete die Kaffeemaschine ein. Dann, während der Kaffee sich selbst zubereitete, zog er sich an. Gewöhnlich war es eine Soutane, die er Kragen und Anzug vorzog. Der Gedanke, werktags kein geistliches Gewand zu tragen, war ihm fremd. Nachdem er angezogen war, betete er seinen Rosenkranz, bis das Blubbern der Kaffeemaschine aufhörte.

An diesem Morgen brauchte der Zyklus ungefähr dieselbe Zeit wie immer. Es war sechs Uhr achtundzwanzig.

Er saß am Küchentisch und trank Kaffee aus einem der dicken alten Becher, die zum Haus gehörten. Manchmal ging er zur Ecke und kaufte eine Zeitung, bevor er sich seinen Kaffee einschenkte, aber an diesem Morgen nicht. Wenn es nicht irgendwelche großen Neuigkeiten gab, die Gebete erforderten, oder einen beachtlichen Sieg der Mets, zog er die frühmorgendliche Stille vor. Während er seinen Kaffee trank, lenkte er ganz bewußt seine Gedanken von den tausend Problemen ab, mit denen er sich später beschäftigen würde.

Um sechs Uhr fünfundfünzig spülte er den Becher aus, stand auf und ging zur Küchentür.

Er wanderte auf dem Gehsteig entlang, bog um die Ecke und stieg die Stufen zum Kirchenportal hinauf. Er liebte die elegante, beeindruckende Fassade mit ihren weißen Säulen und den großen, schwarzen Türen. Mary and Joseph war 1845 erbaut worden und damit eine der ältesten katholischen Kirchen in Amerika. Die einzige noch ältere Kirche in Greenwich Village war St. Joseph's, drüben an der Sixth Avenue.

Er schloß die Tür auf, wie er es jeden Morgen um sieben getan hatte, seit an die Stelle dieses faszinierenden Ladens mit Oldie-Schallplatten in der Morton Street ein Fast-Food-

Restaurant getreten war. Vorher hatten sie die Kirche Tag und Nacht offengelassen, aber das Fast-Food-Restaurant hatte eine andere Art von Kundschaft mit sich gebracht. Als es damit angefangen hatte, daß sie in der Kirche Crack-Röhrchen fanden, hatte er widerstrebend die Schlösser einbauen lassen.

Die Leute vom Revier sagten, die nächsten Schritte wären Vandalismus, Diebstahl, Brandstifung. »Das sind keine Menschen, Father.«

Eine Kirche sollte eine Art Freund aus Stein und Mörtel sein, der Zuflucht bot und die Gegenwart Gottes. Kirchen spielten eine wichtige Rolle: Sie waren Orte, in denen täglich Segen gespendet wurde in einer Welt, in der Segen rar war.

Die offenen Türen waren für ihn mehr als nur ein Symbol der offenen Arme des Gottes, an den er so felsenfest glaubte. In manchen Fällen konnten sie eine Notwendigkeit sein. Er erinnerte sich gut an eine dickliche Gestalt, die vor langer Zeit in einer der hinteren Bänke gekauert hatte. Er war gerade ordiniert worden; es war lange, bevor er hier sein Pastorenamt angetreten hatte. Es war früher Morgen gewesen, und durch das Marienfenster drang das erste Tageslicht. Er hatte das dünne Echo eines Schluchzens gehört und war zu der Gestalt gegangen und hatte seine Hand auf die gebückte Schulter gelegt.

Dann hatte der Dichter Dylan Thomas zu ihm aufgeschaut, mit einem Gesicht voll Schweiß und Angst. Er war zurückgewichen wie eine im Brotkasten gefangene Ratte, war zischend zurückgewichen und hinausgeschlurft, und die große Tür war dröhnend hinter ihm zugefallen.

Der Sünden meiner Jugend und meiner Schwächen gedenke nicht; in deiner Freundlichkeit gedenke mein, denn du bist gut, o Herr.

Jetzt holte er den messingnen Medeco-Schlüssel aus der tiefen Tasche seiner Soutane und schloß die Tür auf. Es geschah mit einem kleinen Anflug von Zeremonie.

Er blickte in die dunkle Kirche und in die kleinen roten Augen der Kerzen. Morgenlicht lag über dem Schiff, erhellte den kahlen Altar und den welligen Fußboden aus alter Eiche und ein Bündel aus schwarzem Stoff auf dem Boden. Es war genau sieben Uhr.

Immer noch Morgenkaffee im Mund schmeckend, glaubte John zuerst, daß jemand seinen Mantel liegengelassen hatte. Die Leute lassen alles mögliche in Kirchen liegen; Brieftaschen, Mäntel, alles, was man sich vorstellen kann. Einmal hatte er ein Toupet gefunden, ein andermal ein völlig verängstigtes Kätzchen in einem Karton mit einem Zettel darin: »Leb wohl, Fluffy.« 1972 hatte Father Tom Zimmer einen Säugling gefunden.

Er sah, daß es ein Körper war, und dachte, er hätte einen Obdachlosen entdeckt, der seiner abendlichen Suche entgangen war und in der Kirche kampiert hatte.

Er war sich unklar eines Geruchs nach Benzin bewußt, aber die damit verbundene Gefahr drang nicht in sein Bewußtsein vor, weil er begriffen hatte, daß vor ihm eine tote Frau lag.

Er rannte zu ihr, kniete neben ihr nieder. »Großer Gott«, sagte er. Er griff nach ihren Schultern, versuchte, sie umzudrehen, die Kreuze der Sterbesakramente über ihr zu schlagen. »Ich absolviere dich«, sagte er, und ihn durchfuhr der Kummer darüber, daß dies passiert war, und noch dazu im Hause Gottes.

Schließlich gelang es ihm, ihr Gewicht zu verlagern, und sie rollte herum. Ihre starren Augen sagten ihm, daß sie gelitten hatte, und das furchtbare Loch in ihrer Stirn, daß sie erschlagen worden war.

Die Wunde und die leere Trägheit machten die Leiche mehr gräßlich als erbarmenswürdig, bis er das Gesicht erkannte. Er riß die Hände zurück, als wäre ihr Körper brennend heiß. Seine Finger griffen nach ihrer Stirn, berührten die grauenhaften Striemen, die scharfen Knochenkanten.

Sein Verstand versuchte eine Frage zu formulieren; aber er konnte es nicht. Die Überraschung machte ihn gedankenleer und hielt seine Stimme gefangen, reduzierte sie zu einem zitternden Seufzer, einem Ausdruck des Schmerzes, so intensiv, daß er fast schon ein Aufschrei war.

Er starrte auf sie herab. Da waren diese vollkommenen Lippen, Lippen, die er geküßt hatte, jetzt leicht geöffnet, als hätte sie gerade an einer Blüte gerochen. »Wie solln sich Lichter heben, ihnen zum Geleit?« flüsterte er und betrachtete verwundert den Tod in ihrem Gesicht. Ihre Lieblingszeile, von Hilda Doolittle, ihrer Lieblingsdichterin. »Doch wir wissen, daß es ein Geheimnis gibt, das größer ist als Schönheit, und das ist der Tod.«

Eine Hand lag an ihrer Kehle, hielt den Kragenknopf ihres Mantels mit einer Geste, die so delikat war, daß sie sich auf das Unendliche beziehen mußte. Wie konnte eine solche Schönheit verlorengehen, wie konnte sie sterben?

Er ahnte, dann sah er sie tatsächlich – die große, schwarze Welle von Traurigkeit, die aus seinem tiefsten Innern kam. Ihr Kuß! Ihr Kuß war süß gewesen, der einzige süße Kuß, den er je erlebt hatte! Er krümmte sich zusammen, in den Magen geschlagen von dem Schock. Er spürte, wie er fiel, griff nach der Kante einer Bank.

Ganz ruhig. Ruhig.

Details erregten seine Aufmerksamkeit: die schmale Goldkette, die unter ihrem Mantel hervorkam, die blauen Kontusionen, die in ihre Augenbrauen ausstrahlten, das in ihre vertraute Handtasche eingeprägte »MJ«. Er hörte die kleinen Geräusche, die er von sich gab, war bestürzt von seiner Unfähigkeit, Worte zu finden. Sein Denken versuchte, in bessere Tage zu flüchten, tastete nach einem Leben, das ganz eindeutig und ganz plötzlich geendet hatte.

Weihnachten im Pfarrhaus, Lieder – sie und die Communiellos und Father Frank und der alte Fluffy auf Franks Schoß, und Father Zimmer, der sich all dessen bewußt zu sein schien, und John so verdammt glücklich, so glücklich, dachte er, wie ein menschliches Wesen es überhaupt sein konnte.

Die Schnüre des Schmerzes peitschten in seiner Brust, wurden straffer. Er preßte die Fäuste an die Schläfen und wünschte sich mit aller Kraft, daß dies nicht so wäre.

Dieser Ausdruck in ihren armen Augen!

Er hob den Blick zum Altar, an dem er so viele tausend Messen gelesen hatte, schließlich zur Kanzel, von der aus er den guten Seelen seiner Gemeinde die Prinzipien des Glaubens erklärte.

Dann eilte er aus der Kirche, vergaß, die Knie zu beugen, vergaß, das arme Geschöpf auf dem Boden zu segnen, vergaß alles.

Er stürzte auf die Sixth Avenue hinaus, gerade als Mrs. McReady mit ihrer kleinen Tiffany hereinkommen wollte. Sie waren bei einer Novene, oder etwa nicht? Krebs in der Familie?

»Nein«, sagte er. »Meine Lieben…«

»Father?«

»Nicht jetzt – nein…«

Sie versuchte an ihm vorbeizugehen. »Aber Sie haben doch aufgeschlossen.«

Sie war es, die Krebs hatte, erinnerte er sich, Brust-, Lymphdrüsen- und Knochenkrebs, und sie trug jeden Morgen ihre Ängste und Qualen zur Muttergottes. Jetzt lag zwischen ihr und ihrer Frömmigkeit ein Mord wie eine Barriere aus häßlichem Stacheldraht.

»Unsere Liebe Frau wird nichts dagegen haben – die Kirche muß heute geschlossen bleiben.«

»Aber ich habe etwas dagegen.«

Nicht imstande, etwas zu diskutieren oder zu erklären, rannte er zur Ecke und den Gehsteig entlang zum Pfarrhaus mit seinen düsteren, mit Draht gesicherten Fenstern. Er stürmte in die Diele, unter dem trüben Kronleuchter hindurch, und rannte, zwei Stufen auf einmal nehmend, die Treppe hinauf.

»Frank!« rief er. Gehörte diese schwache, zittrige, alte Stimme wirklich ihm? »Frank!«

Der Kurat erschien am oberen Ende der Treppe in Boxershorts und T-Shirt. Er war ein kräftiger Mann mit breiten, schimmernden Schultern und dunklem, lockigem Haar. Eine sanfte Natur, ein Haufen guter, altmodischer irischer Sentimentalität. »John?« Unbehagen. Sich eines Problems bewußt werdend, gerade besorgt werdend.

Das, was einen für diesen jungen Mann einnahm, war seine Miene, so sanft, so entschlossen. Ja, hatte John gedacht, als er ihn kennenlernte, es ist das Gesicht eines Priesters.

Auch Tom Zimmer, dem sein Mißgeschick noch nicht widerfahren war, hatte er gefallen. »Ein guter Junge«, hatte der alte Priester gesagt. »Er wird es weit bringen.«

»Maria liegt tot in der Kirche«, sagte John, und sein Herz flatterte wie ein Schmetterling.

Als wäre die Mitteilung ein Schuß, fuhr Frank zurück ins Badezimmer. John rannte hinter ihm her, sah, wie er drinnen herumfuhrwerkte, seine Jeans anzog, noch mit Rasierschaum im Gesicht. Einen Augenblick lang trafen sich ihre Blicke, und John war bestürzt über den Schmerz in seinen Augen.

John frage sich, was er mit Tom Zimmer tun sollte. Würde er es zur Kenntnis nehmen? Manchmal schien er voll Energie und Klarheit. Zu anderen Zeiten war er so passiv, daß es aussah, als befände er sich in einem Zustand der Katatonie. Sechzig Jahre lang ein Mann Gottes. Johns Theorie war, daß er zu einem lebenden, atmenden Gebet geworden war. Im letzten Jahr hatte er einmal ein Bein von einem Stuhl abgebrochen. Niemand wußte, weshalb.

Father Zimmer würde nicht vor acht aus seiner Kammer kommen. Sollte er es dann selbst herausfinden.

John ging zum Telefon auf dem Flur, wollte zuerst Captain Malcom vom Sechsten Revier direkt anrufen, hatte aber die Nummer vergessen und wählte statt dessen 911. »Hier ist Father Jonathan Rafferty von der katholischen Kirche Mary and Joseph. Eines unserer Gemeindemitglieder ist in der Kirche ermordet worden.«

Hinter ihm schrie Frank auf, seine rauhe, junge Stimme war schrill vor Schock. Er stürmte heran, halb angezogen, packte John bei der Schulter. »Ermordet?«

John nickte und hörte gleichzeitig der Stimme am Telefon zu. Ihm war, als klebte ein schmutziger Film an ihm, als wäre der Mord an Maria eine Art Verseuchung.

»Adresse?«

Merkwürdig, daß ein New Yorker die nicht kennen sollte. »Mary and Joseph, Ecke Seventh Avenue und Morton Street.«

»Hausnummer?«

»Keine Ahnung, sie steht einfach da!«

Wenn sie nicht das Hauptportal öffneten, betraten und verließen die Priester die Kirche durch eine Tür, die von der unteren Diele direkt in die Sakristei führte. Von hinter dieser Tür kamen schrille Geräuschfetzen. John wußte sofort, daß die McReadys hineingegangen waren. »Das kleine Mädchen sieht es«, sagte er.

»Was?« kam die Stimme aus dem Telefon, jetzt schärfer.

»Ich... die Kirche ist offen – Leute gehen hinein – ich muß abschließen...«

»Tun Sie das, aber bleiben Sie draußen.«

»Warum in aller Welt...«

»Der Täter könnte immer noch drinnen sein.«

Diese Worte trafen Johns tiefstes Inneres. Er sah sich selbst in einer Phantasie seiner Jugend, der Priester in der brennenden Kirche, der auf das Tabernakel zurennt, um die geheiligten Sakramente zu retten. Die Kombination der Warnung mit seiner Phantasie brachte seine Herz zum Hämmern.

Erst jetzt fiel ihm der Benzingestank wieder ein. »Gehen Sie nicht in die Kirche«, wies er Frank an, als sie beide die Stufen hinuntereilten.

»Nein?«

»Sie glauben, der Mörder könnte noch drinnen sein. Und ich habe es gerochen… Da ist Benzin.«

»Benzin?«

»Es stinkt danach. Die Kirche ist voll davon.«

»Wir müssen sie herausholen!«

»Wen?«

»Die McReadys.«

So schnell er konnte, lief John zum Hauptportal. Er eilte die breiten Stufen hinauf, an den Säulen vorbei, blieb an der Tür stehen. »Mrs. McReady!«

Er erhielt keine Antwort. Stille breitete sich aus. Es war einer dieser merkwürdigen Momente des Verstummens, die manchmal in der Stadt eintreten, als hätte irgendein großes Wesen jedes Herz angerührt.

Frank, der sich nicht gescheut hatte, die Sakristeitür zu benutzen, kam heraus, die McReadys in den Armen. Weit davon entfernt, eifersüchtig zu sein auf den Mut des jüngeren Mannes, empfand John warme Anerkennung. Frank war mehr als ein gewöhnlicher Priester. Man sehe ihn sich nur an: Tränen strömen über sein Gesicht, sein ganzer Körper bebt von dem Schmerz, den er empfindet – und trotzdem hilft er den McReadys.

John hatte begriffen, daß dies Frank hart treffen würde, obwohl er Maria Julien nicht so nahe gestanden hatte. Er war überaus sensibel. Er konnte die Aids-Gruppe nicht leiten, und er konnte nur ein gewisses Maß an Arbeit mit den Obdachlosen übernehmen. Aber er war großartig mit den jungen Leuten.

Er war hinreichend tolerant und gutmütig, um als Berater der Christos-Gruppe in der Gemeinde zu fungieren, einer charismatischen Organisation, die so extrem war, daß John sie am liebsten von dem Gelände der Kirche verwiesen hätte. John konnte sie nicht ausstehen und war froh, daß Frank es konnte, weil die Erzdiözese hinter ihr stand und natürlich Rom.

Er schloß die Tür zu den Bänken, dem fernen Altar und Maria, dann wendete er sich an seinen Kuraten, der jetzt in der uralten Pose des Kummers dastand, mit gebeugten Schultern und an die Schläfen gepreßten Fäusten. »Sie ist jetzt bei Gott«, sagte John, »und jenseits allen Leidens.«

Frank sah ihn aus roten, verschwollenen Augen an. »Ich sollte... Sie...«

»Ich habe sie geliebt wie eine Tochter.«

Sie schlossen sich in die Arme.

Die Polizei kam ganz plötzlich, in Gestalt von drei Streifenwagen und einem braunen Detektivfahrzeug mit einem abnehmbaren Blitzlicht auf der Kante des Wagendachs.

Die Männer und Frauen, die aus den Wagen stiegen, hatten mehr Ähnlichkeit mit jungen Technikern als mit Polizeibeamten, und ihre Art, sich an die Arbeit zu machen, verriet Routine. Zuerst spannten sie ein gelbes Band vor die Tür von Mary and Joseph. Dann »kontrollierten« zwei von ihnen die kleine Schar von siebenunddreißig Leuten, die regelmäßig zur Messe erschienen und sich vor dem Portal zusammengeschart hatten. Die übrigen uniformierten Beamten gingen mit gezogenen Waffen hinein.

Gesichter musterten die Priester. Johns Kummer lähmte ihn. Er wollte sich nicht darum kümmern müssen. Er wollte in die Kirche gehen und sein Haupt vor Gott neigen.

Mit einem erstickten Laut, der fast ein Aufschrei war, stürmte Frank plötzlich in die Kirche zurück. Er durchbrach das gelbe Polizeiband, seine Füße hämmerten in das düstere Kirchenschiff.

»Frank!« Der Arme verlor die Beherrschung. »Frank, bleiben Sie stehen!«

John wollte ihm nachrennen, aber eine Hand legte sich

auf seinen Arm. »Wir müssen mit Ihnen reden, Father.« Es war eine Frau in einem blauen Kleid mit kleinen weißen Herzen. Darüber trug sie einen offenen Regenmantel, auf dem Kopf eine Regenhaube aus Plastik.

»Ja?«

Frank kehrte zurück, und John sah, daß er doch nicht die Beherrschung verloren hatte. Sein graues Gesicht war tränenüberströmt, aber in den Händen hielt er einen Kelch mit der Hostie darin. Er duckte sich unter dem Band hindurch, kam die Stufen herunter und blieb vor den Gemeindemitgliedern stehen. »Wir halten die Messe in unserem Wohnzimmer ab«, sagte er mit erstickter Stimme. Dann machte er sich auf den Weg zum Pfarrhaus, gefolgt von einer stolpernden Schar von Leuten.

Natürlich hätte es John Rafferty sein sollen, der die Dinge in die Hand nahm, aber er konnte einfach die Lähmung nicht abschütteln, die ihn in dem Moment befallen hatte, in dem er Maria sah. Wie konnte das erbärmliche Bündel da drinnen Maria sein?

»Ich bin Detective Pearson«, sagte die Frau. »Das ist mein Partner Sam Dowd.« Der Mann war mager, sein Gesicht nur Ecken und Kanten. Seine Augen funkelten. John dachte, daß es ihm gefallen könnte, einen Mann mit einem solchen Gesicht zu kennen. Detective Pearson war schön auf die klassischste irische Art: dunkles Haar, ein ovales Gesicht, ein Teint wie Sahne. Ihre Augen waren ziemlich bestürzend, so hart, daß sie aussahen wie leblose Edelsteine.

Die beiden Detektive stellten ihm Fragen. Wann haben Sie die Tür aufgeschlossen, wo standen Sie, als Sie sie fanden, war das Licht drinnen an oder aus? Ihre Stimmen waren gedämpft von der beeindruckenden Nähe der Kirche.

John antwortete, so gut er konnte, beobachtete, wie die letzten der Frommen in der Tür des Pfarrhauses verschwanden. »Die Gnade und der Friede Gottes und Jesu Christi sei mit euch«, murmelte er ihren Rücken zu. Er beneidete

Frank um das Zelebrieren dieser Messe, die kräftigende Speise dieser Kommunion. Herr, verzeih mir und gib mir Stärke.

»Father?«

»Entschuldigung.«

Detective Pearson streckte die Hand aus und berührte sein Gesicht, eine impertinente, gutherzige Geste. »Sie stand Ihnen nahe?« Als sie ihre Finger zurückzog, waren sie naß von Tränen.

»Eine Gemeinde ist eine Familie.« Pearson musterte ihn fragend. »Ich bin ihr Beichtvater. Ich betrachte mich als ihren Freund.«

»Also wissen Sie über sie Bescheid. Aber können Sie es uns sagen?«

Offensichtlich spielte sie auf das Beichtgeheimnis an. »Sind Sie katholisch?«

»Ausgestiegen. Abgefallen.« Sie warf ihm einen frechen, mädchenhaften Blick zu. »Mit Leib und Seele.«

»Ihre Beichtgeheimnisse würden Ihnen ohnehin nicht weiterhelfen.«

»Aber es gibt welche?«

»Natürlich.« Sie hatte geflüstert: »Ich liebe dich, du reizender alter Mann. Du weißt nicht, was ich bin … wie es sich anfühlt.« Der stickige Beichtstuhl, die Art, auf die sie die Worte hauchte, so daß er sie fast riechen konnte …

Die Detektivin notierte etwas auf einen Block. Abgefallen, eine unter Millionen. Im Laufe seines Lebens hatte er gesehen, wie die Kirche dahinschwand, herbstlich. Jetzt war der Garten kahl und kalt. Zwischen ihm und der hübschen Detektivin lag ein Ozean des Versagens – die schwarzen, satanischen Wasser der materiellen Welt.

Warum sagte sie nichts? Warum nicht? Was schrieb sie da? Kein Zweifel, er machte einen verwirrten Eindruck. Er war verwirrt. Ließ sie ihm Zeit, sich zu fassen? Freundlichkeiten, die man ihm seines Alters wegen erwies, machten ihn immer verlegen. Er versuchte zu erklären. »Es ist ein Schock für mich.« Diese Stimme wieder, so dünn und so zerbrechlich – konnte das seine sein? Totes Laub.

»Dies ist ein hartes Viertel, Father.«

»Es ist ein komplexes Viertel. Vielleicht das komplexeste in der Welt.«

»Es ist rauh.«

»Hier gibt es mehr Kirchen als in jedem anderen Teil von New York. Mehr Universitäten, mehr Buchhandlungen.«

»Ja. Sagen Sie, wissen Sie irgendwas von Dingen, in denen sie dringesteckt haben könnte – Kultkram oder dergleichen?«

»Nein«, sagte er mit dumpfer Stimme.

Der magere Mr. Dowd sprach. »Sie war also eine gute Katholikin – ohne Fehl und Tadel?«

Was sollte John darauf antworten? Die Wahrheit sagen. Es schien das einzig Vernünftige zu sein. »Nein, das war sie nicht. Sie ist erst kürzlich zur Kirche zurückgekehrt, nach etwas, was, wie ich glaube, ein ziemlich ausschweifendes Leben war.«

Eine Verkehrswelle donnerte vorbei. Er deutete mit der Hand auf den dunklen Eingang zur Kirche. Sie folgten ihm unter dem Polizeiband hindurch, blieben vor dem Portal stehen. Dowd nahm sich ein Exemplar des Gemeindeanzeigers vom Gestell, überflog es.

»Sie sind der Pastor, der andere Bursche ist Frank Bayley. Wer ist dieser Emeritus, Father Thomas Zimmer?«

»Tom ist im Ruhestand. Er ist über siebzig, aber er joggt jeden Tag und befindet sich bei bester Gesundheit. Sein einziges Problem ist, daß er die Fähigkeit zum Kommunizieren verloren hat. Er kann nicht sprechen. Er kann nicht einmal eine Nachricht schreiben.«

»Ein junger Mann, ein alter Mann und das Opfer eines Schlaganfalls. Das ist alles, was Sie haben – für eine so große Kirche?«

John schnaubte. »Tom ist nicht das Opfer eines Schlaganfalls. Niemand weiß, was ihm fehlt. Aber er kann offensichtlich nicht mehr als Priester fungieren. Doch er hat dieser Gemeinde alles gegeben, was er hatte, und deshalb bleibt er so lange hier, wie wir ihm die Pflege zukommen lassen können, die er braucht. Was Frank angeht, bin ich glücklich, ihn als meinen Kuraten zu haben. Frank Bayley ist vermutlich der beste junge Priester, den zu kennen ich je das Privileg hatte. Ein wirklich großartiger junger Mann.«

»Wenn Sie es sagen.«

Kitty Pearson schaute durch den Gang auf die Leiche, die in einem Kreis aus künstlichem Licht lag, umgeben von Scheinwerfern auf Spinnenbeinen. Ein untersetzter Mann saugte ihre Umgebung mit einem kleinen Staubsauger ab, während andere Staub auf die Bänke pinselten und Marias steife Hände in Plastikbeutel steckten.

»Ungefähr ein Jahr lang war sie die letzte Frau eines Dichters, Kenneth Glenn. Ken gehörte zur Gemeinde. Kennen Sie seine Gedichte?«

Dowd schüttelte den Kopf. »Eine Rose ist eine Rose ist eine Rose: Shakespeare. Das ist alles, was ich an Poesie kenne.«

Kitty Pearson verkündete, daß sie eine Zigarette wollte.

»Nicht hier drinnen«, erwiderte John sanft.

»›Die schwarzen Ziegel der Nacht
die weißrosa Haut
verdammt vom Kerkergesang der Liebe …‹«

»Also hieß sie Glenn?«

»Maria Julien. Ihr Mädchenname. Ich glaube, er hatte fünf Frauen vor seiner Überdosis. Sie hat ihn vor drei Jahren geheiratet, anscheinend nur so zum Spaß.«

Kittys Augen waren fragend. »Weshalb dann heiraten?«

»Sie war reich, sie liebte Abenteuer. Dazu gehörte offenbar auch, die Frau eines Dichters zu sein.«

»Er war süchtig?«

»Ja.«

»Kennen Sie viele Süchtige?«

»Ich habe unser Entziehungsprogramm gegründet, bevor Sie ein Stäubchen im Auge Gottes waren. Dies ist Greenwich Village, junge Frau.«

Dowd lächelte, mit einer Sanftheit, die Father Rafferty viel sagte. »Erzählen Sie uns davon«, forderte der Detektiv ihn auf. John wollte ihn beruhigen, ihm sagen, daß es in Ordnung war, wenn er seine freundlichere Seite zeigte.

Mit leicht verärgertem Gesicht wiederholte Dowd seine Frage, jetzt lauter. »Erzählen Sie uns von den Drogen in der Gemeinde, Father.«

»Früher waren Drogen eine exotische Sünde. Jetzt sind sie alltäglich.« Er spürte die vertraute Hilflosigkeit, den Schmerz der Frustration in seiner Brust. Es drängte ihn, in diese leeren Polizistengesichter zu schlagen, sie aufzuwekken für seine Welt, wie sie war. Er sah in Drogen kein Verbrechen, er sah nur den Notstand.

»Wie können Sie in einer Gegend wie dem Village eine Kirche am Leben erhalten?«

»Machen Sie Witze? Ich halte jeden Sonntag drei brechendvolle Messen ab, und ich könnte zwei mehr ansetzen, wenn ich noch einen Priester hätte. Mary and Joseph ist eine überaus lebendige Kirche.«

Dowd kickte mit voller Absicht einen leeren Amylnitrit-Behälter die Stufen hinunter.

»Sie benutzen nachts den Vorplatz«, sagte John trocken. »Einer der Gründe dafür, daß wir die Türen abschließen.«

»Also los, Father, erzählen Sie uns die ganze Geschichte. Ist diese Dame das Opfer von irgendeiner Art Drogenmord?«

»Bestimmt nicht.«

»Hatte sie irgendwelche Feinde?«

»Die anderen vier Ehefrauen haben sie vermutlich nicht sonderlich geliebt. Außerdem gehörte sie zur Clubszene. Hatte ihr jedenfalls früher angehört. Vielleicht hatte sie dort irgendwelche Feinde, obwohl ich das bezweifle. Maria war... Wie kann ich sie beschreiben?« Es begann wieder wehzutun, sehr weh. Wie konnte er ihnen von ihrer Intelligenz erzählen, ihrem Esprit, ihren Versuchen, ihn zu verführen? »Sie war eine gute junge Frau«, sagte er schließlich. »Meine Vermutung ist, daß sie zum Beten gekommen ist und einem Straßenräuber zum Opfer fiel.«

»Erklären Sie mir eines, Father«, sagte Dowd. »Diese Frau ist eine fünfte Ehefrau. Trotzdem ist sie offenbar eine praktizierende Katholikin. Wie reimt sich das zusammen?«

»Weil er ohne Annullierung geschieden wurde, ist ihre Ehe mit Ken von der Kirche nie anerkannt worden. Sobald sie ihn verlassen und die Absolution für außerehelichen Geschlechtsverkehr erhalten hatte, war alles in Ordnung – das jedenfalls ist meine Ansicht.«

»In Ordnung«, wiederholte Kitty Pearson. »Wie beruhigend.«

Ein magerer Mann, der sich über die Leiche gebeugt hatte, richtete sich auf und kam auf sie zu. Seine Schuhe klickten auf dem Boden. »Fertig«, sagte er, als er sie erreicht hatte.

»Und wie steht's, Doc?« fragte Dowd.

»Kein Sex, kein Raub. Die Handtasche ist noch da, ungeöffnet.«

»Todesursache?«

»Ein einziger Schlag, soweit ich bisher sehen konnte. Schädel zerschlagen. Gehirn verletzt.«

»Waffe?«

»Wir suchen ein Instrument, das ziemlich schwer ist und eine breite, scheibenförmige Basis hat.«

Kitty Pearson wurde ziemlich rot. »Das ist uns eine verdammt große Hilfe.« Sie hatte ein hitziges Temperament, das konnte John sehen. Er wartete, rechnete mit einer Explosion. Aber sie hatte sich unter Kontrolle. »Todeszeit?«

»Vor vier bis acht Stunden.«

Sie dachte einen Moment nach. »Also ist der Mord zwischen Mitternacht und vier Uhr passiert.«

Dowd musterte John. Das Funkeln war aus seinen Augen verschwunden. »Also wann machen Sie zu?«

»Die letzte Messe ist um Viertel vor sechs, danach schließe ich ab.«

»Sie war nicht hier?«

»Nein.«

»Und Sie sind ganz sicher, daß alles abgeschlossen war?«

»Heute morgen war abgeschlossen.«

Kitty räusperte sich, fuhr mit ihren roten Porzellan-Fingernägeln über ihre Wangen, hinterließ schwache Streifen auf der blassen Haut. Plötzlich erkannte John, daß sie nicht nur ein hitziges Temperament hatte. Diese Frau war zutiefst und ständig wütend. Er wünschte sich, sie irgendwie zum Beten überreden zu können. Abgefallene Katholiken bedrückten ihn. »Father, diese Dame hätte ohne einen Schlüssel nicht hier hereinkommen können.«

»Sie hatte einen Schlüssel.«

»Zum Beten?« frage Kitty.

»Ja. Zum Beten.«

»Also geben Sie Schlüssel aus?«

»Ein paar.«

»An wen? Die Heiligen in der Gemeinde?«

»Sie hatte mich darum gebeten. Sie brauchte das Gebet.«

»Weshalb mußte sie beten?«

»Ich weiß es nicht.« Er schämte sich. Aber er war nur zwei Sätze entfernt von dem Eingeständnis, wie nahe sie einander gestanden hatten, und er hatte nicht vor, das einzugestehen.

Sie legten Maria auf eine Bahre. Als sie die Leiche anhoben, bewegten Arme und Beine sich nicht. Ihm schauderte bei dem Gedanken, daß sie sie beim Bestattungsunternehmer brechen würden, wenn die Familie eine Aufbahrung wünschte.

Vermutlich würden sie sie von hier aus begraben und erwarten, daß er den Gottesdienst abhielt. Das würde ihm verdammt schwerfallen.

Für jeden von uns kommt der bleiche Moment.

Dowd saß da, das Knie gegen das Armaturenbrett gestemmt, und studierte den Gemeindeanzeiger. »Großer Betrieb für nur zwei Leute.«

Kitty zündete sich eine weitere Zigarette an. »Ja.« Sie wollte nicht über die Gemeinde oder die Priester reden. Für die Aufklärung dieses Mordes waren sie nebensächlich. Die Tatsache, daß er in der Kirche begangen worden war, war mit ziemlicher Sicherheit ein bedauerlicher Zufall.

Ihr Desinteresse spürend, faltete er den Anzeiger zusammen und steckte ihn in die Tasche. »Ich wußte nicht, daß Sie als Katholikin aufgewachsen sind.«

»Ja. Erste Kommunion, Firmung, die ganze Latte.«

»Ich glaube, ich bin auch in einer Religion aufgewachsen. Ich meine, ich erinnere mich, von Zeit zu Zeit das Innere einer Kirche gesehen zu haben, also müssen wir wohl eine gehabt haben. Eine Gelegenheitsreligion, nehme ich an.«

Kitty wollte nicht über die ausgebrannten Enden des Kindheitsglaubens reden. »Wie gedenken wir dieses Verbrechen aufzuklären, Mr. Dowd?«

»Indem wir uns an die Routine halten, bis irgend etwas zum Vorschein kommt. Sofern Sie keinen besseren Vorschlag haben.«

Jetzt, wo das Thema zur Sprache gebracht war, stellte Kitty fest, daß sie auch nicht über das Verbrechen reden wollte. Sie wollte überhaupt nicht viel reden. Der Anblick der Leiche hatte sie hart getroffen. Dies war eine Frau in ihrem Alter, vielleicht aus einer ähnlichen Mittelschicht wie sie. Die meisten der Todesfälle, mit denen man es in diesem Job zu tun hatte, betrafen die Alten, die Gefährdeten, die Bösen. Ein Mord wie dieser ereignete sich nicht alle Tage, nicht einmal heutzutage, nicht einmal hier. »Haben Sie ihr Gesicht gesehen?«

»Nein. Den Anblick habe ich mir erspart – abgesehen von dem Loch in ihrer Stirn und dem Ausdruck in ihren verdammten Augen.«

Kitty betrachtete den Rauch ihrer Zigarette, der sich langsam in die Höhe kräuselte. »Und der Benzingestank. Der konnte einem nicht entgehen.«

»Nein. Als ob er vorgehabt hätte, sie anzuzünden, und dann gestört wurde.«

»Um die Zeit ist er bestimmt nicht gestört worden.«

»Aber weshalb hat er sie dann nicht angezündet?«

»Solange wir die Antwort auf diese Frage nicht kennen, verstehen wir diesen Fall nicht. Das dürfen wir nicht vergessen.«

Dowd begann in seinen Notizen zu blättern. Er machte sich immer Notizen. Sie hatten eine Menge ungelöster Fälle. Jeder hatte eine Menge ungelöster Fälle. Trotzdem gab er nie auf. Tief im Inneren von Sam Dowd steckte ein empörtes Gerechtigkeitsgefühl. Er konnte ein Verbrechen nicht auf sich beruhen lassen, ganz gleich, mit wieviel offizieller Apathie er es zu tun hatte, mit wie vielen lügenden Zeugen, mit wie vielen Niederlagen.

Sie spürte, daß sein Blick auf ihr ruhte. »Ich habe gewußt, daß Ihnen das an die Nieren gehen würde«, sagte er. »Sobald ich sie gesehen hatte.«

»Sie war so verdammt verängstigt.« Die tönernen Züge waren von Entsetzen verzerrt, die toten Augen starrten, die Lippen zeigten jenen merkwürdigen Ausdruck, der so oft auf den Gesichtern von Mordopfern liegt.

»Ich wollte, Sie würden im Wagen nicht rauchen.«

»Süchtige Persönlichkeit. Liegt in der Familie.«

Er räusperte sich. »Okay, was haben wir? Dies ist ein Verbrechen aus Leidenschaft. Es wurde nichts gestohlen, die Handtasche lag neben der Leiche.«

»Vielleicht kann uns der Pathologe etwas liefern«, sagte Kitty. Aber sie wußte, daß der Pathologe nicht anrufen würde, es sei denn, er hätte einen verblüffenden Fund wie Gift im Gewebe oder etwas anderes völlig Absurdes zu vermelden. Aber damit war nicht zu rechnen. Die Kopfwunde würde die einzige Todesursache sein. »Das wird ein Scheißfall werden, Dowd. Eine Menge Presse, weil es in einer Kirche passiert ist. Keinerlei Verdächtige. Genau so ein Ding wie in dieser verdammten Boutique drüben an der West Fourth im vorigen Jahr. Zufallsverbrechen. Null Beweise, und nichts wird dabei herauskommen. Wir werden verlieren.«

Dowd seufzte. »Sie sind immer so deprimierend. Aber, Lady, Sie und ich, wir haben eine verdammt gute Aufklärungsquote. Wir sind die Besten in der Abteilung, vergessen Sie das nicht.«

»Rivalisieren liegt mir nicht.«

»Nein, vermutlich nicht. Eine Dame von dreiunddreißig, die schon seit drei Jahren ihr goldenes Abzeichen trägt und einer der tollsten Bullen in der Mordkommission ist. Kein Rivalisieren, kein Ehrgeiz. Dient einfach ihre Zeit ab.«

»Na ja, vielleicht nicht ganz.«

Wieder blätterte er in seinen Notizen. »Vielleicht haben die Techniker etwas Nützliches zu bieten.«

»Jemand ist auf sie zugegangen und hat ihr den Schädel eingeschlagen. Punkt. Vermutlich gab es nicht einmal körperlichen Kontakt.«

Dowd sah sie an. »Als ich ein Junge war, habe ich ein Konversationslexikon verkauft, von Tür zu Tür, und dabei etliche Dollar verdient. Wenn ich in der Woche an hundert Türen klingelte, konnte ich drei verkaufen. Ich meine, irgend jemandem gefielen all die Farbfotos, die in dem Ding drin waren. Es ist eine Sache der Routine. Wenn es eine Antwort gibt, werden wir sie finden.«

Er erzählte die Geschichte, wie er mit dem Konversationslexikon hausieren gegangen war, mindestens einmal die Woche. *The Collegiate American Encyclopedia.* »Gewinner ist immer derjenige, der nicht aufgibt.« Sam Dowd.

»Haben Sie noch welche?«

»Was?«

»Exemplare davon. Immer, wenn Sie diese schwachsinnige Geschichte zur Sprache bringen, verkaufen Sie mir ein bißchen mehr. Enthält neun Millionen Worte, behandelt alles von Aal bis Zwiebel. Jetzt erfahre ich, daß eine Menge Farbfotos drin sind. Das gibt den Ausschlag. Ich bin ganz verrückt auf Farbfotos vom Grand-Coulee-Damm und dem Innern von Woodrow Wilsons Sommerhaus. Sie müssen mir eins besorgen, Sam. Ich bin ganz wild darauf.«

Er schüttelte den Kopf. »Es ist kalt hier drin, Lady. Was halten Sie davon, wenn wir ins Revier zurückfahren und einen vorläufigen Bericht machen? Der Chief will bestimmt was haben, womit er die Presse füttern kann.«

Sie schaute zur Kirche hoch. »Ich bin nicht mehr in einem dieser Dinger gewesen, seit ich ungefähr vierzehn war«, sagte sie. »Ich war sehr fromm. Und dann, ganz plötzlich, war ich es nicht mehr.«

»Was ist passiert?«

»Ich hatte einen unglaublich langen und heftigen Streit mit meiner Mutter über eine Glaubensfrage. Wir gerieten uns in die Haare. Wie zwei Katzen! Himmel, haben wir uns gestritten. Um es ihr heimzuzahlen, habe ich nie wieder einen Fuß in eine Kirche gesetzt.«

Sam startete den Wagen, fädelte sich in den Verkehr ein. Kitty lehnte sich zurück, wünschte sich, sie hätte eine Tasse Milchkaffee zu ihrer Zigarette. Der heutige Tag hatte nicht gut angefangen. Würde er noch schlimmer werden? Aber das war im Grunde nicht die Frage, nicht die eigentliche Frage. Die eigentliche Frage war: um wieviel schlimmer?

4

Frank Bayley versank in einer traurigen, geheimen Hölle. Sein Herz war gebrochen, aber er wagte es nicht, einen mehr als professionell bekümmerten Eindruck zu machen. Er hatte mit Maria gesündigt. Er hatte seine Gelübde gebrochen und in den Staub getreten. Und danach hatte er vor den frommen Mitgliedern der Gemeinde und der Christos-Gruppe gestanden und so getan, als wäre nichts gewesen.

Der große Stein, der ihm auf der Seele lag, hatte viel zu tun mit gebrochenen Gelübden und zugleich viel mit der Tatsache, daß seine Geliebte tot war. Sie war tot! Wie war das möglich? Und dazu in der Kirche, mitten in der Kirche!

Er hatte die Frühmesse im Pfarrhaus zelebriert und die Mittagmesse, die Sache des Kuraten war, dann hatte er mit der *Spotlight-on-Faith*-Gruppe gearbeitet, hatte am Abend seine *Confraternity-of-Christian-Doctrine*-Klasse abgehalten – alles wie üblich.

Jetzt war es spät, und er schwitzte und konnte nicht schlafen. Auf den Kummer folgte Angst, Welle um Welle, immer und immer wieder. Sie würden ihre Wohnung auf Fingerabdrücke untersuchen, würden feststellen, daß er dort gewesen war.

Seine Augen öffneten sich. Er brauchte einen Drink. Nein, er brauchte etwas Stärkeres, eine Art Vergessen. Valium. Etwas Stärkeres. Er könnte am Morgen seinen Arzt anrufen, sich ein Rezept geben lassen. »Ich kann nicht schlafen, nicht mit dieser entsetzlichen Tragödie…«

Nach Mitternacht hörte er Gelächter, und es war ein wildes Geräusch. Es kam die Seventh Avenue herabgesegelt, widerhallte von den Gebäuden, drang in sein behagliches kleines Zimmer ein, zerrte ihn zurück aus einem unruhigen Schlaf. Nur menschliche Wesen lachen, und das machte es so beunruhigend.

So häßlich war das Lachen, es beschwor traurige Erinnerungen herauf. Lachen war das Gleitmittel gewesen, das bewirkte, daß er sich bei Maria wohlfühlte. »Nun komm schon, Frank, hab keine Angst. Ich bin schließlich nur eine Frau.« Sie war zwischen die Laken geglitten, ihre Haut auf der bleichen Baumwolle. »Komm zu mir«, hatte sie mit einem Lachen in der Kehle gesagt, »und laß dich von mir ausziehen.«

Sie hatte gesagt: »Ich glaube nicht an den Zölibat. Es ist meine geheime Mission, einen ganzen Menschen aus dir zu machen.«

Sie hatte gesagt: »Du bist so verdammt schön, Frank Bayley.«

Sie hatte gesagt: »Oh, brich mich, brich mich mittendurch, du großer, schöner Mann!«

Oh, brich mich.

Er setzte sich auf, dann trat er ans Fenster. Gelbe Regenschwaden drifteten durch das Licht der Straßenlaternen. Ein Streifenwagen rauschte die Morton Street entlang; gewiß waren seine Insassen unterwegs zu einer Kaffeepause oder zu einem der die ganze Nacht geöffneten Schnellimbisse.

Davon abgesehen, war die Straße leer, was die Sache mit dem Gelächter offenließ. War es wirklich von draußen gekommen, oder hatte jemand im Pfarrhaus gelacht?

Er lauschte, aber er hörte keinerlei Bewegung auf den Fluren. Die alten Priester schliefen den Schlaf der Ewigkeit. Tom murmelte, John schnarchte laut.

Frank überquerte den Flur, trat in Johns Zimmer. Da lag der alte Mann, schnarchte sich ins Vergessen. Frank berührte die Seite seines Kopfes. Das Schnarchen brach ab, setzte wieder ein. Frank rieb seine Wange über die stachligen Stoppeln von Johns Bart.

Als er stöhnte, trat Frank zurück. Armer alter Kerl, er war so ein frommer Priester gewesen. Wie mochte er es empfunden haben, mit Maria? Sie war ein lebendes Wunder gewesen, imstande, Gefühle hervorzurufen, die einen tatsächlich dem Göttlichen nahebrachten. Hatte sie das für John getan?

Sein Geruch hing in der Luft, der unverwechselbare, wächserne Geruch ältlichen Fleisches. Das Bett des alten Mannes war aus Eisen, die Wände leer bis auf das Kreuz und das Bild der Muttergottes. Es war die Zelle eines Seminaristen, kahl, unaussprechlich trist.

Er war zutiefst eins mit seinem Priestertum.

Hatte er Maria als Verführerin betrachtet – als jemanden, der böse war? Wenn ja, was mochte er getan haben, nachdem sie ihn verführt hatte?

Ja, was?

Nein. Nicht dieser Mann. Eines solchen Zorns war John nicht fähig.

Frank blickte herab auf Johns schlafendes Gesicht. Er wünschte sich, er könnte ihrer beider Kummer hinwegtrösten, könnte dem alten Mann seinen Verlust erleichtern, auch wenn er das bei seinem eigenen nicht konnte.

Ganz leicht berührte er die Säcke unter den Augen, dann strich er mit dem Finger über die Falten, die den Mund umgaben. Gute sechzig Jahre Lächeln hatten diese Falten hervorgebracht. Dieses reizende kleine Lächeln! Es tat dem Herzen weh.

Frank hatte eine geheime Mission in dieser Gemeinde, die ihm der Kardinal selbst übertragen hatte. »Eines Tages werden Sie an John Raffertys Stelle treten, mein Sohn. Er ist schon eine Ewigkeit dort, und er klammert sich daran mit seiner ganzen Kraft. Aber wir brauchen eine Veränderung.«

Er würde es mit Liebe tun, wenn er konnte, aber auch ohne sie, wenn es sein mußte. Armer alter Kerl, er konnte einfach nicht nein sagen. Schwule, Abtreiber, alles mögliche Gesindel – in John Raffertys Kirche wimmelte es von Exkommunizierten, denen er die Sakramente spendete, ohne mit der Wimper zu zucken.

Der alte Mann drehte den Kopf, lächelte leicht im Schlaf. Man sehe ihn nur an! Er hatte heute die Qualen der Verdammten erlitten, und trotzdem war dieses kleine Lächeln nicht verschwunden.

Für einen Mann, der das Seminar in den strengen Zeiten vor dem Zweiten Vatikanischen Konzil absolviert hatte, war er eine seltsame Mischung aus ärgerlichem Traditionalismus und gefährlicher Ketzerei. Er wollte die lateinische Messe wiederhaben, aber er wollte auch weibliche Priester. Er gab zu, daß Abtreibung falsch war, glaubte aber, daß die Menschen eine Wahl haben sollten. Und was die Geburtenkontrolle anging – seine Ansicht war, daß die Überbevölkerung eine derartige Gefahr darstellte, daß Empfängnisverhütung das kleinere von zwei Übeln war.

Das waren fraglos vertretbare Positionen, aber es waren keine katholischen Positionen. Johns Vorstellung von der Kirche war ganz und gar seine eigene. Mary and Joseph hätte ebensogut der Ort einer eigenen Religion sein können.

Frank beugte sich tief über die schlafende Gestalt, berührte die Seite seines Halses. Durch die papierdünne Haut hindurch konnte er die Vibrationen des Schnarchens fühlen.

Schließlich zog er sich zurück und fragte sich, was ihn überhaupt in dieses Zimmer geführt hatte. War es Freundlichkeit, das Verlangen, den alten Mann mit einer Berührung zu trösten? War es Wut oder sogar Haß? Was empfand er gegenüber dem Pastor, dessen Nachfolger er werden wollte?

John würde nie aufhören, zum Teufel mit dem Pensionsalter und der Zwölf-Jahres-Regel. Er würde entweder mit den Füßen voran hinausgetragen werden, oder er mußte entfernt werden. Irgendwann würde die Erzdiözese handeln müssen, ohne Rücksicht auf Verluste. Er war zu individualistisch, zu eigensinnig. Schließlich war die Priesterschaft die Armee des Kardinals und kein Debattierclub. Männer, die nicht gehorchten, machten nichts als Ärger.

Nach fast einem Vierteljahrhundert des Niedergangs war die Kirche in Amerika wieder im Aufbruch. Ganz still, hinter den Kulissen, wuchsen die Gemeinden von neuem. Zusätzliche Messen wurden abgehalten, weniger Priester schieden aus, die Zahl der Seminaristen nahm zu.

Die verwirrende Flut des theologischen Liberalismus ging zurück. Die Menschen brauchten Gewißheit, sie brauchten Autorität.

John würde dem natürlich nicht beipflichten. Er würde sagen, sie kämen zurück, weil sie Gott liebten und ohne ihn nicht leben konnten: »Die Leute dulden den Kardinal und seine Gewißheiten. Sie mögen sie nicht, und sie glauben nicht an sie.«

Frank war die neue, stärkere, überzeugtere Kirche. John war die Kirche in den Sechzigern, versunken in Fragen und Dispute.

Frank stockte der Atem. Er hatte sich tatsächlich als Teil der Kirche empfunden. Aber das war er nicht. Seine Kirche war Maria Julien, und sein Gott war tot. Solange Maria am Leben gewesen war, war er imstande gewesen, so zu tun als ob, ihr Spiel zu spielen. Aber jetzt war es aus mit den Spielen, er mußte den Dingen ins Gesicht sehen, und er schwitzte.

Jemand hatte ihr den Schädel eingeschlagen.

Frank stand auf der Schwelle und rang die Hände. Sie waren kräftig, wie sein ganzer Körper. In der High School hatte er Football gespielt, und er genoß seine Erinnerungen, wie er durch die Linie gestürmt war und die anderen beiseitegestoßen hatte, als wären sie Spielzeug.

Maria hätte ihm geholfen. Er erinnerte sich voll Sehnsucht, wie sie die Arme um ihn gelegt hatte, und auch an das Gefühl der Sicherheit, das sie ihm vermittelt hatte; alles war unter Kontrolle. »Schlaf jetzt«, pflegte sie zu sagen. »Ich beschütze dich vor allem.«

John hatte eine gute Freundin eingebüßt, aber Frank hatte den Anker seiner Seele verloren.

Er überquerte den Flur, ging ins Badezimmer, um sich etwas Wasser ins Gesicht zu spritzen.

Er umklammerte den Rand des Waschbeckens, seine Augen schlossen und öffenten sich. Schwer atmend trat er zurück. Er wollte kämpfen, aber es war niemand da. Wen konnte er schlagen? Wie konnte er sich und sein Leben wiederherstellen?

Sünder, bereue. Laß Jesus dich heilen. *Ihn verlangt nach deinen Sünden;* so wurde es gelehrt. Und weshalb empfand er nicht so?

Ihn verlangte danach, Maria anzurufen, mit ihr zu reden, ihr zuzuhören, sich von ihr beruhigen zu lassen. »Du kannst dein Verhältnis mit mir jederzeit beichten. Geh in eine Kirche, in der man dich nicht kennt. Es ist wirklich kein Problem, Frank.«

Er kam zu dem Schluß, daß er einen Drink brauchen konnte. Als er hinunterging, schlug die alte Uhr. Ein Blick auf ihr Zifferblatt, im Widerschein der Straßenlaternen schwach erkennbar, sagte ihm, daß es halb drei war.

Er ging ins Wohnzimmer, öffnete die Hausbar. Da war noch etwas von dem guten Brandy, den Zimmer trank. Das würde jetzt genau das Richtige sein.

Als er die Flasche herausholte, stellte er fest, daß seine Hände zitterten wie Laub. Er begriff, weshalb sie das taten: er war völlig verängstigt. Allein der Gedanke, daß hier ein Mord begangen worden war, reichte aus, das ganze Haus bedrohlich und leicht unwirklich erscheinen zu lassen, wie eine Art schattenhafter Bühnendekoration.

Als er den Brandy in einen der Kristallschwenker goß, die er von zuhause mitgebracht hatte, fiel ihm auf, daß seine Füße in Laufschuhen steckten anstatt in seinen Pantoffeln.

Laufschuhe, Pyjama, Brandy mitten in der Nacht – es war weit mit ihm gekommen.

Regen prasselte gegen den oberen Teil der hohen Fenster. Frank ging zu den Vorhängen, öffnete sie einen Spaltbreit. Türme aus Regen marschierten die Straße entlang. Der Wetterbericht hatte verkündet, es würde Frost geben und der Regen zu Schnee werden.

Maria steht in ihrem von Kerzen beleuchteten Schlafzimmer, mit offenen Armen und nach oben gerichteten Handflächen, in der Haltung der Madonna: »John mag in meinem Herzen Gott suchen«, sagte sie. »Aber du bist jung, Frank.«

Mitten in seinen Gedanken, im dunklen Wohnzimmer des Pfarrhauses stehend, spürte Frank Bayley plötzlich, daß jemand ihn vom oberen Ende der Treppe aus beobachtete. Er sah die Gestalt, die sich vor dem Flurfenster abzeichnete. »Father?« Es kam keine Antwort. Er begriff, wer es war, und spürte plötzlich die Kälte der Nacht. »Father Zimmer?«

Der andere Priester schaute stumm herunter. Frank trat vor, öffnete den Mund, um zu sprechen.

Sie gehen noch spät in die Kirche, Father Tom. Das tun Sie oft. Sie haben uns dort gesehen, mich und Maria.

Haben Sie?

NACHTSPUK

Er bewegte sich die West Street entlang, in der Gegend, in der früher der alte Hellfire Club gewesen war. Die dunklen Lagerhäuser verrieten nichts von dem, was in ihnen vorging. Jetzt war der regengepeitschte Hudson in Sicht und, am Ufer entlangtapernd, ein schäbiges altes Wrack in durchweichtem Wollmantel und mit einem Tuch um den Kopf anstelle eines Hutes.

Der Anblick der verdreckten Gestalt trieb ihm eine glühendheiße Nadel aus Haß tief ins Gehirn. Er näherte sich ihr, lächelnd.

Eine zittrige Stimme rief: »Ist da jemand?« Konnte der alte Idiot nicht einmal sehen?

Sie umkreisten einander. Innerlich lachte er. »Wir sind doch keine Hunde«, sagte er. Er streckte die Hand aus und berührte den Mann, der keuchend zurücktaumelte.

»Nicht schlagen! Ich ergeb mich! Ich ergeb mich!«

»Mund halten«, sagte er. Es war eine so sanfte Stimme, so freundlich.

»Ich ergeb mich! Ich ergeb mich!« Der alte Mann tastete herum, taumelte.

Er sah, daß sein Opfer blind war. Sehr gut, dann würde es leicht sein. Er räusperte sich. »Die Methode, nach der die Inquisition arbeitete, war bemerkenswert wegen ihrer Einfachheit und Effektivität. Eine Anklage setzte Schuld voraus. Leugnen war Geständnis. Wenn man dem Tribunal erklärte: ›Ich habe es nicht getan‹, dann wurde man gefoltert, bis man seine Geschichte widerrief oder starb. Wenn man seine Schuld eingestand, wurde man den Flammen übergeben.«

»Was reden Sie da, Mann? Sind Sie Lehrer?«

»Tanz mit mir.«

»Oh, Gott.«

»Ja, der auch. Wie wär's, wenn wir den Strotzer tanzen würden? Kennst du den Strotzer?« Es war ein alter Tanz, ein sehr, sehr alter Tanz, heutzutage kannte ihn niemand mehr, keiner von ihnen.

Er nahm den alten Mann in die Arme und tanzte den Strotzer mit ihm, und es war, als umarmten die Sterne sie beide. Der alte Scheißer stank nach saurer Haut und Tabak, und er fing an zu weinen.

Was für ein Jammer, daß er so ein schlechter Tänzer war! Vielleicht war es Angst. Er brauchte etwas Ermutigung. Sie ermutigten die Büßer auf dem Weg zum Scheiterhaufen. »Qualen sind nichts, wovor man sich fürchten muß, mein Freund.«

Der alte Mann versuchte zurückzuweichen, drehte den Kopf von einer Seite zur anderen. Seine Arme schlangen sich um die Taille des Mannes, und er konnte nicht entkommen. Er flüsterte, während sie tanzten, gesetzte Worte aus seiner frühesten Jugend:

»Und zwei große schwarze Dinge standen ihm zur Seite da, zerrten ihn schier durch die Decke, eh er wußt, wie ihm geschah!
Deshalb hüt dich vor den Dingen, die dich fangen und verschlingen…«

Der alte Mann sagte: »Herr im Himmel.« Es klang beeindruckt.

Die alte Momma Mooney, die sich um ihn gekümmert hatte, pflegte dieses Gedicht zu rezitieren, und er hatte gelernt, daß es die schwarzen Dinge wirklich gab und wo sie lebten. Sie lebten in einem Loch mitten in seiner Brust.

Er zog seinen blinden Tanzpartner näher an sich heran.

Es kam ein Stöhnen. Er grub in die Nieren. Das Stöhnen wurde zu einem keuchenden Aufschrei. Nun, das mußte wehgetan haben. Das mußte eindeutig inquisitorisch gewesen sein!

Die Frage! Stell ihm die Frage!

»Sag mir, glaubst du an die Gemeinschaft der Heiligen?«

Ein gequälter Aufschrei.

Dann hatte er das Seil um den Körper geschlungen und umwickelte ihn einmal, zweimal, schnürte ihn an einen Laternenpfahl, und dann das Benzin, gurgelnd wie das rastlose Gurgeln aller Flüsse der Welt. Dann…

Er stand ganz still. Goldene Fäden des Vergnügens wischten über seine Haut, ließen ihn erbeben. Er zog den Hut ins Gesicht, um seine Augen vor dem Inferno zu schützen.

Drüben auf der West Street verlangsamte ein Wagen seine Fahrt. Weiße Gesichter betrachteten das Spektakel des *auto da fé*.

Das Feuer seufzte und prasselte im Wind, in den Flammen loderten die Geheimnisse der Geschichte.

»Die Kirche hat Menschenopfer nie offiziell gutgeheißen, aber sie waren seit jeher ein Teil der Religion. Die öffentliche Vernichtung von Menschenleben stand in der Geschichte immer im Zusammenhang mit Glauben und Frömmigkeit.

Um was ging es der Inquisition in Wirklichkeit? Diese Frage läßt sich nur indirekt beantworten. Als die weltlichen Behörden in den letzten Palast der Inquisition eindrangen, fand man, in die Wände eingemauert, die Überreste von Mönchen. Das war in Lissabon im Jahre 1823.«

Wie hörte sich ein *auto da fé* an mit – sagen wir – fünfzig Ketzern, die alle gleichzeitig auf dem Scheiterhaufen verbrannten? Und was war mit dem Gestank?

»Der unbewußte Sinn der Inquisition war nicht, Ketzerei oder Heidentum auszurotten. Er lag vielmehr darin, die Körper der Unschuldigen den hungrigen Göttern zu opfern, denen die Religion in Wirklichkeit dient und die auf ewig in den dunklen Herzen der Menschen leben.«

Er stürmte die Bethune Street hinauf, vorbei an dem schweigenden Gebäude der Künstlergemeinschaft von Westbeth, durch die Geister hindurch, die durch die Nacht schwärmen. Ein Taxi fuhr vorbei, und drinnen sah er bemalte Gesichter. Ihr Make-up war zu grell, ihre Kleidung zu durchsichtig, ihr Strahlen stach ihm ins Herz. Luzifer, du bist schön.

Ein Jammer, daß sie in einem Taxi saßen, vielleicht hätte eine von ihnen auch gern getanzt.

Er bewunderte die extreme Aufmachung der jungen Mädchen, die kühnen Bleistiftabsätze, die Lederröcke, die mit Silikon gefüllten hüpfenden Brüste. Er hätte gern das Regenwasser gesehen, das über ihre haarlosen Arme rann, ihr intensives Parfum gerochen.

Im Traumlicht hatte er Geheimnisse gelernt. Zum Beispiel: es ist besser, der Jäger zu sein als der Gejagte. Die Eule ist der Ratte überlegen, der Tiger dem Menschen.

Jetzt ging er wie ein Gott, er kannte alle Nachtlokale. Aber er mied die glitzernden Prominentenkneipen, die Rockclubs, die Teenager-Treffs, deren pulsierende Jugend bewirkte, daß er sich vorkam wie eine Mumie. Ihn interessierte die wahre Nacht, die geheime Nacht, und er bevorzugte die versteckten Treffpunkte der Verwundeten, die Orte, die gebrochene Menschen aufsuchten.

Gegen Morgen landeten die Menschen der Nacht in bestimmten Cafés und Restaurants. Er betrat ein vertrautes Lokal an der Ecke Eighth Avenue und Dreizehnte Straße und ging zur Theke. Ein paar Leute saßen vor ihren Kaffeetassen, einige nahmen ein kleines Frühstück zu sich.

An einem Tisch saß eine Gruppe von Außenseitern, junge Leute aus Jersey, die Eier und Speck in sich hineinschaufelten, bevor sie zu ihren Jobs als Steueranwälte oder Autoverkäufer zurückkehrten.

Alle hatten die Drogen und den Alkohol und den Sex der Nacht hinter sich, alle waren jetzt irgendwie gelöst und schläfrig. Das Lokal spiegelte die besondere Sanftheit böser Menschen, die müde geworden sind. Aus der Jukebox kam eine rauchige Blues-Ballade; es war perfekt. Nachtschwärmer hatten einen sicheren Instinkt für Atmosphäre.

Die Kellnerin schenkte Kaffee ein. Sie war hochgewachsen, vielleicht vierzig, mit vollen Lippen und Augen, die jeden mit unschuldiger Anerkennung musterten.

Das Tanzen des alten Strotzers hatte beruhigend gewirkt. Die Zeit des Tagmannes rückte heran. Okay, das war in Ordnung. Damit würde er fertigwerden.

Die Dämmerung war nicht mehr fern, und der Tagmann träumte seine Träume. Bald war es an der Zeit, wieder herabzusteigen.

Die Kellnerin kam heran. »Was soll's sein?« Sie hatte keine Angst vor ihm, war nicht entsetzt von seinem Gesicht. Nein, der Tagmann in ihm war zu weit fortgeschritten – wenn er auch noch nicht völlig die Oberhand gewonnen hatte, noch nicht. Er musterte sie von oben bis unten. »Leck mich.«

»Sie machen wohl Witze.«

»Durchaus nicht. Ich komme unter die Theke, und Sie können ans Werk gehen.«

Die schwarze Fläche der Theke spiegelte ihre Gesichter. Sie schob ihm eine Speisekarte zu. »Sie können Kaffee oder Tee haben, Freund.« Ihre Augen trafen sich. Er war amüsiert, als sie versuchte, unergründlich auszusehen. Nach einem Moment wendete sie sich ab.

»Haben Sie Kirschkuchen?«

»Kirsch, Apfel, Zitrone.«

»Geben Sie mir Kirschkuchen und Kaffee.«

Sie goß Kaffee in den dicken weißen Standardbecher und schnitt den Kuchen ab. »Wollen Sie ihn heiß?« fragte sie über die Schulter.

»Natürlich.«

Sie stellte ihn in die Mikrowelle. Er nahm ein Streichholzheftchen vom Tresen, zündete ein Hölzchen an, ließ es bis auf seine Fingerspitzen herunterbrennen. Interessant.

Sie setzte ihm den Kuchen vor, dann beugte sie sich zu ihm hinunter. Er sah plötzlich, wie ihre Haut unter der dikken Schicht von Make-up dahinwelkte und daß ihre Augen wässrig waren vor Erschöpfung. »Wenn Sie mich wollen, Mister – ich bin zu haben. Wenn es nur Quatsch war, nehme ich es Ihnen nicht übel. Ich weiß, wie ich aussehe. Fünfzehn Jahre auf der Straße. Ich bin völlig kaputt.«

»Ich auch.«

»Nein. Sie haben sich nicht für Geld verkauft. Ich war ein Blumenkind. Die Woodstock-Generation! Dieses hübsche kleine Mädchen auf den Fotos, mit einem Blumenkranz im Haar. So ein Mädchen war ich auch einmal. Aber das ist lange her.«

In ihrem Gesicht sah er die Schönheit aller Zeiten. Sie war Mona Lisa, sie war Venus, sie war die schöne Helena. Er haßte sie so sehr, daß ihm war, als müßte er daran ersticken.

Er zündete ein weiteres Streichholz an.

»He«, kam eine Stimme, »haben Sie Füße, oder sollen wir den Leichenbeschauer rufen?«

Sie eilte davon, um eine Bestellung von Steaks und Eiern entgegenzunehmen. Er trank seinen Kaffee. Die Musik hörte auf, die Atmosphäre wurde ruhiger, nachdenklicher.

An dem Tisch mit den Außenseitern hatte es Veränderungen gegeben. Die beiden gutgekleideten jungen Männer waren aufgestanden und tanzten miteinander, die Hände auf dem Hintern des anderen. Die Frauen ignorierten sie, unterhielten sich angeregt über den Resten ihres Rühreis. Zwei Männer, zwei Frauen, sauber und adrett. Sie waren Country Club-Leute. Schlurf, schlurf, die Country Club-Männer tanzten in der Stille, immer rundherum.

Er trank seinen Kaffee aus, spürte das Gewicht des anbrechenden Tages und zahlte. Die Kellnerin gab ihm mit unbewegter Tüchtigkeit das Wechselgeld heraus. Zu schade, daß er ihr nicht auf der Straße begegnet war. Im Hinausgehen riß er ein weiteres Streichholz aus dem Heftchen und zündete es an. Wirklich verdammt schade.

5

John hörte immer wieder, wie Maria seinen Namen aussprach; er sah sie auf der Straße, während er die Vorbereitungen für ihre Beisetzung traf. Mrs. Communiello, die einen Ehemann, zwei Brüder und ihre Eltern betrauert hatte, hätte Johns Leiden nicht gleichgültiger gegenüberstehen können. Ihre Augen waren unergründlich und sauer, ihre Oberlippe mit einem Bart bestäubt. Einst war sie voller Lachen gewesen, aber das war lange her. Das Leben hatte ihr Licht ausgelöscht. »Die Toten, die bedeuten überhaupt nichts. Man hört nie wieder von ihnen, es sei denn, man ist verrückt.« Bettys Weisheit.

Manchmal ertappte man sie dabei, daß sie weinte, und dann wütete sie und überschüttete einen mit italienischen Flüchen. Wenn sie Blumen arrangierte, sang sie. Sie hatte einen kleinen Hund namens Ippi, den sie liebte.

John gedachte seinen Schmerz zu hegen, aber nicht zuzulassen, daß er ihn überwältigte. Statt dessen beschäftigte er sich mit den anstehenden Vorbereitungen für die Beisetzung. Bring den nächsten Tag hinter dich, die nächste Stunde, die nächste Minute.

Außerdem war da ein unseliges kleines Geheimnis, mit dem er sich beschäftigen mußte. In einer Hinsicht war das gut; es half ihm, seine Gedanken von der dunklen, tauben Leere abzulenken, die ihn verschlingen wollte.

Maria hatte von Brüdern und Schwestern gesprochen, von einer alten Mutter, sie hatte Familiengeschichten erzählt, war widerstrebend zu gelegentlichen Weihnachts- oder Thanksgiving-Treffen gefahren, hatte die Mutter in einem Altersheim in Pennsylvania besucht, hatte Geburtstagskarten verschickt und bekommen, alles, was dazugehörte.

Aber nichts von alledem entsprach der Wahrheit. Er bekam heraus, daß sie überhaupt keine Angehörigen hatte. Am Nachmittag nach ihrem Tod hatte die Polizei versucht, sie zu finden, aber sie hatte weder Schwestern noch Brüder. Ihre Eltern waren tot.

»Das kann nicht stimmen«, hatte John zu den Detektiven gesagt. »Sie hatte Angehörige. Sie hat ständig von ihnen gesprochen.«

»Sie hatte keine Angehörigen«, hatte Kitty Pearson erwidert, »es sei denn, wir rechnen Sie dazu. Und was Freunde angeht – die stellen sich nicht gerade in einer Reihe auf, um sich zählen zu lassen.«

Sie hatte eine förmliche Chronik ihrer weitverzweigten Verwandtschaft geliefert. Sie hatte sich besorgt über ihre Gleichgültigkeit gegenüber der Kirche geäußert. Einmal hatte sie sogar eine Novene absolviert, als ihre jüngste Schwester eine Abtreibung erwog.

Er hatte sie beraten, mit ihr gelitten, mit ihr Anteil genommen an ihren Angehörigen. Wenn sie dem Altersheim einen Besuch abstattete, hatte er zum heiligen Antonius von Padua gebetet für eine gute Fahrt und zur Heiligen Jungfrau für Kraft und Weisheit.

Als er erfuhr, daß sie ihn belogen hatte, war er zutiefst verwirrt. Seltsamerweise ertappte er sich immer wieder bei der Annahme, daß ihre gesamte Familie auf einmal ums Leben gekommen war.

Wenn sie diese angeblichen Reisen nach Pennsylvania unternommen hatte – wohin war sie da in Wirklichkeit gefahren?

Bis jetzt hatte John noch nie wahren Schmerz erlitten. Als seine Mutter mit siebzig starb, hatte er im Herzen eine Art einsamer Sanftmut empfunden, weil sie so gut gewesen war. Sie war mit einem fast komischen Ausdruck der Überraschung im Gesicht gestorben, einem Ausdruck, der ihn glauben ließ, daß es wundervoll war, den Himmel zu sehen. Sein großer alter Löwe von einem Vater hatte an Krebs gelitten, und das war sehr schlimm gewesen, aber der Glaube war so stark und so simpel. Gegen Ende seiner letzten Stunde hatte er gesagt: »Also gut!« Dann war er ganz still gewesen, hatte kaum geatmet. Seine Augen gingen auf, er sagte: »Herr?«, dann starb er.

Das Schlimmste an Marias Tod war für John, daß er weiterhin seine Pflichten erfüllen mußte, als wäre er kein Mann, den es hart getroffen hatte. Er konnte nicht sagen: »Meine Geliebte ist ermordet worden«, aber genau das war es, was er empfand.

Er hatte gehofft, daß Frank ihm eine Stütze sein würde, aber der Mord hatte bewirkt, daß sich dieser fröhliche, offenherzige Mann in sich selbst zurückgezogen hatte. Er wanderte herum wie ein Gespenst, erschreckte John mehr als einmal durch sein plötzliches, stummes Auftauchen. »Spielen Sie nicht den alten Zimmer«, hatte John ihn gebeten. Frank hatte nicht einmal gelacht.

Am Morgen nach dem Mord rief die Kanzlei an, aber die Fragen von Monsignore Hanratty betrafen nur die Sicherheitsvorkehrungen. Zumindest wußte man dort nicht, wovon jetzt die gesamte Nachbarschaft redete, nämlich wie nahe John der ermordeten Frau gestanden hatte. Jedermann wußte es. Schließlich hatten sie jahrelang in vielen Cafés des Viertels zum Inventar gehört.

Die *Post* brachte eine große Schlagzeile: »BLUTIGE KIRCHE«. Mehr als der Artikel in der *Times* löste ihre unheimliche Story in der Gemeinde eine Sensation aus. Glücklicherweise wurde das Verhältnis zwischen John Rafferty und Maria Julien darin nicht erwähnt. Er seufzte, empfand ebensoviel Bitterkeit über den Sensationsjournalismus wie Erleichterung über die Tatsache, daß sie nicht die ganze

Geschichte aufgedeckt hatten. Laß ihnen Zeit, dachte er betrübt.

Heute mußte John den Trauergottesdienst durchstehen. Der Rosenkranz war schon schlimm genug gewesen, DiMarcos kleine Kapelle ein dummer Fehler. Aber woher hätte er wissen sollen, daß die ganze Gemeinde erscheinen würde? Er hatte sich für die kleine Kapelle entschieden angesichts der Tatsache, daß sie keine Angehörigen hatte. Die Leute waren gekommen, um nicht nur Maria zu betrauern, sondern auch ihren Priester und vor allem ihre arme Gemeinde. Sie waren gekommen, um einander an ihrem Schmerz teilhaben zu lassen, und er hatte in ihren Augen soviel Glauben und Mitgefühl gesehen, daß er sich von seinem Gewissen gedrängt fühlte, den Skandal seines Verhältnisses zu Maria öffentlich einzugestehen.

Er rasierte sich, bürstete sein Haar und schlüpfte in seine Soutane. Dann ging er hinunter in den Duft von Kaffee und Speck. In dem Moment, in dem er auftauchte, nahm Betty den Deckel von einem Teller und setzte ihm sein Frühstück vor. Er starrte auf Speck und Eier und Toast.

»Danke, Betty.«

»Essen Sie.«

Das mußte ihre Art sein, seinen Schmerz anzuerkennen, indem sie ihm eine besonders reichhaltige Mahlzeit vorsetzte.

Frank sah von seinem eigenen Teller auf. Seine Augen waren rot, sein Gesicht grau. »Sie haben lange geschlafen«, sagte er. »Es ist schon nach sieben.«

»Sie sehen aus, als hätten Sie überhaupt nicht geschlafen.«

»Nachtgedanken. Aber machen wir uns lieber Ihretwegen Sorgen. Ich bin es nicht, der einen Angehörigen verloren hat.«

Obwohl bestimmt gut gemeint, bewirkte Franks Mitgefühl, daß er sich noch elender fühlte. Freundlichkeit kann furchtbar isolierend sein. Tom Zimmer aß wie eine Maschine. Früher war er ein ungeheuer kräftiger Mann gewesen, jetzt war er nur noch Draht und Knochen.

Wenn er Bettys Kochkünste zu schätzen wußte, so ließ er es sich nicht anmerken. Er verzehrte sein Frühstück wie jeden Morgen im Lauf der letzten fünfzig Jahre. Vielleicht war Tom stumm, weil er ein Heiliger war. Aber so, wie er auf seine Eier einhieb, dachte John, konnte der Grund seines Verstummens auch Wut sein. Ein Mann muß lieben, John, sonst entgeht ihm das Leben.

Hatte Maria die Wahrheit in dieses Pfarrhaus gebracht – und war sie deshalb umgebracht worden? War sie ein Dämon oder eine Heroine?

John seufzte und wünschte sich nicht zum erstenmal, diesen Zombie, der mit ihnen die Wohnung teilte, in ein Heim verfrachten zu können. Aber das war grausam. Dies war Toms Zuhause. »Ich muß die Kirche aufschließen«, sagte John.

»Das habe ich genau um sieben getan.«

»Sie müssen essen, Father.« Betty hing über ihm wie ein großer, bedrohlicher Vogel. Sie war dick, aber nicht schwammig, fünfzig, eine massige Frau, die stummer, heftiger Wutanfälle fähig war. John hatte gesehen, wie sie einen Kerzenhalter in zwei Teile zerbrach. Er hatte gesehen, wie sie ihren zerbrechlichen kleinen Hund mit der Liebe einer Mutter und dem Feingefühl eines Chirurgen streichelte.

Manchmal starrte Betty in den Kamin und murmelte etwas, von dem John glaubte, daß es ebensogut Flüche wie Liebesworte sein konnten.

Er aß tüchtig, weil er aus Erfahrung wußte, was es für Betty bedeutete, wenn er das Essen stehenließ.

»Ah! Seht nur!« Plötzlich wurde er von massigen Armen umschlungen, sein Gesicht wurde in das Kissen eines Busens gedrückt. »Der Father, er weint!« Es war keine freundliche Geste. Er hatte das Gefühl, daß sie ihn auslachte. Sie wollte ihn nicht freigeben; er mußte sich losreißen.

Er stand auf. »Ich muß in die Kirche.«

»Ich habe aufgeschlossen. Ich halte die Messe ab.«

John durchfuhr eine absurd übertriebene Welle der Dankbarkeit. »Danke!« Normalerweise verzichtete er nie auf seine Messen, aber diesmal war er dankbar.

»Ich muß los«, sagte Frank im Aufstehen.

John sah ihm nach. In dem Moment, in dem Stille herrschte, hörte er sein Denken ein Wort flüstern, »Mord«, sanft und süß. Er schüttelte den Kopf, er wollte nicht daran denken. Aber Mord – in dem Wort steckte eine Klinge.

Hätte er sie nur mit den Sterbesakramenten versehen können, dann würde er wissen, daß sie im Himmel war. Oh, daß sie doch das Angesicht Gottes erblicken konnte!

Wenn ich sterbe, gib, daß sie auf mich wartet.

Er zerteilte ein Ei, beobachtete, wie das Dotter auslief. Er hatte Arbeit vor sich. Es war, als müßte er ihr Leben sezieren, obwohl er nichts anderes wollte als vergessen. Aber jemand mußte ihre Wohnung ausräumen, mußte die Überreste eines Lebens zusammenpacken und von der Müllabfuhr abholen lassen. Er fand, daß er gehen und einen Blick in die Wohnung werfen sollte.

»Sind Sie satt?«

»Ja.«

»Gut. Ich habe auch keine Eier mehr.«

Und was ist mit meinen Gefühlen? Sollte da nicht mehr sein als nur das? Er wollte Mitgefühl, nicht eine lieblose, nicht ernstgemeinte Umarmung.

Er kehrte in sein Zimmer zurück, legte die Soutane ab und zog Straßenkleidung an. Priesterkragen oder nicht? Heutzutage war das immer zu überlegen. Früher war der Kragen eine Quelle des Stolzes und ein spezieller Schutz gewesen.

Mehr als einmal hatte er, wenn er den Kragen getragen hatte, auf der Straße die eindringlichen Worte gehört: »Father, ich brauche einen Priester.« Er legte ihn an.

Bevor er das Pfarrhaus verließ, zog er seinen langen schwarzen Regenmantel über und setzte seinen traurigen alten Filzhut auf. Er mußte den Hut unbedingt reinigen und nachpressen lassen, wenn er eine Reinigung fand, die dazu imstande war. Maria hatte behauptet, jemanden zu kennen, aber sie hatte den Hut nie mitgenommen.

Er hatte eine Arbeit zu erledigen, und er sollte sie nicht auf die lange Bank schieben, zumal wenn die Pflicht so schmerzlich war wie diese.

Er konnte nicht zulassen, daß irgendeine Putzkolonne kam und ihr Leben in einen Müllcontainer warf. Sie hatte Besseres verdient als das.

Er überquerte die Sixth Avenue, ging am Waverly Place entlang, strebte auf das vornehme alte Gebäude zu, in dem Maria gewohnt hatte. Jetzt herrschte reges Leben auf der Straße, der Zeitungsverkäufer an der Ecke von Washington Place bot die *Post* und die *Times* feil, wütender Verkehr verstopfte die Avenue, Leute betraten und verließen das McDonald's an der Ecke.

Er liebte das alles, betrachtete jedes Teilchen davon als Zeichen der unendlichen Gnade des Herrn. Die über die Straße flatternde Zeitung, die kleinen Mädchen in ihren Uniformen auf dem Weg zur Our-Lady-of-Grace-Schule, die Jungen in blauen Mänteln hinter ihnen, die mit ihren Schalen klappernden Bettler, den vom Wind vorbeigetragenen Duft nach Kaffee und bratendem Speck, ein Müllauto, das sich mit den Abfällen des gestrigen Tages vollstopfte, und über allem das gütige und hoffnungsvolle Licht der Sonne.

An einem solchen Tag, umgeben von all diesem prallen Leben, konnte er nicht gänzlich grau und von Kummer erfüllt sein, also hob er den Kopf, schritt munterer aus und flüsterte den Namen des Herrn.

Dann hatte er das Gebäude erreicht. Er blieb an der Schwelle stehen, ging hinein. Er stellte sich dem Pförtner vor, nicht dem, den er schon einmal gesehen hatte. »Ich bin

Father John Rafferty. Ich bin gekommen, um mich um Miss Juliens Sachen zu kümmern.«

Der Pförtner nickte. »Es ist ein Jammer!« Seine Augen waren leer. Alle hatten Maria geliebt.

»Ein ganz großer Jammer.«

Er gab John einen Schlüssel. »Sie war die schönste Frau, die ich je gesehen habe. Eine Schönheit wie sie – wer bringt so jemanden um?«

»Das fragt man sich.«

»Ein Tier, würde ich sagen.«

»Nein, Tiere morden nicht. Außer Ratten.«

»Dann war es eine Ratte. Eine Kanalratte!«

John fuhr mit dem elegant vertäfelten Fahrstuhl in den sechsten Stock. Wie gut er sich an den flüsternden Teppich erinnerte, an das Geräusch seiner Schritte. Und dort, dort an dieser Tür – der Schrein.

Sie stand da, glühend, ihr Gesicht war wieder erhoben, und er schmeckte den Geschmack des Kusses, Tränen strömten herab, und er war blind und mußte stehenbleiben und sie abschütteln.

Er war von Kummer überwältigt, als er den Schlüssel ins Schloß der eierschalenweißen Tür steckte. Er ging hinein, bewegte sich mit der übertriebenen Behutsamkeit eines Mannes in einem Museum, dann zog er die Tür hinter sich zu. Er stand in einer kleinen, konventionellen Diele. Rechts ein herunterklappbarer Tisch, darüber ein farbstarkes abstraktes Gemälde, das erste Qualität zu sein schien. Ein kleiner, sehr kostbarer Orientteppich bedeckte den Boden. Außerdem war da ein Duft, ein vertrauter. Links fand sich die Erklärung: ein hoher, offener Krug, gefüllt mit einem superben, selbsthergestellten Potpourri, dessen Duft genau dem von Marias Parfum entsprach. Eine sorgfältig abgestimmte, elegante Note – so schmerzlich, so ganz Maria.

Dieser Duft! Patschuli, Ingwer, Zitrone – das war die Essenz der Frau, die er gekannt hatte. Dieser Duft und die

Bücher in diesem Wohnzimmer – das war seine Maria. Er bewegte sich zwischen ihnen wie ein Gespenst. Da war der vertraute, vielbenutzte Richard Hugo, und hier der Ginsberg, aus dem sie beide so oft vorgelesen hatten, hier der Ossip Mandelstam und diese fabelhafte Carolyn Forche, *Gathering the Tribes*. John griff danach, erinnerte sich. Erst vor ein paar Tagen hatte sie sich über den kleinen Tisch bei Lanciani gebeugt... Die Nachmittagssonne war auf ihr Gesicht gefallen, und sie hatte geblinzelt. »Erinnerung geht weit in die Tiefe«, hatte sie in diesem kleinen, von Gebäckduft erfüllten Raum geflüstert. Dann hatte sie gelesen:

»Sie ist eine gute Frau, wandelnd
im Körper eines verkrüppelten Strauchs...«

Wie seltsam, daß Worte manchmal imstande sind, den Fluß des Ewigen einzufangen!

Das Zimmer, das Maria gewesen war, war so still.

Wie konnte ein Mensch nur einen anderen umbringen, wo Leben doch so reich ist an Sinn und ein so starker Ausdruck der Allgegenwart Gottes? Wie hatte jemand das tun können? Ihr Schädel war eingeschlagen gewesen. Es mußte ein ungeheuerlicher Mut dazu gehören, einen anderen Menschen zu vernichten – oder eine ungeheure innerliche Taubheit.

Er wollte es nicht, aber wie er da in ihrer Wohnung stand, ließ er seinem Haß auf den Mörder freien Lauf. »Gott«, sagte er. »Ich möchte, daß du ihn niederschmetterst in den tiefsten Abgrund der Hölle.« Seine Stimme war dick und trokken, und er empfand plötzlich den bitteren, machtlosen Zorn der Kindheit, die Wut eines kleinen Jungen, der zu etwas gezwungen wurde, das er verabscheute.

Er zog einen Band aus dem Regal: *Juliette* vom Marquis de Sade.

Sein Unbehagen vertiefte sich. Nachdem sie sich Projekten hingegeben hatten wie dem, das Gebet zu einer Kunstform zu machen, war sie in diese stilvolle Wohnung zurückgekehrt, um de Sade zu lesen. Novenen, Meditationen, Experimente mit ständigem Gebet – und Perversion.

Er stand auf. Er hoffte, daß ihr Interesse rein intellektueller Natur gewesen war. Redete sich ein, daß er keinen Anlaß hatte, lüsterne Absichten vorauszusetzen, stellte das Buch wieder ins Regal. Dann holte er tief Luft, zwang sich ganz bewußt zur Ruhe. Immer noch wollte er sie rufen, ihren Namen aussprechen. Das Gefühl, etwas versäumt zu haben, war sehr stark. Er sehnte sich nach einer Ehe, die er nicht gelebt hatte.

Sein Herz war krank vor Kummer, aber er setzte seine Erkundung fort. Sich zwischen den Artefakten ihres Lebens aufzuhalten war in gewisser Hinsicht eine Erleichterung. Er konnte es nicht ertragen, zu bleiben; er wollte nie wieder gehen.

Ihr Schlafzimmer war entzückend feminin. Wie oft hatte er sich gefragt, wie es sein würde, neben ihr aufzuwachen. Und dies wäre das Bett gewesen, dieses Himmelbett mit der Überdecke aus Spitze.

Auf ihrem Schreibtisch sah er ein paar Rechnungen – Telefon, Bloomingdale's, Garagenmiete. Sie hatte ein prachtvolles Mercedes-Cabrio von 1960. In all den Jahren ihrer Bekanntschaft hatte er nie gefragt, womit sie sich ihren Lebensunterhalt verdiente. Jetzt, als er ihre Papiere durchsah, fragte er.

Alles auf dem Schreibtisch war ganz normal, bis zu der Benachrichtigung vom History Book Club, daß sie bestellen müßte, sofern sie nicht per Post eine Biographie von Stonewall Jackson erhalten wollte.

Er öffnete die Doppeltür des Schrankes. All die vertrauten Kleidungsstücke waren da, und bei ihrem Anblick schluchzte er laut auf. Er klammerte sich an die Tür, mit geschlossenen Augen.

Dann sah er Leder. Er zog ein Kleidungsstück heraus. Es war ein merkwürdiges Ding, ein lederner Umhang mit Kapuze. Er erinnerte sich an die Frage der Detektivin, ob sie etwas mit irgendwelchen Kulten zu tun gehabt hätte, und zwängte das seltsame Kleidungsstück wieder in den Schrank.

»Sie hat ihre Wohnung in Ordnung gehalten.« Er fuhr herum, erschreckt von der Stimme. Da stand Detective Pearson. Sie lächelte, kam näher. »Es überrascht mich nicht, daß Sie hier sind, Father. Wir haben schon herausgefunden, wie Sie zueinander standen.«

»Sie sind mir gefolgt?«

»Nicht direkt. Mrs. Communiello wußte nicht, wo Sie hingegangen waren, also habe ich geraten. Gut geraten.« Sie zündete sich eine Zigarette an, inhalierte tief. »Hübsches Schlafzimmer«, sagte sie.

»Ja.«

»Haben Sie es zusammen eingerichtet?« In ihrer Stimme lag eine Anspielung, und das machte ihn wütend. Weshalb war sie hergekommen, weshalb hatte sie ihm nachspioniert? Wie konnte sie das wagen! Sie blies Rauch in das Zimmer. »Das Testament ist gefunden worden. Es lag in ihrem Schließfach bei der Chemical Bank an der West Fourth. Sie sollten sehr erfreut sein.«

»Erfreut?«

»Versuchen Sie nicht zu schauspielern. Darin sind Sie nicht sonderlich gut.«

»Schauspielern? Was meinen Sie damit?«

»Sie hat Ihnen zweihundertfünfundfünfzigtausend Dollar hinterlassen, dazu eine Lebensversicherung über dreißigtausend Dollar und das gesamte Inventar dieser Wohnung.«

Er fand die Bettkante und setzte sich.

»Father, Sie sollten mir alles sagen, was Ihnen durch den Kopf geht.« Sie zog unter dem Bett einen breiten, mit goldenen Nieten besetzten Gürtel hervor. John hatte solche Gürtel in dem Schaufenstern von Sexshops gesehen. Sie lächelte dünn.

»Sie wollten dieses Zeug beiseiteschaffen, stimmt's?« Sie ließ den Gürtel gegen ihren Oberschenkel klatschen. »Kann ich Ihnen nicht übelnehmen. Aber wir waren zuerst hier.« John hörte sie wie aus weiter Ferne. Liebesnest. Perverser Sex.

Sein erster Impuls war, Marias guten Namen zu verteidigen, doch dann begriff er die Bedrohung seines eigenen Priestertums.

Die ganze Nachbarschaft wußte, daß er oft mit Maria zusammengewesen war. Jetzt völlig hilflos, ohne auch nur den Schatten einer Erwiderung, sah er Kitty Pearson an. Er fühlte sich angerührt von der Schönheit in ihrem Gesicht, zusammen mit dem Zorn und dem Abscheu und der tiefen Verletztheit, die er gesehen hatte, als seine Augen zum erstenmal auf sie fielen. »Meine einzige Unklugheit war, daß ich ihr Freund war. Ich habe mir nicht das Geringste vorzuwerfen.«

»Hören Sie, Father. Ich habe einen Job zu erledigen, und manchmal ist es kein angenehmer Job. Sie scheinen ein netter Mann zu sein. Und nach dem, was ich auf der Straße über Sie höre, sind Sie ein guter Priester. Ein verdammt guter Priester. Aber das Opfer ist in Ihrer Kirche gestorben, zu einer Zeit, als sie verschlossen war. Sie hat Ihnen alles hinterlassen. Sie standen in irgendeiner Art von Verhältnis zu ihr.« Sie hob den Gürtel, ließ ihn etwas härter gegen ihren Oberschenkel klatschen. »Vielleicht war es ein sehr sensibles, ungewöhnliches Verhältnis.«

Das war schlimmer als reine Bloßstellung, viel schlimmer. »Sie glauben, ich hätte Maria ermordet?«

»Ich wollte, es wäre so einfach. Offiziell gehören Sie zu den Verdächtigen, aber das ist nichts, worüber Sie sich aufregen müßten.« Sie verstummte, warf den Gürtel aufs Bett.

In ihrer Geste lag Abtun, im Aufblitzen ihrer Augen Verachtung.

»Ich habe nichts getan, habe nicht mit ihr geschlafen, und schon gar nicht – dieses andere Zeug. Ich bin noch nie weiter gewesen als bis zur Tür dieser Wohnung. Indem ich sie liebte, ihr Freund war, habe ich einen entsetzlichen Fehler begangen. Aber ich mußte es tun, um ihres Seelenheils willen. Dies mag schlimm aussehen, aber ich habe nichts Schlechtes getan.«

Sie starrte ihn an, ein ernstes, anklagendes Kind.

Er versuchte, sich zu verteidigen. »Ich bin gekommen, um zu sehen, was von ihr noch da ist. Schließlich muß ich mich darum kümmern.«

Sie nickte. Ihre Augen verrieten Zorn und dahinter Enttäuschung.

»Bitte, glauben Sie mir, hier geht es um mein Überleben. Mein Priestertum ist meine Seele. Wenn Sie mein Priestertum vernichten, vernichten Sie mich.«

Mit auf die Brust gesenktem Kinn bedachte sie ihn mit einem harten Blick. »Ich finde, Sie sollten sich schämen.«

»Oh, nein.« Aber seine Kehle war trocken, seine Stimme nur ein Flüstern. Ihm war fürchterlich übel. De Sade, Leder, ein nietenbesetzter Gürtel – das war so häßlich, so schmutzig, so unglaublich traurig. Maria war irgendwie pervers gewesen – vielleicht sogar eine Hure mit einer Spezialität.

Er erinnerte sich an ihr liebliches Gesicht. Er wollte nicht, daß diese Polizistin sah, wie er weinte, und deshalb verließ er die Wohnung, schlich sich hinaus wie, das wußte er, ein schuldiger Mann.

Sie stand da und sah zu, wie er ging, nachdenklich rauchend.

Er fuhr im Fahrstuhl nach unten, zusammen mit einer jungen Frau ganz anderer Art, ruhig und selbstbewußt, sogar elegant, mit anmutig gewelltem Haar. Er ertappte sie dabei, wie sie seinen Kragen betrachtete, und lächelte ein wenig.

Sie kam ihm bekannt vor, aber schließlich kam ihm fast die Hälfte der ständigen Bewohner des West Village bekannt vor.

Draußen lag leichter Rauchgeruch in der Luft, das Überbleibsel irgendeines Brandes. Hatte er in der Nacht nicht Sirenen gehört? Wie klein ist die Flamme, winzig in der Dunkelheit, die den Flieder des Lebens in Erinnerung verwandelt!

Er steckte die Hände in die Manteltaschen, lehnte sich in den Wind und machte sich auf den Heimweg.

6

Am gleichen Morgen, dem Morgen von Marias Beisetzung, hielt Frank die Frühmesse ab. Er mußte sich in diese Pflicht hineinschleppen; John war dazu außerstande. Er war kein Schauspieler, und die seinem Amt angemessene tragische Miene, die er aufgesetzt hatte, konnte kaum die wahre Tiefe seines Schmerzes verbergen.

Die Qual, die es ihm bereitete, diese Messe abzuhalten, wurde noch größer, als ihm klarwurde, daß Tom Zimmer an ihr teilzunehmen gedachte. Normalerweise waren Toms Gewohnheiten außerordentlich regelmäßig. Er nahm sonntags an der Acht-Uhr-Messe teil. Bei den Gottesdiensten an den Wochentagen tauchte er nie auf. Und bis heute hatte er auch noch nie unmittelbar vor dem Altar gesessen.

Eine innere Spannung spiegelte sich in seinen Wangen, zog die Haut so straff, daß es fast so aussah, als bestünde sie aus dünnem Leder. John hatte einmal gesagt, dieser Mann wäre eine Art Heiliger. Frank vertrat eine andere und – davon war er überzeugt – richtigere Ansicht. Tom Zimmer war geistesgestört. Seine Augen waren bösartig, nicht mystisch. In ihnen lag Hunger.

Frank fuhr mit dem Gottesdienst fort, versuchte, ihn nicht anzusehen. Er hob die Hostie. »Dies ist das Lamm Gottes, das auf sich nimmt die Sünden der Welt. Selig sind, die zu seinem Mahl gerufen sind.«

Nun war es getan, das Brot mit dem lebendigen Christus erfüllt. Aber man sehe sich Zimmer an! Er lächelte. Weshalb zum Teufel tat er das? Und weshalb so sardonisch? Wußte er über Frank und Maria Bescheid? Verrückte waren manchmal unglaublich scharfsinnig. Bei seiner Art, herumzuschleichen wie ein Dieb, hätte er Frank ohne weiteres zu Marias Haus folgen können. Der Rest wäre eine Reihe von zutreffenden Vermutungen gewesen.

Frank bemühte sich, seine Konzentration zurückzugewinnen. Dies war der entscheidende Moment, die Magie. »Herr, ich bin es nicht wert, dich zu empfangen, aber sprich nur das Wort, und ich bin geheilt.«

Und was ist mit dir, Tom? Bist du geheilt? Oder hast du dich mitten in der Nacht in diese Kirche geschlichen und Maria hier vorgefunden...?

Tom Zimmers Seele schien Aufmerksamkeit zu heischen. Einen Moment lang blieb Frank nichts anderes übrig, als seinen Blick zu erwidern. Tom war ein gräßlicher, ziemlich bizarrer Anblick, mit seiner straffen Haut, seinen rasiermesserscharfen Knochen und seinen winzigen, altersgetrübten Augen.

Frank hatte einmal gesehen, wie er einen Falter bei seinen flatternden Flügeln gefangen hatte. Seine Hand war vorgeschossen, und plötzlich war das Geschöpf nicht mehr dagewesen. Es hatte ein leises Knirschen gegeben, als er es zerdrückte, eine schnelle Bewegung des Handgelenks, als er es in das prasselnde Kaminfeuer warf.

Frank befreite sich aus Toms bannendem Blick. Seine Augen suchten Trost, fanden ihn schnell in den Gesichtern seiner eigenen Leute, der Christos, die in der zweiten und dritten Bankreihe saßen. Dort war Liebe, Liebe und Freundlichkeit und ... es waren die Gesichter wachsamer Hunde.

Frank kehrte zu seiner Arbeit zurück, konzentrierte sich abermals auf seine Messe. »Möge der Leib Christi mir das ewige Leben bringen. Möge das Blut Christi mir das ewige Leben bringen.«

Er ging mit seinem Kelch um den Altar herum und begann, die Kommunion zu spenden. »Der Leib Christi«, sagte er zu George Nicastro. »Amen«, erwiderte dieser und eilte zurück in seine Bank. Dann zu einem Mann um die Fünfzig, »Der Leib Christi«, ein weiteres gemurmeltes »Amen«. Sie traten vor wie Lichtblitze, mit ausgestreckter Hand.

Die letzten Kommunikanten kehrten in ihre Bänke zurück, die letzten Gebete wurden gesprochen.

»Die Messe ist zu Ende, gehet hin in Frieden.«

Dann war er wieder in der Sakristei und legte die Meßgewänder ab. Joe Carlotto eilte, nachdem er seine Pflichten als Meßdiener erfüllt hatte, in seine Anwaltskanzlei. Er war eines der gemäßigteren Mitglieder von Christos, und sein Einfluß war nicht zu unterschätzen. Er hielt Hitzköpfe wie George Nicastro im Zaum.

Frank betrachtete sein Gesicht im Spiegel über dem kleinen Waschbecken. Er war erschrocken, wie sehr er sich seit dem Mord verändert hatte. Vorher war Jugend in seinem Gesicht gewesen. Jetzt war da etwas anderes – etwas Verbrauchtes und so Trauriges, daß er es mit der Angst zu tun bekam. Er wendete sich ab.

Die Teilnahme an diesem Trauergottesdienst würde ihm sehr, sehr schwer fallen. Er würde ankämpfen müssen gegen den Jammer, den der Anblick ihres Sarges mit sich bringen würde.

Er ging durch die Sakristeitür ins Pfarrhaus, in der Hoffnung, vor dem Gottesdienst ein wenig allein sein zu können. Betty Communiello würde jetzt die oberen Zimmer saubermachen. Die Küche würde leer sein. Und dort würde vermutlich noch warmer Kaffee stehen.

Doch als er durch die Schwingtür trat, wünschte er sich, er wäre statt dessen in ein Café gegangen. Am Küchentisch, einen dampfenden Becher mit Mrs. Communiellos verbissen gehortetem Kaffee vor sich, saß Detective Dowd.

»Er hat mich über Father John ausgefragt«, sagte Mrs. Communiello. Ihre Stimme war leise, eine anklagende Litanei. »Ich habe ihm gesagt, hier wimmelt es von Verrückten. Ein Priester hier hat sich 1968 umgebracht. Hat sich an den

Sparren aufgehängt, genau über der Stelle, an der es die Lady erwischt hat.« Ihr Blick wanderte von Frank zu dem Detektiv und wieder zu Frank. »Father John – er hat mit ihr geschlafen, sagt dieser Mann.« Sie lachte. »Ob ich mir das vorstellen kann? Ich kann mir alles vorstellen!« Und sie lachte noch lauter.

Frank gefiel diese Wendung ganz und gar nicht. Ihm war ein wenig übel. »Worauf wollen Sie hinaus, Detective?«

»Wir haben auf den Straßen gehört, daß Father Rafferty der verstorbenen Lady sehr nahe gestanden hat. Die Leute, denen die Cafés gehören, haben sie dort ständig zusammen gesehen.«

Frank erkannte sofort die Ironie der Situation. »Sie glauben doch nicht etwa, er hätte – etwas Unrechtes getan?« Heuchler.

Der Detektiv zuckte die Achseln. »Wenn Sie mich fragen – der Mann würde nicht einmal eine Schabe umbringen, die von seinem Teller frißt. Aber wir hören diese Geschichten, daß sie zusammen in diesem oder jenem Café gewesen sind. Also gibt es da ein Verhältnis, das wir nicht verstehen. Und sie hat ihm eine Menge Geld hinterlassen. Ist das ein Motiv? In der Regel. Aber auch in diesem Fall, wenn man bedenkt, daß er Priester ist? Wir wissen es noch nicht.«

Das war eine unglaublich delikate, komplexe Situation. Frank begriff sofort, daß schon der geringste Anhauch eines Skandals aufgrund dieser schrecklichen und allgemein bekannten Affäre die Kanzlei veranlassen würde, ihren lange aufgeschobenen Schritt gegen John zu unternehmen – und er, Frank Bayley, würde das Pastorat bekommen.

Er durfte nicht zulassen, daß er in den Skandal hineingezogen wurde. Seine Übelkeit zerfiel in kalte, beängstigende Messer in seinem Inneren.

Der Detektiv, der sich eine weitere Tasse Kaffee eingeschenkt hatte, war mit Umrühren fertig. »Es ist durchaus möglich, daß Father John ein kleines bißchen herumgespielt hat. Sie war eine schöne Frau. Ein Prachtweib! Ich beneide ihn, falls er etwas mit ihr gehabt hat.«

»Das halte ich für äußerst unwahrscheinlich.« Er verstummte, weil er fürchtete, daß sein Schmerz seine Stimme erbeben ließ. Er erinnerte sich an ihre Worte am Telefon. »Die Kirsche ist entkernt, mein Freund.« Er konnte nicht zulassen, daß die dumpfen und fürchterlichen Gefühle, die diese Worte in ihm ausgelöst hatten, wieder aufwallten.

Betty schnaubte. »Unwahrscheinlich«, wiederholte sie, und ihre Stimme triefte vor Hohn. Sie hatte zu lange für Priester gearbeitet. Frank beschloß hier und jetzt, sie in Pension zu schicken, wenn er je das Pastorat übernehmen sollte.

Aber im Augenblick hatte er das Gefühl, unbedingt etwas sagen zu müssen, das ihre offenkundige Verachtung für ihren Arbeitgeber neutralisierte. »John Rafferty geht in seinem Priesteramt auf, Lieutenant.«

»Ich bin Sergeant, Father. Die Lady ist der Lieutenant.«

»Entschuldigung.«

»Wir wollen herausfinden, wer die Tote umgebracht hat, aber nicht unbedingt, wer ein Verhältnis mit ihr hatte, verstehen Sie? Es sei denn, da besteht ein Zusammenhang – was oft der Fall ist.«

»Ja, natürlich.«

»Also geht ihr Priester eurer Arbeit nach und betet weiter.« Er leerte seinen Becher mit drei großen Schlucken. »Und wir sehen zu, was sich ergibt.«

Frank war sich bewußt, daß der Detektiv versuchte, sich eine Meinung über ihn zu bilden. »Ich muß meine Morgengebete sprechen. Und dann haben wir den Trauergottesdienst.«

»Seit wann arbeiten Sie schon hier?«

»Ich wurde der Gemeinde im September 1986 zugewiesen.« Wie gerissen der Mann war! Ganz plötzlich wurde Frank verhört.

»Rafferty?«

»Der ist hier seit dem Zweiten Kreuzzug.«

»Tut mir leid, ich kenne den katholischen Kalender nicht.«

»Er kam in den Sechzigern. Er ist also seit fünfundzwanzig oder dreißig Jahren hier. Viel länger, als er eigentlich sollte.«

»Sie meinten die Kreuzzüge – vor Hunderten von Jahren? Das sollte ein Witz sein, stimmt's?«

Franks Denken schien sich um sich selbst zu drehen. Er sah Maria, wie sie vor dem Schlafengehen ihr Haar bürstete, und er hörte das Knistern in ihren schwarzen Locken. Er mußte unwillkürlich einen Laut von sich gegeben haben, denn der Detektiv warf ihm einen mißtrauischen, berechnenden Blick zu. »Glauben Sie, wir müßten jemanden verdächtigen, den Sie beim Namen nennen können?«

»Das Verbrechen wurde von einem Außenseiter begangen.«

»Die Kirche war abgeschlossen ...«

»Viele Leute haben einen Schlüssel. Dieser Bau ist an die hundertfünfzig Jahre alt!«

»Aber es ist ein Medeco-Schloß. Das ist keine hundertfünfzig Jahre alt. Wir haben die Seriennummer überprüft. Es ist vier Jahre alt.«

»Sehr beeindruckend. Aber ich kann dazu nur sagen: kein Priester hat etwas damit zu tun. Haben Sie das gehört? *Kein Priester*!« Klang seine Stimme so zittrig, wie er sich fühlte? Wirklich kein Priester? Nicht einmal Father Tom?

So, jetzt war der Gedanke an der Oberfläche. Tom Zimmer konnte in jener Nacht durchaus in der Kirche gewesen sein, und Frank hatte das Gefühl, daß er voller Gewalttätigkeit steckte.

Priester brechen ihr Zölibatsgelübde nicht – aber es kommt vor. Sie begehen keine Verbrechen – aber es kommt vor. Sie begehen nie, nie einen Mord – aber es kommt vor.

Dowd zuckte die Achseln. »Irgendetwas ist in dieser Kirche passiert, bei dem eine Frau ums Leben kam. Und sie war mit einem der Priester befreundet. Eng befreundet.«

»Ich will davon nichts hören! Ich will davon einfach nichts hören!«

Dowd zuckte abermals die Achseln, mit offener Unverschämtheit. Frank hätte ihn am liebsten zusammengeschlagen. Der Detektiv fuhr fort: »Es gibt eine Menge Priester, die sehr unglückliche Männer sind. Einer stellt fest, daß er an zweihundert Riesen kommen kann, indem er einfach eine Puppe kaltmacht...«

»Das ist pure Vermutung. Phantasie.«

Dowd seufzte lang und tief. »Ich kann dazu nur sagen, Father, die Kirche war fest verschlossen. Wir haben kein einziges offenes Fenster gefunden, keine offene Tür.« Er zog die Unterlippe ein, ließ die oberen Zähne sehen. »Wenn es kein Priester war, dann eben ein anderer Insider. Das können Sie mir glauben.«

Er ging ohne ein weiteres Wort. Er verließ das Haus durch die Hintertür, die er leise hinter sich zuzog. Frank sah ihm nach, wie er in der schmalen Gasse verschwand. Betty begann mit ihrer Kaffeekanne zu klappern. »Polizisten trinken dieses Zeug, als wäre es Wasser. Mistkerle!«

Das Zuschlagen der Vordertür verkündete Johns Rückkehr. Seine Miene sagte Frank, daß auch er Sorgen hatte.

»Ich muß die Kanzlei anrufen«, sagte er. »Ich glaube, ich habe da ein Problem.«

»Detective Dowd ist gerade gegangen.«

»Frank, ich stecke in Schwierigkeiten. Sie glauben, ich wäre ihr Geliebter gewesen. Und sie hat mir eine Menge Geld hinterlassen.«

Betty hörte auf zu arbeiten, verharrte reglos, gebückt, als betete sie zum Küchenfenster. Auf ihrem Gesicht lag ein Lächeln. Frank konnte es sehen.

»Das hat Mr. Dowd mir soeben mitgeteilt«, sagte er. Ein neues Elend hatte sich aufgetan. Die Polizei würde mit den

Pförtnern reden, mit den Nachbarn. Es war möglich, daß sie feststellte, daß Frank Maria besucht hatte.

Aber natürlich war es auch möglich, daß sie es nicht herausbekam. Er war verdammt vorsichtig gewesen. Mit seinem Schlüssel war er unbemerkt am Pförtner vorbeigekommen. Aber sie hatte es, nur so zum Spaß, ein- oder zweimal darauf angelegt, daß er im Foyer gesehen wurde. Würde sich das als verhängnisvoll erweisen?

»PRIESTER IN DREIECKSVERHÄLTNIS MIT ERMORDETER ERBIN.«

Das würde noch die höflichste der Schlagzeilen sein.

Aber Mord… einen schweren Gegenstand nehmen und damit auf ihr Gesicht einschlagen? Nein.

Die Tür klappte abermals, die Diakone und Meßdiener trafen ein. Der Trauergottesdienst sollte in wenigen Minuten beginnen; es blieb kaum genug Zeit zum Umkleiden.

»Ich war in ihrer Wohnung«, sagte John. »Detective Pearson ist mir offenbar dorthin gefolgt.«

»Die Verstorbene wird hereingebracht«, sagte einer der Diakone. Das hieß nur, daß sie beide spät dran waren. Ohne ein weiteres Wort machte sich John auf den Weg in die Sakristei. Frank folgte seinem Pastor.

Sie kleideten sich schweigend an, auf Johns Wunsch in Weiß. Frank zog das Chorhemd über. Ein paar Jahre zuvor hatten sie neue Chorhemden bekommen, die Achseltuch und Gürtel unnötig machten. Er küßte seine Stola und legte sie sich um den Hals, dann warf er mit einer gewandten Kopfbewegung die Kasel über und ließ sie hinter sich herunterflattern.

John mühte sich noch immer mit dem Knoten seines Gürtels ab, während die Diakone ihre Dalmatiken anlegten und sich anschickten, den Kirchenraum zu betreten.

Schließlich waren alle fertig und reihten sich für den Einzug auf. John hüstelte nervös. »Gehen wir«, sagte er in rauhem Flüsterton. Glockengeläut war Ermessenssache in dieser Kirche, aber bei Johns Messen gefordert. Das war der Traditionalist in ihm, der Teil, den Frank ehrlich respektierte. Als er eintrat, zog er am Seil, und das Läuten brachte jedermann im Kirchenschiff mit einem großen Aufbranden von Geräuschen auf die Beine.

Wie er befürchtet hatte, schnitt der Anblick des Sarges eine frische Wunde in Franks Herz. Doch alles, was er von sich gab, war ein einziger, erstickter Laut.

John war stehengeblieben. Er starrte auf den Altar. Frank folgte seinem Blick und war gleichfalls verblüfft von dem, was er sah. Nicht nur der Altar, sondern auch seine ganze Umgebung war mit Blumen bedeckt. Nicht einmal bei der Beerdigung von Don Frederico Manzini hatte es so viele Blumen gegeben. Auf dem Sarg, einem schlichten, grauen, von John ausgesuchten Kasten, lag ein duftendes Gebinde aus Gardenien, Rosen und anderen Blüten. Die Frauen von der Altar Society hatten das Budget für den Rest des Jahres ausgegeben. Ihr Tun hatte einen eigentümlichen Sinn: sie liebten ihren Pastor und wußten, wieviel Maria ihm bedeutet hatte. Sie gaben ihren Gefühlen Ausdruck – ohne jede Anspielung auf die moralischen Implikationen.

Als er sich dem Altar näherte, senkte John das Kinn in der für ihn typischen Pose der Mißbilligung. Er glaubte nicht an Blumen für die Toten; schließlich versuchte er, Woche um Woche Hunderte von Obdachlosen zu speisen.

Frank war fast fassungslos, und er war dankbar für die Blumen. Jetzt begriff er, welche Rolle Blumen bei Beerdigungen spielten: die Eleganz ihres Todes spendet Trost.

Oh, Maria, wohin bist du gegangen? Wie kann ich jetzt weitermachen, jetzt, da ich dich gekostet habe?

Wie hypnotisiert betrachtete Frank den Sarg mit Augen, die nach irgendeinem Zeichen hungerten. Die Frau ist das wesensmäßig Andere, das Symbol all dessen, was der Mann im Dunkeln verbirgt – seine Weichheit, seine Tränen, seine Verletzlichkeit. Das fröhliche Lachen, die ungeheure Kraft, die bemerkenswerten Bedürfnisse, die verführerische Stimme: »Du kannst mich küssen, Frank. Ich werde Gott sagen, daß es diesmal nicht zählt.«

Die Totenmesse wurde in all ihrer Feierlichkeit, in all ihrer Schicklichkeit zelebriert. Frank blickte hinauf zu der spitz zulaufenden Decke, zu den gewaltigen Eichenbalken, die sie trugen. Die Balken waren so alt, daß sie buchstäblich unersetzlich waren. Auf dem gesamten amerikanischen Kontinent gab es heute keine Eiche mehr, die groß genug war, um solche Balken zu liefern. Außerdem waren sie auf sehr alte Art bemalt und sahen aus, als liefen Ranken um sie herum. Die Malerei war inzwischen verblichen, was nur zu ihrer Schönheit beitrug, die verschlungenen grünen Ranken mit ihren kleinen rosa Rosen, zum Gedenken an den ersten Rosenkranz, der aus den gesegneten Händen der Muttergottes stammte und aus Rosenknospen bestanden hatte. So war der Glaube entstanden, daß das Ave Maria in der anderen Welt den Duft einer Rose hat, und er selbst war überzeugt, daß das Vaterunser nach Maiglöckchen duften mußte.

Was für ein bemerkenswerter Ort dies war, mit so eleganten und anmutigen Linien, so raren Materialien. Hier vermischte sich ein Gefühl des Friedens mit der Trauer über den Verlust. Es sollte auch heute noch so große Eichen geben. Es sollte noch Handwerker geben, die imstande waren, das großartige marmorne Taufbecken zu reparieren und die an ihren Ranken verblichenen Rosen nachzumalen.

Und die prachtvollen Buntglasfenster, vor mehr als hundertfünfzig Jahren aus Deutschland importiert, in einem Fenster das Drama der Verkündigung, in einem anderen die Glorie der Heimsuchung. Die Fenster lebten, in ihnen wandelte die Jungfrau auf ewig mit leichten Füßen auf rosigem Tau, mit dem bärtigen alten Ehemann, der hinter ihr herschritt, und mit ihrem Kind an der Brust.

Maria auf ihrem Altar, Joseph auf seinem; in M. and J. waren vermutlich mehr Katholiken verheiratet worden als in jeder anderen New Yorker Kirche, St. Patrick nicht ausgenommen. Sie war sehr beliebt, und John erteilte anderen Priestern routinemäßig die Genehmigung, hier zu amtieren.

Wie grausam ein Gedenkgottesdienst sein kann, wie langsam ihm alles vorkam, als er sich darauf vorbereitete, das vertraute Ritual zu vollziehen.

Die Chorknaben hatten wieder einmal das Weihrauchfaß überladen, und bei jeder Verehrung des Altars entströmte ihm eine erstickende Wolke. Als er selbst noch Chorknabe gewesen war, hatten sie Schwefel in den Weihrauch gemischt und den Abendmahlswein des armen Father O'Dell mit Whiskey vertauscht. Sie waren Racker gewesen, richtiggehende Teufel.

Das Evangelium wurde verlesen, aber Frank hörte kein Wort. Erst als John mit seiner Predigt begann, erwachte er aus seinem Schmerz. Im Hintergrund der Kirche standen Fernsehkameras, und als er die Kanzel bestieg, hoben sich ihre Scheinwerfer und ließen ihn bedeutender erscheinen. Er sah stolz und stark und gut aus da oben, seine Hände umklammerten das Geländer.

Was empfand er jetzt? Wie konnte er die Kraft hierfür finden? Die Monsignores Quindlan und Hanratty saßen unmittelbar unter ihm. Auch die Detektive waren da, beobachteten ihn auf ihre unangenehme Art, mit rastlosen Augen. Hanrattys kahler Schädel war rot, die Adern pulsierten. Quindlan trug seinen üblichen leutseligen Ausdruck zur Schau. Offenbar reichte nicht einmal die Beisetzung einer ermordeten Frau aus, ihn zu ändern. Vielleicht überhaupt nichts.

Dann sprach John. »Sie war eine Freundin – der Kirche, der Gemeinde und von mir. Ich habe heute morgen erfahren, daß sie mir eine beträchtliche Summe Geldes hinterlassen hat. Es wird den Wohlfahrtseinrichtungen der Kirche und unseren vielen Gemeindeprogrammen zugutekommen.

Als ich sie hier in dieser Kirche tot vorfand, war mein erster Impuls, die Person zu hassen, die uns dieses kostbare und geliebte Leben geraubt hat. Wie viele von Ihnen wissen, stand Maria mir sehr nahe. Ich schäme mich dessen nicht, und ich mache kein Geheimnis daraus. Ich war ihr Beichtvater, sie mein Beichtkind. Wenn ich an sie denke – meinem Herzen so teuer…« Er hielt inne. Sein Schmerz war nicht zu übersehen. »Wenn ich daran denke, wie das Leben ohne sie sein wird…« Wieder hielt er inne. Es hörte sich zu sehr an, als spräche er von seiner Frau. Viel zu sehr.

Die Pause wuchs, und Frank begann zu hoffen, daß nicht noch mehr kommen würde.

Ein innerer Kampf tobte in dem geschwächten Mann auf der Kanzel. Schließlich hob er den Blick. Der Kampf war gewonnen; er fuhr fort. »Ich werde dich vermissen, Maria Clarissa Julien. Wir alle werden dich vermissen. Und jetzt müssen wir, als Christen und als Katholiken, uns dem Thema der Vergebung zuwenden. Allerdemütigst und vor Gott sagen wir demjenigen, der unsere Schwester Maria ermordet hat, Dank für diese einzigartige Chance zur Vergebung. Im Namen unseres Herrn Jesus Christus…« Wieder verstummte er. Die Tränen, die ihm über die Wangen strömten, besagten, daß er diesmal nicht fortfahren konnte.

Frank zwang sein Gesicht zu absolut hölzerner Leere. Es war eine Katastrophe. Gott allein wußte, was die Fernsehleute damit anfangen würden. Armer John, arme Kirche, arme Priesterschaft!

John kehrte zum Altar zurück und fuhr mit seiner Messe fort. Für Frank schienen die Kirche, die Gemeinde, der Sarg in weite Ferne zu schweben. Und man sehe sich jetzt Quindlan an, die Berechnung in diesen freundlichen Augen! Dies war der Fehler, der John sein Pastorat kosten würde.

Zu seiner eigenen Bestürzung entdeckte Frank, daß in ihm ein Verräter wohnte, und der Verräter war froh.

Nein. Er mußte dieses Gefühl sofort beichten.

Die Glocken läuteten abermals, und John erhob die Hostie. Bei der Kommunion kamen auch Dowd und Pearson nach vorn, um des Sakraments teilhaftig zu werden.

Auch die beiden Monsignores kamen nach vorn. Sie hatten ihre Position in dieser Sache eindeutig klargemacht, indem sie die Messe nicht mitzelebrierten.

Als die Kommunion beendet war, näherte sich John mit seinen Diakonen dem Sarg und vollführte die letzten Abschiedsriten. Zuerst salbte er ihn mit dem immer noch spuckenden Weihrauchfaß, dann ließ er sich vom Ersten Diakon das Aspergill reichen und besprengte den Katafalk auf ganzer Länge mit Weihwasser.

»Herr, gib ihr die ewige Ruhe«, sagte John. Dann wich er von der traditionellen Abschiedslitanei ab. Seine Stimme tönte tief und aufrichtig, ihr Timbre füllte die Kirche. »Und nun wollen wir ihrer gedenken mit dem Gedicht, das sie am meisten liebte.« Er schloß die Augen.

»Wie solln sich Lichter heben, ihnen zum Geleit?«, sagte er, und seine Stimme war rauh vor Schmerz.

»In Knabenaugen, nicht aus Knabenhänden,
solln sie den heilgen Glanz des Abschieds spenden,
und blasse Mädchenbraue sei ihr Totenkleid,
die Blume sei geduldig Sanftmut, stiller Seelen Drang,
langsame Dämmerung, des Abends Abgesang.«

Er stand da, sein Kopf zitterte ein wenig, der Widerhall seiner Worte bebte in der Luft. »Es wird keine Prozession geben und keinen Grabritus«, sagte er, »sie wird uns hier verlassen. Ich will keine bösen Worte über sie hören, denn ich habe sie geliebt.« Daraufhin hustete Quindlan laut. Die Scheinwerfer der Fernsehleute ließen die Blumen auf dem Sarg aufschimmern.

Johns Stimme senkte sich zu einem heiseren Flüstern. »Ich habe sie geliebt. Alle sollen es hören! Es ist wahr. Und mein Herz ist von Kummer erfüllt. Oh ja – der Priester ist schwach.«

Er machte kehrt und eilte hinaus, überließ es Frank und den Diakonen und den Meßdienern, ihm zu folgen. Frank sah, wie der schmale Rücken entschwand, die Gewänder flogen. Er war so schockiert, daß er mehrere Sekunden brauchte, bis er ihm folgen konnte.

Manchmal gelangt ein großer Mann am falschen Ort zur Blüte, und auf die falsche Art. Es war ihm zuwider, einen Mann zu bedauern, den er so sehr respektierte. »Der Priester ist schwach!« Das hatte er tatsächlich gesagt. Er hatte es vor laufenden Fernsehkameras gesagt.

Natürlich stimmte es. Aber warum mußte er es aussprechen? John würde argumentieren, daß Priester auch Menschen seien, weshalb sollten sie mit unmöglichen Maßstäben gemessen werden?

Der Priester ist schwach.

ERMITTLUNGEN

Kitty Pearson betrachtete das Single-Dasein als Hobby, für das sie keine Zeit hatte. Wenn es spät war, und sie war allein, ertappte sie sich manchmal bei dem Wunsch, geliebt zu werden. Aber in der Regel nicht. Gewöhnlich dachte sie an ihre Fälle, wenn sie allein war. Jetzt war sie müde und fühlte sich ein bißchen mies, weil sie die ganze Nacht aufgewesen war und über Maria Julien nachgedacht hatte. Sie hatte zuviel geraucht, und das war ungesund, und sie hatte so viel Kaffee getrunken, daß sie jetzt völlig überdreht war. Ungeachtet all der Zigaretten hatte sie außerdem einen großen Becher gefrorenen Elan-Schokoladenjoghurt verspeist und mindestens zwanzig Graham-Kracker.

Während sie durch das trostlose Reviergebäude mit seinen gekachelten Wänden und seinem Linoleumfußboden streifte, zog sie den Bauch ein, ein unwillkürlicher Versuch, zu verbergen, daß sie zuviel gegessen hatte.

Dowd wanderte im Bereitschaftsraum herum, und seine neuen Schuhe knarrten wie alte Fensterläden. War ihm bewußt, wie oft er sich neue Schuhe kaufte, wenn sie mit einem wichtigen Fall nicht vorankamen?

Als er sie ansah, bemerkte sie, daß auch er übernächtigt war. »Am Pier an der Zwölften Straße wurde ein Toter gefunden.«

»Ermordet?«

»Von Hand erwürgt. Aber dann an einen Laternenpfahl gefesselt und mit Benzin übergossen und in Brand gesteckt.«

»Trotzdem nicht dieselbe Handschrift.«

»Nicht ganz.« Er ließ sich auf einen Stuhl fallen, schaute

zur Decke. »Ein Blinder. Name unbekannt. Alter nicht feststellbar, aber vorgeschritten. Wirbel zermalmt wie Papier. Und verbrannt. Aber kein Ruß in der Lunge. Zumindest war er tot, bevor er angezündet wurde, dem Herrn sei Dank.«

»Armer alter Kerl.«

»Ich hasse es, wenn so etwas in unserem Revier passiert. Das wird eine Menge Ärger geben.«

»Er muß von einem Gorilla erwürgt worden sein.«

»Gorillas erwürgen niemanden. Außerdem laufen in Manhattan keine frei herum.«

Sie sah ihn an. »Vielleicht nicht.« Sie war bereit, die Sache mit dem erwürgten Stadtstreicher fallenzulassen. Kriminelle Aktivität ist weitgehend Gewohnheitssache, und es wäre sehr ungewöhnlich, wenn derselbe Mörder sich zwei verschiedener Mordmethoden bedient hätte. Außerdem sind Serientäter außer in Filmen äußerst selten.

Nur daß da ein verbranntes Opfer war – und da war die mit Benzin übergossene Leiche von Maria Julien.

Dowd knüllte die Fotokopie zusammen, die er gelesen hatte, und warf sie über die Schulter. »Also«, sagte er, »müssen wir wieder bei Null anfangen.«

»Ich habe die ganze Nacht über Priester nachgedacht, Sam. Priester und Geld und abartigen Sex. Wollen Sie wissen, zu welchem Schluß ich gekommen bin? Rafferty ist zu bedauern, und sein Verhalten ist widerwärtig. Aber dieser Mann hat niemanden ermordet.«

»Ganz meine Meinung. Und Father Sprachlos und Bayley auch nicht. Keine Motive.«

Sie nahm sich eine Zigarette, zündete sie an, redete darum herum. »Mir ist in der letzten Nacht klargeworden, daß Priester mir irgendwie keine Ruhe lassen. Ich erinnere mich an die Priester von Mount Carmel. Father Palmer und Father Moore. Sie waren heilige Männer. Aber diese Männer – sie laufen gleichfalls mit ihrem Priesterkragen herum, aber sie reagieren auf den Ruf des nietenbesetzten Ledergürtels.« Sie tat einen langen Zug und dachte dabei, daß es bestimmt der Teufel gewesen war, der die Tabakpflanze eingeführt hatte. So gut, so riskant.

»Nur Rafferty. Bayley scheint mir in Ordnung zu sein.«

Kitty konnte nicht anders, sie mußte lachen. »Da haben wir's – wir reden über die Priester, weil wir sonst nichts haben.«

»Ein paar Dinge haben wir.«

»Eine tote Frau in der Mitte eines großen, leeren Raums.«

»Eines verschlossenen Raums. Das ist ein Krimi mit einer Leiche in einem verschlossenen Raum.«

»Krimis. Ich kann diesen Mist nicht ausstehen.«

Sam bedachte sie mit einem seiner traurigen Hundeblicke. Sie konnte auch diese Blicke nicht ausstehen. Ebensowenig wie die Schuhe. »Captain Malcom hat vorhin hereingeschaut.«

»Okay.«

»Der Chief will um drei eine Pressekonferenz zu dem Fall abhalten.«

Als er sah, wie sich ihre Brauen hoben, warf Sam ihr die *Post* in den Schoß. »BLUTIGE KIRCHE.« Die Story war vier Zeilen lang. »Sie hätten eine fünfte Zeile hinzufügen können«, bemerkte sie. »Die Polizei geht davon aus, daß dieser Fall nie gelöst werden wird…«

»Ich habe angeordnet, daß der Blinde kriminaltechnisch untersucht wird. Eine Art Sortieren der Asche.«

»Zeitverschwendung.«

»Man darf nichts unversucht lassen. Vergessen Sie nicht – der Chief ist interessiert«.

Das war das Schlimmste, was einem Detektiv widerfahren konnte. Ein Fall im Rampenlicht ohne irgendwelche Anhaltspunkte. »Hat die Befragung der Nachbarn irgend etwas ergeben?«

»Eine Frau glaubt gesehen zu haben, daß in einer Nacht in der letzten Woche die Kirchentür offenstand.«

»Aber nicht in der richtigen Nacht?«

»Natürlich nicht.«

»Okay, gut, das bringt uns wirklich weiter. Was sonst noch?«

»In der Kirche spukt es. Ein Hellseher möchte die Nacht auf der Chorempore verbringen. Dort wimmelt es von bösartigen Wesen.«

»Also teilen wir das Captain Malcom mit. Wir sagen: ›Teilen Sie dem Chief für seine Pressekonferenz folgendes mit: Es gibt keine offizielle Stellungnahme. Die Polizei steht vor einem Rätsel.‹ Und wir verhören das gesamte Personal in dem Haus, in dem Maria gewohnt hat. Wer ist bei ihr ein- und ausgegangen? Sie sollen Namen nennen, wenn sie können.«

»Ich erinnere Sie nur ungern…«

»Ich weiß verdammt gut, daß sie schon verhört worden sind, Sam. Aber wir tun es noch einmal, und diesmal auf die harte Tour. Wir machen sie fertig.«

»Wie es sich gehört.«

»Das ist mir scheißegal.« Sie sah auf die Uhr, drückte ihre Zigarette aus. »Erste Station, die Hintertür von 158 Waverly. Die Leute von der Mitternacht-bis-acht-Uhr-Schicht machen gerade Schluß. Zeit, ihnen zu sagen, daß wir ihre Arbeitserlaubnis widerrufen können.«

»Die Arbeitserlaubnis?«

»Sie treffen den Nagel auf den Kopf.«

7

Die Erinnerung an den Mord an Maria klebte wie fettiger Rauch an der anmutigen alten Kirche und allen Leuten, die mit ihr zu tun hatten.

Franks Tage bestanden aus öffentlichem Lächeln und heimlichen Tränen und dieser grauenhaften Leere in seiner Brust.

Im Augenblick war er dabei, angestrengt zu joggen, um die Frustration loszuwerden, die Johns Anblick in den Sechs-Uhr-Nachrichten von Channel Five hervorgerufen hatte. Sein schmerzgepeinigtes Gesicht hatte den ganzen Bildschirm ausgefüllt: »Der Priester ist schwach!« Den Mistkerlen in den Medien machte es Spaß, der Kirche eins auswischen zu können.

In einer Viertelstunde hatte er seine Christos-Gruppe, der einzige Lichtblick an einem Tag, zu dem eine Diskussion mit dem Finanzkomitee gehört hatte, eine Vorstandssitzung der Knights of Columbus, die milde Zurückweisung einer Gruppe, die sich Lesbische Irische Katholiken nannte und die Kirche für frauenorientierte Rituale benutzen wollte.

Und dann hatte er die Aids-Gruppe übernommen. Diese Pflicht haßte er mehr als alles andere. Ihre Qualen waren fast mehr, als er ertragen konnte, und normalerweise kümmerte John sich um sie. »Der Herr durchschaut uns«, hatte Frank gesagt und dabei in diese ernsten, kranken Gesichter geschaut. Die Männer der Gruppe hatten sich bei den Händen gehalten.

»Wir sind schlimmer dran als die verdammten Märtyrer«, hatte Jerome White, der Gruppensekretär, erwidert. Danach war ihm eine Träne nach der anderen über die Wangen gerollt; er hatte gerade erfahren, daß sein Kaposisarkom nicht mehr unter Kontrolle zu halten war. »In den ersten fünfundzwanzig Jahren meines Lebens bin ich durch die Hölle gegangen. Ich habe versucht, mich mit der Tatsache abzufinden, daß ich schwul bin.« Die Tränen hatten ihn verstummen lassen – und das Nachdenken darüber, was sein Mut ihm eingetragen hatte.

»Kommt, Leute«, hatte Frank gesagt, »wir machen einen Kreis.« Du klammerst dich an sie und hörst zu, wie der Wind ihr Leben auseinanderfetzt. Er hatte ihnen eine Geschichte erzählt. »Als ich ein Kind war, sind wir nach Rom gereist. Der Petersdom! Dort habe ich eine Statue von einem der Päpste gesehen – sie ist berühmt, aber ich habe vergessen, welche es war; er sitzt auf einem Thron mit der Welt zwischen seinen Beinen, und unter seinen Füßen ist eine Schlange, und sie windet sich, aber sie kann uns nicht vernichten. Sie kann es nicht, weil wir hier sind, in der Kirche – wir *sind* die Kirche – und wir werden den Tod überwinden.«

»Oh nein, Father. Ich nicht. Ich nicht!«

»Ihre Seele wird weiterleben, Jerry!«

Leiden wie die ihren waren ein Teil dessen, was gute Priester so verzweifelt macht: Gott, höre mich an! Meine Leute haben fürchterliche Probleme! Oh Gott, sie müssen so entsetzlich leiden! Hör mich an! Hör mich an!

Er lief immer schneller, ließ das reibungslose Funktionieren seiner Muskeln für Entspannung sorgen, konzentrierte sich auf die starke und stetige Anstrengung. Vielleicht bestand seine eigene Alternative darin, diese ganze Maria-Geschichte seinem geistlichen Berater vorzutragen, wenn sie sich turnusmäßig das nächstemal trafen. Er konnte jedes einzelne Detail beichten, sich mit dem Herrn wieder ins reine bringen.

Als er in die West Fourth Street einbog, wurde er langsamer. Er zog sich das eiskalte Handtuch vom Hals, wischte sich das Gesicht ab, auf dem der Schweiß eintrocknete, dann stieg er die Stufen zu dem hübschen Sandsteinhaus der Nicastros hinauf. Zu dumm, daß John nicht zuließ, daß die Christos sich in der Kirche versammelten. Zu extrem, sagte er. Aber das war nicht die Ansicht des Kardinals, und schon gar nicht die Ansicht von Rom. Father John hätte gut daran getan, ein bißchen Diözesenpolitik zu betreiben, dann stünde er nicht auf so schwankendem Boden.

Nun, eines stand fest, die nächste Stunde würde das Beste an Franks Tag sein. Die Christos-Leute waren wirklich wunderbar. Sie versuchten, nach Art der Frühchristen zu leben, in zutiefst frommen, gemeinschaftlichen Gruppen.

Er ließ sich selbst ein. Er hatte seit langem einen eigenen Schlüssel. Dieses Haus war für ihn fast eine zweite Kirche. Er hielt hier dreimal wöchentlich die Messe ab, hinzu kamen regelmäßige Zusammenkünfte verschiedener Art. Und am Tisch von George und Maureen war immer ein Stuhl für ihn frei, einerlei, was es zu essen gab.

Es war etwas Elastisches in Franks Schritt, als er das Wohnzimmer betrat.

Er wurde mit halbherzigem »Hi, Father« begrüßt. Als er seinen Rucksack in der Ecke deponiert und sein Christos-*Rituale* herausgeholt hatte, ließ er den Blick über die zwanzig Gesichter schweifen.

Sie lächelten nicht.

Blei umschloß sein Herz; sie wollten über John und seine vom Fernsehen verbreitete Demütigung reden. Also würde die gute Stunde eine weitere schlimme werden. Wenn dieser Tag je zu Ende ging, würde er es mit einem großen Drink und tiefem, tiefem Schlaf tun.

George sprach als erster, und wie üblich kam er sofort zur Sache. »Frank, wir sind fürchterlich aufgebracht wegen Father John.«

Das überraschte Frank nicht, aber er hatte gehofft, daß

etwas anderes ihnen mehr zu schaffen machen würde. »Und was ist mit dem Mord? Was ist mit dem Wohlergehen der Kirche?«

»Ich glaube, ich kann den Mord aufklären«, sagte George. »Jetzt geht es in erster Linie um Father John.«

Frank versuchte, seine Verblüffung zu verbergen. Den Mord an Maria Julien aufklären? Ihn aufklären? »Haben Sie das der Polizei gesagt?«

George blinzelte, schaute weg. »Ich tue, was ich tun muß. Und jetzt lassen Sie uns über Father Rafferty sprechen. Uns geht es in erster Linie um seine Ketzereien und seine Skandale.«

Frank spürte ein inneres Stöhnen. Er wollte daheim sein, im Dunkeln, im Bett. »Ja«, sagte er, als er sich niederließ, »das ist eine unglückliche Geschichte.« Er dachte an sein kleines Zimmer mit seiner alten Eichenkommode und seiner eisernen Bettstelle. Es war klein, aber es war privat, und er hatte es zu einem Heim gemacht mit hübschen gelben Vorhängen und einer Vase auf der Kommode, in die er gelegentlich ein paar Blumen steckte. Aber er war nicht dort. Er war hier, und die Wut in Georges Augen erschreckte ihn. »Er hat die Integrität des Priestertums angetastet.«

»Was er getan oder nicht getan hat …«

»Hier geht es nicht in erster Linie um das Ausmaß der Sünde. Er hat eine Medien-Inquisition ausgelöst.«

Jenny Conrad ging zum Fernseher hinüber, drückte auf Knöpfe. Sie hatten eine Aufzeichnung von Ernie Conners auf Channel Five gemacht: »Der allseits beliebte Greenwich-Village-Pastor John Rafferty hat heute eine sehr spezielle Freundin begraben.« Hohn in der sonoren Stimme des Moderators, eine boshafte kleine Verzerrung seiner hübschen Lippen. Dann erschien John in dem gleißenden Licht: »Ich habe sie geliebt. Es ist wahr.« Zurück zum Nachrichtenpult: »Father Rafferty ist seit den sechziger Jahren Pastor an Mary and Joseph. Da es normal ist, daß Pastoren alle zwölf

Jahre das Amt wechseln, haben wir Monsignore Robert Quindlan, den Personaldirektor der Erzdiözese, gefragt, weshalb es Father Rafferty gestattet wurde, seine Gemeinde so lange zu behalten.« Quindlans großes, rundes Gesicht, so klebrig wie eine Kugel Eiskrem: »Father Rafferty war eine Village-Institution.« Zurück zu John, in dessen Augen Tränen glitzerten: »Oh ja, der Priester ist schwach!«

»Also gut«, sagte Frank. »Ich habe es gesehen.« Ihm war übel.

»Er ist so reizend und simpel«, höhnte George. Geistesabwesend griff er nach einem Buch. »Wie eine von diesen bösen kleinen Mäusen.« Er warf die Beatrix-Potter-Geschichte seiner Tochter beiseite.

Maureen Nicastro sprach mit ihrer leisen, intensiven Stimme: »Was wir von Ihnen möchten, ist, daß Sie eine Delegation von uns in die Kanzlei führen. Wir möchten dem Kardinal eine Petition übergeben, in der wir um Father Raffertys Ablösung bitten.«

Frank wußte, daß das Blut aus seinem Gesicht wich, er spürte den Schwindel, der immer Momente extremer Anspannung begleitete. »Ich...«

»Sie können es tun, Father«, sagte Maureen. Sie streckte ihm ein Blatt Papier hin. Er ergriff es mit tauben Fingern. »Hier stehen siebzig Namen. Alles angesehene Mitglieder der Gemeinde.«

»Überaus angesehene«, setzte ihr Mann hinzu.

Joe Bowers meldete sich zu Wort: »Wegen des Mordes ist ein kleiner Skandal aufgebauscht worden. Und wenn sie bei einem Streit mit einem Liebhaber umgebracht wurde...«

»Einen Moment, Joe. Das geht entschieden zu weit.«

»Falls *er* es war, der sie umgebracht hat...«

»Hören Sie auf!« Ein grauenhafter Schmerz schien seinen Kopf zu spalten. »Hören Sie auf«, wiederholte er, jetzt leiser.

»*Falls er es war!* Dann wird es ein Riesenskandal sein.«

Frank fehlten die Worte.

George Nicastro war weiß geworden, er schwitzte. »Sie war eine Hure, sie hat verdient, was sie bekommen hat.«

Es gab Gekicher. Maureen Nicastro wurde knallrot. »Aber George!«

»Das dürfte wohl ein bißchen übertrieben sein…«

Aus dem Gekicher wurde lautes Gelächter. »Wählt George zum Papst!« rief jemand.

»Sie war eine Hure, und es ist gut, daß sie tot ist.«

Frank mochte sie alle und hatte allergrößte Hochachtung vor ihrer Frömmigkeit. Aber ihre Intensität jagte ihm regelrecht Angst ein. Er war ein kräftiger Mann, aber nicht innerlich zäh, nicht wie diese Leute.

Beim Footballspielen hatte er seine Gegenspieler zu anonymen Uniformen reduziert, sonst wäre er nicht imstande gewesen, sie so hart zu treffen, wie es zum Gewinnen erforderlich war.

Konflikte wie dieser brachten seinen Kopf zum Hämmern, seinen Magen zur Rebellion. Er hatte die moralische Pflicht, seinen Pastor zu verteidigen. Das war es, was Mutter Kirche jetzt brauchte, und das war es, was er ihr geben würde. »Es ist völlig normal und moralisch für einen Priester, Freundinnen zu haben. Auch Frauen brauchen Priester, und zwar nicht nur in der Kirche. Sie brauchen den Rat und die Freundschaft ihrer Priester.« Er sah Maureen an, dann Jenny und Linda Evans. »Jeder Mensch braucht seinen Priester, jeder Mensch hat das Recht auf privaten Kontakt mit ihm.«

Linda sprach. »Darum geht es hier nicht, Father.«

»Wir haben Nachforschungen angestellt«, sagte George ungerührt.

Ihre Augen bohrten sich in ihn. Wenn sie in der Wohnung gewesen waren, dann konnte er selbst es sein, der hier vor Gericht stand.

»Der Pförtner hat gesehen, wie sie am Nachmittag vor ihrem Tod mit einem älteren Mann nach Hause gekommen ist.«

Frank hätte fast vor Erleichterung gekeucht. Sie hatten John mit der barmherzigen Schwester ertappt.

»Sie sind zusammen nach oben gefahren. Der Mann, den der Pförtner beschrieb, war Father John.«

Frank räusperte sich. »Das klingt schwerwiegend.« Der Geschmack der Heuchelei in seinem Mund glich einem dicken, widerwärtigen Öl, sein Schuldbewußtsein einer bebenden Klinge.

Sie beobachteten ihn, auf ihren Gesichtern mischten sich Verletztheit und Argwohn. »Der Priesterkragen ist heilig«, sagte Joe mit stiller Überzeugung. »Er darf nicht geschändet werden.«

»Hat er das getan?«

George bedachte ihn mit einem harten Blick. Dies war ein Mann, der sich im nächsten Moment gegen einen stellen konnte. »Father, wir wissen es zu würdigen, daß Sie Ihren Pastor in Schutz nehmen. Das müssen Sie. Aber dieser Mann war in ihrer Wohnung. Also bitte, Father Frank.« Hinter den Worten lag etwas, das Hohn sehr nahe kam. Frank begriff, daß er Bescheid wußte. Er verbarg lediglich sein Wissen vor den anderen.

Er wußte es!

Maureen sprach. »Jeder Priester, der fällt, reißt ein Stück vom Leib Christi mit sich.«

In Franks Kopf tobte ein Schmiedehammer, sein Magen hatte sich umgedreht. »Jeder Priester, der fällt«, wiederholte er leise.

»Die Hand Satans«, sagte Jenny.

Frank sah sie aus qualverschleierten Augen an. »Nicht das, bringen Sie das nicht ins Spiel.«

Jenny kam zu ihm. Sie stand am Rand des Alters, aber ihre Augen waren jung und groß und warm. »Satan verbirgt sich, Father.«

»Und was bedeutet das?«

Joe Carlotto lehnte sich auf seinem Platz in der Mitte der

breiten Couch vor. »Er verbirgt sich, Father. Er scheint nicht zu existieren. Aber er existiert. Wir reden hier von den Taten Satans.«

»Das sehe ich nicht so.«

Maureen kicherte, und das Geräusch hörte sich an wie ein Mißgeschick für feines Glas. »Weil er sich vor Ihnen verbirgt, Father.«

Frank schluckte hart. Wenn eine Flasche dagewesen wäre, hätte er sie am Hals ergriffen und getrunken, bis er umfiel. Er erholte sich so weit, daß ihm ein logischer Grund einfiel, der ihn davor bewahren konnte, mit ihrer Petition in der Hand an die Tür des Kardinals zu klopfen.

Er erinnerte sich an das Aufklatschen des Gürtels, das Aufflackern von Schmerz, das Lachen, das Anschwellen seines Glieds, seine erbärmlichen, verschrobenen Gelüste, die seiner spotteten. Er hätte sich am liebsten aus dem Haus dieses frommen Mannes hinausgeschlichen. »Denkt daran«, sagte er. »Herr, ich bin deiner nicht würdig. Denkt daran. Wer den ersten Stein wirft…«

Einige dieser Leute hatten das gesamte Neue Testament auswendig gelernt. »Wer unter euch ohne Sünde ist, der werfe den ersten Stein.«

»Genau.«

George ergriff wieder das Wort. »Das bedeutet nicht, daß die Schuldigen ungestraft bleiben dürfen, Father. Es bedeutet, daß die Sündigen sich zu ihren Sünden bekennen sollen.« Immer der Rechtsanwalt.

»Wenn wir dem Kardinal eine derartige Petition übergeben, dann deutet das darauf hin, daß wir etwas wissen, was die Presse und die Öffentlichkeit nicht weiß. Die Zeitungen werden sich überschlagen. Wir würden alles nur noch schlimmer machen.«

Das stoppte sie, weil es stimmte, und er dankte dem Himmel, daß er genügend Verstand gehabt hatte, es zu sagen. Woher kamen diese Kopfschmerzen? Es waren die schlimmsten, die er je gehabt hatte. Er wollte schreien, sich einen Nagel in den Schädel schlagen, irgend etwas tun, um sie zu mildern.

George schien ihn anzustarren. Er setzte sich anders hin, erinnerte sich an das Gefühl, in die Falle geraten zu sein, wenn er als Kind etwas ausgefressen hatte. Sie würden ihn auf einen harten Stuhl setzen und ihn verhören, bis er sich krümmte. Er würde auf einem harten Stuhl sitzen, sich krümmen und winden, dem über seinem Kopf kreisenden Ventilator lauschen, zusehen, wie Momma fertig bügelte, bevor sie kam, um ihm wehzutun.

Er schaffte es, den Blick durch den Raum schweifen zu lassen, sich zu erinnern, daß er sie alle liebte. Liebe gibt Halt. »Wir müssen den Dingen noch etwas länger ihren Lauf lassen.« Seine Stimme war kräftiger, sein Kopf tat weniger weh. »Wenn das Schlimmste passiert ist – wenn dies, Gott behüte, kein zufälliger Mord war…«

»Sie glauben, ich habe recht?«

»Nein! Nein, das tue ich nicht. Ganz und gar nicht. Es gibt eine Menge anderer Möglichkeiten. Aber es war nicht Father John. Er ist gramgebeugt. Kein Mann könnte derartige Gefühle vortäuschen.« Er wollte gerecht sein gegenüber jemandem, der ihn mit Güte behandeln würde.

»Die Stimme der Weisheit«, verkündete Maureen. »Father, Sie sind so barmherzig, daß ich manchmal direkt verblüfft bin.« Sie schaute sich im Zimmer um. »Father Frank hat recht. Die Petition wird nicht offen übergeben.«

»Aber wir müssen etwas unternehmen«, sagte George. »Diese Gemeinschaft kann nicht stumm bleiben.«

»Dem stimme ich zu«, verkündete Frank. Dann bekam er es mit der Angst zu tun. Er hätte überhaupt nichts sagen sollen.

»Briefe«, sagte Jenny. »Wie bei der Dignity-Kampagne.«

»Das hat nicht funktioniert«, fuhr George auf.

Sie hatten eine Briefkampagne dagegen organisiert, daß

die Homosexual-Dignity-Gruppe Mary and Joseph weiterhin benutzte, auch nachdem der Kardinal ihnen das Betreten der Kirche verboten hatte. »Es hat funktioniert«, sagte Frank. »Die Kanzlei hat ihn deswegen angerufen.«

»Dignity trifft sich immer noch in Ami Hall«, sagte George. »Und wir dürfen es nicht.« Seine Stimme war scharf. Diese Leute haßten John. *Haßten* ihn.

George hielt einen Kugelschreiber in der Hand. Er hatte die Spitze so heftig in seine Handfläche gerammt, daß Frank den Eindruck hatte, sie müßte bluten.

»George...« Frank gestikulierte, seine angespannte Miene verriet Sorge und Verwirrung.

George lächelte ihn an. Einen Moment lang stieß er sogar noch härter zu. Dann zog er den Kugelschreiber von seiner Hand weg.

»Auch Jesus hat diesen Schmerz empfunden«, sagte Maureen.

»Deshalb tue ich es, Father. Um zu empfinden, was Er empfunden hat.«

»Ich meine, wir sollten Briefe schreiben. Wir können dreißig Briefe von Christos-Leuten bekommen.«

»Einige von unseren entfernteren Freunden werden auch schreiben.«

»Unsere letzte Briefkampagne ist gescheitert.«

»George, sie ist nicht gescheitert. Sie hat John in eine erheblich schwierigere Lage versetzt. Wenn Sie ihn loswerden wollen...«

»Und sehen, wie Sie zum Pastor ernannt werden, Father.«

»Lassen wir das dahingestellt. Auf jeden Fall werden Ihre Briefe gelesen.« Er versuchte, ihnen einen wissenden Blick zuzuwerfen. »Und sie werden ihre ganz spezielle Wirkung tun.« Ein paar Briefe würden wesentlich weniger Probleme aufwerfen als eine formelle Petition.

Die Versammlung nahm ihren Fortgang. Sie wollten ihr eigenes Spotlight-on-Faith-Programm. Gut. Sie wollten mehr Christos-Beichtzusammenkünfte. Sie wollten den Segen in Latein. Alles gut.

»Wann können wir die Kirche benutzen – offiziell?«

In ungefähr einem Drittel der Gemeinden der Erzdiözese gab es Christos-Gruppen. Nur einer Gruppe wurde die Benutzung der Kirche verwehrt.

»Das Verbot besteht immer noch.«

»Der und seine Huren und seine Ketzereien! Wir haben ein Recht darauf, wir sind von Rom anerkannt!«

»Darüber haben wir immer und immer wieder gesprochen, George. Ich kann seine Ansichten nicht ändern, und die Kanzlei wird einem Priester in Sachen der Gemeindepolitik keine Vorschriften machen.«

»Das haben wir akzeptiert, Father, bis jetzt. Aber jetzt liegt auf der Hand, weshalb er uns nicht haben will. Er ist ein Sünder, der sich mit Leib und Seele dem Satan verschrieben hat! Und deshalb will er von uns nichts wissen. Das werden wir nicht mehr lange hinnehmen. Wir werden unseren Platz einnehmen.«

Auch diese Worte gefielen Frank nicht. Sie schickten sich an, offen zu rebellieren. Er wagte es nicht, auf die Uhr zu sehen, weil er fürchtete, den Eindruck zu erwecken, als interessierten ihn ihre Probleme nicht, aber er vermutete, daß es bald neun war. Er hoffte, daß sie das Treffen pünktlich beenden würden.

»Frank, wenn er uns nicht offiziell einläßt, dann kommen wir einfach von selbst. Wir wollen die Kirche für einige unserer Rituale!«

Frank begriff, daß er dem nicht widerstehen konnte. In diesen Leuten hatte sich seit langem Dampf aufgestaut. Sie hatten erkannt, daß John verletzlich war. Sie würden sich ohne Rücksicht auf Verluste gegen ihn stellen.

Und es war wohlverdient. Er hatte kein Recht, eine von Rom anerkannte Gruppe auszuschließen. »Sie passen nicht in die Gemeinde«, hatte John gesagt. »Wir sind anders hier im Village.« Womit er meinte, vorurteilsloser, toleranter, gütiger als die Christos-Leute.

Nun, damit hatte er zweifellos recht.

»Ich finde, wir sollten die Beichte von uns aus in die Kirche verlegen. Es einfach tun!« Joe war immer dafür, zu handeln.

Beifälliges Gemurmel. »Dürfen wir, Father?« Maureens Augen waren hoffnungsvoll.

Frank nickte. Er konnte es ihnen nicht verwehren. Er würde es eben mit John ausfechten müssen. »Die nächste Beichte«, sagte er. Die Spannung lockerte sich spürbar. Sie waren ein bißchen sauer auf Frank. Sie wußten, daß er in seiner Position gezwungen war, seinen Pastor zu unterstützen. »Wenn er Ihnen sagt, Father, daß Sie seine Schuhe putzen sollen, dann holen Sie Ihre Bürste«, hatte George gesagt.

Gruppenbeichte gab es nur bei den Christos-Leuten. Sie bewirkte eine sehr tiefe Bindung zwischen ihnen. Zu erleben, wie sie einander gegenseitig an ihrem privaten Leben teilhaben ließen, war zutiefst anrührend. Sie war eine der größten Stärken der Bewegung, und Frank hieß sie uneingeschränkt gut.

Stille trat ein, und Frank nahm die Gelegenheit wahr, auf die Uhr zu sehen. Es waren nur noch zehn Minuten durchzustehen. »Laßt uns beten«, sagte er. Sie ließen sich alle auf die Knie nieder. Er führte sie durch das Nizäische Glaubensbekenntnis, dann durch das Christos-Gebet. Seine Stimme bebte, er war von Inbrunst erfüllt, bat Gott um Erlösung.

Aber es würde keine Erlösung geben, es sei denn, er sagte die Wahrheit. Er hob die Augen, schaute über die kleine Ansammlung von fromm gesenkten Köpfen hinweg. »Mit meiner Hand segne ich sie, mit meiner Stimme segne ich sie. Ich rufe Gottes Liebe auf sie herab, ich bringe Christus in ihre Leiber.«

Ich bin ein Lügner und ein Betrüger und ein Heuchler.

Das Treffen endete. Er lehnte Kaffee und Pfannkuchen

ab, behauptete, er wäre müde. »Ich muß eine doppelte Last tragen«, sagte er. »Father John ist zu sehr von Kummer verzehrt, um arbeiten zu können.«

Daraufhin halfen sie ihm in den Mantel, geleiteten ihn hinaus und schickten ihn mit ihrer Liebe und ihren Gebeten auf seinen Weg. Er wanderte durch die kalten Straßen, sehnte sich nach den sommerlichen Menschenmengen, begegnete ein paar Leuten, spürte, wie der eisige Wind an seinem Kragen zerrte.

Er war nicht wie John ein Mann, dem die Geschichte dieser Gegend in Fleisch und Blut übergegangen war; aber in seinen fünf Jahren bei M. and J. hatte er über jede Familie und jedes Haus in all den Straßen der Umgebung einiges erfahren. Dies war das McCafferty-Haus, er war Theaterregisseur, sie Ärztin. Sie hatten das Haus 1971 gekauft; jetzt war es ein Vermögen wert. Sie hatten drei Kinder, erschienen ziemlich regelmäßig in M. and J. Zwei Türen weiter hatten Mary und Richard Ames gewohnt. Eine Scheidung, jetzt gehörte das Haus drei Schwulen gemeinsam. Einer von ihnen, Eddie Stevens, kam jeden zweiten Sonntag, pünktlich wie ein Uhrwerk.

Er ging an den Häusern vorbei, den traurigen und den glücklichen, den gleichmütigen Häusern mit ihren gleichmütigen Fenstern. Er wußte um die Geheimnisse des Lebens in diesen Häusern, so alltäglich, daß sie sich als Mysterium offenbarten. Das Leben drängt sich drinnen zusammen, während sich vor der Tür der gesamte Kosmos dreht.

Er ging an dem Kartenladen an der Ecke vorbei, mit seinem flackernden Neonlicht und dem Hallmark-Zeichen im Schaufenster und seinen Reihen von reizenden Karten und rührenden Karten und schockierenden Karten und der kleinen Annabelle Garrity, die in diesem Jahr schon die dritte war, die versuchte, diesen Laden zum Laufen zu bringen.

Dann war da das Pfarrhaus, das ihm irgendwie kraftvoller, solider vorkam als die anderen Häuser. Vielleicht war es das graue Gestein oder die breite, einladende Treppe oder die höheren Fenster. Aber es war zugleich düster, und es war zu gut gesichert, um einladend zu wirken.

Er ging die Treppe hinauf, schloß dieTür auf und machte sie hinter sich wieder zu. Wie ein Mann auf der Flucht lehnte er sich gegen die Tür, schloß die Augen, holte tief Luft.

Es war wundervoll ruhig hier, himmlisch ruhig. Er schaltete kein Licht ein, als er sich durch das Haus bewegte. Ihn verlangte nach Dunkelheit.

Dann war er im Wohnzimmer, stand vor der alten Anrichte, holte Flasche und Glas heraus. Er füllte es zur Hälfte mit Cutty und ließ sich in den besten Sessel fallen, den das Wohnzimmer zu bieten hatte. Schade, daß im Kamin kein Feuer brannte. Er würde Lupe beauftragen, eines anzuzünden.

Endlich überkam ihn Ruhe. Sein Kummer schien aus seinen Poren zu sickern und sich um ihn herum auszubreiten wie ein Gas. Er dachte an Maria, wie sie jetzt war, in der Stille und Dunkelheit des Grabes. Er würde nie dorthin gehen. Er gedachte ihrer Seele, die irgendwo funkelte. Konnte sie ihn sehen, ihn hören? Wagte er es, jetzt zu ihr zu beten, um Stärke und Verzeihung zu bitten?

Seine Gedanken kehrten zu dem Christos-Treffen zurück, zu George Nicastros makellosem Glauben. Er sah Georges Augen, erfüllt von dieser spröden Intensität – ein Mann, den zu lieben schwer war. Seine Inbrunst machte ihn häßlich, und man fürchtete sein aufrührerisches Herz.

Wenn sie es wüßten, wie sie mich dann verachten würden…

Von oben kamen die Geräusche eines schnarchenden alten Priesters und eines anderen, der herumwanderte. Er lauschte. Er würde hier unten warten, bis sie beide schliefen. Er konnte kein einziges freundliches Wort mehr sprechen, hatte kein einziges beruhigendes Lächeln mehr anzubieten.

Tränen kamen, und er gestattete sich den Luxus, sie über seine Wangen rinnen zu lassen.

Hin und her wanderte der Mann da oben. Vor langer Zeit war sein Onkel so herumgewandert, Bischof Edward Francis Bayley mit der dunklen, schwingenden Soutane und den hungrigen Augen.

Ein Leben kann anhand seiner Verluste bestimmt werden, aber das ist nicht unbedingt erforderlich. Es gibt auch Gewinne. »Du bist kein Priester, solange du nicht deine Gelübde erneut abgelegt hast.« Nein, das stimmte nicht. In Wirklichkeit war es viel schlimmer. Er war ein Priester, aber ein besudelter Priester, ein gebrochener Priester.

»Maria, du hast mich gebrochen.«

– Nein, ich habe mich selbst gebrochen.

Ein einsamer Mann, in die Mitternacht hineinweinend, auf dem tiefsten Grund der Verzweiflung angelangt – das war Marias Vermächtnis an die Welt.

Arme Welt.

NACHTSPUK

Es war an der Zeit, den Druck zu verstärken, sie vorzubereiten auf das Gebrochenwerden auf dem öffentlichen Rad. Es war Zeit, den Geruch des Feuers zu riechen und dem Fall der Worte zu lauschen; sie würden, nach diesem, daran denken, die Gemeinde aufzulösen.

Das würde ihre Häßlichkeit nur berühmter machen.

Ein langes, langsames Aufbranden von Dunkelheit staute sich tief in seinem Inneren auf, wie ein Sturm, der sich unmittelbar hinter dem Horizont zusammenbraut.

Kühle Luft... nackte Haut... Da war diese Zeit, er war acht, es ist Hochsommer, und er liegt auf dem Dach wie üblich und betrachtet die Sterne. Sie sind unten auf der Veranda, und er kann Mutters Zigarette und Vaters Zigarre riechen.

Ihre Stimmen kann er nicht so richtig hören, nur die Besorgtheit in ihrem Tonfall.

Momma weint, und er begreift, wer es ist, von dem sie reden. Der Nachtwind wird stärker, und das Rauschen der Blätter übertönt alles.

Als sie von der Messe heimgekommen waren, hatten sie das Kaninchen gefunden. Und weshalb auch nicht – du hattest es ja nicht versteckt. Jetzt wird es eine Menge Ärger geben, aber als du es getan hattest, hatte es Spaß gemacht, es war hübsch anzusehen, du hattest das Gefühl, erfüllt zu sein von Erregung und Frieden.

Am nächsten Morgen rufen sie dich ins Wohnzimmer. Dad trägt einen dunklen Anzug, Mom ein nüchternes Kleid. Es ist, als hätten sie sich dem Anlaß entsprechend angezogen, und du wirst nervös.

Es ist hier auf dem Fußboden, in einer Papiertüte. Du kannst das verbrannte Haar riechen.

Momma: »Wir wissen, daß du es nicht tun wolltest.«

Du: »Oh, Momma, es tut mir leid. Es tut mir leid!«

Dad kommt zu dir, nimmt dich ins Meer seiner Arme. »Satan, verlaß mein Kind!«

Du gehst zur Beichte, du gehst zur Messe, du wirst Altardiener, du widmest deine Kindheit dem Herrn.

Aber es verläßt dich nicht. Das kann es nicht, es ist ein Teil von dir. Statt dessen verbirgt es sich tief in deinem Inneren, und es wird zum Grundmuster deines Lebens.

Manchmal denkst du an das Kaninchen deiner Schwester, und es macht Spaß. Du denkst an die blauen Flammen, in die es eingehüllt war, und daran, wie es gezappelt hat, als es brannte.

In deinen Träumen wanderst du durch die Nacht… und einmal kommt ein Mädchen, das du liebst, mit häßlichen blauen Flecken in die Schule.

Sie hatte gekreischt, als sie ihn sah. »Ich hasse dich! Ich hasse dich! Ich hasse dich!« Oh, ja…

In Wirklichkeit war das einzige, das ihn veranlaßte, das zu tun, was er tat, eine ganz leichte Eigenart seiner Persönlichkeit. Nichts, das jemandem irgendwie auffallen würde. Heutzutage wurden Leute wie er Soziopathen genannt. Er lebte in einer Welt, die von ihrer eigenen Gewalttätigkeit rasch impotent gemacht wurde. Ein Soziopath. Was hieß das schon?

Er stand stramm, die Arme an den Seiten, mit geballten Fäusten. Sein Flüstern war so scharf wie eine elektrische Entladung. »Schon die Anklage setzt Schuld voraus. Und Sie haben eingebracht, äh… ach ja, hier haben wir es… Reskript Nummer Vierundsiebzig, Fall Zweitausenddreihunderteinundachtzig… ah, Sie haben eingebracht – ein Bestreiten der Schuld! Sehr gut! Schuldig im Sinne der Anklage, das Bestreiten ist der Beweis.

Sie werden hiermit durch dieses Inquisitionsgericht dazu verurteilt, dem weltlichen Arm ausgeliefert zu werden, der Sie zur Hinrichtungsstätte bringen und dort den Flammen übergeben wird.«

Er flatterte wie ein Blatt den Gehsteig entlang. Die Nacht war klar und hart. Um diese späte Stunde drangen ein paar Sterne durch das, was von den Lichtern der Stadt noch übrig war. Er mochte die niederträchtigen Juwelenaugen der Sterne. Tagsüber heuchelst du, dann schläfst du, und dann kommt die Zeit, da die Sterne dich willkommen heißen.

Als er die Kirche erreichte, lag sie völlig im Dunkeln; er schloß die Tür auf und trat ein. Wie eine Spinne, die ihr Netz spinnt, ließ er die Tür einen Spaltbreit offen. Fe fi fo fum.

Er warf seine lose Straßenkleidung ab und stand in seiner straffen Unterwäsche da. Wenn er sich bewegte, knarrte das Leder. Er zog den Bauch ein, so weit er konnte, und schnallte den Gürtel enger.

Der Boden war kalt unter seinen Füßen, die Luft strich sanft über seine Haut. Als er sich der Mitte des Kirchenschiffs näherte, bildete sich auf seinen Schenkeln eine Gänsehaut.

Er inhalierte das köstlich widerwärtige Aroma der Kirche, füllte seine Lungen mit den Gerüchen nach verbrauchten Kerzen und Staub und einem Anflug von Weihrauch nach diesem lustigen Trauergottesdienst.

Auf der Straße draußen war es still. Der Wind dröhnte leise in der Chorempore. Die Dunkelheit hatte den vertrauten alten Altar in ein Nest aus düster schimmernden Schatten verwandelt. Das Kreuz darüber warf eine erbärmliche Form über die ersten zehn Bankreihen.

Er blickte an der strengen Linie dieser Bänke entlang, auf denen während der Messe die Leute saßen. Es würde Spaß machen, ihre Köpfe platzen zu lassen wie Luftballons. Er sah einen großen roten Pfeil, der auf diese Kirche zeigte, aus ihr ein Phantasiegebilde machen wollte. Von dieser kleinen Verschanzung aus konnte er ein großes Zerstörungswerk in Gang setzen. In sechs Monaten würde die ganze Welt Bescheid wissen über Priester, die liebten und mordeten.

Er streckte sich, genoß das Gefühl der Kirchenluft auf seiner Haut. An einer Seite der Kirche war der Josephsaltar, ihm gegenüber der Marienaltar. Kirchen hatten etwas so Geheimnisvolles, waren so erfüllt von Visionen. In Kirchen hatte man das Gefühl, daß einen jemand anschaute.

Er ging zuerst zum Josephsaltar.

Die Statue starrte ihn an. Sie war lebendig, natürlich – nach Mitternacht waren alle Statuen lebendig. Er blickte hoch in das unbewegte, bärtige Gesicht. Frage: Sagst du es dem alten St. Joe vorher, oder tust du es einfach?

Er stieg zu der Statue hinauf. Sie stand auf einem marmornen Piedestal, gerade so hoch, daß man ihr bequem die Füsse küssen konnte, die glattpoliert waren von den Lippen der Frommen.

»Willst du tanzen?« fragte er. »Ich weiß, daß du auch ein Mann bist. Aber zum Teufel, ich glaube, kahlköpfige Juden sind schlau! Also los, tanz den Strotzer mit mir!«

St. Joseph rührte sich nicht. Aber das tat er schließlich nie. »Ein Jammer«, sagte er. »Denkst wohl gerade wieder über die fünf Schmerzensmysterien nach, wie? Das kann ich verstehen. Kein Mann, dessen Sohn an der Säule gegeißelt wurde, ist zum Tanzen aufgelegt.« Er zielte, er spuckte. Triff einen der Kußzehen, zumindest, bis der Hausmeister mit einem Kleenex vorbeikommt.

Er vollführte eine Pirouette. »Oh, Maria«, rief er, wirbelte herum, hob die Hand, streckte den Zeigefinger aus, als wäre ihm etwas eingefallen. »Oh, Ma-ri-a!« Wie ein Gespenst schwebte er über das Geländer, das Josephs kleines Heiligtum vom Rest der Kirche trennte. Ihm direkt gegenüber stand eine gut zwei Meter große Statue der Jungfrau Maria in einem blauen Gipsgewand.

Er näherte sich ihrem Altar bis auf vier Meter, bis ihn ihre schiere Majestät zwang, sich auf den Boden zu werfen. Dort lag er, spürte, wie seine Erektion sich gegen das harte, alte Eichenholz preßte. Eine volle Minute lag er da, ohne sich zu bewegen, und starrte die Dielen an.

»Entschuldigung, Baby«, erklärte er einem Astloch. »Habe wohl gerade einen Anfall von Anbeteritis. Aber ich glaube, ich kann immer noch irgendwie weiterkriechen.« Als sein Gesicht über den Fußboden rutschte, öffnete sich sein Mund. Er hinterließ eine Schleimspur wie eine Schnecke.

Schließlich kam ein Kniestuhl in Sicht. Er hatte den Marienaltar erreicht. Er hob sich auf die Knie, holte tief Luft und intonierte mit klarer und verblüffend reiner Stimme das Ave Maria. Die Worte widerhallten in der von Kummer erfüllten Luft, erfüllten ihn mit Erinnerungen an die Zeit, in der sein Herz vor Frömmigkeit geleuchtet hatte.

Ave Maria, gratia plena, Dominus tecum, benedicta tu in mulieribus.

Seine Hände waren zu einer Gebetsfaust geballt, der Gesang quoll aus seiner Kehle. Seine Stimme ließ den gesamten Kirchenraum erbeben, und jeder, der es hörte, würde glauben, ein Engel wäre herabgestiegen... bis sich das schöne alte Latein in Gelächter auflöste.

Er kniete starr in der Stille, die dann folgte, mit Schweiß auf der Haut.

Draußen schwoll eine Sirene an, eine Hupe heulte auf. Ein Feuerwehrfahrzeug, zweifellos unterwegs zu irgendeiner Brandstiftung. Wie die Ratten waren auch die Leute der frühen Morgenstunden am Werk. Er stellte sich die müden Männer vor mit ihren Benzinflaschen und ihren Stoffetzen, wie sie durch die Kellergeschosse der Stadt schlichen, um Versicherungsdollars kassieren zu können.

»Beschütze sie, heiliger Sixtus.« War das der richtige Heilige? Oder war es der heilige Christophorus? Nein, der war gestrichen worden. Jetzt war er einfach Mister Christophorus. Oder vielmehr etliche Mister Christophorus, seit sich herausgestellt hatte, daß sein Mythos auf drei oder vier verschiedene Leute zurückging.

Wie können sie es wagen, sich an den heiligen Christophorus heranzumachen! Was ist mit den Statuenmachern, wie sollen sie mit dem Verlust fertigwerden? Schließlich konnte man nicht einfach einen Hebel umlegen und von einer Christophorus-Presse Plastik-Jesuse ausspucken lassen.

Geschmeidig und langsam glitt er über das Marmorgeländer, das den Marienaltar vom Rest der Kirche trennte. Ein paar Kerzen flackerten im Behälter. Er blies sie aus; der Teufel hole die alten Frauen und ihre absurden, sinnlosen Kerzen.

Bis auf das Ewige Licht in der Nähe des fernen Altars war die Kirche völlig dunkel. »Auf die Dunkelheit«, flüsterte er, »und auf mich…«

Die Schatten brachten Endlosigkeit. Die Kirche hatte kein Dach, und der Himmel hatte keine Sterne. Dieser Ort stand in direkter Verbindung mit dem Unendlichen.

Er kletterte auf das Piedestal der Statue, fuhr mit der Zunge über die glatten Gipsfüße, ergriff den rauhen Leib der Schlange, auf die sie traten. »Tanz mit mir, Henry«, flüsterte er, als er sich immer höher an der Statue emporzog. Sie war mit Staub bedeckt, und er mußte niesen; das Geräusch widerhallte um ihn herum. Dann betete er: »Liebe Jungfrau, bring mir heute nacht ein schönes, fettes Kaninchen.« Tatsache: das Katholische Wörterbuch definiert ein Kaninchen als ein Lebewesen, das Gott dargebracht wird. Lies »geopfert«.

Er beleckte wütend ihr Gesicht, hielt von Zeit zu Zeit inne, um mehr Speichel zu sammeln. Er hatte das Gefühl, als sammelten sich die Sterne in seinem Kopf.

Bald genug hörte er irgendeine dämliche Person hereinkommen. »Ich danke dir«, flüsterte er und kletterte an der Statue herunter.

Mit einem Zischen flammte weit hinten, in der Nähe der Tür, ein Streichholz auf. Ein altes Gesicht schwankte in seinem Licht, irgendjemand aus der Gemeinde, angezogen von der offenen Tür und der Chance, noch ein paar weitere nutzlose Beweise seiner Bußfertigkeit zu liefern. Je älter sie wurden, desto hektischer wurden ihre Versuche, Buße zu tun.

Er sprang von der Statue weg, duckte sich tief. Er jagte vorwärts, mit ausgestreckten Armen, ein Spinnenschatten. Bevor er die Hälfte des Schiffs hinter sich gebracht hatte, hörte er den Atem, flach und unbefriedigend. Emphysem oder Lungenkrebs, fortgeschritten.

Er flog wie ein Habicht, mit der Gewandtheit eines Kondors, eines Greifvogels, eines Aasfressers.

Als er sie berührte, keuchte sie auf. Ihre Traumhaut war trocken, sie war eine knochige alte Frau mit Massen von schlaffer Haut auf ihren flegelnden Armen. Anstatt zu schreien, gab sie eine Art Pfeifen von sich. Er packte ihre Hände hinter ihrem Rücken, und zusammen schwebten sie durch den Mittelgang zum Allerheiligsten. Vor dem Altar zwang er sie, sich zu bücken, nahm ihr Haar in die Faust und pumpte ihren Kopf auf und nieder.

Er würde vielleicht nicht viel sagen, aber er war ein Mann, der wollte, daß jedes Wort zählte. Beschränke dich darauf, nur das zu sagen, was wichtig ist. Er räusperte sich. »Hippity, hoppity, fröhliche Ostern! Sprich deine Litanei, Hunca-Munca – nein, sie ist eine Maus. Jesus liebt mich, Jesus haßt mich, Jesus weiß es nicht genau!«

Ihre Schreie waren gurgelnd und brüchig.

Eigentlich sollte man bei einer Exekution nicht laut lachen, oder? Mal überlegen – wäre das eine läßliche oder eine Todsünde?

Bei der Folter war Lachen natürlich gut. Aber nicht, während man tötete. Da war man irgendwie ernst, irgendwie unerbittlich und ein kleines bißchen herablassend.

Er kam zur Kanzel, schleppte sie mit sich. Die Kanzel war sein Lieblingsort in der Kirche. Hier mußten die verdammten Priester laut reden und durften keinen Scheiß von sich geben.

Er warf sie über die Front der Kanzel, raffte den Kragen ihres Mantels in seiner Faust zusammen. Sonnenuntergang und Abendstern…

Sie zitterte und versuchte, hinter sich zu greifen. Als das mißlang, kamen ihre Hände hoch und begannen, an seinen Fingern zu arbeiten. Sie zerrten, sie glitten ab, dann flatterten sie wie wildgewordene Motten.

»Do wopwopwop!«

So leise wie ein Abendlied glitt ihre Seele davon. »Wie schön du bist«, sagte er. Dann kicherte er ein wenig, ließ den leblosen Haufen fallen und sprang hinterher.

Er landete leicht, jetzt erfüllt von der speziellen Kraft, die aus dem Opfern kommt. Er war erregt von der schönsten, der seltensten aller Drogen.

Er war immer für hartes Töten, aber er konnte es nie hart genug tun. Sein Traum war, jemand auf dem Scheiterhaufen ins Jenseits zu befördern. Die Funken, die Schreie, der Zauber!

Er sah im Aufleuchten des Fensters im Querschiff die ersten Anzeichen der Morgendämmerung.

Zeit, deine Flügel zusammenzufalten, bevor die Sonne aufgeht, mein lieber Junge, und diese Schweinerei hier zu beseitigen! Schließlich kannst du das alte Kaninchen nicht hier liegenlassen. Noch eine wie Maria, und sie machen den Laden dicht. Das durfte nicht sein, jedenfalls noch nicht.

Rollse auf, rollse auf, markierse mit nem Strich, schiebse in'n Ofen für mein Baby und mich? Nein, keine Zeit mehr zum Einäschern. Musse inne Tonne kippen.

Ein Jammer! Feuer befreit die Seele.

Schnell verließ er die Kirche, und schnell entledigte er sich seiner Last, deponierte sie ein paar Häuser weiter in einen Müllcontainer. Ein kleines Ritual: drei Kerzen, eine auf die Stirn, eine auf den Bauch, eine auf die Zehen.

Das Anreißen des Streichholzes war ein prächtiges Geräusch, und die Flammen waren so schön.

Er ließ sie so zurück, mit den im Winterwind tropfenden Kerzen und einer Haut, so warm und süß wie die eines uralten Säuglings.

Dann kehrte er heim, der Jäger, heim vom Bluthügel, *do wop wop wop.*

»Hunca-Munca, weiß der Himmel. Kannst du überhaupt nichts auf die Reihe bringen, Mann? Hunca-Munca war eine dämliche Maus, kein Kaninchen!«

Während er redete, lauschte er verblüfft seiner eigenen Stimme. Einer uralten Stimme.

Als er fertig war, begann das Village stöhnend zu erwachen. Fischgeschäfte wurden mit Ware beliefert. Müllfahrzeuge dröhnten Bleecker, Christopher und West entlang.

Alles war in bester Ordnung, als er daheim ankam. Er fiel ins Bett wie ein Stein, und der Schlaf, der kam, war tief und schwarz wie altes, fauliges Wasser.

Er würde weiter an der Kirche herumpicken, immer und immer wieder, bis ihre stinkenden Eingeweide offen dalagen. Dann würde er sie hinausschleudern ins Angesicht der Welt.

8

Für John war es fast ein Ding der Unmöglichkeit, sich auf die Frühmesse zu konzentrieren, während er wußte, daß Monsignore Quindlan im Wohnzimmer auf ihn wartete. Dies war die erste Frühmesse, die er seit dem Mord zelebrierte, und er war begierig gewesen, seine Routine tun zu lassen, was sie konnte, um das Loch in seinem Leben zu füllen. Dann hatte Bobby beschlossen, ihm einen Besuch abzustatten. Er versuchte immer wieder, erfreuliche Gründe dafür zu finden, weshalb der Personaldirektor der Erzdiözese hier war, aber es gab keine.

Er wußte, daß er in Schwierigkeiten steckte wegen seines Auftritts im Fernsehen, und daß es ernst war.

Was es ihm noch schwerer machte, seine Aufmerksamkeit auf das zu richten, was anlag, war der Umstand, daß ihm während der Wandlung ein Geruch auffiel.

»Bevor er dem Tode übergeben wurde...« begann er. Was dann? Er zögerte, tastete nach den nächsten Worten. Er zwang sein Denken fort von allen Ablenkungen, zwang sich, mit dem eucharistischen Gebet fortzufahren. Als er die Kommunion austeilte, roch er den Geruch immer deutlicher. Schließlich erkannte er ihn: Urin. Irgendein dreckiges Schwein hatte in seine Kirche gepißt.

Nach der Messe ging er in die Sakristei und entledigte sich seiner Gewänder, dann kehrte er in die Kirche zurück. Er brauchte nicht lange, um dem Geruch auf die Spur zu kommen. Er fand eine Pfütze unterhalb der Kanzel. An den Rändern war sie bereits eingetrocknet; es mußte in der Nacht passiert sein.

Er suchte die Bänke ab, bewegte sich Reihe um Reihe das Mittelschiff hinunter, glaubte, er würde einen schlafenden Penner finden. Aber der einzige Anwesende war Jerome White, der Sekretär der Aids-Gruppe. Er betete leise und hingebungsvoll am Josephsaltar.

John beendete seine Durchsuchung der Kirche, schaute sogar in die Beichtstühle und stieg zur Chorempore hinauf, die staubig war, weil sie nicht mehr benutzt wurde. Heutzutage stand der Chor gewöhnlich mit dem Gitarristen in der Nähe des Altars; die Orgel funktionierte schon seit mindestens zehn Jahren nicht mehr.

Er wollte gehen, doch dann beschloß er, zusammen mit Jerome ein Gebet zu sprechen. Er kniete neben dem mageren, zitternden Mann nieder. In letzter Zeit hatte Jerome fast immer leichtes Fieber. Bestimmt war ihm kalt in seiner dünnen Jacke. John nahm sich vor, dafür zu sorgen, daß die Aids-Gruppe warme Winterkleidung bekam. Diese Männer waren zumeist erfolgreiche Akademiker gewesen. Aber die Krankheit hatte dem ein Ende gemacht. Einem Rechtsanwalt mit Aids fällt es schwer, Mandanten zu bekommen, ein Arzt mit Aids kann seine Patienten nicht behalten.

John legte den Arm um den Mann. »Diese alte Höhle ist kalt, Jerome.«

»Ich hätte meinen Mantel anziehen sollen.«

»Sie haben einen?«

»Natürlich.«

»Nun, wenn Sie einen Freund haben, der einen braucht, wir haben ungefähr fünf unten in der Kleiderkammer, für Notfälle. Wenn ihr euch selbst bedienen wollt – die Schlüssel sind im Schlüsselschrank in meinem Büro.«

Jerome nickte, dann hob er den Blick. In diesem Augenblick sahen sie beide etwas auf dem Fuß der Statue. John schaute genauer hin. Er war verwirrt. Zuerst dachte er, es müßte Taubenkot sein, aber das war eindeutig unmöglich.

»Entschuldigen Sie mich«, sagte er. Er ging in die Nische

und begriff sofort, daß jemand seinen Rotz auf den Fuß der Statue gespuckt hatte.

Irgendjemand hatte sich absichtlich an seiner Kirche vergangen. Er holte sein Taschentuch heraus und säuberte die Statue. Einige der alten Leute küßten den Fuß; er würde Lupe bitten, ihn mit Lysol zu säubern, wenn er ihn auf den Urin aufmerksam machte.

Er überlegte, ob er die Detektive informieren sollte. Hier lag etwas von Wahnsinn in der Luft, genau wie der Benzingestank, der den Mord an Maria umgeben hatte. Natürlich würde er sie informieren. Dies konnte wichtiges Beweismaterial sein, sofern es irgendwie mit dem Mord zusammenhing.

Er zermarterte sich das Gehirn, versuchte sich auszurechnen, wer imstande war, unentdeckt hier hereinzukommen. Die Knights of Columbus hatten einen Schlüssel. Die Altar Society hatte einen. Betty und Lupe hatten einen Schlüssel, ebenso die beiden anderen Priester. Und Maria natürlich. Immer Maria.

Er mußte sich eine andere Frage stellen, reinen Gewissens: Konnte es einer der anderen Priester gewesen sein?

Nein. Frank war ein großer, sanfter Bär, sanft und sensibel. Und Tom war es auch nicht gewesen. John hatte seine frühen Jahre bei M. and J. verbracht, als Tom noch aktiv zum Arbeitsteam gehörte. Er war ein frommer Mann, ein wenig aufreibend, aber immer willens, seine Pflichten zu erfüllen. Und er liebte den Herrn. Selbst jetzt kam Tom noch her, um zu beten – zu jeder Tages- und Nachtzeit.

Nachdem er sich umgezogen hatte, kehrte er ins Pfarrhaus zurück und steckte den Kopf zur Wohnzimmertür herein. »Ich komme gleich zu Ihnen, Bob.« Der Personaldirektor, der, noch im Mantel, auf der Kante eines Stuhls saß, neigte nur, ohne zu lächeln, seinen großen Kopf. John ging ans Telefon im Büro und rief die Detektive an. Dowd, der offenbar dieser schwierigen jungen Frau unterstellt war, nahm den Anruf entgegen. »Hier ist Father John Rafferty. In der Kirche hat es einigen Vandalismus gegeben.«

»Ja?«

»Jemand hat vor die Kanzel uriniert und auf unsere Statue des heiligen Joseph gespuckt.«

»Sie wollen das anzeigen?«

»Nun, in diesem Sinne ist es nicht sonderlich wichtig. Aber ich dachte – schließlich untersuchen Sie einen Mord in der Kirche …« Er wußte nicht, was er sonst noch sagen sollte. Das Schweigen am anderen Ende der Leitung wurde rasch aufreibend.

Schließlich ergriff der Detektiv wieder das Wort. »Ist etwas berührt worden?«

»Ich habe die Statue mit meinem Taschentuch abgewischt.«

»Lassen Sie den Rest. Wir kommen herüber und werfen einen Blick darauf.«

Er legte auf in dem Gefühl, das Richtige getan zu haben. Es dauerte keine fünf Minuten, bis der Wagen der Detektive abermals vor dem Pfarrhaus hielt. Quindlan wurde ungeduldig, stand an der Schwelle des Wohnzimmers. John fiel auf, daß sein maßgeschneiderter Mantel immer noch zugeknöpft war.

»Sie sehen aus wie ein sprungbereiter Tiger«, sagte John.

Quindlan lächelte nicht. »Ich habe nicht viel Zeit.«

»Dann werden Sie entzückt sein, wenn Sie hören, daß ich jetzt die Polizei in die Kirche begleiten muß.«

Der Direktor brachte ein knappes Nicken zustande, dann griff er nach seiner *Times* und ließ sie absichtlich verärgert rascheln.

Die beiden Detektive kamen die Vordertreppe herauf. Dowd stampfte, um sich gegen die Kälte zu wehren. John führte sie in die Kirche, wo Jerome nach wie vor betete, und zeigte ihnen die Pfütze unterhalb der Kanzel. Als Kitty Pearson eine kleine Taschenlampe auf ihre Basis richtete, wurde etwas sichtbar, das John übersehen hatte. Auf das Holz war so hart eingeschlagen worden, daß sich Splitter daraus gelöst hatten.

Kitty richtete ihre Lampe auf den Boden, wo Holzpartikel lagen; einige davon schwammen in dem Urin.

»Wer immer hier hingepinkelt hat, hat außerdem wie ein Verrückter gegen die Kanzel getreten.«

John konnte sich nicht vorstellen, wie jemand so weit oben hatte hintreten können, und sagte es.

»Muß über dem Rand gehangen haben«, bemerkte Dowd. »Anders geht es nicht.« Er hockte sich nieder, füllte Flüssigkeit in ein Röhrchen, stöpselte es zu und stand auf. »Wir sehen uns noch einmal um.«

John wußte nicht, ob er bleiben oder gehen sollte. Der Gedanke an Quindlans grimmige Stimmung gab den Ausschlag. Er würde bleiben, solange es irgend ging.

Kitty bewegte sich zwischen den Bänken. Ihr Gesicht war ein verschwommener weißer Fleck in der düsteren Kirche. Er sollte wirklich mehr Lichter einschalten, aber es war so teuer. Das Finanzkomitee hatte festgestellt, daß es siebzig Dollar kostete, wenn die Kirche vierundzwanzig Stunden lang beleuchtet wurde. Beängstigend.

Sie sagte etwas, aber er hatte es nicht gehört. »Wie bitte?«

»Sie können gehen. Wir brauchen Sie nicht mehr.«

Also konnte er das Gespräch mit Quindlan nicht länger aufschieben. Zu schade.

Die Kanzlei war mit John Rafferty nicht einverstanden. Das Problem war simpel genug; er stimmte in verschiedenen wichtigen Fragen nicht mit dem Kardinal überein, und das zeichnete sich in seiner Führung der Gemeindegeschäfte ab. Im Dunkel der Nacht kam ihm manchmal der Gedanke, daß das einzige, was ihm sein Pastorat erhielt, der Priestermangel war. Aber bei Tage sahen die Dinge anders aus. Der Kardinal war ein Praktiker, und er wußte, daß John mit Mary and Joseph Erfolg hatte.

Während er wartete, hatte Robert Quindlan sich eine Zigarre angezündet. Das Aroma hatte sich wie Erinnerungen in der stillen Luft ausgebreitet. Johns Vater hatte Zigarren geraucht, und dieser Duft hatte während seiner gesamten Kindheit in ihrem Haus gehangen.

Er und Bob gehörten derselben Generation an; im St.-Josephs-Seminar waren sie ein Jahr auseinander gewesen. Zu jener Zeit verließ man das Seminar erfüllt von unschuldiger Gewißheit. Der Absolvent war im Besitz der Wahrheit Gottes, und die Autorität seines Stellvertreters auf Erden verpflichtete die Gläubigen, ihm getreulich zu folgen.

Damals hatte das Pfarrhaus sechs Priester beherbergt, und sie waren alle vollauf beschäftigt. Von Diakonen war nicht die Rede. Auf der Liste standen dreißig Meßdiener, und es gab massenhaft Jungen, die nur darauf warteten, die Stelle eines anderen einzunehmen, der seine Responsorien nicht kannte oder zu spät zur Messe kam.

Bobby Quindlan war ein heiterer Seminarist mit roten, pockennarbigen Wangen und einem Anklang des irischen Tonfalls seiner Mutter gewesen. Sie hatte sich angehört und ausgesehen wie die alte Mutter McCree, und es gab Gerüchte, daß Quindlan ins Seminar eingetreten war, um ihrer rasiermesserscharfen Zunge zu entkommen. Außerdem gab es Gerüchte, daß er ihr einmal zu Weihnachten eine Pfeife geschenkt hatte, ohne sich der Tatsache bewußt zu sein, daß dies für einen amerikanischen Jungen ein etwas eigenartiges Geschenk an seine Mutter war. Es gibt Teile von Queens, die für immer irisch bleiben.

Was Quindlan vorzüglich konnte, war folgen. Wohin sein Kardinal ihn führte, dorthin begab er sich auch, die Taschen voller Zigarren, den Hals aus dem Kragen hervorquellend. Abtreibung? Ausgeschlossen. Geburtenkontrolle? Denk an das Elfte Gebot: »Du sollst nicht verwenden Pessare, Kondome, Antibabypillen oder irgend etwas dieser Art, was vielleicht in Zukunft noch erfunden wird. Und auch keinen verdammten Schaum!« Und was die Homosexuellen anging – nun, auf *ihre* Gebete hatte Gott eindeutig reagiert, oder etwa nicht?

»Sie rauchen doch nicht, John, oder?« fragte Quindlan, mit seiner Zigarre beschäftigt.

»Nur wenn ich erfolgreich in Versuchung geführt werde.«

»Lobenswert.« Er paffte angestrengt, brachte sie zum Glühen. »Und wem oder was gelten Ihre Leidenschaften?«

»Ich bringe sie…«

Er hob die Hand, redete um die Zigarre herum, die jetzt sein Gesicht dominierte. »Das war eine rhetorische Frage. Wir alle bringen alles dar. Maria ist eine schlimme Sache, John. Diese Fernsehsendung war… wow. Überaus unangenehm.«

»Das weiß ich, Bobby.«

»Eine wirklich schlimme Sache. Ich habe sogar die Formulierung ›eine Entwürdigung des Priestertums‹ gehört, aber ich persönlich würde nicht so weit gehen.«

»Danke.«

»Was ich Ihnen sagen muß, ist dies. Ich glaube, Sie müssen aufgeben. Der Kardinal wünscht einen Wechsel an M. and J.«

Es war, als hätte ihm eine riesige Faust einen heftigen Schlag auf die Brust versetzt. Er hatte gewußt, daß es eines Tages so weit kommen würde, aber er hatte immer gehofft, daß dieser Tag in der Zukunft bleiben würde.

Sein Kopf wurde leer, sein Herz begann zu hämmern, ihm war schwindlig. Die Worte, die er herausbrachte, waren die allertiefste Wahrheit. »Das ist mein Tod.«

»Wie bitte?«

»Ich habe gesagt – ich weiß nicht, was ich gesagt habe.«

Bob warf ihm einen langen Blick zu. »Sie sind ohnehin schon viel zu lange hier gewesen. Ich hätte gedacht, Sie würden eine Veränderung begrüßen.«

»Oh?« Er wollte einfach nicht glauben, daß sie ihm tatsächlich seine Gemeinde wegnehmen wollten. Der Kardinal hatte natürlich ein Recht dazu, aber so etwas tat man heutzutage einfach nicht. Er griff nach jeder Stütze, die er finden konnte. »Es wird eine Sitzung des Personalausschusses geben müssen, Bob.«

»Nicht unbedingt. Wenn wir eine Rücktrittserklärung haben, kann alles seinen normalen Weg gehen.«

»Sagen Sie mir, daß das nicht wahr ist.«

»Der Kardinal schätzt Sie als Priester. Aber er glaubt, es wäre für M. and J. das beste.«

Er dachte an seine Obdachlosen, seine Schwulen, seine kirchlich Unerwünschten und fragte sich: An wen sollen sie sich jetzt wenden? Statt dessen stellte er eine andere Frage: »Wer soll die Gemeinde übernehmen?«

»Wir werden Ihren Kuraten ernennen.«

»Er ist – er ist dazu noch nicht imstande.« Also, John Rafferty, war das barmherzig? Du versuchst hier, einem anderen Mann die Kehle durchzuschneiden.

»Da sind wir anderer Ansicht.«

»Wir sind beide eingehend von der Polizei verhört worden. Sie hat sich geradezu auf uns gestürzt.«

»Das weiß ich. Er hat mit mir telefoniert, und soweit ich weiß, auch mit dem Kardinal.«

Nun, das war merkwürdig. Wie konnte ein bescheidener Kurat wie Frank direkten Zugang zu einem Kirchenfürsten haben? »Ich wußte nicht, daß er eine private Leitung zum Kardinal hat.«

»Die hat er. Wissen Sie, der Kardinal und sein Onkel, Bischof Bayley, kennen sich schon eine Ewigkeit. Sie sind seit ihrer Seminarzeit befreundet.«

Das war eine echte Überraschung. Weshalb hatte Frank nie erwähnt, daß er Zugang zum Kardinal hatte? Er hatte die Tatsache, daß er Bischof Bayleys Neffe war, immer heruntergespielt. »Ein alter Mann in einem alten Haus in einem alten Teil von Chicago« – auf die Art hatte er seinen Onkel beschrieben. John war unbehaglich zumute bei dieser Eröffnung über seinen Kuraten.

Quindlan fuhr fort: »Sie und ich, wir sind zwei Priester, die versuchen, aus einer üblen Sache herauszukommen und dabei gleichzeitig die Würde der Kirche zu wahren. Zwei *Freunde*, könnte ich hinzufügen, aber ich bin nicht sicher, ob Sie es so empfinden.«

»Sie brauchen sich nicht zu verteidigen, Bobby, nur weil Sie eine unangenehme Pflicht erfüllen müssen. Ich liebe immer noch den Jungen, der seiner Mutter zu Weihnachten eine Kaywoodie-Pfeife geschenkt hat.«

Bob kicherte. »Sie hat sich gefreut wie ein Schneekönig. Wissen Sie, John, der Grund, weshalb der Kardinal Sie solange hier gelassen hat, geduldet hat, daß Sie die Dinge auf Ihre Art tun, ist der, daß Sie hierher passen. Sie leisten verdammt gute Arbeit. Aber Sie werden alt, und auch Frank ist ein guter Mann. Sie haben den Jungen praktisch großgezogen. Sie sollten sich freuen, daß er die Gemeinde übernimmt.«

»Sagen Sie mir nicht, wann ich glücklich sein sollte. Daß mir die Kehle durchgeschnitten wird, ist kein Grund zur Freude.«

»Dann geben Sie wenigstens zu, daß Frank eine Chance verdient. Er ist dynamisch, und diese Gemeinde ist einzigartig. Ich will nicht irgendjemanden aus der Horde hier einsetzen. Vermutlich ist ›Horde‹ heutzutage nicht ganz das richtige Wort, aber wir könnten jemanden finden.«

John wollte Franks Eignung für den Job nicht in Frage stellen, außer aus Gründen der Unerfahrenheit. Mehr zu sagen wäre eine Gemeinheit. Und auf jeden Fall würde Quindlan darin eine List sehen. Deshalb ging er die Sache vorsichtiger an. »Ich muß Ihnen sagen, daß ich die Richtigkeit dieser Entscheidung bezweifle. Ich halte sie für übereilt.«

Bob bückte sich und holte einen Ordner aus seinem Aktenkoffer. John konnte darin Briefköpfe der New Yorker Polizei sehen. Die Kanzlei wurde offenbar über sämtliche Details der Ermittlungen informiert. Und wenn sie es wirklich wollte, konnte sie vermutlich auch das Kommando übernehmen.

»John, Sie können mir keinen Vorwurf daraus machen, daß ich sensibel bin. Die Sorte von Schlagzeilen, mit denen wir jeden Tag rechnen müssen – Priester in Sexnöten–, die schaden einer Menge von guten Leuten und guter Arbeit.« Er verstummte. John sah die Düsterkeit in seiner Miene, die große Traurigkeit. Der Mann hatte seine Fehler, aber er liebte die Kirche. Er schwenkte den Bericht. »Wenn das herauskommt, dann sind wir dran. Was ist da vorgegangen? Hier ist die Rede von ›sadomasochistischen Utensilien‹.«

»Dafür muß es irgendeine Erklärung geben. Mit solchen Dingen hatte sie nichts zu tun.«

»Das hoffe ich.« Quindlan bedachte ihn mit einem stechenden Blick. »Sie müssen von Ihrem Amt zurücktreten. Ein Monat der Kontemplation an irgendeinem Ort, weit genug weg von hier. Danach ein neues Amt in der Katholischen Wohlfahrtsbehörde, wo ein Mann wie Sie dringend gebraucht wird.«

»Ich bin Pastor!«

»Eine Versetzung ist seit langem fällig. Sie haben eines der besten Wohlfahrtsprogramme in der Erzdiözese, vielleicht das allerbeste. Wir haben nur noch halb so viele freiwillige Mitarbeiter als vor zwanzig Jahren. Sie könnten imstande sein, das zu ändern, John, mit Ihrer Energie, Ihrer Einsatzbereitschaft und Ihrer außergewöhnlichen Motivation.«

»Ich bin kein Verwaltungsmann! Ich bin Pastor! Ich zelebriere die Messe, ich erteile die mit diesen Händen gesegnete Kommunion! Das ist die Definition von John Rafferty.«

Bob sog an seiner Zigarre, schloß die Augen. »Es ist eine große Gemeinde. Wir haben Beschwerden erhalten.«

»Von den Christos-Leuten, ich weiß. Für die bin ich ein

Ketzer. Und unsere Obdachlosen verschandeln die Gegend. Meine Schwulen sind eine Beleidigung des Herrn. Die Aids-Kranken sollten getrennte, aber gleichwertige Weihwasserbecken haben. Ich kenne die ganze, widerwärtige Litanei. Wenn Sie auch nur eine Unze von Fairneß in sich haben, dann lassen Sie mir meine Gemeinde. Lassen Sie mich hier sterben.« Plötzlich empfand er entsetzliche Bitterkeit. »Allzulange wird es nicht mehr dauern.«

»Sind Sie krank?« fragte Quindlan, und auf seinem Gesicht lag echte Besorgnis.

»Nein, das bin ich nicht. Vielleicht werde ich hundert Jahre alt.«

»Frank sagte mir, Sie würden nicht dagegen ankämpfen.«

Ihm schoß der Gedanke durch den Kopf, daß er vielleicht imstande war, ihnen Angst einzujagen. »Ich werde es tun, und wenn er seine Mitmenschen beurteilen könnte, dann hätte er das gewußt. Bedenken Sie, daß dies in der Gemeinde einen gewaltigen Staub aufwirbeln würde. Ich möchte nicht mein eigenes Loblied singen, aber ich bin in dieser Gegend keineswegs verhaßt.«

Bob griff wieder nach seinem Aktenkoffer und holte ein weiteres Memorandum heraus. »Seit Ihrem Auftritt vor den Fernsehkameras haben wir Dutzende von Briefen erhalten, und in den meisten wird um Ihre Absetzung gebeten. Sie sollten Sie lesen. Die Leute lieben Sie, aber sie lieben auch M. and J. Sie reißen den Bau auseinander.«

»Es gibt immer ein paar Leute, die unzufrieden sind.«

»Mehr als nur ein paar. Die Kirche der Sechziger gibt es nicht mehr, John. M. and J. ist ein Überbleibsel aus der Vergangenheit.«

»Und ich nehme an, Frank soll sie in die neokonservative Gegenwart bringen. Eine großartige Aufgabe für einen sehr starken jungen Mann.«

Quindlan hakte nach. »Also sind Sie mit ihm einverstanden.«

»Frank ist ein großartiger Mann. Aber er ist nicht der Pastor der Gemeinde von Mary and Joseph, noch nicht.«

Bob beugte sich vor, legte die Hand auf Johns Knie. »Ich denke, er wird es bald sein.« Er mußte die Geste in Filmen gesehen haben.

John wich zurück. »Sie befehlen mir, aufzugeben? Entlassen mich? Ich möchte, daß Sie es sagen. Es amtlich machen.«

Bob betrachtete seine Hände. Das schmerzte ihn, John sah es. »John«, sagte der Direktor, »wenn wir gezwungen sind, Sie zu entlassen, muß eine Sitzung des Personalausschusses stattfinden. Wenn Sie aus gesundheitlichen Gründen zurücktreten, können wir Sie beschützen.«

»Wovor? Vor der Presse? Entschuldigen Sie meine Impertinenz, aber Sie können ja nicht einmal den Kardinal vor der Presse beschützen.«

»Ich rede vom Gesetz, John! Falls es dazu kommen sollte, daß gegen Sie ein Haftbefehl erlassen wird.«

»Also, das ist wirklich das Albernste, was ich je gehört habe!«

»Ich will Ihnen nichts vormachen, mein Freund. Sie sind der Tat dringend verdächtig.«

»Dafür gibt es keinerlei Beweise. Es kann keine geben!«

»Eine heimliche Liebesaffäre, ein Testament, das alles Ihnen hinterläßt. Natürlich ist die Polizei argwöhnisch.«

»Aber das ist lächerlich! Ich – ich könnte niemanden umbringen.«

Bob legte seine große Rechte auf Johns geballte Faust. »Das weiß ich, alter Freund, glauben Sie mir, ich weiß das. Und der Kardinal weiß es auch. Aber die Polizei weiß es nicht. Wenn es zu einer Anklage kommen sollte, wäre das eine Tragödie für die Kirche, ob Sie nun verurteilt werden oder nicht.«

Er hatte die Wahrheit gesagt, und es gab kein Entkommen. Er sah nicht einmal eine Möglichkeit, auf Zeit zu spielen. »Damit wollen Sie sagen, wenn ich in aller Stille zurücktrete, wird die New Yorker Polizei ihre Hunde zurückpfeifen.«

»Wir würden es versuchen, John. Wir können nichts versprechen. Aber wir haben ein gewisses Maß an Einfluß, wie Ihnen klar sein dürfte.«

»Ich bin es also, der vernichtet wird, weil er sich nicht das Geringste hat zuschulden kommen lassen.«

Quindlan stand auf, steckte die Zigarre in den Mund. »Dem entnehme ich, daß Sie sich weigern, zurückzutreten.«

»Kategorisch.«

»Dann werden wir Sie zu gegebener Zeit über den Termin der Anhörung informieren, auf die Sie Anspruch haben.«

9

Frank stand vor den Mitgliedern der Christos-Gemeinde, angetan mit seiner Soutane, einem weißen Chorrock darüber und einer violetten Stola um den Hals. Er verstieß damit gegen Johns ausdrückliche Anweisungen: den Christos-Leuten war es nicht gestattet, ihre Rituale auf kirchlichem Boden abzuhalten.

Aber es war an der Zeit, ein wenig Autorität geltend zu machen. Dazu hatte er Monsignore Quindlans ausdrückliche Genehmigung.

Er war überrascht, als er spürte, daß seine Gewandung ihn ein wenig verlegen machte. Weshalb? Sie war ein so selbstverständlicher Teil seiner Garderobe, daß er kaum über sie nachdachte.

Maria war da, hochgewachsen in ihrem Kapuzenumhang.

»Bete mich an, mein kleiner Priester.«

– Nein! Ich will daran nicht denken! Ich kann es nicht!

Er räusperte sich, reckte die Schultern. »Laßt uns alle bedenken, daß wir uns in der Gegenwart Gottes befinden. Brüder und Schwestern, wir versammeln uns in der Gegenwart Gottes, um seine Verzeihung zu erflehen für unsere Unzulänglichkeiten und Irrtümer.«

Frank ließ den Blick über seine kleine Gemeinde schweifen. Sie waren seine Leute, und er liebte sie innig. Da waren die Bowers mit ihren drei Kindern, die Conrads, Jack und Martie Glenn, die Nicastros, die Kellys, die Evans, Jenny Poole.

Auf dem Gesicht von Pat Kelly lag ein abwesender, verzückter Ausdruck. Seine Frau Tricia schaute so intensiv nach unten, als wollte sie die Risse im Fußboden zählen.

Hinter dem Strahlen der Gesichter sah Frank dunklere, vielschichtigere Emotionen. Sie fürchteten sich natürlich. Das war bei diesem Ritus immer der Fall. Öffentliche Beichte ist eine ungeheure persönliche Herausforderung.

In der Wohnung war es intimer gewesen, in gewisser Hinsicht weiter entfernt von der Gegenwart Gottes. Aber hier – bis zu diesem Moment war ihm nicht bewußt gewesen, wie sehr die Tatsache, daß sie sich in der Kirche befanden, die Dinge änderte.

Als er sprach, erfüllte seine Stimme das Schiff. »Laßt uns nun ein paar Augenblicke nachdenken, uns unsere Verstöße und Unzulänglichkeiten ins Gedächtnis rufen und die auswählen, die wir am meisten bereuen.«

Er verstummte, wartete. Nach einem langen Augenblick stand Linda Evans auf. »Ich beichte, daß ich den Namen des Allmächtigen Gottes mißbraucht habe. Ich beichte, daß ich ständig von der Sünde des Neides erfüllt bin, daß ich eine eifersüchtige Frau bin, daß ich seit der letzten Beichte einen Mann begehrt habe, der nicht mein Ehemann ist.« Sie setzte sich, dann kniete sie nieder und senkte den Kopf.

»Ich beichte, daß ich bei einem Vertrag betrogen habe, auch weiterhin betrüge und nicht weiß, wie ich mit dem Betrügen aufhören soll.« Das war Pat Kelly. Nicastro warf ihm einen irritierten Blick zu. Kürzlich waren sie Partner im Warentermingeschäft geworden. George war ein reicher Mann, und ein extrem moralischer. Pat war es weniger, in beiderlei Hinsicht. Frank hoffte, daß es nicht zu Problemen zwischen den beiden kommen würde.

Die Beichten gingen weiter. Randy Miller, der vierzehn war, beichtete mit knallrotem Gesicht, daß er masturbiert hatte. Deborah Kennard, die vierzig war, tat dasselbe.

Dann kam aus der Düsternis im Hintergrund der Kirche eine zittrige Stimme: »Ich beichte die Sünde gerechtfertigten Zorns! Ich beichte die Sünde des Verlangens nach Gerechtigkeit! Ich beichte den Gedanken, daß all diese Geständnisse überaus oberflächlich sind. Father, ich bitte um Absolution!«

Frank war nicht sonderlich überrascht, als John Rafferty in der heller beleuchteten Umgebung des Altars auftauchte. Sein Gesicht war schweißgebadet, sein Blick leicht verschwommen.

Sehr überrascht war er freilich, als er sah, daß John getrunken hatte. Er war zwar nicht regelrecht betrunken, aber viel fehlte daran nicht. »Father…«

»Sie sind zu mir gekommen als Dieb, Frank. Als *Dieb*!«

»Nein, Father, das bin ich nicht.«

John musterte die Versammlung. »Mein Gott, das ist Christos. Was geht hier vor, eine Art heidnisches Ritual? Christos! Ich habe gehört, ihr opfert Schweine!«

Alle sogen gleichzeitig den Atem ein. Georges Augen wurden hart. Seine Frau schlug die Hände vors Gesicht. Andere wurden unruhig, murmelten.

Frank eilte vom Altar herunter, versuchte, den armen alten Kerl irgendwie zurückzuhalten. Aber John versetzte ihm unvermutet einen harten Stoß. Verblüfft taumelte Frank zurück, fiel. Ein Luftstrom fuhr aus ihm heraus, dann konnte er weiteratmen und gewann sein Gleichgewicht gerade noch rechtzeitig zurück, um zu verhindern, daß er der Länge nach hinschlug. John war kein gewalttätiger Mann. Er mußte entsetzlich leiden.

Nicastro und Kelly stürmten aus ihren Bänken herbei, wollten John bei den Armen packen. »Eine Schande«, murmelte Nicastro. Dann Kelly: »Er ist besoffen.«

»Ich bin nicht besoffen«, sagte John. »Sie verwechseln Traurigkeit mit Trunkenheit.«

Nicastro versuchte, seine Hand auf Johns Schulter zu legen. »Wagen Sie es nicht, mich anzufassen, Sie Schleimer!«

»Sie sind betrunken! Verschwinden Sie!«

»Das bin ich nicht, und ich denke nicht daran.«

Frank, der seine Fassung zurückgewann, intervenierte. »Das gesegnete Sakrament ist im Tabernakel, John.«

»Ich werde Jesus nicht beleidigen. Jesus gehörte zu den Menschen.« Er breitete die Arme weit aus. »Strafe mich, oh Herr, wenn ich dich etwa kränkte.« Dann ließ er die Hände sinken, senkte den Kopf, der wartende Sünder. Schließlich hob sich eine Braue. »Seht ihr? Er will mich nicht strafen.«

»John, das sind nicht Sie. Das ist der Alkohol.« Frank sprach im sanftesten, beruhigendsten Ton, zu dem er imstande war.

John bewegte sich auf die Kanzel zu. Hoffentlich wollte er nicht hinaufsteigen. Er durfte nicht versuchen, eine Predigt zu halten, nicht vor diesen Leuten und nicht in seinem gegenwärtigen Zustand. »John, lassen Sie uns ins Pfarrhaus zurückkehren.« Frank sprach ein stummes, inbrünstiges Gebet für ihn.

»Ich möchte mit euch über eure Sünden reden. ›Ich habe den Namen des Herrn mißbraucht. Ich habe masturbiert. Ich habe meine Frau betrogen. Ich habe meinen Geschäftspartner hintergangen.‹ Verschont den Herrn damit! Diese Sünden sind trivial. Ist euch nicht klar, daß eine Sünde ein wirkliches Ereignis im Leben einer Seele ist? Wenn ihr sündigt, dann ätzt ihr etwas Häßliches in eure unsterbliche Seele ein. Ihr schmälert euch selbst.«

Wie beredsam er war, sogar angetrunken. »John!«

Er ignorierte Frank, schaute über die kleine Versammlung hinweg. Trotz allem war seine Persönlichkeit beherrschend. »Ihr seid hier, um zu beichten? Ihr habt eure Sünden mitgebracht? ›Ich habe masturbiert.‹ Das ist keine Sünde, worin soll da die Sünde liegen?«

»John, um der Liebe Gottes willen!«

»Offenheit, junger Mann! Heutzutage trösten wir uns damit, daß Satan nicht mehr ist als ein Symbol. Ha! Mein Glaube sagt mir etwas anderes. Wenn ihr schon einen derartigen

Ritus haben müßt, dann tut es wenigstens richtig. Wirkliche Sünden!«

Jenny sprach deutlich und voller Stolz. »Unsere Sünden sind wirklich, Father Rafferty. Und Ihre auch.«

»Wenn ihr wissen wollt, was Sünde ist, dann müßt ihr auch wissen, was Satan ist. Also, was ist er? George – Sie sind der Anführer dieser Gruppe –, wissen Sie, was Satan ist?«

»Ein böser Geist.«

»Ein finster dreinblickender Geist mit Hörnern *à la* vierzehntes Jahrhundert? Oder ist er die Wut in ein paar aufgebrachten, mißbrauchten Kindern, die darauf aus sind, die Welt zu morden? Nun reden Sie schon, starren Sie mich nicht bloß an! Was ist er, was zur Hölle ist Satan?« Er funkelte sie an. Ihre blassen Gesichter waren erstarrt, es war wie ein Raum voller Holzfiguren. »Sie meinen, Sie wissen es nicht?« Er schwieg einen Moment, und seine Augen waren erfüllt von Feuer und Liebe. »Satan ist der Unsichtbare. Die Wahrheit ist, daß wir nie unsere Sünden sehen, nicht die wahren, diejenigen, die andere verwunden, und zwar schwer verwunden. Diese Sünden bleiben im Finstern, und ebenso ihr Urheber. Das ist der Grund dafür, daß er der Meister der Finsternis genannt wird.«

Sie wichen vor ihm zurück. Vielleicht, dachte Frank, war es nur gut, wenn er sich in dieser instabilen Verfassung bloßstellte. Vielleicht war es nur gut, wenn er nicht einmal zur Katholischen Wohlfahrtsbehörde versetzt würde. Frank war überzeugt, daß die Kanzlei jetzt allen Grund hatte, den armen Kerl zu pensionieren, und vielleicht würde das – in Anbetracht der Umstände – das beste für ihn sein.

John war auf eine Bank gesunken. Wenigstens hatte er nicht mehr vor, die Kanzel zu besteigen. »Sie«, sagte er zu Frank. »Ich habe Ihnen vertraut.« Er senkte den Kopf und schwieg. Aber dann setzte die Stimme wieder ein, ein beängstigendes, düsteres Murmeln. »Wohl dem, des Hilfe der Gott Jakobs ist, des Hoffnung auf den Herrn, seinen Gott, stehet, der Himmel, Erde, Meer und alles, was drinnen ist, gemacht hat; der Glauben hält ewiglich; der Recht schaffet denen, so Gewalt leiden; der die Hungrigen speiset. Der Herr löset die Gefangenen. Der Herr machet die Blinden sehend. Der Herr richtet auf, die niedergeschlagen sind. Der Herr liebet die Gerechtigkeit. Der Herr behütet die Fremdlinge und erhält Waisen und Witwen.« Er sah wieder Frank an. »Kennen Sie das, junger Mann?«

Frank schüttelte den Kopf.

»Das, mein Junge, ist aus der Liturgie für Pastoren, Psalm 146. Kennen Sie die Liturgie für Pastoren? Nein? Das dachte ich mir. Sie sollten sie lesen, jedes Wort in Ihr Gedächtnis und Ihr Blut aufnehmen! Dieser wundervolle Ort, diese Gemeinde, soll Ihnen überlassen werden. Sie brillanter Dieb!«

Jetzt reichte es Frank. »Nein, Father, ich bin kein Dieb. Ich liebe Sie, das wissen Sie. Ich hätte mich gefreut, wenn Sie hätten bleiben können. Aber Ihre öffentlichen Indiskretionen haben der Kirche geschadet. Und deshalb haben Sie Ihre Gemeinde verloren.«

»Schweigen Sie, Sohn. Ich bin nicht gut darin, solche Dinge zu sagen, und ich kann es nur einmal.«

»Father«, mahnte er, »denken Sie an die Frommen.«

»Schauen Sie mich an, Frank.«

»John, ich bitte Sie …«

»Schauen Sie mich an!«

Unwillkürlich wandte Frank den Blick ab – und schämte sich sofort seines Tuns.

Wie zu erwarten, wurde John wütend. »Sie können mir nicht in die Augen sehen!« Seine Stimme wurde schrill. Die Leute waren ängstlich, verschämt und betreten. Man sehe sich die arme Maureen Nicastro an, ihre Hände waren ineinander verkrampft, ihr Kopf gesenkt.

Er mochte die Frommen einschüchtern, aber Frank würde sich nicht einschüchtern lassen. »Sie sind es, der diese Kirche den Schwulen, den Abtreibern geöffnet hat …«

Wie er gehofft hatte, machten seine entschiedenen Worte den anderen Mut. Martie Glenn sprach, ihre Stimme glich einer im Wind knallenden Fahne. »Sie haben Dr. Peter Morris die Kommunion erteilt. Ich habe es gesehen.«

»Peter gehört dieser Gemeinde schon länger an als ich selbst.«

»Er ist in der Familienplanung aktiv. Er hat Abtreibungen vorgenommen.«

Zum ersten Mal sah Frank Haß in Johns Augen. »Das ist meine Sache«, knurrte der Pastor.

Martie, Gott segne sie, wurde richtig wütend. Frank hielt den Atem an. »Dieser Doktor ist exkommuniziert. Und Jerome White, der Theaterproduzent? Er gibt zu, daß er homosexuell ist. Er betreibt Sodomie und beichtet es nicht einmal.«

»Woher zum Teufel wissen Sie, was er beichtet?«

Ihre Stimme hob sich um eine Oktave. »Da haben wir's! Sie haben den Namen des Herrn mißbraucht. Sie sind nicht würdig, ein Priester zu sein, geschweige denn ein Pastor.«

»Soweit ich weiß, ist der Teufel nicht der Herr. Es ist keine Sünde, seinen Namen zu mißbrauchen. Und was Jerome angeht, so bin ich stolz darauf, sein Pastor und sein Beichtvater zu sein. Er stirbt an Aids. Würden Sie einem Sterbenden die Sakramente verweigern?«

Frank ergriff das Wort, versuchte, wieder die Oberhand zu gewinnen. »Wenn er exkommuniziert ist – ja.« John verstummte. Sie kannten beide das Kanonische Recht, das in diesem Fall kristallklar war. Frank nutzte seinen Vorteil aus. »Father, ich möchte, daß Sie ins Pfarrhaus zurückkehren, damit wir mit unserem Gottesdienst fortfahren können.«

»Dies ist ein Ritus der Rekonziliation?«

»Ja.«

»Mit öffentlicher Beichte?«

»Ja.«

»Kein genehmigter Ritus. Ihr begeht alle eine Todsünde.«

Frank räusperte sich. »Der Heilige Vater hat Christos die Genehmigung erteilt, auf diese Weise zu beichten, solange der Ritus auf Eingeweihte beschränkt bleibt.«

John überraschte ihn, indem er abrupt aufstand. »Da ich weder ein Eingeweihter bin noch ein interessierter Teilnehmer und hierfür nicht die geringste Sympathie empfinde, war mir diese kleine liturgische Spitzfindigkeit unbekannt. Was für ein Spaß. Eine Art gegenseitiges Betatzen in Form einer Gruppenbeichte, wie?«

»Sie können uns ruhig verachten«, sagte Pat Kelly. »Wir sind trotzdem die Zukunft der Kirche.«

»Die Zukunft der Kirche liegt auf den Straßen. Sie tragen die falsche Uniform.« Wie alle Männer trug Pat einen dunklen Anzug.

»Die Sechziger waren schon vor zwanzig Jahren zu Ende«, erwiderte Pat mit bewundernswerter Überzeugtheit. »Oder ist Ihnen das nicht aufgefallen?«

»Wir speisen in dieser Gemeinde jede Woche fünfzehnhundert obdachlose Männer und Frauen! *Sie* sind die Kirche! Wer weiß, vielleicht werden wir eines Tages auch Jesus selbst speisen. Denn das kann ich Ihnen versichern – wenn Er wiederkehrt, dann wird Er unter ihnen sein.«

Das brachte George auf. »Er wird in der Glorie kommen!«

»Was meinen Sie damit? In einer vergoldeten Karosse? Die Glorie dieser Welt ist der demütige Mensch.«

»Wir wollen fortfahren«, sagte Frank leise. »Gibt es noch weitere Sünden zu beichten?«

Es gab keine.

John begann wieder zu sprechen, gerade als Frank glaubte, es wäre vorbei. »Meine schlimmste Sünde dürfte gewesen sein, daß ich einem kleinen Jungen gesagt habe, er sollte seiner Mutter gehorchen. Diese Sünde habe ich in diesem Beichtstuhl da drüben begangen.« Er deutete auf die dunklen Holzkabinen an der Nordwand. »Ich wußte, daß seine Mutter trank, sie hatte es mir gesagt. Ich wußte, daß sie das

Kind schlug. Strafe nannte sie es. Anstatt zu verlangen, daß sie sich in psychiatrische Behandlung begab, glaubte ich arroganterweise, die Beichte wäre alles, was sie brauchte. Jetzt ist die Mutter seit langem tot, und der Sohn ist eine gefolterte Seele, getrennt von seiner Frau und der Tochter, die er beinahe totgeschlagen hat. Die Frau hat Krebs, und wenn es zum Schlimmsten kommt, dann erhält dieser brutale Kerl das Sorgerecht für die Tochter. Und das alles nur, weil ein törichter Priester geglaubt hat, die Beichte könnte ein Ersatz sein für die Couch des Psychiaters.« Mit seiner Gefaßtheit war es vorbei. Seine Augen schlossen sich, Tränen brachen hervor, seine Worte versanken in Schluchzen.

Frank betrachtete seine Leute. »Gehet hin in Frieden«, sagte er. Seine Stimme war kaum mehr als ein Flüstern. Dann legte er den Arm um seinen Freund und führte ihn in die private Atmosphäre des Pfarrhauses, das ihr Zuhause war.

ERMITTLUNGEN

Der junge Pathologe stand am Kopf des Sektionstisches und diktierte seinen Befund in ein Mikrofon. Seine Augen waren fast so glasig wie die seiner Patienten. Es war fast achtundvierzig Stunden her, seit die Tote in einem Müllcontainer im Village gefunden worden war, und der Geruch der chemischen Konservierungsmittel war stark. Sie war gründlich obduziert worden, und jetzt lagen ihre inneren Organe in Plastikbeuteln in ihrer Brusthöhle. Sie hätte eigentlich wesentlich kälter sein sollen, aber je mehr man kühlt, desto teurer wird es.

Versuche, die Tote zu identifizieren, waren gescheitert. Es gab nicht einmal Wäschereizeichen in der schäbigen Kleidung. Verwandte hatten sich nicht gemeldet.

Pearson und Dowd waren anwesend, weil die Frau von einem Killer erdrosselt worden war, der so kräftig war, daß er ihr den Hals brechen konnte; weil man sie in der Nähe von Mary and Joseph gefunden hatte; und weil Feuer dergestalt im Spiele war, daß die Leiche mit Kerzen dekoriert worden war. Sie waren anwesend, weil sie zwei sehr gewissenhafte, sehr nervöse Detektive waren.

»Dies ist die Leiche einer schätzungsweise siebzigjährigen, unidentifizierten weiblichen Person, deren Tod durch Ersticken infolge Erwürgen erfolgte. Sie ist weiß, undeformiert, keine sichtbaren Narben, Blutgruppe Null plus. Die inneren Organe weisen keinerlei Anzeichen für Krankheitsvorgänge auf, abgesehen von einer fortgeschrittenen, aber nicht tödlichen Arteriosklerose und den für ältere Leute typischen arthritischen Knochenveränderungen. Die Leber ist vergrößert, aber nicht erheblich. Die hämorrhagischen Befunde bestätigen den Tod durch Ersticken, und Quetschungen am Hals entsprechen Verletzungen, die durch den heftigen und starken Fingerabdruck herbeigeführt wurden. Deshalb bin ich der Ansicht, daß diese Frau das Opfer eines durch Erwürgen von Hand begangenen Mordes ist.«

Der junge Pathologe schob das Mikrofon beiseite, zog die Gummidecke über die unbekannte Tote und verließ den Raum. Kitty zündete sich eine Zigarette an, um den Formaldehydgestank loszuwerden. »Verschwinden wir von hier«, sagte sie.

Sam zögerte. Er wartete darauf, daß sie bemerkte, was er für offensichtlich hielt. Sie tat es nicht, was ungewöhnlich und, dachte er, ein deutlicher Beweis dafür war, wie beängstigend dieser Fall allmählich wurde. »Äh – vielleicht sollten wir ihre Schuhe mitnehmen«, sagte er.

Sie begriff immer noch nicht. »Worauf zum Teufel wollen Sie hinaus, Mr. Dowd?«

»Nun, ich denke an die Spuren an der Kanzel – wenn sie dort erwürgt wurde…«

»Verraten Sie nie jemandem, daß Sie schlau sind. Sie würden es nicht glauben, bis sie es mit eigenen Augen gesehen haben.« Sie wies einen der Wärter an, die Schuhe auszuziehen, in einen Beutel zu stecken und eine Quittung auszustellen.

»Hatte der alte Mann an der Pier irgendwelche Schuhe?« fragte Kitty. »Ich meine, unverbrannt?«

»Falls diese nicht zu den Spuren passen sollten?«

»Falls es Spuren von mehr als nur einem Paar Schuhe gibt. Vielleicht gehört das zu seiner Methode. Er erledigt sie in der Kirche, dann schafft er sie hinaus und verbrennt die Leichen.«

Sie fuhren zusammen zur Kirche.

»Ich frage mich, warum zum Teufel es gerade jetzt passiert?«

»Der Kerl langweilt sich, Sam. Vielleicht hat er sich auch ein anderes Hobby zugelegt. Früher spielte er Bridge, jetzt bringt er Leute um.«

»Es ist, als hätte er irgendeinen plötzlichen Anstoß erhalten. Irgend etwas ist passiert in seinem Leben, das zum Auslöser wurde.«

»Es sei denn, er hat sie sehr sorgfältig und bedacht ausgewählt. Normalerweise bringt er sie um und verbrennt sie so gründlich, daß nie jemand identifiziert werden konnte. Er tut es schon seit Jahren. Jetzt ist er alt und schwach geworden. Er fängt an, Fehler zu machen.«

»Father Sprachlos?«

»Er und Rafferty sind beide alt.«

Es gab keinerlei Hinweise auf ähnliche Verbrechen irgendwo im Land. Morde durch Erschlagen und Erwürgen gab es massenhaft – sogar in Kirchen –, aber das Feuer dabei war einmalig.

Zwanzig nach fünf trafen sie bei der Kirche ein, mit den Schuhen in der Hand. Im vorderen Teil saßen Leute, also stiegen sie auf die Chorempore hinauf. »Nicht zuhören«, flüsterte sie. »Sie könnten sich mit Katholizismus anstecken.«

Die Priester hatten eine Art gedämpfter Auseinandersetzung vor etwa fünfzig Leuten. Diese Leute saßen starr da, in säuberlichen Reihen, ohne sich zu rühren, ohne zu husten. Von ihrer Ruhe ging eine obskure Bösartigkeit aus. Kitty dachte an die Geschichte der Kirche mit ihren Inquisitoren und ihren Dogmen und den langen, harten Jahren ihrer Macht.

Die Priester diskutierten. Father John wirkte erregt, Father Frank versöhnlich.

»Ich bin sicher, sie diskutieren über theologische Fragen«, flüsterte Sam Dowd. »Ich habe mir sagen lassen, daß Katholiken dazu neigen, sich wegen theologischer Fragen in die Haare zu kriegen.«

Sie beschloß, das zu ignorieren. »Hören Sie ihnen zu, vielleicht erfahren Sie dann etwas. Ich glaube, man hat Rafferty geschaßt, und der junge Mann hat seinen Job bekommen. Kein Wunder, daß er verrückt spielt.« Sie sehnte sich nach einer Zigarette, hielt es aber für richtiger, sich keine anzuzünden, bevor die Eingeborenen die Gegend verlassen hatten.

Sobald sämtliche Katholiken verschwunden waren, steckte sie sich eine Carlton in den Mund und zündete sie an. Sie verbrannte ein Viertel der Zigarette mit dem ersten Zug, danach fühlte sie sich etwas besser.

Sie stiegen hinunter und gingen durch das stille Schiff; ihre Schritte widerhallten in dem großen Raum. Die Buntglas-Heiligen starrten auf sie herab von ihren Fenstern, durch die ein trübblaues Licht auf die Bankreihen fiel. Dies war nicht ein Ort des Todes, nicht im eigentlichen Sinne, doch die beiden Polizisten rückten instinktiv näher zusammen. Jetzt, da die Frommen gegangen waren, lag nichts Elektrisierendes mehr in der Luft. Anstelle von Frieden ging von der Kirche nur Schweigen aus, und es war ein düsteres Schweigen, ein beobachtendes Schweigen.

Mit der Effektivität des erfahrenen Teams, das sie waren, gingen Sam und Kitty daran, die Schuhe mit den Spuren an der Kanzel zu vergleichen.

Kitty war die erste, die sprach. »Es stimmt.«

»Ich habe es gewußt.«

»Das ist ein böser Bube, der das getan hat.«

»Ein sehr böser.«

»Und alles, was wir von ihm wissen, ist, daß er kräftige Hände hat und Feuer liebt.«

»Große Hände.«

Die beiden Detektive verweilten nicht in der Kirche. Sie waren stumm, sie bewegten sich schnell. »Ein Verrückter kann ungeheuer kräftig sein, wenn er in der richtigen Stimmung ist. Also suchen wir nach großen Händen, aber nicht unbedingt nach kräftigen.«

»Akzeptiert und beherzigt.«

Sie stiegen in den Wagen. Dowd fuhr. Er bog in die Sixth Avenue ab. »Wir sollten den Priestern noch einen Besuch abstatten.«

»Meiner Meinung nach macht diese irre Geschichte sie weniger verdächtig. Ein Verbrechen aus Leidenschaft könnte ich verstehen. Priester haben Leidenschaften. Aber dies – das paßt einfach nicht.«

»Sie glauben nicht, daß einer von ihnen verrückt sein könnte?«

»Unwahrscheinlich.«

»Meiner Meinung nach könnte Father Sprachlos für die Anstalt reif sein.«

»Aber er ist nicht gewalttätig.«

»Also, *falls* diese Taten von einem verrückten Priester begangen wurden – und ich gebe offen zu, daß es hypothetisch ist–, dann haben wir es mit einem sehr, sehr gerissenen Mann zu tun. Überaus gerissen. Wir können davon ausgehen, daß ihm überhaupt nichts anzumerken ist. Nicht das Geringste.«

»Das ist richtig, das muß ich zugeben. Vielleicht sollten wir die Priester ein bißchen unter Druck setzen und sehen, was passiert.«

»Was sollte das bringen?«

»Wenn einer von ihnen verrückt ist, dann macht er vielleicht ein Feuerchen an oder so etwas.«

»Und wir wären glücklich.«

Dann verstummten sie, beide tief in Gedanken versunken. Sie teilten ein unausgesprochenes Gefühl der Dringlichkeit. Weil sie diesen Fall nicht lösen konnten, starben Leute.

Sie hatten es mit einem sehr bösen Buben zu tun, einem wahrhaftig sehr bösen Buben.

10

Kitty Pearson tat einen langen Zug an ihrer Zigarette. John bemerkte, wie Franks Hände zitterten, als er ihr Kaffee einschenkte.

»Ich bin froh, daß Sie nicht anderweitig beschäftigt sind«, sagte sie munter.

»Um elf Uhr abends werden sogar Priester in Ruhe gelassen«, erwiderte John, »unter normalen Umständen.«

Wie sie es gewünscht hatte, waren alle drei Priester anwesend; sie saßen an dem großen Küchentisch. Kitty sah aus, als wäre sie mit sich zufrieden. Der undurchschaubare Mr. Dowd stand neben dem Kühlschrank an der Wand. Frank trank mechanisch Kaffee, Tom Zimmer schaute von Gesicht zu Gesicht, John wirkte besorgt.

»Wir haben heute nachmittag hinten gesessen«, sagte sie. »Während Ihrer – Episode. Bemerkenswert.«

»Sie waren nicht hinten in der Kirche«, sagte Frank.

»Auf der Chorempore, Father. Nach oben schaut nie jemand. Es war eine hübsche Show. Wirklich rührend. Um was ging es dabei?«

»Es war privat«, erwiderte Frank. Außenseiter hatten kein Recht, hinter Christos herzuspionieren. Er unterdrückte seinen Zorn über ihr Eindringen, wendete sich dem gegenwärtigen Problem zu. »Dürfen wir erfahren, weshalb Sie uns aufgesucht haben?« fragte er. »Doch bestimmt nicht wegen des Kaffees.«

»Aber sicher doch«, erwiderte Dowd. »Ihr Kaffee schmeckt uns.«

Tom lächelte, machte ein gurrendes Geräusch in der Kehle.

»Singt er?« fragte Kitty.

Toms Lächeln wurde breiter. Er war so dünn, sein Gesicht war so strahlend, daß er ziemlich grauslich aussah.

»Singen?« sagte Frank. »Er kann nicht einmal Botschaften schreiben.«

»Ist es eine Krankheit?«

John ergriff das Wort. Er hatte Tom schon gekannt, bevor Frank geboren wurde. Also mußte er Toms Zustand erklären. »Es ist keine körperliche Krankheit. Er hat einfach aufgehört zu sprechen.« Er betrachtete seinen alten Freund. »In der Kirche gibt es eine Tradition des Schweigens. Ich selbst bin überzeugt, daß Tom die ganze Zeit betet, für uns alle.« Toms Gesicht, das wieder seinen üblichen unbeteiligten Ausdruck angenommen hatte, ließ nicht erkennen, ob das zutraf oder nicht. John wollte ihnen sagen, was er in Tom Zimmers Augen sah, die Güte und die Liebe und die Hingabe. Aber sie würden es nicht verstehen, sie würden den Mann nie bei der Messe erleben, sie hatten ihm nie ihre Sünden gebeichtet, das Sakrament aus seiner Hand entgegengenommen, gehört, wie er in der Nacht weinte, wie er mit Betty Communiello Tango getanzt hatte in den alten Zeiten, als dies noch ein glücklicher Ort war. »Er war sehr lebendig. Er liebt das Leben.«

Ganz plötzlich bewegte sich Dowd. Er schoß auf John zu wie eine angreifende Schlange, mit ausgestreckten Händen und bissig verzerrten Lippen. John fuhr zurück, hätte beinahe seine Tasse umgestoßen.

Dann hatte Dowd ihn beim Handgelenk. »Eine Schabe«, zischte der Detektiv, »sie kriecht auf Ihrem Ärmel.«

John riß seinen Arm zurück, wischte heftig darauf herum. Da war nichts gewesen. Er hatte Augen, er konnte sehen.

Die Detektive jagten ihm Angst ein. Er spürte, wie sein Herz schneller klopfte, sein Atem sich beschleunigte. Was hatten sie vor? Weshalb diese gräßliche Atmosphäre der Bedrohung? »Können wir Ihnen irgendwie helfen?« fragte er. Wie lahm sich das anhörte, wie schuldbewußt!

Kitty holte eine Schachtel Streichhölzer aus ihrer Handtasche, steckte sich eine Zigarette in den Mund. Sie zündete ein Streichholz an, hielt es brennend vor sich. Ihr Blick wanderte von einem Gesicht zum anderen. John war wie hypnotisiert von der Flamme, beobachtete sie, lauschte ihrem Zischen.

Dann stellte er fest, daß sie ihn ansah. Sie zündete ihre Zigarette an. »Wir wollten Ihnen mitteilen, daß es in Ihrer Kirche mindestens noch einen weiteren Mord gegeben hat.«

Die Kaffeekanne knallte auf den Fußboden. Frank bückte sich, versuchte mit flatternden Händen, irgendwie wieder Ordnung zu schaffen.

Kitty lachte. »Ich würde Ihnen helfen«, sagte sie, »aber ich habe in einer Küche keinen Handschlag mehr getan, seit ich ungefähr zwölf war.«

John griff sich ein Küchentuch und kam Frank zu Hilfe. Als sie das Gröbste aufgewischt hatten, fuhr Kitty fort: »Gestern morgen wurde eine Tote eingeliefert, eine Frau, die erwürgt und dann in der Bethune Street in einen Müllcontainer gelegt worden war.«

»Es stand in der Zeitung«, sagte Frank.

»Sie war von Kerzen umgeben, und sie war erwürgt worden wie ein anderes Opfer, ein Stadtstreicher, der auf einem der alten Piers umgebracht wurde.«

Das hatte John im Fernsehen gesehen. Grauenhaft. Während er zuhörte, wendeten sich seine Gedanken seiner armen, geliebten Kirche zu, ihrer Anmut und ihrer Schönheit. Sie war ältlich vielleicht, ihr Gesicht mußte ein bißchen geliftet werden. Aber sie war schön, wenn man nur wußte, wo man hinschauen mußte. Oh ja, und sie spendete Liebe!

Irgend etwas tief in Franks Eingeweiden zog sich übelkeiterregend zusammen. Das Zimmer war stickig und überheizt. Er konzentrierte sich auf das Aufwischen des restlichen Kaffees.

Tom schaute mit der Munterkeit eines Vogels von einem Gesicht zum anderen.

John hatte das Gefühl, es nicht mehr ertragen zu können, keine Sekunde länger, überhaupt nicht mehr. Sie waren hergekommen, mitten in der Nacht, mit dieser Nachricht, um sie zu ängstigen und einzuschüchtern. Sie wollten sehen, wer zusammenbrach, wer es nicht ertragen konnte.

Sie glaubten, daß der Mörder sich hier in diesem Raum befand. Stimmte das oder stimmte es nicht? Es stimmte nicht, sagte ihm sein Verstand, es konnte nicht stimmen! Er musterte seine Kollegen, wünschte, daß sich die Wahrheit auf ihrer Stirn abzeichnete, daß der Herr selbst irgendein Zeichen gab.

Es gab kein Zeichen. Franks Stirn war schweißnaß, während er den Rest des Kaffees aufwischte. Tom war trocken und alt und vermutlich weniger anwesend, als er zu sein schien.

In diesem Moment gab tief drinnen in John etwas nach. Die Situation, der Schmerz, das Entsetzen – alles kam in einer einzigen, lodernden Flamme zusammen. Schmerz verschlang ihn, Angst setzte ihn in Brand. Er wollte sterben, ein Küchenmesser nehmen und es sich in seine eigenen Eingeweide stoßen, endlich der Agonie seines Lebens ein Ende machen.

Kitty tat einen langen Zug an ihrer Zigarette, blies etwas Rauch in Johns Richtung. Sie schien von seinem Zustand nicht im geringsten Notiz zu nehmen. »Wir haben die Schuhe der unbekannten Toten mit den Spuren an Ihrer Kanzel verglichen. Ergebnis: Die Unbekannte wurde von jemandem erwürgt, der auf der Kanzel stand und sie über die Vorderkante herunterhängen ließ. Als sie starb, hämmerte sie mit den Füßen dagegen und pinkelte. Erstickungspanik.«

Mit übertriebener Sorgfalt zog Frank einen Stuhl zurück

und setzte sich. Er wünschte sich, er hätte nicht die verdammte Kaffeekanne umgestoßen. Das sah so – nervös aus. Der Dampf, der aus Kitty Pearsons Tasse aufstieg, und ihr geräuschvolles Schlürfen bewirkten, daß ihm überaus unbehaglich zumute war. Ihm war, als würde jede ihrer harmlosen Gesten irgendeinen grauenhaften Schluß beschleunigen.

»Jesus, steh mir bei«, flüsterte John. Eine fürchterliche Trägheit schien von ihm Besitz ergriffen zu haben. Wie Frank hatte er das Gefühl, von den Detektiven hypnotisiert worden zu sein. Ihm war, als hätte er lange Zeit durchgehalten und könnte es jetzt nicht mehr. Er war im Begriff, loszulassen, und er würde abstürzen, und da unten war es dunkel, und das einzige Licht kam vom Anzünden von Streichhölzern.

»Wir wollten uns im Pfarrhaus umsehen«, sagte Dowd. »Offensichtlich besteht die Möglichkeit, daß derjenige, der diese Verbrechen begeht, von hier aus nachts in die Kirche eindringt.«

John war bestürzt. Frank sah so erschrocken aus wie ein kleiner Junge, der bei irgendeinem kindlichen Vergehen ertappt worden ist. John vergaß ihre Auseinandersetzungen und seinen eigenen bitteren Zorn und legte seinem Freund die Hand auf die Schulter.

»Niemand beschuldigt Sie«, sagte Kitty.

»Das wissen wir.«

»Sie sehen aus, als fühlten Sie sich beschuldigt. Frank auch.«

»Nein, ich… Diese Erdrosselung… Meine Hände…« Er drehte sie im harten Küchenlicht immer wieder von einer Seite zur anderen.

»Gibt es eine Tür, die von hier aus in die Kirche führt?«

»Ja«, sagte Frank geistesabwesend.

Sie schob ihren Stuhl zurück. »Die müssen wir uns ansehen.« John konnte nicht aufhören, seine Hände zu betrachten. Er hatte oft an das Wunder gedacht, das die Hände eines Priesters bewirken, und an die unendliche Güte Gottes, der dieses Wunder geschaffen hat.

Jetzt waren seine Hände Klauen, er stellte sich vor, wie sie sich um einen unschuldigen Hals legten … Nein.

Es war einfach nicht möglich. Er würde niemals, niemals eine Gewalttat vollbringen. Er hatte sterbende Kinder gehalten mit diesen Händen, hatte Hilfe geleistet, Leiden gelindert, Trost gespendet. »Ich habe nie jemanden ermordet!« Er schaute entsetzt von einem Gesicht zum anderen. »War ich das? Habe ich etwas gesagt?«

Kitty stützte das Kinn auf die Handfläche und beobachtete lediglich. Dowd glich einer gespannten Pistole.

»Wir wollten uns das Haus ansehen«, sagte Kitty. »Es ist nicht sonderlich gut gesichert, und Sie müssen vermutlich dafür sorgen, daß nachts niemand aus der Kirche hier eindringen kann.«

John befahl sich, aufzustehen, sich zu bewegen. Aber er stand nicht auf, bewegte sich nicht. Statt dessen sackte er auf seinem Stuhl zusammen. Er wollte es nicht, er hatte seit Tagen dagegen angekämpft, aber jetzt konnte er es nicht mehr, es gab keine Möglichkeit, der Schmerz, der Horror, all das Häßliche – er weinte wie ein Kind. Er bedeckte sein Gesicht, versuchte, die Scham zu verbergen, er schüttelte den Kopf, schüttelte die demütigenden Tränen ab.

Kitty legte ihm eine Hand auf die Schulter. »Ich kenne das«, sagte sie. Nur das. Und er sah, daß es stimmte. Sie kannte es, sie kannte es nur zu gut.

Er ließ den Kopf hängen, seine Schultern bebten unter den Konvulsionen des Kummers.

Frank kam ihm zu Hilfe. »Ich zeige Ihnen den Weg«, erklärte er den Detektiven.

Er geleitete sie zu der Tür, die in die Sakristei führte.

Sie untersuchte sie. Dicke Eiche. Sie öffnete sie. Ein ganz schwaches Licht in der Düsternis – die eine Kerze, die in einer katholischen Kirche immer brennt. Sie konnte die dumpfe, schwere Luft der Kirche riechen, konnte den Tod riechen.

Sie machte die Tür schnell wieder zu. »Schließen Sie sie ab.« Sie schob den Riegel vor, dann rüttelte sie an der Tür.

»Sie haben es mit einem Monster zu tun, Father. Einfach ausgedrückt.« Sie schüttelte eine weitere Zigarette heraus und zündete sie an.

Frank hungerte danach, mit der Sprache herauszurücken, ihr die Frage zu stellen, die in seinem Kopf heulte wie die Stimme eines Sturms: »Glauben Sie, daß es einer von uns war?«

Dowd antwortete: »Wir wissen nicht, wer das Verbrechen begangen hat.«

Sie kehrten in die Küche zurück. John saß zusammengesunken vor einer Tasse Kaffee. Tom Zimmer war verschwunden.

»Wo ist Father Tom?« fragte Dowd. »Hat er sich in einen Kürbis verwandelt?«

»Nein, nachts verwandelt er sich immer in einen gläsernen Pantoffel«, fuhr Frank auf.

Dowd hätte lachen können. Aber nicht jetzt. »Wenn Sie wissen wollen, was wir glauben – wir glauben, daß hier etwas ganz Übles vor sich geht. Wir wissen nicht, ob es gerade angefangen hat oder ob es erst jetzt an die Oberfläche gekommen ist. Aber es ist verdammt übel.«

John war einfach zu mitgenommen, um reden zu können. Er starrte sie an, hörte ihnen zu, als wären sie Schauspieler. Sie waren Detektive, die es mit einem besonders gemeinen Verbrechen zu tun hatten. Aber John sah die Dinge anders. Seine Vorstellungen über das Böse waren sorgfältig durchdacht, und ein wirklicher Teufel hatte damit ganz eindeutig nichts zu tun.

Aber er glaubte durchaus an die Existenz des Bösen. Niemand konnte auch nur eine Woche lang Priester sein, ohne zu erkennen, daß es das Böse gibt und daß es riesig ist und stark und durch die Welt gleitet wie eine Illusion.

Er konnte sich vorstellen, wie diese unheimlichen Verbrechen von der Presse aufgebauscht wurden, wie sie wie ein großer, bedrohlicher Schatten über der gesamten Kirche hingen und Tausende dazu brachten, nicht mehr zur Messe zu kommen, in aller Stille ihre Zuwendungen zu vergessen, in aller Stille die Gewohnheit des Betens aufzugeben. »Ich hoffe, es war kein Priester!«

»Sie hoffen immer, daß der Täter unschuldig ist. Sie wünschen sich ein Happy-End. Aber das gibt es nur in den allerseltensten Fällen.«

»Was wäre, wenn ich sagte, der Mörder befindet sich in diesem Pfarrhaus, Father Frank? Wie würden Sie darauf reagieren?«

Frank musterte Kitty Pearson. »Soll das eine Art Testfrage sein?«

»Natürlich! Ich will wissen, wer zum Teufel das tut! Was glauben Sie wohl, was für ein Gefühl das ist – jeden Tag, den dieser Kerl frei herumläuft, spielen wir mit dem Leben eines Menschen. Dieser Stadtstreicher, jetzt diese alte Frau – sie sind gestorben, weil ich und mein Partner und all die anderen Cops immer noch an dieser Sache arbeiten. Wir waren nicht schlau genug, wir waren nicht schnell genug – und deshalb sind sie tot. Also ist das hier ein Verhör, wenn Sie das bitte zur Kenntnis nehmen wollen! Wir haben es mit einem Monster zu tun! Ist es einer von Ihnen? Wir wollen es wissen!«

John konnte sich das nicht mehr anhören. In der Stimme dieser Frau lag die Schärfe von gehärtetem Stahl. Zu hören, wie diese Sätze wie Kugeln aus diesem hübschen, sanften Mund kamen, zu spüren, wie der Kummer über ihn wegspülte, das Gefühl von Marias Gegenwart, ausgelöst von Kittys dunklem Haar und ihrer sahneblassen Haut – er konnte es einfach nicht mehr ertragen. »Darf ich schlafen gehen?«

»Müde?« fragte Dowd, und sein Ton besagte, daß auch das kleinste Detail zählte.

»Er ist erschüttert. Seht ihn euch doch an! Und ich mache ihm keinen Vorwurf daraus. Weshalb könnt ihr nicht ein bißchen nachsichtiger sein? Er liebt seine Kirche. Er hat Mary and Joseph sein Leben gewidmet. Und jetzt wird sie zu einer Attraktion für Leichenschänder und Unholde.«

»Unholde«, sagte Kitty. »Unholde...«

»Was soll das schon wieder bedeuten?«

»Nichts. Es ist nur ein interessantes Wort. Unhold. Etwas, das Leben verschlingt. Etwas, das in der Nacht zu Hause ist.«

Sie hielten John nicht zurück, als er das Zimmer verließ, und er war so dankbar, daß er sie hätte küssen können. Er versuchte, nicht zu rennen. Alles mußte einen ruhigen, gelassenen Eindruck machen, als hätte er sich wieder unter Kontrolle.

Er betrat sein Zimmer, machte die Tür zu. Endlich allein! Er ertappte sich bei der Frage, wo sie wohnen mochte. Weshalb sollte ihn das interessieren? Vielleicht, um sich irgendwie ein besseres Bild von ihr machen zu können. Hatte sie nicht etwas von Brooklyn erwähnt? Vielleicht. Er warf seine Kleider ab, fiel aufs Bett.

Kitty Pearson. Ledig. Brooklyn.

Er griff nach seinem Brevier und schlug das Abendgebet auf. Rote Lettern starrten ihn an. »Vertrauensvolles Gebet in widriger Lage.« *Vater, deinen Händen empfehle ich meine Seele an.* »Bei dir, oh Herr, suche ich Zuflucht. Laß mich deiner nie unwürdig werden. Großer Gott, sei meine Zuflucht und meine Stärke.«

Er legte sich zurück, das Brevier noch in der Hand. Eine Welle des Zitterns überkam ihn. Vor seinem inneren Auge erschien das Bild von etwas, das aus dem Schmutz hervorgekrochen kam, einer alten Falltür, die geöffnet wurde. Eine Kreatur trieb sich herum, trieb sich in der Kirche herum, schlich durch die Flure des Pfarrhauses.

»Aus der Tiefe rufe ich, Herr, zu dir. Herr, höre meine Stimme, laß deine Ohren merken auf die Stimme meines Flehens! So du willst, Herr, Sünden zurechnen, Herr, wer wird bestehen?« Das Brevier entglitt seinem Griff, er spürte das Gewicht großer Hände auf seinen Schultern, seine Brust bebte. Die dunklen Worte des Psalms pulsierten mit dem Klopfen seines Herzens. »Meine Seele wartet auf den Herrn von einer Morgenwache bis zur andern.«

NACHTSPUK

Der beruhigendste Ort, den George Nicastro kannte, war Mary and Joseph in der samtigen Mitte der Nacht. Heute war er gegen elf gekommen und den größten Teil der Nacht geblieben. Er hatte ein wenig geschlafen, verstohlene, von unruhigen Träumen durchzogene Augenblicke des Halbschlafs, aber die meiste Zeit hatte er gebetet.

Hinter diesen Türen schwiegen die Stimmen, die ihn bedrängten. Andernorts hörte er Beleidigungen in seinem Kopf: »Du bist ein Schwein, du bist ein Lügner.« Da waren Schreie, das Heulen der Verdammten. Er hatte nie Frieden, nicht einmal in seinen Träumen.

Dies war das Gegenmittel. Als er ein kleiner Junge gewesen war, hatte sein Vater ihn in eben diese Kirche mitgenommen, hatte ihn in einer der hinteren Bänke niederknien und beten lassen. Jeden Tag hatten sie eine Stunde gemeinsam gebetet.

Die alten Gebete gingen ihm durch den Kopf, vermischten sich mit Gedanken und Schlaf und Erinnerungen.

Heute nacht war er allein, aber das war nicht immer der Fall. Manchmal kam Father Tom herein und betete stumm in der Nähe des Altars. Gelegentlich kniete Father Frank neben ihm wie einst sein Daddy. Seiner Meinung nach war Kameradschaft im Beten die tiefste, herrlichste Freundschaft, die menschliche Wesen erfahren konnten.

Hin und wieder traf er hier auch andere Gemeindemitglieder, und das war gut. Die Nachricht, daß George Nicastro manchmal die ganze Nacht betete, ging von Mund zu Mund... und Christos wuchs.

Er kniete in einer der hinteren Bänke und genoß die Dunkelheit. Vor dem Marienaltar flackerten ein paar Kerzen, und der Schein des Ewigen Lichts war stetig und klar. Er sah die riesigen Schatten der Statuen der Jungfrau und Josephs. Wie hatte ihr Leben in Wirklichkeit ausgesehen? Er war im Heiligen Land gewesen, hatte in den Bussen gesessen, die durch Bethlehem und Nazareth rasten, hatte den Kreuzweg in Jerusalem nachvollzogen.

Diese Gedanken führten ihn dazu, das Kreuz zu betrachten, das den Altarraum beherrschte. Er schaute hinauf zu dem schattenhaften Gesicht, dem bemitleidenswerten Antlitz des ermordeten Gottes. Für ihn war das Kreuz immer das Symbol eines ungeheuren Zorns gewesen.

Er begann das Vaterunser zu flüstern, ließ die Worte sinnlich seinem Mund entschlüpfen: »... der du bist im Himmel, geheiligt...«

Er hielt inne, weil er sich plötzlich eines seltsamen Effekts bewußt wurde. Es war, als flüsterte jemand im genauen Einklang mit seinen Worten. Aber es war niemand da. Wenn einer der Priester durch die Sakristei kam, dann schlug die Tür zum Pfarrhaus zu, und das Echo widerhallte in der Kirche. Jedes Gemeindemitglied mit einem Schlüssel hätte das Portal aufschließen müssen. Das machte sogar noch mehr Lärm.

»... dein Reich komme, dein Wille geschehe...«

Der Effekt war so überzeugend, daß er sich umschaute. Die Bankreihen waren leer; in den Schatten über den Beichtstühlen konnte er nicht hineinschauen, ebensowenig zu der Tür, die in die Krypta führte.

Er betete sehr schnell. »Vaterunserderdubist...« Dann entspannte er sich. Die andere Stimme hatte perfekt Schritt gehalten, es mußte also ein Echo sein. Er hatte es noch nie zuvor bemerkt, was merkwürdig war, wenn man bedachte, wieviel Zeit er hier verbrachte, aber in seinem Denken gab es nicht den geringsten Zweifel daran, daß es sich um ein natürliches Phänomen handelte.

Er senkte den Kopf und schloß die Augen und betete so leise, daß das Echo ausblieb.

Als er die Augen öffnete, fiel ihm sofort auf, daß sich etwas verändert hatte. Anfangs war er sich nicht sicher, was es war. Dann erkannte er, daß die Kerzen vor dem Marienaltar erloschen waren.

Ein Luftzug vielleicht? Eine zufällige Brise? Das mußte es wohl gewesen sein; er verdrängte es aus seinem Denken und fuhr mit dem Beten fort. Er wollte dem Herrn nahe sein, sehr nahe. Nur in der Festung der Liebe des Herrn würde er Schutz finden vor den Stimmen in seinem Kopf. »Du dreckiger Rotzkerl, du glaubst keinen Scheißdreck!«

»Vater unser, der du bist im Himmel...«

Da war es wieder – flüsternd. Aber er hatte stumm gebetet. Ja, das hatte er – oder etwa nicht?

Er hielt die Hände vor die Lippen. In Gedanken betete er: »... geheiligt sei dein Name, dein Reich komme...«

Es mußte der Wind sein. Natürlich, der Wind konnte im Glockenturm dröhnen, der Wind konnte durch Risse in den alten Buntglasfenstern heulen. Jetzt spielte der Wind ihm einen Streich, versuchte ihn glauben zu machen, daß die Stimmen irgendwo in der Kirche waren.

Ihm fiel auf, daß auch die Kerzen vor dem Josephsaltar ausgegangen waren. Alles, was von ihnen noch übrig war, war ein rötliches Glühen, wie das Auge einer in schwachem Licht gefangenen Ratte.

Die Dunkelheit war im Grunde beruhigend. Sie war der eindeutige Beweis dafür, daß der Wind die Ursache war. Aber trotzdem – vielleicht sollte er es für diese Nacht genug sein lassen.

Er wußte seit langem, daß seine Stimmen nichts mit seinem Verstand zu tun hatten. Er brauchte keinen Psychiater, er war ordentlich aufgezogen worden, und niemand in seiner Familie war je verrückt gewesen. Die Stimmen stammten nicht aus einem Lehrbuch der Psychologie.

Er betete gut, und dafür haßten sie ihn. Wenn Gott die Gebete eines Menschen hörte, so tat es auch der Teufel. Er schickte seine Dämonen. Das tat er. »Du dreckiger Sohn einer schwanzlutschenden Hure!«

»Ehre sei dem Vater und dem Sohn und dem Heiligen Geist!«

So, das hatte er laut gesagt, und es hatte kein Flüstern und kein Echo gegeben. Der Widerhall seiner Stimme verklang. Von der Straße her wurden wieder schwache Geräusche hörbar, gedämpft zu der späten Stunde. In diesem Augenblick erfüllte der gewaltige, flackernde Widerschein von Flammen die Kirche. George sprang auf, schrie – dann sah er, daß das Ewige Licht loderte; es war zu einer weißen, zornigen Glut geworden.

Er konnte es kaum ertragen, zu ihm hinzuschauen, aber er tat es trotzdem, voller Angst und Ehrfurcht, mit hämmerndem Herzen und gegen das Gleißen zusammengekniffenen Augen.

Dann war es verschwunden, die Flamme wieder nur ein trüber, orangefarbener Punkt.

George war wie vom Donner gerührt. Er sank wieder auf die Knie, erfüllt von fassungslosem Entzücken.

Es war ein Zeichen gewesen. Der Herr hatte ihm ein Zeichen gegeben. Er war auserwählt, er wurde geliebt, seine Arbeit für die Christos-Gemeinde wurde zur Kenntnis genommen und gewürdigt.

Er verließ seine Bank, ging nach vorn. Ohne die Kerzen war es so dunkel, daß er sich seinen Weg ertasten mußte. Irgendwie mußte er auf den Ruf des Herrn reagieren. Er würde zum Altar gehen, sich vor ihm niederwerfen.

Dann roch er etwas Neues, etwas überaus Merkwürdiges. War das... Was? Ein Erdölderivat... Kerosin oder Holzkohle-Anzünder oder... etwas Stärkeres. Benzin.

Er atmete tief ein. Ja, das war es, ganz eindeutig.

Der Gedanke schoß ihm durch den Kopf, daß das Aufflammen des Ewigen Lichts vielleicht doch kein Zeichen gewesen war. Er bekam es mit der Angst zu tun. Er war allein, und hier war schon ein Mord begangen worden.

Dann hörte er ein neues Geräusch, ganz deutlich und ganz falsch. Er hörte ein Flüstern wie von Seide oder vom Rascheln einer Soutane. Es kam von irgendwo aus dem Dunkeln, die Richtung konnte er nicht einmal ahnen.

Er drehte sich um, alle Gedanken an den Herrn waren verflogen in der Gewißheit, daß auf das Ewige Licht Benzin gegossen worden war. Hinter ihm war nichts als dichte Dunkelheit. Er drehte sich abermals um; er konnte den Altar kaum erkennen. Er war ein dichterer, dunklerer Schatten, mehr nicht.

Das raschelnde, flüsternde Geräusch glitt durch das Seitenschiff, bewegte sich mit einer Schnelligkeit, die ihm unnatürlich vorkam. Weshalb hörte er keine Geräusche der Anstrengung?

Für einen Augenblick erhaschte er einen Blick auf eine Gestalt, die sich mit der Schnelligkeit einer Schlange bewegte, die völlig lautlos über einen alten Fußboden raste, der berüchtigt war für sein Knarren.

Er mußte hier heraus, und zwar unverzüglich. Er machte kehrt, tastete sich von Bankreihe zu Bankreihe, eilte durch das Schiff in den Hintergrund der Kirche.

Er suchte in seinen Taschen nach seinem Schlüsselbund – und dann spürte er, daß jemand in seiner Nähe war. Er sah keine Menschenseele – er sah nicht einmal die nur knapp einen Meter entfernte Tür. Aber die Atmosphäre wurde schwer und geladen, und ihm war zumute, wie einer Maus unter dem Blick einer Katze zumute sein muß.

Angst schnürte ihm die Kehle zu. Er schaute auf, suchte nach den Augen, dem Gesicht. Wer war das? Er wünschte sich, daß es einer der Priester wäre – ja, deshalb die Schwärze natürlich. Hochgewachsen und stumm. »Father Tom?«

Er streckte die Hand aus, versuchte, eine Art von Kontakt

herzustellen. Die Gestalt rührte sich nicht. Wo war das Gesicht, weshalb konnte er das Gesicht nicht sehen? »Father John?«

Schweigen. Vielleicht war es doch nicht einer der Priester. Also gut, er würde einfach verschwinden. Er hatte seinen Schlüssel, er brauchte nur vor die Tür zu treten. Den Schlüssel vor sich haltend, tat er den Schritt.

Aber die Luft war leer, und anstelle der Tür war da etwas anderes. Einen Augenblick lang war George total verwirrt. Er schwenkte den Schlüssel, dann schwenkte er seine Arme, suchte den Kontakt mit der soliden Oberfläche, die eigentlich da sein sollte.

Ihm wurde übel, als er begriff, daß er überhaupt nicht zum Hintergrund der Kirche gegangen war. Er war in die falsche Richtung gegangen. Er war nicht an der Tür; die Masse vor ihm war der Altar.

Jetzt hatte er so entsetzliche Angst, daß er fast an seiner eigenen Zunge erstickt wäre. Dann sprach jemand, und die Stimme war so würdevoll, so von ruhiger Autorität erfüllt, daß George völlig fassungslos war, besessen von der allerdringlichsten Frage. »Sie gingen in Zweierreihen«, sagte die Stimme, »mit Kerzen in den Händen und angetan mit dem *sanbenito*.« Dann flüsterte die Stimme ganz leise und spöttisch: *»Do wop wop wop.«*

George hob die Hände nach den Tränen, die aus seinen Augen strömten. Ihm war entsetzlich übel, er hatte das Gefühl, sich übergeben zu müssen. Er war außerstande, sich zu bewegen, außerstande zu denken, ein kleiner Junge, nackt mitten in der Dunkelheit.

Dann spürte er etwas Kaltes an der Innenseite seines Oberschenkels und griff hin. Entsetzt stellte er fest, daß er mit Benzin übergossen worden war. Er war tropfnaß davon!

Er hatte nichts gespürt, nichts gehört. Wie hatte das geschehen können? Er versuchte zu entkommen, drehte der Masse des Altars den Rücken zu, dann lief er, dann rannte er, das Tappen seiner eigenen Füße steigerte sich zu einem Donnern. Das Schiff kam ihm länger und länger vor, die Tür immer weiter entfernt. Er würde nie dorthin gelangen, nie, und er wußte, daß hinter ihm Bewegung war – schnell, effektiv, das verstohlene Huschen der Ratte.

Hinter sich hörte er ein Geräusch: *ssst*! Es kam wieder, dann flammte ein Licht auf. Instinkt veranlaßte ihn, sich umzudrehen – und er sah vor sich das unglaublichste Ding, das ihm je begegnet war. Das Gesicht war unbeschreiblich gräßlich, voller Tücke, mit offenem Mund, funkelnden Augen, winzigen Pupillen, geblähten Nüstern.

Er erhaschte nur einen Blick darauf, dann wuchs auf seiner eigenen Brust eine Rose aus Feuer. Den Bruchteil einer Sekunde schaute er an sich herunter, entsetzt über das, was passierte, dann schnitten scharfe blaue Klingen der Agonie in sein ungeschütztes Gesicht. Er riß den Kopf zurück, seine Haut zerspritzte wie Fett in einer überhitzten Bratpfanne.

Er taumelte, fiel, lag einen Moment lang völlig still da. Die jähe Heftigkeit der Attacke hatte sein Inneres in die früheste Kindheit zurückgestoßen. Sein kleines, stummes Selbst wartete darauf, erlöst zu werden. Der Strauch aus Feuer wuchs aus seiner Brust. »Und die Flammen verzehrten sie und schmolzen sie, und so wurden sie nach viel Geschrei dem Tode übergeben.«

Die Erlösung kam nicht, und das innere Kind begann die Schmerzen des Feuers zu empfinden. Er sah es nicht als Flammen, sondern als wütende Horde von Ratten, die sich in seine Brust fraßen. Er konnte ihre glänzenden Rücken sehen, das Reißen ihrer Zähne spüren, hören, wie seine Haut aufplatzte und seine Knochen brachen.

Dann war da ein anderes lautes Geräusch, ein Zischen, das die Kirche erfüllte, die Dachsparren, die mit seinem Tod flackerten, der furchtbare Schatten des Kreuzes. Da sah er das Innere der Flammen selbst, ohne die Hände wahrzunehmen, die Benzin über seinen Körper gossen; er bemerkte nicht, daß er auf einer großen, feuerfesten Decke lag, und das Tanzen sah er auch nicht.

Wie er tanzte! Immer rund herum, im Licht der Flammen, er tanzte im Rhythmus des Flackerns, nur zur Musik der schrillen Vogelschreie des Sterbenden, und herrlich war sie, diese alte Musik: die wahren Laute der Opferung.

George Nicastros Hände kamen hoch zu seiner Brust, die Fäuste verwandelten sich in schwarze, geschmolzene Kugeln. Als nächstes hoben sich seine Beine, seine Muskeln schmolzen, die Sehnen schrumpften, und das grauenhafte Wissen verließ die Augen wie Licht, das sich in den Nachthimmel erhebt, die von der Sonne festgenagelte Lerche.

Er tanzte hoch, segelte von einem Ende der Kirche zum anderen, übersprang zehn Bankreihen auf einmal, bewegte sich wie ein Schemen von schwarzer Soutane und feuchter, glänzender Haut. Er lachte und sang: »Rollse auf, rollse auf, markierse mit nem Strich, schiebse in'n Ofen für mein Baby und mich!« Er sprang so hoch, daß er die Sparren berührte, in denen George seinen Tod gesehen hatte, und das Kreuz, von dem ein banaler Jesus herabstarrte.

Aber er würde ihn zerbrechen, letzten Endes würde er den Kern dieses Dinges zerbrechen. Dann würden die bösen Seelen der Historie zurückkehren in die Welt und die Lebenden mit den Qualen ersticken, die sie mit sich brachten.

Von einer kleinen Kirche aus würde eine ganze Welt dazu gebracht werden, zu schaudern und zu zittern.

Die Erde würde ihm in die Hände fallen, denn er war riesig und konnte sie zwischen seinen Handflächen halten. Wenn sie aus den Sternen herabstürzte, würde er sie auffangen. In seinem feurigen Bauch war genügend Platz für die ganze Welt.

Nach einer Stunde war das Feuer erloschen, und die Knochen lagen in einer Kruste aus fettiger Asche und geschmolzenen Knöpfen. Er faltete alles säuberlich zusammen und trug es nach unten für eine noch gründlichere Einäscherung.

So endete die Nacht. Die Erde wendete ihr Gesicht der Sonne zu. Die Sechs-Uhr-Glocke ließ ihren tiefen Ruf erschallen: Alles ist gut, die Nacht ist vorbei.

Die Nacht ist vorbei.

ERMITTLUNGEN

Miss Pearson, hier ist John Rafferty.« Seine Stimme war zittrig, verschliffen. Eine Zivilperson hätte ihn für betrunken halten können; Kitty wußte, wie sich Entsetzen anhörte. »Bitte, kommen Sie«, sagte er. »Beeilen Sie sich!«

»Wenn es ein polizeilicher Notfall ist, wählen Sie 911.«

»Nein, eigentlich nicht. Aber kommen Sie. Schnell!«

Ihre Schicht war fast beendet; sie und Dowd hatten die ganze Nacht hindurch die Kirche im Auge behalten. Es war zwar keine Überwachung angeordnet worden, aber sie wollten trotzdem ein Gefühl dafür gewinnen, wie es nachts in dieser Gegend aussah. Es war eine ruhige Nacht gewesen.

»Es ist was passiert«, sagte sie. »Wir müssen hin.«

Sie brauchten nicht lange vom Sechsten Revier zur Kirche. Unterwegs hörten sie das Läuten der Sieben-Uhr-Glokke. Sie dachte: Sie ruft uns.

Als Dowd den Wagen an den Bordstein lenkte, kam Father John die Eingangstreppe herunter, mit im Wind flatternder Soutane. Es war ein sonniger, eiskalter Morgen, und als er sich dem Wagen näherte, schirmte er seine Augen ab. »Kommen Sie mit hinein«, sagte er, »schnell!«

Sie folgten ihm in die Kirche.

Kitty wäre fast ohnmächtig geworden. Sie hatte nie etwas gerochen, das auch nur annähernd so gräßlich gewesen war. Es war, als hätte jemand beschlossen, einen Truthahn mitsamt seinen Federn zu braten, und ihn dann verbrennen lassen. Sam hustete, senkte den Kopf. Father John eilte durch den Mittelgang. »Hier«, sagte er, »sehen Sie sich das an!«

Er stand in der Nähe des Altars, hinter dem Rauchschleier in der Luft nur schattenhaft zu erkennen. Kitty versuchte, ihm zu folgen, dann blieb sie stehen. Es stank nach verbranntem Haar, versengtem Fleisch – es war zu widerwärtig. Sie würgte, versuchte, den öligen Geschmack in ihrem Mund loszuwerden, sank auf die Knie.

Sam kniete sich neben sie. »Hey«, sagte er.

»Ich bin okay. Nur total überrascht.« Sie zwang sich zum Aufstehen. »Wie werden Sie damit fertig?«

»Ich arbeite mit einer Raucherin zusammen.«

»Witzig.«

Sie gingen zusammen durch den Gang, näherten sich dem Priester. Er wirkte relativ unbetroffen. Als sie nahe herangekommen waren, sahen sie, weshalb: Er hatte zu dem alten Leichenbestatter-Trick gegriffen und sich Ben-Gay unter die Nase getupft.

»Jemand hat etwas verbrannt«, sagte er.

»Was Sie nicht sagen«, keuchte Kitty.

»Fleisch verbrannt«, sagte er. Sein Gesicht war grau, auf seiner Haut standen Schweißtropfen. Trotz seiner scheinbaren Gefaßtheit erkannten beide, daß dieser Mann dicht vor einem klinischen Schock stand. »Sehen Sie nach oben«, setzte er hinzu.

Sie folgten dem Blick des Priesters. Die Dachsparren waren schwarz verrußt. Hier hatte es ein großes Feuer gegeben, das irgendwie nicht den Fußboden verbrannt hatte. Sie kniete nieder, fühlte. »Noch warm«, stellte sie fest.

»Er hat auch Schaden gelitten«, sagte Father Rafferty. »Sie können sehen, wo er beinahe in Brand geraten wäre.«

»Jemand hat hier drinnen ein Feuer angezündet?« Sie hätte nicht verblüffter sein können. Sie hatten draußen in ihrem Wagen gesessen und Kaffee getrunken, als das passierte. Sie beschloß, ihm nichts von der Überwachung zu sagen.

»Sie haben etwas gebraten«, setzte Father John hinzu,

»und es verbrennen lassen. Ich weiß, wie ein verbrannter Braten riecht.«

»Sie haben das hier entdeckt?«

»Als ich die Kirche aufschloß.«

Ihr war das Benzin wieder eingefallen, mit dem Maria Juliens Leiche übergossen worden war. »Was ist mit den anderen Priestern?«

»Wie meinen Sie das?«

Sam griff ihren Gedankengang auf. »Father Frank und Father Tom«, sagte er schnell, »wo sind sie?«

»Beim Anziehen vermutlich.«

Sam bewegte sich als erster. Er rannte durch den Altarraum in die Sakristei. Kitty war nicht weit hinter ihm. Sie erreichten die ins Pfarrhaus führende Tür fast gleichzeitig – und hätten fast Father Tom umgerannt, der gerade die Kirche betreten wollte.

Er taumelte zurück. Hinter Zimmer stand Father Frank, als wartete er darauf, seinerseits durch die Tür zu gehen.

»Ist alles in Ordnung«, fragte Kitty, »mit Ihnen beiden?«

»Mir geht es gut«, sagte Frank. »Was Father Tom angeht... Was ist das für ein Gestank?«

»Die Kirche. Sie ist voller Rauch.«

Franks Stimme hob sich. »Ein Feuer?«

»Nein, jemand hat etwas verbrannt. Auf einer feuerfesten Decke vermutlich.«

Tom Zimmers Augen weiteten sich zuerst, dann wurden sie so klein und schwarz wie verschrumpelte Oliven. Frank drängte sich an ihnen vorbei. Tom zögerte, dann verschwand er wieder im Pfarrhaus.

»Lassen Sie die Gerichtsmediziner kommen«, sagte Kitty. »Wir müssen so viel wie möglich über diesen Rauch herausbekommen.«

»Sie glauben...«

»Dies ist das beängstigendste, widerwärtigste Verbrechen, das mir je untergekommen ist.«

Sie gingen zu ihrem Wagen hinaus und gaben die Anforderung durch.

»Die Frage ist«, sagte Kitty, »welcher von ihnen unser Wahnsinniger ist.«

»Sie sind plötzlich sicher, daß es einer der Priester war?«

»Niemand ist gekommen oder gegangen. Niemand.«

»Nach zehn vor zwölf. Vorher waren wir nicht hier.«

»Der Fußboden ist noch warm. Es muß passiert sein, während wir hier waren.«

»Ich frage mich, wen er verbrannt haben könnte?«

»Das werden wir herausfinden. Vielleicht nicht gleich, aber wir werden es herausfinden.«

»Und Sie glauben wirklich, daß wir es mit einem der Priester zu tun haben?«

»Father Zimmer. Haben Sie den Ausdruck auf seinem Gesicht gesehen, gerade eben? Er war... Ich weiß nicht, wie ich es beschreiben soll.«

»Milde ausgedrückt könnte man sagen, daß er nicht sonderlich viel Mitgefühl zeigte.«

»Er war nicht einmal erschrocken.«

»Er ist ein gebrechlicher alter Mann. Sie sind alle gebrechliche alte Männer.«

»Frank nicht.«

»Er ist der einzige, der mir menschlich vorkommt«, erwiderte Sam. »Die anderen beiden – Gott beschütze mich in einer dunklen Gasse.«

»Father John ist ein reizender Mensch. Und er ist allseits beliebt. Die Leute halten ihn für einen Heiligen.«

»Er hatte eine Freundin mit einer Peitsche unter dem Bett!«

»Vielleicht ist das nicht die ganze Geschichte. Vielleicht ist er so unschuldig, wie er behauptet.« Kitty wußte nicht, was sie denken sollte, und sie wagte es nicht, sich in Spekulationen zu verlieren. Sie war jetzt wütend, sie wußte, daß in der letzten Nacht ein weiterer Mensch auf gräßliche Art gestorben war; sie wußte es so sicher, wie sie wußte, daß sie Detektivin war, und sie war fast außer sich.

In der Kirche wurden Stimmen laut. »Das sind die Gerichtsmediziner. Ich gehe wieder hinein.« Sie marschierte in die Kirche, und dort bot sich ihr ein verblüffender Anblick: Father John und Father Frank lagen nebeneinander ausgestreckt vor dem Altar. »Großer Gott!« Sie dachte, der Rauch hätte sie betäubt. »Fathers!«

Sie rührten sich nicht. Aber sie befanden sich nicht in Gefahr. Sie beteten, beteten von ganzem Herzen und ganzer Seele zu ihrem Gott um die Errettung der Gemeinde, die sie liebten, und der großartigen Religion, der sie dienten.

Sie wußten, was hier auf dem Spiel stand. An die Verbrechen, die bereits in dieser Kirche begangen worden waren, würde man sich erinnern wie an die von Blackbeard, Jack the Ripper und John Wayne Gacey.

Aber dies waren schlimmere Verbrechen, auf eine sehr spezielle Art. Normalerweise attackieren Kriminelle mit ihren Taten nicht eine Institution. Es sind Wahnsinn oder Habgier oder eine gebrochene Seele, die zu einem Verbrechen führen.

Diese Verbrechen waren ein brutaler, unverhohlener Angriff auf die Kirche selbst, ein Versuch, den Katholizismus zu verwunden. Die Verwundung würde nicht tödlich sein, aber doch schwerwiegend.

Es ist ein Priester, dachte sie. Ein Priester, der die Kirche haßt.

Sie schaute herab auf die beiden vor dem Altar liegenden Männer. Sie lauschte dem Geklapper der Techniker, die gerade eine Leiter anstellten, um an die Rußablagerungen an den Sparren zu gelangen.

»Fathers?«

»Nicht jetzt«, sagte Father Frank.

Seirre Stimme war so zutiefst sanft, daß sie nicht glauben konnte, daß er ein Verbrecher sein könnte. Und was Father

John anging – er wirkte ungefähr so gefährlich wie eine Maus.

»Scheiße«, sagte sie zu Sam, während sie den Technikern zuschauten und dem priesterlichen Gebet zu ihren Füßen zuhörten. »Was ist, wenn hier irgend etwas in den Mauern steckt?«

11

John schleppte sich in sein Büro hinauf. Es hatte keine Frühmesse stattgefunden, nicht bei dem Gestank, der an allem haftete.

Er war am Ende seiner Kräfte; er wäre am liebsten wieder ins Bett gegangen. Aber seine Zelle war kein einladender Ort. Er hatte sie nicht ausgeschmückt, nicht wie Frank. Franks Zimmer mit seinen farbigen Vorhängen und seiner hübschen Bettdecke betrat man gern. Er hatte sich mit der grauen Decke des Seminaristen und einer eisernen Bettstelle begnügt. Der einzige Schmuck war ein großes Kruzifix, das er nachts ansehen konnte, voller Staunen.

Obwohl ihm so elend zumute war, rief er Lupe an und bat ihn, herüberzukommen und die Kirche zu lüften. So bald wie möglich mußten wieder Gottesdienste abgehalten werden. M. and J. mußte überleben.

Er ließ sich auf seinen Bürostuhl sinken, und dann wünschte er sich, er hätte im Badezimmer Station gemacht und sich ein paar Aspirin geholt. Ihm tat alles weh, nicht nur sein Kopf. Was er an Schlaf bekommen hatte, war zum Arbeiten offenbar nicht tief genug gewesen. Und der Rauch hatte seinen Teil beigetragen. Es war das Widerwärtigste, das er je gerochen hatte. Er rieb sich die Wangen und stellte fest, daß bei der Berührung seines Bartes seine linke Hand wehtat, mehr als nur ein bißchen. Sie tat ziemlich weh. Er betrachtete sie. An der Handkante war eine Brandwunde, keine schlimme, aber ganz eindeutig eine Brandwunde.

War es der Kaffee gewesen heute morgen? Möglich, aber

er hatte es nicht bemerkt. Was war mit gestern abend? Er konnte sich nicht erinnern, sich verbrannt zu haben.

Tina Signorelli, die Gemeindesekretärin, erinnerte ihn sanft an die Besucherin, die unten auf ihn wartete.

Er ging hinunter, überlegte, was er sagen, wie er es fertigbringen sollte, für die arme kleine Joanie McReady und ihre entsetzlichen Probleme tröstliche Worte zu finden.

Sie hatte im Wohnzimmer am Fenster gestanden. In dem Augenblick, in dem er eintrat, stürzte sie sich praktisch auf ihn. »Father, ich will Sie nicht lange aufhalten. Aber ich muß einfach mit Ihnen reden. Ich habe gerade etwas Furchtbares erfahren.«

»Oh, meine Liebe, das tut mir so leid.« Er setzte sich ihr gegenüber. Er hatte sie getauft, miterlebt, wie aus dem unschuldigen Kind ein blühendes Mädchen wurde und dann diese Frau, eine erschöpfte, ergrauende Fünfunddreißigjährige. Als Kind war sie ein stilles, kleines Geschöpf gewesen. Damals gab es in Mary and Joseph noch eine Schule. Er hätte sie nie geschlossen, aber seine Nonnen waren gegangen. Wer war nur auf die Idee gekommen, daß die Eröffnung eines Zentrums zur Behandlung Drogenkranker in Harlem wichtiger war als die Unterrichtung junger Katholiken? Das Zentrum war seit langem wieder geschlossen, und er wußte nicht, was aus den Teresianerinnen geworden war.

»Father, Dr. Gentile...«

»Ich dachte, Pete Morris wäre Ihr Arzt.«

»Er ist mein Internist. Dr. Gentile ist mein Onkologe am Sloane-Kettering-Krankenhaus. Er hat mir gestern gesagt, daß ich wahrscheinlich eine weitere Metastase in der rechten Lunge habe, und daß meine Bauchspeicheldrüse befallen ist.«

»Oh, Joanie, es tut mir so leid.«

»Das habe ich schon oft genug gehört, und es hilft mir nicht. Mein Problem ist, ich leide viel, viel mehr, als Jesus je leiden mußte, und ich kann nicht behaupten, daß ich das Privileg einer direkten Beziehung zu Gott genieße.«

»Natürlich tun Sie das.«

»Father, hinter all dem Gerede der Ärzte steht die Tatsache, daß ich sterbe, und mein kleines Mädchen ist ihm ausgeliefert.«

»Ihre Familie kann helfen.«

»Meine Mutter ist senil. Wenn ich sterbe, muß sie in ein Heim. Alles, was Tiffy hat, ist ihr Vater.«

»Joanie, darüber haben wir schon öfter gesprochen.«

»Aber jetzt ist es sicher! Ich werde sterben, und er bekommt mein Kind!« Sie richtete sich mühsam auf, zog die mageren Wangen ein. »Er wird sie nicht zur Adoption freigeben. Er weigert sich!«

»Aber er ist ihr Vater.«

»Sie wissen, weshalb unsere Ehe annulliert wurde! Er ist Alkoholiker, und er hat es nicht unter Kontrolle. Sie wissen, was er uns angetan hat, wie er auf uns eingeschlagen hat! Ich mußte sie mit meinem Körper schützen, sonst hätte er mein Baby totgeprügelt!«

Was konnte er sagen, um dieser armen Frau zu helfen? Sie hatte völlig recht: Christus hatte nicht so gelitten wie sie, zumindest nicht körperlich. Er fühlte sich mitschuldig an der Verfassung des Vaters. Er hätte dafür sorgen müssen, daß Brian und seine Mutter in psychiatrische Behandlung kamen, als der Junge zehn Jahre alt war. Das hatte er nicht getan, obwohl er damals eindeutig die Möglichkeit dazu gehabt hätte.

»Joanie, ich verspreche Ihnen, daß ich Tiffany der Katholischen Waisenfürsorge übergeben werde, auch wenn er das Sorgerecht erhält.«

»Oh nein, Father! Lassen Sie nicht zu, daß er sie bekommt! Um der Liebe Gottes willen! Das ist schlimmer als der Krebs! Bitte, Father!« Sie streckte die Hände aus, flehend.

Was konnte er tun? Den Fall vors Familiengericht bringen? Er konnte sie nur dann der Katholischen Waisenfürsorge übergeben, wenn das Gericht auf Unfähigkeit oder Vernachlässigung erkannte. Sie würde zu guten katholischen Pflegeeltern kommen, aber nur, wenn das Gericht dazu gebracht werden konnte, dem Vater das Sorgerecht zu entziehen. Und es gab zahllose Präzedenzfälle zugunsten der leiblichen Eltern.

Das Leiden dieser Frau, die langsam und unter Qualen starb und dabei wußte, daß sie ihre Tochter in entsetzlicher Gefahr zurückließ, war fast unausdenkbar. Was sollte er ihr sagen? Nichts würde sie trösten. Sollte er zu mehr Gebeten raten? Sie war ohnehin schon jeden Morgen in der Kirche.

»Father, Sie dürfen nicht einfach dasitzen und mich anstarren! Ich bin kein Tier im Zoo!«

»Das weiß ich, Joanie.«

Sie sank vor ihm auf die Knie. »Bitte, versprechen Sie mir, daß Sie ihr helfen werden. Sie *persönlich*, Father. Finden Sie jemanden, der sie adoptiert. Finden Sie eine gute Familie für sie. Ich weiß, daß Sie das können!«

Er erinnerte sich an Joanie als Kind, wie sie gesittet durch die Kirche gegangen war, mit gefalteten Händen und niedergeschlagenen Augen und einem kleinen Hut auf dem Kopf. Tiffy war größer als sie, voller Übermut, ein freierer Geist, als ihre Mutter es gewesen war.

Er sprach ein Gebet, fast wortlos: Gnade, bitte... »Stehen Sie auf, Joanie. Hören Sie auf, es nur als Ihr Problem zu sehen. Es ist unser Problem, okay? Wir werden es gemeinsam lösen.«

Er war bestürzt, als ihm bewußt wurde, daß er log. Wenn Joanie starb, war er längst nicht mehr hier. Es würde Frank Bayleys Problem sein.

Sie setzte sich wieder auf ihren Stuhl, lehnte sich vor. »Es tut mir leid, Father.« Sie ergriff seine Hände. Ihre Haut war kalt und verblüffend trocken, ihr Griff war herzzerreißend. »Sie müssen es mir versprechen.«

Er konnte ihr nicht die Wahrheit sagen, er hatte nicht die Kraft dazu. Vielleicht gelang es ihm irgendwie, eine Möglichkeit zu finden, daß er hier weitermachen konnte. Vielleicht war es doch noch nicht vorbei. »Natürlich verspreche ich es Ihnen.«

»Nein! Ich will mehr als nur das! Sagen Sie, ›ich verspreche, daß ich für Tiffy McReady Adoptiveltern finden und sie von ihrem Vater fernhalten werde.‹ Father, sagen Sie es!«

»Ich verspreche, daß ich für Tiffy Adoptiveltern finden werde. Und daß ich tun werde, was ich kann, um sie vor ihrem Vater zu schützen.«

»Was werden Sie tun? Sagen Sie es mir ganz genau.«

»Ich werde nicht zulassen, daß ihr Vater sie mißhandelt. Ich werde mit ihm sprechen. Ich werde ihn zu Hause aufsuchen, und wenn ich Beweise für Probleme sehe, werde ich das dem Familiengericht mitteilen und eine Sozialfürsorgerin für sie besorgen.«

Sie schrie auf. »Father, das ist nicht das, was ich will!« Dann erlitt sie einen heftigen Hustenanfall, und ihr Gesicht wurde kreidebleich. »Tut mir leid. Das ist… Entschuldigen Sie… Oh, mein Gott, das tut so weh! Oh, mein Gott!« Mit zitternden Händen holte sie ein Glas mit leuchtendgelben Tabletten aus ihrer Handtasche, steckte drei davon in den Mund. »Die Tatsache, daß es nur schlimmer werden kann, macht es noch unerträglicher. Oh, mein Gott!« Sie fing an, unkontrollierbar zu zittern, erlitt eine Art Krampfanfall.

Er ging zu ihr, legte die Arme um sie. Starb sie jetzt, hier? »Tina, rufen Sie St. Vincent's an! Tina!« Natürlich hatte sie sich gerade diesen Moment ausgesucht, um hinauszugehen. »Tina!«

Dann war Frank da; er bewegte sich wie ein riesiger, buckliger Primat und nahm Joanie in die Arme. Er trug sie zur Couch und legte sie darauf. Überall auf dem Fußboden lagen gelbe Tabletten herum. »Was ist das?« fragte er sie.

»Dilaudid.«

»Die bekommt man doch nicht auf Rezept, oder?«

»Das Zeug, das mir verschrieben wird, ist keinen Pfifferling wert. Ich kaufe mir meine Erleichterung im Washington Square Park.«

Sanft streichelte Frank ihre Stirn. »Das ist in Ordnung, solange Sie nicht zu viele davon nehmen. Haben Sie zu viele genommen?«

»Es ist nicht das Dilaudid, es ist die Krankheit! Lassen Sie nur, es wird bald wieder besser.«

»Natürlich wird es das. Und jetzt machen Sie einfach die Augen zu und ruhen Sie sich aus. Bei uns sind Sie sicher.«

»Tiffy kommt um halb drei aus der Schule. Sie braucht mich, sie wird...«

»Die Schwestern werden sich um Ihre Kleine kümmern«, sagte er. Sein Blick begegnete dem von John, telegraphierte eine Frage: Weshalb ist sie in diesem Zustand?

»Joanie hat gerade erfahren, daß sie bald sterben wird«, erklärte John.

Ein lauter, heulender Aufschrei brach aus ihr hervor, und John Rafferty sah menschlichen Schmerz nackt und unverhüllt. Vor Johns geistigem Auge erschien das Bild einer heißen, steinigen Anhöhe und eines gekrümmten, nackten kleinen Mannes, der an einem Kreuz aus Baumstämmen sein Leben aushauchte, mit Blut und Speichel auf den Lippen und Kot an den zuckenden Beinen.

Frank warf ihm einen langen, fragenden Blick zu. Sie wußten beide, was im Herzen des anderen vorging. »Wir können sie nicht heilen, Frank.«

Er nickte. Seine Augen waren feucht. »Sie ist eingeschlafen. Einfach eingeschlafen.«

»Diese Tabletten sind schwere Brocken.«

»Sie braucht schwere Brocken, John.«

Ihre Atmung war leise und regelmäßig, aber auf ihrem Gesicht lag ein Ausdruck, als hätte sie gerade einen Krieg hinter sich. John legte die Hand auf ihre feuchtkalte Stirn.

»Wir sollten sie schlafen lassen«, flüsterte Frank. »Ich bezweifle, daß sie viel guten Schlaf bekommt.« Dann bückte er sich und sammelte Joanies Tabletten in das kleine Glas, schraubte den Deckel zu und steckte es in ihre Handtasche.

John blickte auf sie herab und dachte, daß sie noch eine Weile länger kämpfen und leiden würde, und dann würde Frank sie begraben. Er kannte die Szene: der Dreihundert-Dollar-Sarg von DiMarco's, grau oder schwarz, die kurze Messe in der leeren Kirche, dann die lange, erstickende Fahrt zum Friedhof und die Beisetzung.

Er nahm sich vor, den Ehemann anzurufen, zu versuchen, ob er ihn dazu bringen konnte, die Tochter zur Adoption freizugeben. Das würde die beste Lösung sein: eine gute katholische Familie, die sie lieben und ihr helfen würde, zu vergessen.

Dann fiel es ihm wieder ein. »Die Tochter wird Ihr Problem sein, Frank.«

»Ja. Ein großes Problem.«

»Vielleicht können Sie den Vater überreden, daß er auf sie verzichtet. Ich bin sicher, daß die Adoptionsbehörde eine wundervolle Familie hat, die nur auf sie wartet.«

»Ich werde die Urteile nachlesen, die gegen Kindesmißhandler ergangen sind. Vielleicht kann ich dem Vater so zusetzen, daß er das Richtige tut.«

»Genau um diese Sache ging es bei meiner Beichte. Brian McReady war das Kind, das mißhandelt wurde, nur weil ich zu arrogant war, dafür zu sorgen, daß die Mutter in psychiatrische Behandlung kam. Es ist meine Schuld, Frank.«

»Die Sünde des Stolzes ist eine subtile Sache, John.«

»Was soll das heißen?«

»Die Probleme der McReadys sind größer, als Sie es sind. Es ist reiner Egoismus, die Alleinschuld an der Katastrophe auf sich nehmen zu wollen.«

»Wissen Sie, Sie würden tatsächlich einen guten Pastor abgeben. In dieser Antwort steckt eine Menge Diplomatie.«

»Dann rufen Sie Quindlan an, sagen Sie es ihm. Ersparen Sie sich den Auftritt vor dem Ausschuß.«

Plötzlich flackerte in John abermals das Feuer der Auflehnung auf. Er dachte an Christos. Ein Christos-Priester war einfach zu konservativ für M. and J. Er würde die größten Verheerungen anrichten. Er schlug seinem Kuraten auf die Schulter. »Eines Tages werden Sie Pastor sein«, sagte er. »Aber jetzt noch nicht.«

Tina kam herein und erinnerte ihn an eine Taufe. Er befürchtete, daß die Kirche nicht präsentabel sein würde, aber alles ging gut.

Danach rief er die Dachdeckerfirma an, erledigte einigen Papierkram wegen der Reparatur des Heizkessels, und dann ging es auf Mittag zu.

Frank steckte den Kopf zur Tür herein. »Ich übernehme die Zwölf-Uhr-Messe«, sagte er.

»So? Hat es daran irgendwelche Zweifel gegeben?« Es war die Messe des Kuraten. Frank hielt sie jeden Tag ab.

»Ich bin der Pastor«, sagte Frank sanft. »Die Kuratenmesse sollten Sie übernehmen.« Seine Stimme war angespannt, die Sanftheit erzwungen.

»Ich denke nicht daran! Ich bin hier der Pastor, bis der Personalausschuß seine Entscheidung getroffen hat.«

»Monsignore Quindlan hat mir etwas anderes mitgeteilt.«

»Er ist nicht berechtigt, Ihnen irgend etwas mitzuteilen, junger Mann. Der komplette Ausschuß hat zu entscheiden, wenn ich mich weigere, zurückzutreten. Und ich weigere mich!«

»Wie arrogant Sie sind.«

»Arrogant! Sie…« Father Rafferty war ausnahmsweise einmal sprachlos.

»Ich meine, ›arrogant‹ ist das richtige Wort. Sie widersetzen sich dem Wunsch des Kardinals. Und des Heiligen Stuhls, der dabei auch ein Wörtchen mitzureden hat.«

»Ah, jetzt sind Sie also auch noch Liebkind des Papstes. Und Sie reden von Arroganz!«

»Christos hat ein sehr spezielles Verhältnis zum Papst, und das gleiche gilt für die Christos-Priester. Seine Heiligkeit betrachtet sich als unser Schirmherr innerhalb der Kirche. Und ich bin in dieser Hinsicht nicht im mindesten arrogant. Wir tun lediglich unser Bestes...«

»Und stehlen einem guten Mann seine Gemeinde!«

»Wir sind Freunde, John. *Gute Freunde.* In dieser Gemeinde sind Sie kompromittiert, und das wissen Sie. Aber in der Wohlfahrtsbehörde könnten Sie gute Arbeit leisten. Denken Sie darüber nach! Mit ihrer Tatkraft und Ihrer administrativen Erfahrung könnten Sie Wunder wirken. Und letzten Endes werden die Veränderungen einer größeren Zahl von Menschen zugute kommen, und das ist es, worum es in der Kirche geht.«

»Eines muß man Ihnen lassen, Frank. Sie wollen eine Gemeinde. Ich nehme an, ich sollte mich freuen, daß Sie nicht ausgebrannt sind wie die Hälfte der anderen Priester in der Erzdiözese.« Er mußte ein wenig lachen, als er Frank mit einigen seiner aggressiveren und unverblümteren Kollegen verglich. »Sie tun so, als wären Sie der reizendste Mensch auf dieser Seite des Himmels. Aber Sie sind ziemlich raffiniert, mein Freund.«

Ganz bewußt drehte Frank John den Rücken zu und schaute aus dem Fenster. »Sie sind nicht mein geistlicher Berater«, sagte er schließlich. Wieviel Bitterkeit in einem gedämpften Tonfall liegen kann!

Auf der Straße schimpfte ein ungefähr vierzehnjähriges Mädchen einen kleinen Jungen in einer Sprache aus, die sich anhörte wie Griechisch. Die Sonne strahlte vom Himmel und verschwand zwischendurch immer wieder hinter schnell dahinziehenden Wolken.

Langsam kehrte Franks Blick zu seiner Umgebung zurück und richtete sich schließlich auf John selbst. John konnte den Zorn, die Wut darin sehen. Das verblüffte ihn. Franks Wut stand in keinem Verhältnis zur Situation und paßte überhaupt nicht zu seinem Charakter. Frank mochte ein gerissener Taktierer sein, aber diese Art von Zorn war nicht Teil seines Wesens.

In der Tat nicht – sein breites Lächeln kehrte unverzüglich zurück. Aber es war ein falsches Lächeln; das erkannte John jetzt zum ersten Mal.

»John, ich liebe Sie, und ich möchte Ihnen nicht wehtun.«

John sah ihn nur an.

⌋ 12 ⌊

Es war fast drei Uhr morgens, und Frank schlief nicht, weil er sich vor dem Schlafen fürchtete. Er machte sich große Sorgen wegen der Gemeinde. In der Mittagsmesse waren sechs Leute gewesen; normalerweise waren es dreißig. Der nächste Sonntag würde eine Katastrophe werden.

Wenn der Killer nicht gefaßt wurde, und zwar bald, würde M. and J. aufhören, eine Gemeinde zu sein, und zu einer Touristenattraktion werden. Er konnte sich kaum vorstellen, was morgen in den Zeitungen stehen würde, wenn sie über die neueste Scheußlichkeit berichteten.

Zuerst war da Marias Tod gewesen – ein mehr oder weniger konventioneller Mord, wenn man von dem Benzin absah. Dann der alte Obdachlose an der Pier, erwürgt und verbrannt. Dann die Frau in der Kirche, gleichfalls erwürgt und anschließend in einem Müllcontainer abgelegt und mit Kerzen umgeben.

Jetzt war jemand in der Kirche verbrannt worden.

Frank sah die subtile Eskalation. Hier handelte es sich nicht nur um Morde, hier sollte eine Gemeinde zerstört und die Kirche selbst verwundet werden. Und auf irgendeine seltsame Art ging es um Feuer.

Er beschloß, die kritischen Stunden vor Tagesanbruch in der Kirche zu verbringen, und zwar so lange, bis der Verbrecher gefaßt worden war.

An diesem Morgen hatte er neben John auf den Altarstufen gelegen und nur einen Gedanken gehabt: Möge Gott sie erretten, möge Gott M. and J. erretten. Die Worte waren ihm immer und immer wieder durch den Kopf gegangen, während die Techniker miteinander murmelten und Ruß von den Dachsparren schabten.

Am Nachmittag, gegen zwei, hatte man ihnen mitgeteilt, daß der Ruß menschliches Fett enthielt. John hatte den Anruf entgegengenommen, dann war er in die Toilette im Erdgeschoß gegangen und hatte sich übergeben. Frank war sich schmierig vorgekommen und hatte geduscht.

Schon beim Gedanken daran spürte er den Drang, abermals zu duschen. Er ging ins Badezimmer, zog seinen Pyjama aus und drehte den Hahn auf. Das Rauschen des Wassers war ein angenehmes Geräusch. Hier war die Abgeschiedenheit noch besser als im eigenen Zimmer.

Er stand da, ließ das Wasser auf sich herabprasseln, versuchte, irgendwie Vergessen zu finden. Er atmete tief ein, mit geschlossenen Augen.

Dann hörte er ein Geräusch. Er lauschte – hatte da ein Schrei das Rauschen des Wassers übertönt? Und diese anderen Geräusche, das war Klopfen. Lautes, hartes Klopfen!

Er drehte den Hahn zu.

Stille.

»Hallo?«

Kein Laut. Einbildung. Er kehrte unter die Dusche zurück, versuchte, das Wasser zu genießen, sich zu reinigen. Er dachte an den verbrannten Mann, den namenlosen verbrannten Mann, und begann sich zu waschen, bedeckte seinen ganzen Körper mit einer dicken Schicht Seifenschaum. Mit geschlossenen Augen tastete er nach seinem Shampoo, wusch sich die Haare. Dieser Qualm – würde er nie aufhören, ihn zu riechen?

Als er gerade mit Seife und Shampoo bedeckt war, hörte er einen weiteren Schrei. Diesmal war er laut und langgezogen. Er sprang aus der Dusche und eilte zur Badezimmertür, wischte sich die Seife aus den Augen und riß die Tür auf.

Das Haus war dunkel und still. Er verfluchte den betrunkenen Idioten, der auf der Straße geschrien haben mußte.

Er verfluchte sich selbst, weil er so nervös war. Dann sagte er sich, daß er sich unbedingt beruhigen mußte. Fluchen war nicht sonderlich priesterlich. Sprich ein Gebet.

Er schloß die Badezimmertür mit dem Ave Maria auf den Lippen.

Als er wieder unter die Dusche trat, war das Wasser eiskalt. Er unterdrückte einen eigenen Schrei, keuchte. Der Teufel hole diesen alten Boiler. Der Teufel hole dieses alte Pfarrhaus! Und vor allem diesen knickrigen alten Pastor, der ein dreißig Jahre altes Gerät nicht erneuern lassen wollte!

Er hüpfte, er zuckte, zwang sich, die Seife abzuspülen. Eine schöne Dusche – in diesem Augenblick wäre es ein leichtes gewesen, ihn zu überzeugen, daß die Hölle kalt war.

Er sprang aus der Kabine, verspürte die Art von blindem, maßlosem Zorn, den er an sich selbst am meisten verabscheute. Er war stolz auf sein sanftes Wesen. Als Junge hatte er einige seiner Freunde ziemlich schwer zusammengeschlagen, wenn er in diesem Zustand gewesen war. Er konnte ihn nicht unterdrücken; die einzige Möglichkeit, mit ihm fertigzuwerden, waren Gebete.

Das war es, was er jetzt brauchte – Gebete. Er hatte einen guten Grund, in die Kirche zu gehen, einen Grund, der noch zwingender war als der Drang, sie zu beschützen. Er mußte dieses Gefühl aus sich herausbeten.

Er lehnte sich an die Badezimmerwand. In seiner Phantasie sah er den Eindringling, einen Schatten, der sich mit der Steifbeinigkeit eines Insekts bewegte.

Dann hörte er Schritte, ganz reale, ganz leise. Sie kamen den Flur entlang. Er lauschte, rubbelte sich so gewaltsam trocken, daß es fast schmerzte. Dann wickelte er sich das Handtuch um die Hüften. Er dachte, daß vielleicht einer der anderen Priester darauf wartete, die Toilette benutzen zu können. John hätte etwas gesagt.

»Tom, wenn Sie das sind, rattern Sie mit dem Türknauf.«

Nichts.

Na schön.

»Wenn da jemand ist, soll er etwas sagen.«

Kein Geräusch außer dem Tropfen des Wassers aus dem Brausekopf. Frank schaute zur Tür. Er schaute an seinem eigenen Körper herunter, zog das Handtuch fester.

Totale Stille.

Verdammt nochmal!

Er legte die Hand auf den Türknauf, überlegte es sich dann aber anders und schaltete zuerst das Licht aus. Es dauerte ein paar Sekunden, bis seine Augen sich an die Dunkelheit gewöhnt hatten. Jetzt war er wütend, wegen der Geräusche, wegen der Stille, wegen der ganzen verdammten Situation. Er mochte es nicht, wenn ihm Angst eingejagt wurde. Wenn er Angst hatte, wurde er verdammt wütend.

Wieder griff er nach dem Türknauf. Mit einer einzigen schnellen Bewegung drehte er ihn und zog an der Tür. Der Flur war schwarz und still. Er tastete blitzschnell nach dem Schalter, fand ihn und überflutete den Flur mit Licht.

Leer.

Scheiße, verdammte Scheiße! Er haßte diese Scheißbude! Als er das Licht im Badezimmer wieder einschaltete, bekamen seine feuchten Finger einen Schlag. Fluchend zog er die Hand zurück. Er hämmerte auf den Schalter, bekam einen weiteren Schlag.

Dann drosch er auf Wände ein, tanzte herum, trat um sich – und ganz plötzlich löste sich die Tür der Duschkabine in eine Flut von Glassplittern auf.

Scheiße!

Er bückte sich, warf sein Handtuch über die Scherben, fing an, sie aufzusammeln. Er hatte sie gerade mit dem Handtuch zusammengerafft, als er ein Paar Füße an der Schwelle bemerkte.

Er schaute auf.

Da stand Tom Zimmer in Bademantel und Pantoffeln.

»Ich hatte einen Scheißunfall!« knurrte Frank. Früher hätte er sich auf den Kerl gestürzt, ihm einen Schlag versetzt, den er nie vergessen würde. Jesus, steh mir bei, sagte er innerlich, genau, wie man es ihm im Seminar beigebracht hatte.

Die Wut verblaßte.

»Ich hatte einen kleinen Unfall«, sagte er. Jetzt stand John hinter Tom.

»Haben Sie sich verletzt, Frank?«

»Nein. Ich hörte unser Hausgespenst auf dem Flur und ich… bekam es mit der Angst zu tun. Ich bin ausgerutscht…«

»Gehen Sie wieder zu Bett. Ich mache hier Ordnung.«

»Danke, John, aber das sollte ich lieber selbst tun.« Er machte sich ans Werk, benutzte zwei Stoffhandtücher und ein paar papierne von der Rolle unter dem Waschbecken. Die beiden älteren Priester kehrten in ihre Schlafzimmer zurück.

Wieder in seinem eigenen Zimmer, zog Frank seinen Trainingsanzug und Laufschuhe an. Er ging zu Johns offener Tür. Der Priester lag mit dem Gesicht zur Wand. Er schien zu schlafen; vielleicht versuchte er auch gerade, wieder einzuschlafen.

Als sich Frank den Flur entlang und die Treppe hinunterhastete, veranlaßte ihn jedes Knarren, einen Moment stehenzubleiben. Er glich einer schleichenden Ratte. Das Bild bedrückte ihn.

Tom Zimmer schlief keineswegs. Er öffnete die Augen, als er Frank auf der Treppe hörte. Er lag still, mit zusammengerolltem Körper. Sein erster Gedanke war, sofort aus dem Bett zu springen, aber seine natürliche Neigung zur Vorsicht bewog ihn zum Zögern.

Er wartete, lauschte. Weshalb war Frank aufgewesen? Was ging da vor?

Sie hatten gesagt, der Mörder schlüge in den frühen Morgenstunden zu.

Frank hatte daran gedacht, die Kirche durch die Tür im Innern des Hauses zu betreten, aber er fürchtete sich vor ihrem Quietschen. Er öffnete die Haustür und glitt hinaus. Er würde außen herumgehen, das war leiser. Der Wind wehte aus Norden, brachte lange Wolkenschwaden mit, die im Lichtschein der Stadt bräunlich leuchteten. Er stieg die Treppe hinunter, bewegte sich vom Pfarrhaus fort, ging die Straße entlang auf das Kirchenportal zu.

Einen Augenblick lang war sich Tom nicht sicher, ob er das Zufallen der Haustür gehört hatte, das Geräusch war so leise gewesen. Aber die Totenstille, die darauf folgte, sagte ihm, daß sich im Haus niemand bewegte. Frank war tatsächlich hinausgegangen.

Tom wußte eine Menge Dinge; einem Stummen gegenüber lassen Leute ihre Masken fallen.

Dieser außerordentliche, segensreiche Zustand war eine Gabe Gottes. Am Nachmittag des 8. Februar 1983 war er gerade dabeigewesen, einen Valentinsgruß an seine Schwester zu schreiben, als er plötzlich spürte, daß sein Körper von Licht erfüllt war. Man kann nicht in sich hineinsehen, aber er konnte es fühlen, und als er die Augen schloß, befand er sich nicht mehr im Dunkeln.

Das Licht war geblieben. Es war sein Freund geworden. Niemand sonst wußte, daß es da war, niemand außer ihm. Es fühlte sich so herrlich an, daß er nicht sprechen konnte. Er konnte einfach nicht an die Worte herangelangen. Das Licht war sein Freund, ein heiliges Licht. Und dabei war es geblieben, seit jenem Tag. Jetzt betete er zu dem Licht in sich: Oh, Herr, hilf diesem Jungen.

Er warf seine Decke zurück, zog eine Cordhose über seinen Schlafanzug und schob die Füße in sein einziges Paar

Mokassins. Er zog einen dicken Wollpullover über und eilte, zwei Stufen auf einmal nehmend, die Treppe hinunter.

Als er das Pfarrhaus verließ, sah er einen Schatten um die Ecke zur Seventh Avenue biegen. Tom folgte ihm in dem harten, eisigen Wind.

Frank kämpfte gegen den steten Druck des Windes an. Ganz kurz schoß ihm die Frage durch den Kopf, ob die Polizei die Kirche beobachtete. Er stellte fest, daß es ihm gleichgültig war. Er hatte in der Kirche Arbeit zu erledigen, und das gedachte er auch zu tun. Er bewegte sich auf den unebenen Gehsteigplatten vorwärts, an der dunklen Masse der Kirche entlang.

Als er um die Ecke in die Seventh Avenue bog, traf ihn der Wind mit voller Gewalt. Das Wetter änderte sich wieder. Aus dem Norden kamen tiefhängende Eiswolken. Morgen würden sie die Sonne verbannen, die Stadt tiefer in den Winter hineintreiben.

Er ging die Treppe zum Portal hinauf, dann schloß er die Kirche auf und ging hinein.

Eine solche Kälte war nichts für Toms alte Knochen. Er würde den Ausflug ins Freie teuer bezahlen müssen. Er zog die Schultern ein, zitterte fast unkontrollierbar. Ihm wurde klar, daß Frank durchs Hauptportal in die Kirche ging. Weshalb tat er das, um vier Uhr morgens?

Das Licht in ihm wußte es. Das Licht in ihm grämte sich. Beschütze die Kirche, sagte das Licht. Rette sie!

Gott hatte Tom Zimmer verstummen lassen, damit er Dinge sehen konnte, über die menschliche Wesen nicht reden sollten. Er konnte Dämonen sehen; und die Engel, die sie mit Flammenschwertern niederstreckten.

Satan hatte in Frank Bayley einen Unterschlupf gefunden. Tom konnte die Dunkelheit sehen. Wenn Tom für den armen Priester betete, dann schaute er in die verborgene

Welt der Seele, wo der Dämon Frank mit seinen langen Armen liebkoste.

Als Junge hatte Frank das Gefühl des Windes auf seiner nackten Haut genossen – des Sommerwindes.

Er und ein anderer Junge hatten draußen im Hintergarten geschlafen. Der Wind hatte aufgefrischt, und Frank war von seinem Seufzen aufgewacht. Der Wind hatte den Duft von Blumen herbeigetragen und mit ihm bleiche Gedanken.

Als ob er sich vor einer Schar faszinierter Mädchen auszöge, hatte er seinen Pyjama auf den Boden fallen lassen. Er hatte nackt dagestanden, und seine Haut war weiß gewesen im Schein des Halbmondes.

Dann war er durch die schlafende Nachbarschaft geschlichen, hatte die Terrasse der Pellys überquert und eine Weile auf einem ihrer Stühle am Pool gesessen. Er hatte seinen ganzen Mut zusammengenommen und war durch die Gasse zu einem bestimmten Haus gegangen. Die Cutler-Zwillinge waren die hübschesten Mädchen in der St. Agnes School. Er stand vor ihrem offenen Fenster und blickte auf die schattenhafte Gestalt von Jennifer Cutler. Sie lag lang ausgestreckt da, in einem Sommernachthemd, ihre langen weißen Arme hingen seitlich am Bett herunter. Er war zwölf, er war nackt, es war der reinste Zauber.

Dann hatte ihr Hund gebellt, und im Schlafzimmer ihrer Eltern war Licht angegangen. Auf seiner Flucht zurück zu seinem Lagerplatz war er erfüllt gewesen von der köstlichsten Angst.

Kevin, halb wach, hatte ihn gefragt, was los wäre. »Mir ist kalt«, hatte er gesagt, und Kevin hatte sich an ihn gekuschelt und ihn in die Arme genommen. Er hatte keine Erregung gespürt, als die Arme seines Freundes seine Nacktheit liebkosten. Aber später hatte er Angst gehabt, und die Angst war jahrelang geblieben.

Um nicht gesehen zu werden, hielt Tom sich dicht an der Mauer. Frank bewegte sich langsam und geduckt.

Tom begann zu beten: O Herr, erlöse diesen guten jungen Mann von der Prüfung, die ihm bevorsteht. Nimm mich als deine üble Behausung, Satan. Fahre in mich.

Frank schloß die Tür auf und betrat die Kirche. Was war, wenn er hier auf den Mörder stieß? Nun, vielleicht wäre das das Beste. Er war über sich selbst bestürzt – diese Sache war so weit gegangen, daß er tatsächlich bereit war, zu sterben.

Es lag noch immer eine eindeutige Schärfe in der Luft hier drinnen, der widerliche Gestank von verbranntem Haar. Vor dem Marien- und dem Josephsaltar brannten keine Kerzen, und das Ewige Licht flackerte.

Er ging zu der Stelle, an der Maria gestorben war, und sank auf die Knie. »Ich bin ein schuldiger Mensch«, sagte er leise. »Herr, gib mir Kraft.«

Tom, der jetzt hinter Frank stand, hörte jedes Wort. Ich höre dich schreien, Satan, in der Pein deines Sturzes. Die Kraft Gottes in Tom war so groß, daß er manchmal die Engel zur Verteidigung des Guten herbeirufen konnte. Er konnte die wehrhaften Engel Gottes herbeirufen, ja, die wehrhaften Engel mit ihren Flammenschwertern und ihren Schreien.

Frank hatte sich niedergehockt, die Hände vor die Brust geschlagen, und spürte zum ersten Mal das Feuer, das in ihm gebrannt hatte. »Ich bin ein schuldiger Mensch«, sagte er, »schuldig, schuldig, schuldig!« Seine Stimme widerhallte in der Kirche. In ihr konnte er seine Jugend hören und seine Pein und eine Traurigkeit, so öde wie der Mond.

Was war es, was er in sich fühlte? Die Bewegung einer Schlange, spirituelle Übelkeit. Es war ein Augenblick atemberaubender Einsamkeit. »Ich werde beichten! Ich werde die Kraft dazu finden, und ich werde es tun!«

Eine Stimme schien zu seiner Stimme ein Echo zu liefern, flüsternd, während er sprach. Er sprang auf, schaute schnell hinter sich.

Einen Moment lang befürchtete Tom, er wäre gesehen worden. Aber dann sah er die Augen, und ihm wurde klar, daß Frank überhaupt nichts bemerken würde. Tom kannte dieses Gefühl, kannte es gut. Gott war weise: dieser junge Mann war als Schlachtfeld erwählt worden, nicht weil er schwach, sondern weil er stark war. Es war nicht das Böse, das Satan in Franks Herz gezogen hatte, sondern ein winziger Makel seiner Güte.

Weshalb sollte sich Satan die Mühe machen, die Schwachen zu vernichten? Ihre Seelen schleppten sich ohnehin in langen, kalten Reihen hinter ihm her.

Frank taumelte, als stünde er am Rand einer Klippe. Am unteren Ende des Abgrunds war etwas so Gräßliches, daß er kaum glauben konnte, daß es ein Alptraum war, und erst recht nicht, daß es wirklich war.

Satan hat einen Leib, Satan hat Gedanken und Form und Substanz! Nein, seine Form ist Schuld, seine Substanz Verzweiflung, sein Leib das Geröll der Vernichtung.

»Verlaß mich! *Verlaß mich*!«

Tom hörte das und wußte, daß sein Instinkt, hierher zu kommen, richtig gewesen war. Dieser Junge hatte so viel verloren, so entsetzlich gelitten. Herr, bitte gib ihm ein bißchen Hilfe.

Aber sein Instinkt sagte ihm, daß Gott das nicht tun würde. Nein, das war eine Sache unter Menschen. Nur einer konnte Frank helfen: ein Mann des Glaubens.

Tom war ein solcher Mann.

Als die seltsamen Geräusche um ihn herum verstummten, gewann Frank seine Fassung zurück. Irgendjemand auf der

Straße hatte zufällig gleichzeitig mit ihm gesprochen, und die Laute waren hereingedrungen.

Aber dieses Gefühl, dieser schwarze Schlund, der sich in ihm aufgetan hatte! Das war völlig real. Hier war es, wo die Angst vor dem Beichten lag. Hier war es, wo die Schrecken der Nacht tobten. Genau an dieser Stelle war Maria gestorben. Genau hier war sie in die Schlinge des Mysteriums geraten. Sie hatte gelitten, man konnte es in ihren Augen sehen, an der Art, wie ihre Brauen zusammengezogen waren, ihr Gesicht in übernatürlichem Entsetzen erstarrt. Oh ja, sie hatte gelitten.

Und ich habe eine Erektion!

Oh nein, Herr, laß es nicht so sein, laß mich nicht solche üblen, perversen, entsetzlichen Gefühle haben. Herr, rette mich, bitte, rette mich! Du bist die Auferstehung.

Er sank wieder auf die Knie, begann auf den Altar zuzukriechen.

Bitte, bitte, ich fühle es in mir, ich muß gereinigt werden, es hat Arme wie ein Oktopus, der meine Seele erwürgt. Oh, Herr der Vergebung…

Tom sah, wie er auf den Altar zurutschte, hörte sein verzweifeltes, undeutliches Murmeln, spürte die furchtbare Präsenz, bemerkte, daß das Ewige Licht flackerte und tropfte, als Frank ihm näherkam.

Als Frank den Altar erreicht hatte, öffnete er das Tabernakel, steckte die Hand hinein.

Tom handelte.

Eine Hand legte sich auf Franks Schulter, schlug ihm die Hostie aus den Fingern. »Oh!«

Er fuhr herum. Und da stand der alte Tom Zimmer, ausgerechnet er. Er stand da wie ein großer Schatten, das Gesicht teilweise von einem schwarzen Hut verdeckt. »Tom?«

Die Finger gruben sich in seine Schulter. Es steckte außerordentliche Kraft in ihnen, sie waren wie Stacheln. Frank stöhnte, wich zurück.

Urplötzlich ergriff Tom die Hostie, aß sie mit einem herausfordernden Ausdruck auf seinem Gesicht; dann machte er kehrt und marschierte durch den Mittelgang davon. Seine Schritte widerhallten in der Stille.

Er kehrte in sein Zimmer zurück, legte sich ins Bett. Er würde Frank nicht gegenübertreten, noch nicht. Aber die Botschaft war klar, und die Botschaft war angekommen. Ich kenne dich, Franklin, und ich werde gegen dich kämpfen, wenn du vorhast, die Hostie in deinen besudelten Rachen zu stecken. Ich kenne dich, Frank Bayley, ich kenne dich gut!

Frank war verzweifelt. Aber Tom hatte richtig gehandelt. Man legt die Hostie nicht in ein Gefäß, das so unrein ist, wie er es war. Und hier war er und weihte sie, nahm die Kommunion, heuchelte eine Reinheit, die er weder spürte noch besaß.

»Du hattest recht, alter Mann. Ganz und gar recht.«

Alles, was er jetzt brauchte, war die Kraft zum Beichten. Gott helfe ihm, die Kraft!

Das Böse in ihm regte sich abermals, dann schien es nachzulassen. Seine Übelkeit verflog. Er schaute an sich, an seinem eigenen Körper herunter. Es ist wirklich, und es steckt in dir. Wirklich!

Unsinn. Satan war eine Vorstellung, kein tatsächlich existierendes Wesen. Satan steckte nicht in Frank Bayley oder sonst jemandem. Etwas anderes war in ihm – ein Zustand der Seele, der zerstörerische Impulse auslöste. Mangels eines besseren Wortes würde er es Dunkelheit nennen.

Also gut. Satan war nur eine Vorstellung, die Dunkelheit dagegen nicht. Die Dunkelheit war wirklich, und die Dunkelheit war hier, im Zentrum seiner Seele.

Kitty und Sam hatten die Kirche beobachtet, unterstützt von zwei weiteren Polizeiteams. Sie hatten gesehen, wie Father Frank hineinging und Tom Zimmer ihm folgte. Keiner der beiden war wieder herausgekommen, und jetzt war es fast sechs Uhr.

Sam war für direktes Vorgehen. »Ich finde, wir sollten sie zur Rede stellen. Den Druck aufrechterhalten.«

»Alles fällt dem zu, der warten kann.«

»Das ist Philosophie, Kitty. Sie glauben nicht an Philosophie.«

»Ich glaube, daß wir in diesem Fall verdammt vorsichtig sein müssen. Was ist, wenn wir einen Fehler machen, indem wir uns auf die Priester konzentrieren?«

»Es ist kein Fehler. Lassen Sie sich das von Ihrem Partner gesagt sein.«

Sie sah Sam Dowd an. »Was wir hier haben, ist eine Alptraumsituation der allerschlimmsten Sorte. Ein Irrer, der fast keine Spuren hinterläßt. Die meisten Irren sind ausgesprochen schlampig.« Sie betrachtete die Kirche, trank einen Schluck von ihrem Kaffee. Der Wagen war überheizt, der Kaffee kalt. »Sieht aus wie ein Gefängnis. Aber drinnen ist sie hübsch.«

Dowd trommelte mit den Fingern auf dem Lenkrad.

»Ich kann die Bude nicht ausstehen. Schon beim Gedanken daran bekomme ich eine Gänsehaut.«

»Sie sind gute Männer, Sam.«

»Zurück zu Mutter Kirche, Lady? Ist es das?«

»Es ist nicht ausgeschlossen.«

»Ich wollte, es gäbe eine Operation, bei der man den ganzen sentimentalen Unsinn aus dem Gehirn der Menschen herausholen könnte. Sie können nicht klar denken, solange dieses Zeug darin vor sich hinrottet.«

»Einmal katholisch, immer katholisch.«

»In diesem Pfarrhaus könnte ein total übergeschnappter Irrer leben! Oder sogar zwei, nach dem, was wir heute nacht hier gesehen haben!«

»Father Tom und Father Frank machen gemeinsame Sache. Das wäre wirklich eine hübsche Story.« Sie versuchte sich vorzustellen, wie Frank Bayley oder Tom Zimmer jemanden mit bloßen Händen erwürgten. Sie gab es auf. »Ich wollte, es wäre auch nur auf die allergeringste Weise vorstellbar. Aber das ist es nicht.«

Dowd beobachtete, wie ein Verkehrspolizist einem vorschriftswidrig geparkten Brotlieferanten einen Strafzettel verpaßte. Eine Taube landete auf der warmen Haube ihres Wagens, plusterte die Flügel auf. »Ich möchte kein Vogel sein, der in dieser Kälte den ganzen Winter draußen sein und Zigarettenstummel fressen muß.«

Kitty öffnete das Fenster und warf einen hinaus. »Hier, Taube.« Sie dachte eine Weile nach. »Zu dumm, daß wir nicht wissen, was da drin vorgegangen ist.«

»Father Sprachlos weiß es. Vielleicht sollten wir ihn fragen.«

»Wenn Bilder sprechen könnten.«

»Es heißt: ›Wenn Wände sprechen könnten‹.«

»Danke. Ich bin immer dankbar für Ihre Korrekturen.«

»Das freut mich.«

»Und mich freut, daß Sie es freut.« Sie wollte die Priester in Schutz nehmen. Sie steckte sich eine neue Zigarette in den Mund. »Ich meine, wir können davon ausgehen, daß sie durch die Innentür ins Pfarrhaus zurückgekehrt sind. Vermutlich bewachen sie die Kirche, vergewissern sich, daß in den kritischen Stunden niemand drin ist.«

Sam stieß einen langen Seufzer aus. »Ich gebe zu, die Theorie, daß die Verbrechen gemeinschaftlich begangen worden sein könnten, ist lausig.« Er schaute hinaus ins erste Licht der Morgendämmerung – das angesichts der Wolken wohl auch das letzte sein würde. »Nun, vielleicht bekommen wir eine Chance. Wir haben allmählich eine verdient.«

»Wir bekommen keine Chancen, Sam, wir sind Polizisten.«

Niemand kam zur Kirche, nicht einmal, als die Glocken zur Sieben-Uhr-Messe läuteten. Sie blieb stumm, verschlossen und düster.

13

John kniete in der Kirche, die er liebte, und wartete stumm auf die Stunde, zu der er fortgehen und vor dem Personalausschuß darum kämpfen mußte, daß er sie nicht verlor. Es war zwei Uhr nachmittags, die Türen waren geschlossen, und sein Herz war leer und ohne Gebet.

Die Morde in der Kirche, sein Zorn, seine Schuld – das alles lastete auf ihm. Er fühlte sich außerstande, seine Probleme zu lösen.

Am Vormittag war er Frank aus dem Wege gegangen, hatte das gemeinsame Frühstück gemieden, hatte bei geschlossener Tür in seinem Büro gesessen. Er war Franks wegen überaus aufgebracht und verwirrt. Der Mann war ein Verräter. Man konnte sich einfach nicht ausmalen, was er sonst noch alles angestellt hatte. Diese Gemeinde war ihm nicht übergeben worden, er hatte sie einfach an sich gerissen.

John hatte keine sonderlich gute Meinung von sich, weil er seinem Kuraten Mißerfolg wünschte, aber er konnte nicht anders. Wenn man ihn noch eine Woche zuvor gefragt hätte, ob er zu Haß überhaupt fähig wäre, hätte er nein gesagt. So kommt die Sünde des Stolzes zu Fall.

Ungeachtet seiner Anstrengungen, die Leere zu überwinden, die Maria hinterlassen hatte, kehrte sie jetzt zurück. Mit einiger Bestürzung wurde ihm bewußt, daß er sich in der Bank niedergekniet hatte, in der sie gestorben war. »Maria, wenn du hier bist, lege deine Hand auf meine Schulter.« War es nicht albern, so etwas überhaupt zu denken? Dennoch – die alte Kirche war durchaus ein Ort, an dem Geister umgehen mochten.

Er lehnte sich gegen das harte Gestühl und griff beiläufig nach einem der neuen Gemeindeanzeiger. Er leitete eine gute Gemeinde, vorzüglich organisiert und sehr aktiv.

Als hinter ihm jemand hustete, wäre er fast an einem Schlaganfall gestorben. »Großer Gott, Tom, wo kommen Sie denn her?«

Toms Lippen öffneten sich zu einem schwachen, trockenen Laut. In seiner Kehle arbeitete es. Er sah ganz so aus, als versuchte er zu sprechen.

»Tom?«

In seinen Augen lag Verzweiflung, seine Augen waren ein erschreckender Anblick.

»Haben Sie Angst, Tom?« Die Augen wurden feucht. »Die haben wir alle, alter Freund. Alle miteinander.«

Der Mann war ein lebendiger, glühender Vulkan. Aber John konnte ihm nicht helfen, nicht jetzt, nicht in diesem Zustand. Schließlich hatte der Doktor ihn gründlich untersucht, er war bei Spezialisten gewesen. Diagnose: Die Werke Gottes sind unergründlich.

So sehr es ihn auch danach verlangte, bei Tom zu bleiben, ihn ein wenig zu trösten, konnte er doch nicht länger warten. Aber als er aufstand, ergriff Tom sein Handgelenk.

»Wenn Sie etwas zu sagen haben, dann sagen Sie es. Versuchen Sie es!«

Tom bebte. Sein Mund öffnete sich, Tränen quollen hervor, auf seiner Stirn standen Schweißtropfen. Dann ließ er John los, sackte wieder auf der Bank zusammen, saß mit gesenktem Kopf da. Die Tränen tropften in seinen Schoß.

»Hier – hier ist mein Notizblock.« Er legte den kleinen, spiralgehefteten Block auf Toms Knie. Dann versuchte er, den Stift in die Hand des alten Mannes zu manövrieren. »Los, Tom! Sie können es!«

Der Stift fiel klappernd auf den hölzernen Banksitz.

John hob ihn auf. »Tut mir leid, Tom. Gott sei mit Ihnen!« So gern er geblieben wäre, er konnte es nicht. Er durfte nicht zu spät zur Ausschußsitzung kommen; es war durchaus damit zu rechnen, daß sie die Gelegenheit nutzen würden, abzustimmen, ohne ihn vorher angehört zu haben, und dann wäre alles vorbei, bevor er überhaupt eingetroffen war.

Anstatt durch das Pfarrhaus zu gehen und dort möglicherweise auf seine Mitarbeiter zu stoßen, die ihm Glück wünschen wollten, beschloß er, direkt auf die Straße zu verschwinden. Er schloß das Hauptportal auf und trat hinaus in dröhnenden Verkehr und hellen Sonnenschein. Er knöpfte seinen Mantel zu und rückte seinen alten Filzhut zurecht. Er zog seine schwarzen Handschuhe an und ging die Treppe zur Seventh Avenue hinunter. Dies war nicht sein letzter Pflichtgang als Pastor. Ausgeschlossen. Irgendwie würde er gewinnen. Gott war auf seiner Seite, er mußte es sein.

Wenn ihm Leute begegneten, die er kannte, nickte und lächelte er; für die älteren Frauen, die so etwas zu würdigen wußten, berührte er die Krempe seines Hutes. Er überquerte die Seventh Avenue, ließ M. and J. hinter sich zurück. Vielleicht geschieht ein Wunder, sagte er sich. Dann wußte er es mit mystischer Gewißheit: es *würde* ein Wunder geschehen.

Als der Zug der Linie F ratternd in den Bahnhof West Fourth Street einfuhr, war er anderer Ansicht. Sein Mund war trocken, er bewegte sich mit der Bedächtigkeit eines Invaliden.

An diesem Morgen hatte sich Mrs. Communiello zu Tom ins Land der Stummen begeben. Er hätte sie schon längst entlassen müssen, aber wie hätte er das fertigbringen sollen: fast dreißig Jahre im Amt, und sie tat immer ihre Arbeit.

Tina hatte zu ihm gesagt: »Ich habe für Sie einen Rosenkranz gebetet, Father.« Trish hatte ihm auf ihre ernsthafte Art alles Gute gewünscht. Sogar der alte Lupe war mit den Händen voller Glühbirnen für die Chorempore angekommen und hatte ihm zugerufen: »Die, die so etwas tun, sind geistig zurückgeblieben!«

Frank hatte den Vormittag mit Maureen Nicastro und den Kellys im Wohnzimmer verbracht. Von dem, was gesprochen wurde, hatte John genug gehört, um zu wissen, daß sie, um Franks Übernahme der Gemeinde vorzubereiten, bereits die Sonntagsliturgie revidierten. So zuversichtlich waren sie. Weshalb George Nicastro nicht dabei war, wußte er nicht. Vielleicht war er auf einer Mission in Rom, nach dem zu urteilen, wie sie redeten.

Ein Mann kam in den U-Bahnwagen, der *Street News* verkaufte. Er stand in der Mitte des Wagens und erklärte, die Zeitung sei eine spezielle Publikation der Leute auf der Straße. Dann teilte er das Datum des Tages und die Uhrzeit mit und lieferte eine kurze Wettervorhersage. Es schmerzte, den armen Kerl mit seiner Zeitung und seinen nutzlosen Informationen und diesem erwartungsvollen Lächeln im Gesicht ansehen zu müssen.

Die Türen glitten an der Haltestelle Second Avenue auf, und John schob sich mit der Menge hinaus, durch den Fahrplan der U-Bahn an seiner Absicht gehindert, ein Exemplar der *Street News* zu kaufen.

Der graue Himmel ließ Manhattan wie ausgewaschen aussehen. Leute eilten vorbei, mit gesenkten Köpfen und übers Gesicht gezogenen Schals. Gestern hatte die Suppenküche der Gemeinde siebenundachtzig warme Mahlzeiten ausgegeben, die Kleiderkammer hatte alles verschenkt, was vorrätig war – jeden Schal, jedes Paar Handschuhe, jeden Mantel. Eigentlich hätten sie heute abend Ami Hall als Notunterkunft öffnen müssen, aber sie hatten einfach nicht die Mittel dafür. Man brauchte mehr als nur Betten, man brauchte auch Wachpersonal. Obdachlose waren nicht unbedingt auch anständige Leute.

Als er die Straße überquerte, trat er in ein Loch, und sein linker Schuh füllte sich mit gefrierendem Schneematsch. Mit einem nassen Fuß betrat er das Kanzleigebäude.

Sie ließen ihn in einem Vorzimmer warten wie einen kleinen Jungen, der zum Schulleiter beordert wurde. Er saß da, wobei sein Kragen sich in seinen Hals fraß, und tastete an den Perlen seines Rosenkranzes entlang. Er erinnerte sich an nervöse Seminartage.

»Father?«

»Oh, Pete. Hi.«

Pete Garrison lächelte dünn. In St. Joseph's waren sie in einer Klasse gewesen. Damals war Pete ein großer, humorvoller Rotschopf gewesen. Jetzt war er haarlos und sah aus, als wäre jemand mit einer Luftpumpe über ihn hergefallen.

Monsignore Robert Quindlan saß in dem öden Konferenzraum am Kopfende des langen Tisches. Dies konnte unmöglich der einzige Raum in 1011 Third Avenue sein, in dem Konferenzen stattfanden. Mit seinen grauen Wänden und seinem Kunststofftisch sah er aus, als wäre er von der städtischen Gefängnisbehörde eingerichtet worden. John wurde der Platz Bob gegenüber zugewiesen. Das Kopfende des Tisches, der Ehrenplatz. Es gab Gemurmel, als er sich niederließ, aber niemand lächelte.

Vor jedem Anwesenden lag eine Fotokopie des berüchtigten »BLUTIGE KIRCHE«-Artikels der *Post*. Toby Johnson hatte bereits etwas draufgekritzelt, passenderweise ein Kreuz und ein halbwegs anmutiges Maiglöckchen. Ein Fernseher war da auf einem Tisch auf Rollen und unter ihm ein antiquierter, riesiger Videorecorder. Sie hatten doch nicht etwa vor, ihm die Tortur zuzumuten, seinen Augenblick der Berühmtheit noch einmal durchleben zu müssen?

Sie hatten es vor, und sie taten es. Im gleißenden Licht der Fernsehscheinwerfer sah er aus wie ein säuerlicher alter Vampir. Sein Bemühen, sich von seinem Schmerz nicht überwältigen zu lassen, hatte ihn schrill gemacht. Seine Stimme war angespannt wie Draht: »Der Priester ist schwach!« Es schmerzte, das noch einmal hören zu müssen.

Er wünschte sich, Maria wäre jetzt bei ihm. Die Liebe

eines Priesters sollte ausschließlich Gott und der Kirche gehören.

Maria wäre eine treffliche Fürsprecherin gewesen. Christos mochte fünfzig Briefe schreiben; Maria hätte für hundert gesorgt. Sie hätte gewonnen. Hinterher hätte einer aus den Augen des anderen getrunken, über den kleinen Abstand hinweg, den sie in stummer Übereinstimmung zwischen sich einhielten.

John wurde in die Sitzung zurückgeholt durch ein seltsames goldenes Licht, das in den Konferenzraum einzudringen schien. Vielleicht war es nur ein von dem Büroturm auf der anderen Straßenseite reflektierter Sonnenstrahl. Aber für ihn schien es eine spirituelle Bedeutung zu haben. Ganz kurz hatte er das Gefühl, daß irgend jemand – oder irgend etwas – Großes die Herzen der Anwesenden erforschte. Dann berührte, ganz real, eine Hand seine Schulter.

»Also, John, wenn Sie irgend etwas zu sagen haben …« Bob Quindlan sah ihn an.

»Soll ich das so verstehen, daß ich nur zum formellen Öffnen der Pulsadern hier bin?«

»Oh, hey, einen Moment«, sagte Toby. »Wissen Sie, worüber wir gesprochen haben, bevor Sie hereinkamen? Wir haben versucht, uns vorzustellen, wie wir Sie dazu bringen könnten, zur Wohlfahrtsbehörde überzuwechseln und dort eine wichtige Aufgabe zu übernehmen, für die Sie hervorragend geeignet sind. Wir wollen Ihnen nicht die Pulsadern öffnen, Mann. Wir möchten Sie motivieren.«

Father Richard Joseph ergriff das Wort. Er war unvorstellbar alt. Wahrscheinlich stammte er noch aus der Zeit vor Spellman, wenn das überhaupt möglich war. Früher hatte er eine große Gemeinde in Westchester geleitet. »Unter dieser Sache leiden wir alle, John. Denken Sie nicht an den Pastor, denken Sie an das Pastorat. Alles, was wir von Ihnen verlangen, ist, daß Sie sich aus der vordersten Linie zurückziehen. Ich weiß, wie schwer es einem Soldaten fällt, einen

Schreibtischjob zu übernehmen, aber manchmal muß es eben sein.«

»Ich finde nicht, daß ich gehen sollte. Ich will es nicht. Und es ist die falsche Zeit für einen Wechsel in meiner Gemeinde.«

Bobby griff über den Tisch, konnte seine Hand aber nicht berühren. »Sie sind seit tausend Jahren dort unten gewesen, John. Ich hatte gedacht, Sie würden eine Veränderung begrüßen.«

»Sie müssen zurücktreten, John. Im Interesse Ihrer Leute. Von der Kirche im allgemeinen ganz zu schweigen.«

»Die Kurie hat sich eingeschaltet«, sagte Bobby. »Rom hat Nachforschungen angestellt, und Rom hat reagiert.« Er holte ein Fax aus seinem Aktenkoffer, der neben ihm auf dem Fußboden stand. »›Wir bedauern das Mißgeschick, das diesen würdigen Priester befallen hat, und wünschen, daß er seine beträchtliche Energie der Arbeit widmet, die Kardinal O'Connor ihm zuweist. Bitte teilen Sie ihm mit, daß in den Gebeten des Kollegiums seiner gedacht werden wird.‹« Er sah John an. »Das kommt aus dem päpstlichen Sekretariat, abgezeichnet von Kardinal Tomasini.«

»Ihr bringt es tatsächlich fertig, daß ein Mann sich vorkommt wie ein Undankbarer. Soll ich auch noch dankbar dafür sein, daß ich vor die Tür gesetzt werde? Ich habe es versucht, aber diese Art von Dankbarkeit vermag ich einfach nicht aufzubringen. Tut mir leid.«

Bob Quindlan schüttelte den Kopf. »Ich kann Ihnen nicht folgen, John. Lassen Sie es mich anders versuchen. Wir brauchen Priester, wir wissen nicht, wo wir sie hernehmen sollen. Und ein Priester wie Sie – Sie sind Ihr Gewicht in Gold wert. Das Doppelte Ihres Gewichts. Um offen zu sein, mir gefällt es gar nicht, daß Sie uns verlassen werden.«

»Dann werfen Sie mich nicht aus meiner Gemeinde hinaus.«

»John, die Medien verspeisen uns bei lebendigem Leibe!

Ganz zu schweigen – ich sage es nur höchst ungern –, ganz zu schweigen von der Polizei. Ich weiß, es ist völlig absurd, aber Tatsache ist nun einmal, daß Sie ein Motiv und die Gelegenheit hatten, und in solchen Dingen kann die Polizei ziemlich unvernünftig sein.«

»Damit sind Sie mir schon einmal gekommen, Bob. Aber ich sehe immer noch nicht ein, wieso mein Wechsel zur Wohlfahrtsbehörde für die Polizei auch nur das Geringste ändern könnte.«

»Damit sind Sie aus den vorderen Linien heraus.«

»Damit Sie nicht Gefahr laufen, im Fernsehen mit ansehen zu müssen, wie ein Pastor wegen Mordes an seiner Geliebten verhaftet wird. So absurd und völlig aus der Luft gegriffen das auch sein würde.«

Als Bobby jetzt seinen Kopf senkte, hatte er ein dreifaches Kinn. »Für mich muß das Wohlergehen der Kirche an oberster Stelle stehen, immer. In den Augen der Öffentlichkeit ist Anklage gleichbedeutend mit Verurteilung. Selbst wenn Sie unschuldig sind – woran ich nicht zweifle –, der Schaden wäre angerichtet.«

John konnte nicht bestreiten, daß Bob recht hatte. Wenn es zum Schlimmsten kam, würden Dinge wie seine Verhaftung und sein Erscheinen vor Gericht wesentlich weniger Schaden anrichten, wenn er kein öffentliches Amt mehr bekleidete.

Joe DiMarco ergriff das Wort. »Es tut mir leid, John, ich liebe Sie, und wir sind nicht hier zusammengekommen, um jemanden zu vernichten. Wenn Sie nicht von sich aus zurücktreten wollen, müssen wir formell abstimmen.«

Es gab keine Wahlurne. Bob Quindlan fragte lediglich, ob irgendein Mitglied des Ausschusses gegen die Entscheidung des Personaldirektors wäre.

Er hatte keinen einzigen Fürsprecher. Einige dieser Männer kannte er seit dreißig Jahren, hatte Golf mit ihnen gespielt, sie bemitleidet, hatte einigen von ihnen sogar geistlichen Trost gespendet. Jetzt waren sie gegen ihn vereint, und das Bittere daran war, daß sie ihn zu der Einsicht gezwungen hatten, wie sinnvoll ihre Position war.

»Na schön«, sagte er. Er hoffte, daß er sich von der Kanzel aus besser anhörte. »Ich werde gehen. Ich werde nicht noch mehr Wirbel machen, als ich ohnehin schon gemacht habe. Aber nur unter einer Bedingung. Ich möchte einen weiteren Monat in der Gemeinde. Danach gehe ich, wohin ich geschickt werde.«

Bob nickte, dann schob er seinen Stuhl zurück. Er trat an einen Nebentisch, griff zu einem Telefon. Obwohl er leise sprach, war offensichtlich, daß er die Sache mit jemandem klärte. Er wendete sich wieder John zu. »Tut mir leid, aber wir wollen, daß es unverzüglich geschieht.«

»War das der Kardinal?« fragte er, als Bob den Hörer wieder aufgelegt hatte.

»Kaum. Der Kardinal befindet sich gerade in einer Konferenz mit dem Vorsitzenden des Stadtrats von Manhattan und erörtert mit ihm andere Angelegenheiten. Das war Frank Bayley.«

»Er ist ein prächtiger junger Mann, aber er wird in der Gemeinde ein heilloses Durcheinander anrichten.«

»John, in meinen Büchern habe ich einundsechzig offene Stellen für Priester, darunter vier Pastorate. Ich schätze mich glücklich, diesen jungen Mann zu haben. Ihn *verlangt* nach Ihrer Gemeinde. In der, nebenbei bemerkt, vieles im argen liegt.«

John stand auf. Er war innerlich wütend über diese direkte Attacke, dann packte er seine Wut und holte sie hervor. »Ich werde aus dem Amt entlassen wegen einer imaginären Unbesonnenheit, nicht wegen Inkompetenz«, sagte er mit einer Sanftheit, die er nicht empfand. »In meiner Gemeinde liegt nichts im argen – im Gegenteil, sie ist ein Triumph.« Mit übertriebener Sorgfalt schob er seinen Stuhl zurück. »Ich bin nicht wütend auf Sie«, brachte er krächzend hervor. »Ich bin... Es ist einfach die Situation! Tut mir leid.«

Sorgfältig den Kopf hochhaltend und die Tränen aus den Augen schüttelnd, machte er kehrt und verließ den Konferenzraum. Die Tür machte er leise hinter sich zu.

Das war's, er war erledigt. Sein erster Impuls war, es Maria zu erzählen, was ihn daran erinnerte, daß er in dieser Welt völlig allein war. Er hatte nur seinen Gott, und im Augenblick konnte Gott ebensogut im Koma liegen bei all der Teilnahme, die er für John Rafferty aufbrachte. Er ging den langen Flur entlang, stand in dem langsamen, stickigen Fahrstuhl, ging hinaus auf die Straße.

Er war nicht mehr Pastor von Mary and Joseph. Frank hatte gewonnen. Was wurde aus seinen Schwulen, seinen Obdachlosen, seinen Mitarbeitern? Was wurde aus Joanie McReady – sie würde alle Qualen der Hölle erleiden, wenn sie entdeckte, daß Father John nicht mehr da war. Sie verließ sich auf ihn. Er wurde gebraucht, begriffen sie das denn nicht?

Er hatte die Fifth Avenue erreicht und ging gerade an Saks vorbei, als er plötzlich zu dem Schluß gelangte, daß er etwas brauchte, was ihn aufmunterte. Er ging hinein. John war seit mindestens einem Vierteljahrhundert nicht mehr in einem Kaufhaus gewesen, und die Fülle der angebotenen Waren verblüffte ihn.

Kein Wunder, daß es in der Welt so viel Materialismus gab. Man brauchte sich nur all dieses Material anzuschauen!

Er ging in die Herrenabteilung, betrachtete die eleganten Anzüge, die Krawatten mit ihren bunten, vielfach verschlungenen Mustern.

Dann sah er Hüte. Er nahm seinen alten schwarzen Filzhut ab. Er war nur noch ein erbärmliches Gespenst seiner selbst, seit er im März unter einen Bus der Linie 6 geflogen war.

»Haben Sie so einen wie meinen?« fragte er einen Verkäufer im Nadelstreifenanzug.

Der junge Mann lächelte. »Darf ich mal sehen?«

John gab ihm den Hut.

»Haben Sie den aus einem Altkleiderladen?«

»Ich habe ihn neu gekauft – bei Wormser's, glaube ich.«

»Wormser's! Die haben doch schon – Gott, Mister – schon vor Jahren dichtgemacht.«

»Der Hut ist vielleicht ein bißchen alt.«

»Zwanzig Jahre, vielleicht sogar dreißig. Wie wär's mit diesem Christie? Er ist etwas eleganter als Ihrer, und ich finde, er wirkt Wunder für Ihr Gesicht.«

Seine Worte machten für John so wenig Sinn, als hätte der junge Mann in Urdu gesprochen. Er setzte John den Homburg auf den Kopf. Im Spiegel hatte er den Eindruck, daß er eine gewisse Ähnlichkeit mit Leonid Breschnew hatte.

»Er steht Ihnen wirklich großartig«, schwärmte der junge Mann.

»Nichts steht mir großartig, junger Mann. Aber ich denke, er wird den Regen von meiner Kahlstelle abhalten.« Er kaufte den Hut.

Als er auf die Straße zurückkehrte, war das dünne Licht gänzlich verschwunden. Ein Heer von Leuten strebte auf die Grand Central Station zu, und ihre Schuhe hämmerten auf den Beton und das frische Eis.

Mit dem neuen Homburg fest auf dem Kopf machte er sich auf den Weg durch die hereinbrechende Dunkelheit.

14

Das Geräusch drang so unauffällig in Kitty Pearsons Bewußtsein, daß sie erst begriff, daß sie wach war, als es sich wiederholte. Sie lauschte abermals. Cobble Hill war eine gute Gegend, aber mit Einbrechern mußte man trotzdem rechnen.

Das Geräusch war ein leiser, stetiger Rhythmus: platsch, platsch, platsch. Es hielt ungefähr fünfzehn Sekunden an, dann brach es ab. Wenn Sommer gewesen wäre, hätte sie es vielleicht für das Schaben von Blättern an einem Fliegengitter gehalten. Aber die Äste waren kahl. Außerdem war ein süßlicher Geruch im Zimmer, ganz schwach.

Ihre Uhr zeigte auf zwanzig nach drei. Eine blöde Zeit, um wach zu sein, wenn man die Schicht von acht bis vier hatte. Sie drehte sich um, zog die Steppdecke hoch, schloß die Augen. Aber ihr Verstand begann langsam zu arbeiten und beschäftigte sich mit Dingen, die eigentlich bis Tagesanbruch hätten warten sollen.

Eine Situation, in der ein Irrer frei herumlief und in der sie nichts tun konnte, als darauf zu warten, daß sich etwas ereignete, gefiel ihr überhaupt nicht. Sogar Captain Malcom fing schon an, ihr Zettel auf den Schreibtisch zu legen: »Wo bleiben Ergebnisse in dem Kirchenfall, Pearson?«

Sie warf sich herum, fühlte Kälte an ihrem Rücken, zog die Decke zurecht. Die Kirche, die Priester, das Pfarrhaus; sie stellte sich vor, wie es nachts im Innern der Kirche war, dunkel und beängstigend. Sie konnte sich die Statuen vorstellen und die Kerzen und die Stille.

In Verbindung mit dem Glauben gibt es eine besondere

Art von Kapitulation. Sie konnte sich erinnern, wie fromm sie als Kind gewesen war, wie sie und Janie O'Krent, Phyllie Gordon und Sally – wie? – in ihren braunkarierten Uniformen in den muffigen Bänken von Xaviers gekniet hatten. Kerzen und Weihrauch und das Rauschen der Ventilatoren an der Decke ... das Singen von *Tantum Ergo* und *O Salutaris Hostia* an den Freitagnachmittagen. Fischtag. Und die Frömmigkeit! Die knospende Brust der Liebe, die Novenen, die Maialtäre, *Our Little Messenger,* voll von Gedichten über die Jahreszeiten und Geschichten über die Märtyrer, und das große Plakat mit den beiden Kindern am Rande einer Klippe, die von ihrem Schutzengel behütet wurden.

Beichte: »Segnen Sie mich, Father, denn ich habe gesündigt, ich habe seit einer Woche nicht mehr gebeichtet. Ich habe häßliche Worte zu meiner Katze gesagt, Father ...«

So viel ist verlorengegangen. »Oh, Jesus«, murmelte sie. Sie warf die Decke beiseite und setzte sich auf. Es gab drei Möglichkeiten. Sie konnte den Fernseher einschalten und zusehen. Sie konnte in die Küche gehen und Kekse in sich hineinstopfen und ein ungutes Gefühl dabei haben. Sie konnte hier sitzenbleiben und rauchen und grübeln. »Verdammter Mist!«

Der koreanische Morgenrock, den Sam Dowd ihr nach irgendeinem vergessenen Streit als Friedensangebot geschenkt hatte, hing über der Rückenlehne eines Stuhls. Sie schlüpfte hinein und nahm sich vor, dem verdammten Hauswirt wieder einmal zu sagen, daß die Heizung nach Mitternacht unter aller Kanone war. Vor Kälte zitternd ging sie in die Küche.

Es war nichts Spezielles, das sie zum Küchenfenster zog. Vielleicht hatte sie das Gefühl, daß die Dunkelheit draußen dichter war, als sie eigentlich sein sollte. Sie ging zum Ausguß, beugte sich darüber und nahe an die Scheibe heran, drückte ihr Gesicht dagegen. Sie schirmte den Kopf mit den Händen ab, um Reflexionen auszuschalten.

Einen Augenblick lang sah sie nichts; dann war da eine flüchtige Bewegung, und eine Mondsichel erschien, als hätte jemand eine schwarze Karte weggezogen. Zusammen mit der Bewegung kam ein schwaches Knarren.

Als ihr klar wurde, daß jemand zu ihr hereingeschaut hatte – daß sie einen Augenblick lang einen Herumtreiber vor sich gehabt hatte –, sprang sie zurück. Eine andere Frau hätte vielleicht geschrien, aber Kitty Pearson war über solche Dinge seit langem hinaus. Sie war eine tüchtige Polizistin, die ihre Ausbildung ernst genommen hatte. Sie bewegte sich mit sorgfältig gewollter Lässigkeit und kehrte in ihr Schlafzimmer zurück. In dem Augenblick, in dem sie außer Sichtweite des Küchenfensters war, warf sie den Morgenrock ab und zog einen Mantel über, dann steckte sie die Füße in ein Paar Weejuns. Mit ihrem kurzläufigen .38er in der Rechten und einer starken Taschenlampe in der Linken trat sie hinaus auf den Flur.

Diese verdammten Süchtigen waren zu dämlich, um zu wissen, wann sie aufhören mußten. Höchstwahrscheinlich war der Blödmann immer noch da draußen, mit seinem Kittmesser, oder was er sonst bei sich hatte, um die Fensterverriegelung aufzubrechen. Arschloch. Er hatte nicht gesehen, daß der Rahmen mit neuen Schrauben gesichert war. Das Aufbrechen der Verriegelung würde ihm nicht das mindeste nützen.

Dieses platschende Geräusch war von seinem Messer in der Spalte zwischen dem oberen und dem unteren Flügel verursacht worden. Platsch, platsch, platsch. So ein Idiot.

Als sie sich den Flur entlang bewegte, empfand sie so etwas wie stilles Vergnügen, wie ein professioneller Spieler, der auf einen Blackjack-Tisch zusteuert. Bei einer Sache wie dieser wußte man nie, was einem bevorstand. Vielleicht würde sie einen Gesuchten erwischen, einen großen Ganoven. Natürlich konnte es sich ebensogut um einen Zwölfjährigen bei seinem ersten Bruch handeln. Aber ein guter Spieler wartet ab, welche Karten er bekommt.

Sie war vorsichtig und klug. Dies war ihr Job, sie wußte genau, wie sie ihn zu erledigen hatte. Sie schaltete kein Licht ein, und sie ging nicht auf die Terrasse, sondern hinunter ins Erdgeschoß. Sie sollte Mr. Florenz im Souterrain warnen, aber der würde vermutlich einen epileptischen Anfall bekommen und alles verderben, also beschloß sie, ihm seinen Schönheitsschlaf zu lassen. Wenn Schüsse fielen, würde ihn das schon alarmieren.

Sie benutzte den Ärmel ihres Mantels, um das Geräusch zu dämpfen, und schob den Riegel an der Tür zu dem zurück, was als Garten bezeichnet wurde, in Wirklichkeit aber nur ein öder kleiner Hinterhof war, in dem fast nichts wuchs, außer einem ungepflegten, uralten Apfelbaum.

Die Luft draußen war eisig. Sie betrat die Treppe, die in den Hinterhof hinaufführte. Es empfahl sich, langsam zu gehen, hier lagen massenhaft Blätter herum, und die Stille war total. Das leiseste Knistern würde zu hören sein.

Die Tür hatte beim Öffnen ein leise saugendes Geräusch von sich gegeben, und sie beschloß, sie offenstehen zu lassen. Wenn der Täter sich hineinschlich, würde sie ihn auf alle Fälle erwischen.

Was war, wenn er bewaffnet war? Sollte er doch. Wenn sie eine Waffe sah, würde sie ihn auspusten, und scheiß auf die Warnung. Nach sechs Jahren bei der Polizei wurde es allmählich Zeit, daß sie sich eine Kerbe zulegte. Sie machte einen langen Schritt nach oben, über drei Steinstufen hinweg. Jetzt stand sie direkt unter der Terrasse. Die Holztreppe befand sich zu ihrer Rechten. Vor sich hatte sie einen ungehinderten Blick auf den Apfelbaum. Sie wartete, ziemlich sicher, daß sie unsichtbar war in dem tiefen Schatten, den die Terrasse über ihren Kopf warf.

Sie wollte schnell machen, aber sie ließ sich Zeit. Sollte er den ersten Schritt tun. Wenn er im Hinterhof war, würde sie ihn sehen, wenn er zu verschwinden versuchte. Wenn er noch auf der Terrasse war, hatte sie ihn.

Als sie sich in den Hof hinausbewegte, stellte sie überrascht fest, daß die Terrasse leer war. Sie stieg hinauf, sah sich um. Nichts – außer zwei verrosteten Eisenstühlen, die wahrscheinlich schon seit dem Zweiten Weltkrieg hier herumstanden.

Der Kerl war ihr entwischt. Nun, machte nichts, hier draußen war es so kalt, daß einem die Titten abfroren, und sie war nur froh, wieder hineingehen zu können.

Sie kehrte in ihr Schlafzimmer zurück, griff nach einer Zigarette und zündete sie an. Platsch, platsch, platsch.

Herr im Himmel, was war dieser Kerl doch für ein ausgemachtes Arschloch! Sie schob die Füße wieder in die Schuhe, zog ihren Mantel an, packte Pistole und Taschenlampe. Jetzt brauchte sie sich nicht mehr leise zu verhalten, dieser Kerl war offensichtlich total ausgeflippt, sonst wäre er nicht drei Minuten nach seiner Flucht zurückgekehrt.

Sie stürmte nach unten und hinaus in den Hof, schaltete die Taschenlampe ein und richtete sie auf die Terrasse. »Keine Bewegung, Mann!« Einen Moment lang bewegte die schwarzgekleidete Gestalt am Fenster sich tatsächlich nicht. »Ich habe eine Waffe, Arschloch.« Dann drehte sie ganz langsam den Kopf, als versuchte sie, über die Schulter zu schauen. »Wenn Sie sich auch nur noch ein kleines bißchen mehr bewegen, dann schieße ich Ihnen die Eier weg.« Sie stieg die Treppe vom Hof auf die Terrasse hinauf.

Er war ein großer Kerl, und er war von Kopf bis Fuß in Schwarz gekleidet. Sehr beängstigend. »Okay, Mann, Beine breit«, sagte sie. Ein Mann, ganz in Schwarz gekleidet, mit schwarzen Handschuhen und einer Skimaske – das war höchstwahrscheinlich ein Profi.

Das nächste, was sie wußte, war, daß sie in der Luft war und sehr schnell rückwärts flog. Da war kein Geräusch, sie hatte nicht einmal gesehen, daß sich der Mann bewegte. Aber er hatte sie erwischt, ganz offensichtlich, und ihr einen so heftigen Schlag versetzt, daß sie das Gleichgewicht verloren hatte und gegen das Geländer der Terrasse geprallt war.

Die Taschenlampe flog in die eine Richtung, die Pistole in die andere. Sie nahm wahr, wie die Waffe über die Terrasse klapperte, dann hörte sie deutlich den Aufprall auf dem Boden darunter. Ihr einziger Gedanke war, hinunterzukommen und ihre Waffe zurückzuholen, bevor dieser Irre sie erreichte. Ihr Rücken tat weh, aber sie zog sich hoch und flankte über das Geländer, wobei ihr der Mantel um die Beine peitschte.

Sie landete auf allen Vieren, dann hechtete sie in die Richtung, in der sie die Waffe fallen gehört hatte. Wo zum Teufel war sie – er wird springen – er kommt herunter!

Sie spürte kaltes Metall, sie hatte sie! »Keine Bewegung! Polizei!«

Nichts. Sie rechnete damit, daß er sich auf sie stürzen würde, aber er war nicht da. Einen Augenblick lang war sie völlig verblüfft, dann registrierte sie eine Bewegung im oberen Bereich ihres Sehfeldes.

Anfangs ergab der schwarze Schatten, der an der Seitenwand des Hauses emporstieg, überhaupt keinen Sinn. Dann begriff sie, erstaunt und bestürzt zugleich, daß es der Einbrecher war. Er glitt an der Wand hoch wie eine große schwarze Spinne. »Jesus!« Der Ausruf kam völlig unwillkürlich, aus ihr herausgerissen von der Tatsache, daß sie etwas Unmögliches sah.

Sie hob die Waffe, dann überlegte sie es sich anders. Man konnte nicht im Dunkeln ein bewegliches Ziel in fünfzehn Meter Entfernung treffen, nicht mit einer kurzläufigen .38er. Sie war nur dann eine gute Waffe, wenn man im Bereich ihrer Möglichkeiten blieb.

Ohne jedes Geräusch erreichte er das Dach und schwang sich über die Kante. »Großer Gott.« Einmal sah sie noch seinen Kopf auftauchen, dann war er verschwunden. Es gab elf Häuser in der einen Richtung, sechs in der anderen, alle durch gemeinsame Mauern miteinander verbunden. Er konnte in beide Richtungen laufen, auf einer Feuertreppe zur Straße hinuntersteigen oder durch eines der Häuser, wenn sich diese Möglichkeit anbot. Ihn zu verfolgen, hatte nicht den geringsten Sinn; außerdem war es hier draußen so kalt wie in einer langen Nacht in Alaska.

Was sie tun mußte, war, sofort ans Telefon gehen und die Streife informieren. Sie war auf dem Rückweg ins Haus, als ihr wieder der süßliche Geruch auffiel, und diesmal wußte sie, was es war, und wäre vor Schreck fast in Ohnmacht gefallen. Ihre Hände zitterten so sehr, daß sie sie kaum ausstrecken konnte, um die Mauer zu befühlen, von der der Geruch ausging.

Sie war naß, großer Gott, sie war naß.

Sie stürmte auf die Terrasse hinauf und war starr vor Entsetzen über das, was sie fand.

Ein Zwanzig-Liter-Kanister Benzin war auf der Terrasse ausgeleert, an die Rückfront des Hauses gespritzt worden. Das war die Ursache des platschenden Geräuschs gewesen – Benzin, das aus dem Kanister ausgegossen wurde. Dann sah sie, daß in die untere Hälfte ihres Schlafzimmerfensters ein sauberes rundes Loch geschnitten war, zweifellos, während sie nach ihm gesucht hatte.

Jetzt hämmerte ihr Herz. Er war es, er war hier, er versuchte, *sie* zu verbrennen. Wie hatte er die verdammte Wohnung gefunden? Polizisten stehen nicht im Telefonbuch und geben auch niemandem ihre Adresse.

Sie rannte hinein, hämmerte an Mr. Florenz' Tür. »Mike, schnell. Sie müssen raus!«

»Wer...«

»Ich bin's, Kitty, da ist Benzin an der ganzen Rückfront des Hauses, machen Sie, daß Sie rauskommen!«

Klick, klick. Die Tür einen Spaltbreit offen. Mr. Florenz' seltsam jungenhaftes Gesicht blickt heraus, sein Kahlkopf schimmert in der Flurbeleuchtung. »Kitty?«

»Jemand hat gerade Benzin auf der Terrasse ausgegossen. Sie versuchen das Haus in Brand zu stecken.«

»Aber Mrs. Selby würde doch nicht...«

»Nein, hier geht es nicht um Versicherungsbetrug. Das hat mit mir zu tun.«

»Oh!«

Sie rannte die Treppe zu ihrer eigenen Wohnung hinauf und wählte 911, sagte ihnen, daß sie dienstfrei war, teilte ihnen mit, was sie wissen mußten.

Die Feuerwehr traf ein, inmitten großer Aufregung in der Nachbarschaft und vielen aus allen möglichen Häusern des Blocks heruntergerufenen Fragen. Gleich darauf erschien ein Streifenwagen mit dem unvermeidlichen Supertrottel. Die Nieten aus der Anfängerklasse landeten in gottverlassenen Revieren wie diesem, und diejenigen, die die Nachtschicht hatten, waren gewöhnlich die Allertrottligsten.

»Was für ein Problem haben Sie denn, Miss?« fragte er, als die Feuerwehrleute in ihre Wohnung eindrangen.

»Ich bin keine Miss, sondern Detective-Lieutenant«, knurrte sie. Es verlangte sie nach einer Zigarette. Aber in Anbetracht der Dämpfe wäre das ganz bestimmt ein großer Fehler. »Das Problem ist, daß irgendein Arschloch gerade versucht hat, mich zu verbrennen.«

ERMITTLUNGEN

Es waren sieben Männer anwesend und eine Frau. Kitty war es gewohnt. Sie schaute von Gesicht zu Gesicht, entschlossen, mit klarer, stetiger Stimme zu sprechen, der Stimme eines Profis. Sie würde sich nicht anmerken lassen, daß sie zu Tode erschrocken war. Auf keinen Fall durften Detektiv Hal Hawkins oder Captain Malcom oder Captain Brill ihr Entsetzen hören. Vor Sam konnte sie es nicht verheimlichen. Sam wußte genau, wie ihr zumute war.

»Wir haben es hier mit einem sehr üblen Typ zu tun, und er weiß, wo wir wohnen«, sagte sie.

»Wo Sie wohnen«, murmelte Sam.

Captain Malcom: »Besteht eine Möglichkeit, daß wir es mit einem anderen Täter zu tun haben? Einem ganz anderen Fall?«

»Nicht die geringste«, sagte Kitty. »Das Benzin ist die Unterschrift.«

»Okay, unser Mann weiß also, wer wir sind und wo wir sind, aber gegenwärtig können wir ihm keinen Gegenbesuch abstatten.« Malcom hob die Brauen. »Irgendwelche Verdächtigen?«

»Er ist groß, er trägt eine gewöhnliche schwarze Wolljacke, und er kann ohne Hilfe an Hauswänden hochklettern.«

»Wie meinen Sie das?«

»Ich habe gesehen, wie er an einer glatten Hauswand hochgegangen ist, ohne auch nur einen Angelhaken, um sich Halt zu verschaffen.«

Sam sagte: »Die Spurensicherung hat Fasern von der

Kleidung des Verdächtigen aus Fugen im Mauerwerk herausgeholt. Genau, wie sie gesagt hat, der Kerl ist die Wand hochgegangen. Es gibt keinerlei Hinweise darauf, daß er Haken, Seile oder irgend etwas in der Art benutzt hat. Er ist mit bloßen Händen an der verdammten Wand hochgeklettert.«

Captain Brill sagte: »Als erstes quartieren wir Sie um, Kitty. Sie suchen sich einen sicheren Ort, vielleicht bei irgendwelchen Verwandten. Machen Sie, daß Sie von dort wegkommen. Gehen Sie nicht einmal in die Wohnung zurück, um ihren Strumpfhalter zu holen.«

»Captain Brill hat Sinn für Humor, Sam. Notieren Sie das. Was das Umziehen betrifft, das ist bereits erledigt.« Sie konsultierte ihr Notizbuch, schlug Seiten um. »Verdächtige: sehr wenige. Wir haben die drei Priester verhört, fanden, was Father John Rafferty angeht, ein ziemlich schwaches Motiv für eines der Verbrechen, aber keinerlei Beweise, die ihn damit in Zusammenhang bringen. Und keiner der Priester sieht aus wie ein Massenmörder. Der Hausmeister ist ein ältlicher Mann lateinamerikanischer Abstammung mit einer schweren Arthritis. Wir haben uns alle anderen Leute angesehen, die einen Schlüssel haben, und sind auf eine Kollektion von ältlichen Damen und Herren gestoßen, teils mit, teils ohne Zähne.«

Schweigen breitete sich aus. Dowd brach es. »Die Mordwaffe im Fall Julien haben wir noch nicht gefunden. Die anderen beiden wurden mit bloßen Händen erwürgt. Halswirbel zermalmt. Und dann ist da noch der unbekannte Tote, von dem wir nichts haben als abgeschabten Ruß.«

»Verdammte Scheiße.«

»Wir haben die Kirche überwacht. Abgesehen vom normalen Kommen und Gehen – nichts. Gestern nacht gegen drei Uhr sind zwei der Priester hineingegangen.«

»Das ist nicht verdächtig?«

»Einer allein …«

»Ich verstehe, worauf Sie hinauswollen.«

»Einer der Priester hatte eine Lederfreundin. Ich habe in der Wohnung der Julien Lederutensilien gefunden«, setzte Kitty hinzu. »Und ihn sogar dabei erwischt, wie er versuchte, sie beiseitezuschaffen.«

Malcom kicherte. »Das ist hübsch. Das gefällt mir.«

»Der älteste der Priester ist stumm. Kann nicht sprechen, kann nicht schreiben.«

»Verrückt?«

Kitty nickte. »Und außerdem mindestens fünfundsiebzig. Der Kerl auf meiner Terrasse war kräftig und schnell. Der kräftige, junge Priester ist in Ordnung. Father Frank. Er ist der gute Junge in dieser Sache.«

Malcom ließ den Blick von einem Gesicht zum anderen wandern. »Also ist Scheiße alles, was wir haben. Habe ich recht?«

Kitty nickte. »So ist es.«

»Ich finde, wir sollten das Pfarrhaus durchsuchen. Zusehen, ob wir passende Fasern finden.«

»Und was ist, wenn wir sie finden? Diese Fasern sind nichts Besonderes. Wenn einer von diesen Männern eine Jacke zum Beispiel von The Gap oder Sears oder Penney's besitzt, dann finden wir auch passende Fasern.«

»Das stimmt, Captain.«

Malcom schüttelte den Kopf. »Mist. Vielleicht bekommen wir von irgendjemandem eine Erlaubnis. Von der Kanzlei. Die sind ziemlich aufgebracht wegen dieser Sache. Wenn ich ein paar Leute anrufe, dann dürfen wir vielleicht hinein.«

Kitty dachte darüber nach. »Hört sich an, als wäre es trotzdem eine illegale Durchsuchung.«

»Das Haus gehört nicht den Priestern, sondern der Kirche«, entgegnete Malcom.

»Mit anderen Worten, sie ist der Hauswirt.«

»Nicht direkt. Die Priester sind keine Mieter. Sie wohnen

dort mit stillschweigender Duldung des Besitzers. Ich glaube, eine Durchsuchung wäre in Ordnung, auch ohne Durchsuchungsbefehl.«

»Und wenn wir passende Fasern finden, was dann?«

Malcom sah sie an, als wäre sie schwachsinnig. Dann blinzelte er.

Kitty ließ sich nicht einschüchtern. »Was, Captain? Eine Verhaftung vornehmen?«

Der Captain funkelte sie an. »Wenn ich die Erlaubnis des Kardinals bekomme, dann will ich Proben von jeder Jacke und jedem Mantel im Haus. Und niemand darf etwas davon erfahren.« Kitty wurde klar, daß auch er Angst hatte, was die Sache noch viel schlimmer machte. »Wenn wir irgendwo verstecktes Benzin finden, nehmen wir Fingerabdrücke und verhaften den Mann, der den Kanister angefaßt hat.«

Dowd sah ihn von der Seite her an. »Und was dann?«

»Sie bringen ihn zu mir, und ich nehme mir das Schwein vor!«

»Einen Priester?«

»Kommen Sie mir nicht damit, Sam. Dieser Scheißkerl ist kein Priester, ob er nun den Kragen trägt oder nicht.«

Hawkins meldete sich zu Wort. »Habe ich richtig verstanden? Wir gehen hinein, suchen nach Fasern, suchen nach Benzin. Wir nehmen Fingerabdrücke von Benzinkanistern.«

»Genau.«

»Und womit vergleichen wir die Abdrücke? Priester sind in keiner Fingerabdruckkartei.«

Kitty wollte nicht, daß die Aktion im Sande verlief. »Wir erkundigen uns bei der Kanzlei. Vielleicht haben sie dort eine Abdruckkartei.«

Sam lächelte. »Ganz bestimmt. Und Fahndungsfotos.« Es gab allgemeines Gelächter.

»Ich will diesen Kerl kriegen«, sagte Kitty. Sie konnte das Kreischen in ihrer Stimme hören. Alle im Zimmer sahen sie an, musterten sie mit unverhohlener Neugier.

Es dauerte einen Moment, bis sie den Grund dafür begriff. Zwei dicke Tränen rollten über ihre Wangen. So verstört war sie.

»Blöde Allergie«, murmelte sie und ging zu ihrem Schrank, um sich das Gesicht abzuwischen.

15

Für Frank Bayley sollte es eine weitere schlaflose Nacht werden. Er lag da und starrte an die Decke, unglücklich und ängstlich. Diesmal hatten ihn Schritte vor seiner Tür geweckt. Hatte er sie sich eingebildet? Höchstwahrscheinlich. Wenn nicht, war es einfach jemand, der ins Badezimmer ging.

Diese grauenhaften Tage hatten ihm das Gefühl gegeben, als wäre in ihm irgendetwas zusammengebrochen. Er war ständig müde. Das bißchen Schlaf, das er bekam, schien nichts zu nützen. Da waren Alpträume und schwarze Flekken. Lange schwarze Flecken, und in der Mitte der schwarzen Flecken waren Aufschreie.

So sehr es ihm auch widerstrebte, er würde aufstehen und auf dem Flur nachsehen. Wie konnte jemand, der mit Mary and Joseph in Verbindung stand, dermaßen böse sein?

Er hörte die Bewegung abermals. Sein Herz begann in seiner Brust zu rasseln. Vorsichtig, damit die Federn nicht quietschten, stieg er aus dem Bett.

Frank ging zu seiner Tür, lauschte. Nichts. Er wünschte bei Gott, daß er ein Telefon in seinem Zimmer hätte, dann würde er noch in dieser Minute die Polizei anrufen. »Wer ist da?« fragte er. Seine Stimme war heiser.

Die Antwort war Schweigen.

Tom wartete. Er hatte den ganzen Tag und bis in die Nacht hinein gebetet, hatte sich gereinigt, war ins Herz des Lichts eingetreten.

Ich wurde für diesen Augenblick geschaffen, o Herr, jetzt

erkenne ich es. All diese Jahre, all diese Herrlichkeit, und nun erkenne ich es, ich erkenne deinen Plan, o Herr, ich unterwerfe mich deinem Willen.

Er schloß die Augen. Das Licht in ihm war jetzt hell, ganz hell, heller als die Sonne.

Jetzt muß ich dir gegenübertreten, o Schlange. Er spürte das Licht in sich, spürte, wie es sich ausbreiten, die ganze Welt erfüllen wollte.

Der Augenblick rückte heran. Er ergriff den Türknauf.

Frank hörte Geräusche, spürte, wie sich der Türknauf bewegte. O Herr, steh mir bei. Ich will nicht auf diese Weise sterben. »John!« rief er. Und dachte dann: Was ist, wenn John der Mörder ist?

Er spürte einen festen Griff am Knauf. Ungeheuer kraftvolle Finger drehten ihn, und das Schloß knarrte. Er konnte hören, wie sich sein Stahl bog und ruckte, als die Falle zurückgezwungen wurde.

Jetzt. Tom schaltete das Licht ein, hielt das Kreuz vor sich und schrie die Worte heraus, die ins Innerste seiner Seele eingraviert waren. »Ich verfluche dich, alte Schlange!«

Frank richtete sich auf, warf mit einem Kopfrucken eine Strähne braunen Haars aus seinen Augen und sagte mit schriller, quiekender Stimme: »Father Zimmer!«

»Beim Richter über die Lebenden und die Toten…«

»Sie – Sie reden!«

Toms Stimme war trocken, sie war fast überhaupt nicht da. »Beim Richter über die Lebenden und die Toten, bei unserem Schöpfer und dem Schöpfer der Welt…«

»Wie bitte? Das habe ich nicht verstanden.«

Er versuchte, deutlicher zu sprechen, etwas Volumen zu gewinnen. »Bei unserem Schöpfer, bei Ihm, der die Macht hat, dich in die Hölle zu schicken…« Die Worte hörten sich an wie Nebel, der auf nasse Blätter fällt.

»Ich höre Sie nicht, Father.«

Er räusperte sich. Er war zu schwach, er hatte zu lange gewartet! Aber das Volumen seiner Stimme sollte keine Rolle spielen. Vielleicht war sein Glaube so schwach wie seine Stimmbänder. Mit einem stummen Gebet im Herzen versuchte er es abermals. »Weiche sofort mit Furcht und mit deinen gräßlichen Heerscharen. Weiche von diesem getreuen Diener Gottes, Franklin Patrick Bayley, der Zuflucht gesucht hat im Schoß der Kirche.«

Frank hatte eine Hand ans Ohr gelegt. »Ich kann einfach nicht...«

Tom stieß ihm das Kreuz entgegen, das Kreuz der Liebe, das Symbol der größten Macht im Universum. »Fort mit dir! Anathema!«

Ganz sanft nahm Frank das Kreuz aus dem gelockerten Griff des alten Mannes. »Sie haben den falschen Teufel erwischt, Tom.« Er versuchte zu lachen, aber es funktionierte nicht, nicht mit all der Schuld und der Heuchelei und der Sünde, die in ihm schwärten. In einer Hinsicht hatte Tom recht: er hatte Franks Sünde gerochen.

Er führte Tom in sein eigenes Zimmer, und Tom ging mit.

Wenn es nur so einfach wäre – ein Exorzismus. Ja, mein Freund, da ist ein Dämon in mir, aber es ist nicht der Dämon des Mordens...

Frank hängte Toms Kreuz an die Wand neben sein Bild vom Heiligen Herzen Jesu. »Ihre Palmsonntags-Wedel«, sagte er und hob sie vom Fußboden auf. »Sie müssen heruntergefallen sein, als Sie Ihr Kreuz abnahmen.« Er hängte sie gleichfalls wieder auf.

Als er die kräftige Hand an seinem Handgelenk spürte, konnte Tom nicht widerstehen, obwohl er es wollte. Es war schrecklich, er konnte sich nicht widersetzen. Er kämpfte innerlich, aber sein Körper kam mit wie ein folgsames Schaf.

Durch die Hand des Mannes strömte eine Elektrizität, die ihn gegen seinen Willen beherrschte. Tom wollte kämpfen! Er wollte gegen den Dämon kämpfen!

Alles, was er zustande brachte, war ein erstickter, verängstigter Laut durch die Nase.

Frank zog Tom an sich und schloß ihn in die Arme. »Armer alter Mann«, flüsterte er, »Sie brauchen ein wenig Schlaf.« Er hob Tom hoch und begann, ihn zu seinem Bett zu tragen.

Sein zischender Atem roch nach dem Cheddarkäse eines Tiefkühlessens. »Hey«, sagte Frank gutmütig, »Sie haben heute abend meine Lean-Cuisine-Mahlzeit aus Makkaroni mit Käse gegessen.«

Als Frank ihm das Kreuz abgenommen hatte, war Tom in Panik geraten. Es funktionierte nicht, überhaupt nicht, nicht im geringsten! Aber weshalb war er dann stumm gemacht worden, außer um vorbereitet zu sein auf diese große Konfrontation? Es war seine Aufgabe, Frank zu exorzieren, aber es funktionierte nicht! Es funktionierte nicht!

Er hörte sein eigenes erbärmliches Keuchen, nicht einmal Schreie, als er von diesem großen, kraftvollen und völlig unerschütterten Mann getragen wurde.

Einen sich wehrenden Menschen zu tragen, ist ein aufschlußreicher Akt. Man spürt die Wärme seiner Haut, riecht seinen Schweiß, schmeckt seine Tränen. »Kommen Sie, alter Mann, Sie haben den Falschen erwischt.« Er legte ihn aufs Bett. »Sehen Sie zu, daß Sie ein bißchen Schlaf bekommen, dann werden Sie sich morgen früh wesentlich besser fühlen.«

Tom erschlaffte, schwache Finger griffen nach Franks Aufschlägen, Tränen strömten aus seinen Augen.

In den Jahren seiner Stummheit hatte Tom gehofft und gebetet, daß dahinter irgendeine Absicht steckte. Aber sie war bedeutungslos, nur ein weiteres bißchen zufälligen Leidens in der Welt. Das Licht in ihm war nicht das Licht Gottes. Er war nur ein neurotischer alter Mann. Frank brauchte keinen Exorzismus. Es war alles eine Phantasie gewesen.

Er weinte in Franks Armen, bitter und lange. »Ganz ruhig«, sagte Frank, »ganz ruhig, alles wird bald vorbei sein …«

Was sollte er tun, wie dem bekümmerten, armen alten Priester helfen? Was glaubte Tom? Daß Frank der Mörder war? Oder war dies lediglich ein Versuch gewesen, die Dämonen der Lust zu exorzieren? »Tom, wenn Sie etwas über diese Verbrechen wissen, müssen Sie es der Polizei sagen.«

Er wollte den alten Mann schütteln, hielt sich mit großer Anstrengung zurück. Die Augen waren groß und naß.

»Tom, bitte, ich weiß, Sie können sprechen! Sie haben eben erst gesprochen.«

Toms Blick verschwamm, dann rollten die Augen zurück in den Kopf.

Tom schlief, einfach so. Was war in ihn gefahren, was hatte ihn veranlaßt, so zu handeln? Was wußte er?

Frank beobachtete ihn, bis er sicher war, daß er schlief, dann schlüpfte er leise aus dem Zimmer.

16

Als John die vertrauten Glocken von Mary and Joseph zu Mittag läuten hörte, schaute er auf die Uhr. Der Vormittag war so schnell vorübergegangen, daß er geglaubt hatte, das Läutwerk wäre nicht in Ordnung.

Jetzt, da er von seinen Pflichten entbunden war, hatte er drei Stunden damit verbracht, nicht viel mehr zu tun als Frank Bayley in seiner Glorie zu beobachten. Frank eilte herum, überaus geschäftig und frohgemut. Er war am Telefon, dann stürmte er hinunter zu einem weiteren Treffen mit dem neugebildeten Lenkungsausschuß – alles Christos-Leute, natürlich.

John starrte auf die Wand, als Tina einen Anruf in sein Büro durchstellte.

»John?« Es war Bob Quindlan.

»Ich bin noch hier, wenn es das ist, weshalb Sie anrufen. Ich weiß nicht, wo ich hinsoll.«

»Ich habe eine gute Nachricht«, sagte Bob umgänglich. »Sie sind für eine Freizeit auf Kosten der Erzdiözese gebucht.«

»Sie sind ein Narr, ihm das Amt zu übertragen. Er ist zu jung. Außerdem schläft er nachts nicht. Ich höre ihn.«

»Er steht unter Streß, genau wie ein anderer, den ich bei Namen nennen könnte. Ich würde mir Sorgen machen, wenn es anders wäre.«

»Er wird zusammenbrechen.«

»Er hat mich heute vormittag zweimal angerufen. Er scheint mir in bester Verfassung zu sein, zumal angesichts der Probleme, die Sie dort unten haben.«

»Nun, vielleicht ist er in ziemlich guter Verfassung. Hoffentlich. Ich muß zugeben, ich bin es nicht.«

»Nehmen Sie die Freizeit. Danach reden wir weiter. Ich wollte, ich könnte Sie alle drei auf Urlaub schicken.«

»Aber ich bin der glückliche Gewinner.«

»Sie nehmen den Zug nach Albany, steigen in Rhinecliff aus. Wenn Sie um zwölf abfahren, sind Sie um vier im Holy Name Center.«

»Zweiundzwanzig Jahre kann man nicht an einem Nachmittag zusammenpacken.«

»Aber eine Tasche kann man packen. Die schwere Packerei kann Ihre Haushälterin übernehmen. Ich bin sicher, daß es Frank nichts ausmachen wird, Ihnen ihre Sachen nachzuschicken, sobald Sie ein dauerhaftes Quartier bezogen haben.«

»Was ist das Holy Name Center? Ich habe noch nie davon gehört.«

»Ein Erholungsheim, das von Leuten wie Bischof Tucker und Woodward Ames und anderen großen Leuchten aufgesucht wird. Wir haben für Sie ein Zehn-Tage-Spezial-Arrangement gebucht. Danach wohnen Sie im Hospiz, bis wir für Sie eine angemessene Unterkunft näher bei der Katholischen Wohlfahrtsbehörde gefunden haben.«

»Also soll ich in diesem Pensionärscenter eingesperrt werden, damit Sie sicher sein können, daß ich nach jedem trostlosen Job greife, den Sie mir dann anbieten.«

Bob kicherte. »Nichts dergleichen.«

John gehörte nicht zu den Leuten, die den Hörer auf die Gabel knallen. Statt dessen legte er ihn ganz behutsam auf. Dann saß er da und starrte die kahle Wand an. Zwanzig Jahre lang hatte er vorgehabt, ein Bild an diese Wand zu hängen. Er zog seine Schreibtischschublade auf. Büroklammern, Kugelschreiber, eine unbeschriftete Computerdiskette, ein Lineal, sein Terminkalender. Er holte den Kalender heraus.

Die Eintragungen waren teils in Tinas säuberlicher Handschrift, teils in seinem eigenen Gekritzel. Heute war der 26. Februar. Zwei Tage bis Aschermittwoch, erstaunlich. Die Fastenzeit stand dicht bevor. Für heute abend war ein Prä-Kana-Treffen vorgesehen, vier Paare. Um sechs fand eine Sitzung des Finanzausschusses statt. Beichte um fünf. Um zwei wollte der Dachdecker kommen. Frank Bayley würde alle Hände voll zu tun haben. Bestimmt würde man ihm binnen weniger Wochen einen intelligenten jungen Kuraten beschaffen. Ein gewöhnlicher Pastor konnte jahrelang warten.

Er blätterte um. 27., 28. Februar, 1. März – eine endlose Liste von Aufgaben und Verpflichtungen. Je weiter er in dem Kalender blätterte, desto weniger Eintragungen enthielt er in seiner eigenen Schrift. Dann sah er »1. März. Maria Geburtstag. Essen? Fastenzeit???« Er fragte sich, wie man in der Zeit der Buße einen Geburtstag feierte. Indem man einen mit Asche bestreuten Kuchen aß? Ein härenes Hemd schenkte?

Er klappte den Terminkalender zu und ließ ihn in den Papierkorb fallen. Warum auch nicht? Er würde keine Termine mehr wahrzunehmen haben. Das Gefühl der Endgültigkeit wuchs in ihm. Er saß zum letzten Mal hier, dachte zum letzten Mal daran, einen Druck für diese Wand zu kaufen, betrachtete zum letzten Mal seinen Terminkalender.

Dann klopfte jemand an seine Tür, ganz leise. Wie merkwürdig – niemand in diesem Pfarrhaus klopfte leise an. Sie hämmerten an die Tür oder – was üblicher war – kamen einfach herein.

Tom stand an der Schwelle. Seine Augen waren hohl, er war um tausend Jahre gealtert. »Ja, Tom. Kommen Sie herein.«

»Fff…»

Er versuchte zu sprechen. »Los, Tom, Sie können es!«

»Nnn!«

»Frank, er spricht!«

Er kam hereingestürmt.

»Ich glaube, er will etwas sagen! Hören Sie!«

Aber Tom war wieder verstummt. Er starrte Frank an. Adern pulsierten in seinem Hals.

»Ich sollte Ihnen besser sagen, daß wir letzte Nacht ein wenig aneinandergeraten sind. Ich glaube, Tom ist – alt ist vermutlich der höflichste Ausdruck. Stimmt's, Tom?«

»Was ist passiert? Was für eine Auseinandersetzung könnten Sie und Tom gehabt haben?«

Zuerst sprach niemand. Aber das Schweigen mußte gebrochen werden, und Frank tat es schließlich. »Keine Auseinandersetzung. Eine Art Konfrontation. Um es unumwunden auszudrücken – er hat versucht, mich zu exorzieren.«

John sah Tom an. »Tom?« Die Augen quollen ihm praktisch aus dem Kopf. Sein Gesicht war qualverzerrt. »Tom, können Sie uns sagen, warum?«

»Uuh – gglll…«

John richtete den Blick wieder auf Frank. »Und Sie haben keine Ahnung?«

Er schüttelte den Kopf. »Als Sie riefen, dachte ich, er hätte es Ihnen vielleicht gesagt.«

»Grunzlaute.«

»Man konnte die Worte des Exorzismus hören. Ungefähr. Aber ich habe keine Ahnung, was er damit erreichen wollte.«

John wollte sagen: Vielleicht weiß er, daß Sie ein Heuchler und ein Dieb sind – aber er tat es nicht.

Tom gurgelte immer noch, versuchte zu sprechen, aber es kam nur ein jämmerliches, dumpfes Kollern heraus; dann sackte der alte Mann in sich zusammen und ließ den Kopf hängen.

John drückte ihm einen Kugelschreiber in die Hand. Er fiel zu Boden. Er wollte ihn schlagen, ihn zwingen. Sein Anblick brach einem das Herz. »Mmmmmss«, sagte er, »msss…«

»Mss – miss? Soll das ›vermissen‹ heißen?«

Er nickte heftig.

Er wird mich vermissen. Wie rührend. »Ich bleibe in der Gegend«, sagte John. »Noch ist nicht aller Tage Abend. Vielleicht bin ich sogar eines Tages wieder im Amt.«

Tom legte beide Hände auf Johns Schultern, dann umarmte er ihn. Die Gefühle, die er damit zum Ausdruck brachte, waren durch ihre Wortlosigkeit nur umso intensiver. Mehr als zwanzig Jahre hatten sie unter dem gleichen Dach gelebt.

Nach einem langen, erfüllten Moment drehte Tom sich abrupt um, als könnte er es nicht mehr ertragen. Mit hängenden Schultern schlurfte er den Flur entlang.

Frank sah ihm nach. »Er hat einen beträchtlichen Teil des Exorzismus gesprochen.«

»Gibt es etwas, das Sie mir sagen müßten, Frank?«

»Worauf wollen Sie hinaus?«

»Nun, er hat etwas gesehen, das ihm nicht gefällt.«

Frank schüttelte den Kopf. »Er ist senil«, sagte er. »Ich habe nichts getan, was sein Verhalten rechtfertigen würde.«

John nickte. »So wird es wohl sein.«

Frank machte kehrt und verließ das Zimmer. Wie es den ganzen Vormittag über der Fall gewesen war, war John abermals von tiefer und unbehaglicher Stille umgeben. Wenn er sich in seinem Büro aufhielt, arbeitete er gewöhnlich mit Hochdruck. Er hatte in seinem Leben eine Menge Leere mit dichtgedrängten Terminen und der Teilnahme an Versammlungen ausgefüllt.

Wohin willst du gehen, alter Mann? Die Freizeit annehmen, ins Hospiz ziehen … und hoffen, daß man dich nicht einfach dortläßt?

Der Kardinal hatte so getan, als akzeptierte er ihn, aber der Kardinal vertrat ziemlich entschieden die Ansicht, daß Priester der Parteilinie zu folgen hatten. John glaubte im Grunde nicht, daß Geburtenkontrolle eine Sünde war, und machte kein Aufhebens deswegen. Das war dem Kardinal bestimmt nicht entgangen. Er hielt Abtreibung für eine Tragödie, aber nicht unbedingt für eine Sünde und schon gar nicht für ein Verbrechen, und das hatte er von der Kanzel verkündet. Die Liste der Beanstandungen war vermutlich ziemlich lang.

Sie würden ihn lebendig begraben.

Er mochte sechzig sein, aber er fühlte sich wie vierzig. Der Gedanke an ein Seniorenheim war unausstehlich. Aber ebenso unausstehlich war der Gedanke, außerhalb des Klerus zu leben. Er mußte Priester bleiben. Das war es, was er war, mit Leib und Seele.

Er sah sich um. Gab es hier drinnen irgend etwas zu pakken? Abgesehen von der Schreibtischgarnitur, die er zu seiner Ordination bekommen hatte, gab es nichts, das er wirklich als sein Eigentum betrachtete. Nun, vielleicht der lederne Löscher, der in den letzten zwanzig Jahren auf seinem Schreibtisch gestanden hatte. Das Ding hatte irgendwie seine Gegenwart absorbiert, also gehörte es vielleicht ihm. Aber der Rest – Bleistifte, Büroklammern, Kalender, Notizbücher, die Akten in den Regalen –, das alles gehörte der Gemeinde.

Er trat hinaus auf den Flur, hatte vor, in sein Zimmer zu gehen und sich bereit zu machen. Im ganzen Pfarrhaus herrschte Totenstille. Die Tür zu Franks Büro war geschlossen; Tom war vermutlich in die Kirche hinuntergegangen, um zu beten, was er oft tat, wenn sie leer war.

John schaute sich um; er hungerte nach Details, an die er sich klammern, die er in Erinnerung behalten konnte.

Sein Blick fiel auf etwas, das er, seit er hierhergekommen war, an jedem Tag seines Lebens gesehen hatte. Er schaute fast staunend empor zu dem Bild der Madonna von Guadelupe, das an der Wand hing. Das alte Bild hing vermutlich schon seit hundert Jahren dort. Lebwohl, heilige Frau.

Also, wo sollte er hin, wenn nicht in das Heim? In ein Hotel? Er hatte kaum fünfzig Dollar in der Tasche, weitere hundert auf seinem Konto bei der Citibank. Vielleicht sollte er in ein Hotelzimmer gehen und sich ein Steak und eine Flasche Black Bush bestellen, den einzigen Whiskey, der diesen Namen verdiente. Dann würde er das Steak essen und bis Tagesanbruch trinken.

Er betrachtete das Gesicht auf dem nachgedunkelten alten Bild. Bedeutete es ihm wirklich etwas?

Oh ja, das tat es. Soviel wußte er.

Frank steckte den Kopf aus seinem Büro. »Ich habe das Knarren der Dielen gehört.« Er lachte ein wenig. »Die Moral ist vermutlich, wenn man schon schleichen will, dann sollte man es ganz leise tun.«

John ging in sein Schlafzimmer und machte die Tür hinter sich zu. Dann tat er etwas, was er höchst selten tat. Er zog die unterste Schublade seiner Kommode auf, griff hinter seine Pullover und holte die uralte Flasche Whiskey heraus, die er dort aufbewahrte. Für ihn war es ein rituelles Getränk, und es war sein Vater gewesen, der ihm die Flasche in die Hand gedrückt hatte, »für die schlimmen Momente«. Das war an die dreißig Jahre her. Es hatte nicht sehr viele schlimme Momente gegeben.

Er zog den Korken heraus und setzte die Flasche an. Der alte Whiskey war ein Wunder: gnädiges Feuer. Er mochte für schlimme Zeiten gedacht sein, aber er erinnerte auch an viele gute. Sein Dad, seine Großmutter, das herzliche Leben der Raffertys.

Sie pflegten in der Bibliothek des großen Hauses in Morristown zusammenzusitzen, Black Bush zu trinken und sich über die Angelegenheiten des Tages zu unterhalten, über die Kontroversen um Kardinal Spellman und die Erzdiözese. Immer die Erzdiözese. Sie waren große Katholiken, die Raffertys. Wenn Spelly sich einen Abend freinehmen wollte, kam es vor, daß er in diesem Haus auftauchte und seine Zeit damit verbrachte, mit seinem Vater Billard zu spielen. Er war klein, voller Pfeffer und Gutmütigkeit. Im Gegensatz zu anderen Kardinälen, die John beim Namen nennen konnte, war von Spellman eine beeindruckende Majestät ausgegangen. Was er segnete, war gesegnet, was er verdammte, war verdammt.

Aber Spelly war zu Staub geworden und Terry Cooke auch. Dies war einst die Stadt Gottes gewesen, und man sehe sie sich jetzt an – Verbrechen allerorten, die Kirchen waren Gerippe. An die Stelle des Kardinals war der Pate getreten. Das Powerhouse war nicht mehr ein Kirchenbau an der Madison Avenue. Das heutige Powerhouse war ein geselliger Club in East Harlem.

Der Black Bush flüsterte, der Black Bush sang. Weshalb nicht einfach das Handtuch werfen? Du könntest den Rest deines Lebens auf Reisen verbringen. Du könntest die Runde machen durch die Bordelle der Welt, verlorene Zeit wieder aufholen.

Er verkorkte die Flasche, schaute hinunter auf seine Hand. Weshalb trinken Priester? Eine kurze Frage mit vielen langen Antworten.

Er deponierte die Flasche wieder an ihrem Platz, warf sich aufs Bett, verschränkte die Hände hinter dem Kopf. Aber er hielt sich nicht lange dort auf. Hinausschieben hatte keinen Sinn. Die Zeit war gekommen, und jetzt war sie da. Die Zeit zum Aufbruch.

Er warf eine Soutane, einen Priesterkragen, drei Garnituren Unterwäsche, ein paar Hemden und Socken, einen Anzug und seine Zahnbürste in seinen alten schwarzen Koffer. Die Lücken füllte er aus mit seiner kostbaren *Imitatio Christi* und seinem vielgelesenen *Christ sein* von Hans Küng.

Er durchblätterte die Seiten des Küng. Die nachchristliche Welt – leer und desorientiert – verwirrte ihn. Er war überzeugt, daß es unmöglich war, sich ohne Religion selbst zu entdecken, und daß zu aller wirklich durchlebten menschlichen Erfahrung die Rückkehr zu Gott gehörte. Ohne die Reise hin zum Göttlichen, die die Religion beinhaltete, begannen die Menschen rohe Bedürfnisse zu glorifizieren. Die Sehnsucht nach Wiederauferstehung im mystischen Leib Christi degenerierte zu Hunger nach einem Mr. Taco.

Er schloß den Koffer. Man sehe sich das an. Er war bereit zu gehen. Er betete, weinte, flehte nicht. Abgesehen von der Traurigkeit in seinem Inneren war er reuelos.

Nun ja, fast. Es war nur, daß er sich hier so wohl gefühlt hatte! Wie oft hatte er in einem anderen Bett geschlafen? Diese Freizeit damals, '72 oder '73 ... der Urlaub in Florida '81. Das war's. Richtig, als seine Mutter gestorben war, hatte er eine Nacht zuhause verbracht. In den zweiundzwanzig Jahren seines Pastorats hatte er vielleicht insgesamt zehn Nächte außerhalb geschlafen.

Und jetzt würde er seinen Koffer nehmen und auf die Straße hinausgehen, und das war's dann. Er brachte es einfach nicht fertig, aber er mußte es tun. Er mußte, sie zwangen ihn dazu. *Zwangen* ihn.

Er beschloß, Frank zu bitten, daß er ihn noch eine Weile länger bleiben ließ. Ein, zwei Wochen, was würde das schon ausmachen? Auch Jesus hatte gebeten.

Frank saß an seinem Schreibtisch, und zuerst wirkte er völlig normal. Dann schoß John der Gedanke durch den Kopf – der verblüffende Gedanke –, daß er tot war. Aber nein, die Reglosigkeit, das graue, wächserne Gesicht waren nicht Anzeichen des *rigor mortis*. Er atmete, mit leicht geöffnetem Mund. »Frank?«

Wenn nur Quindlan dies sehen könnte! Tief in seiner Kehle machte er kleine Geräusche, als fände dort irgendein innerer Dialog statt. Es hatte etwas von einem falschen Gebet an sich, von aus schlechtem Material gesponnener Frömmigkeit.

Er beugte sich über ihn. Die Augen waren offen, die Haut straff wie Stahl. »Frank?«

»Mach, daß du wegkommst, du verdammter Scheißkerl!«

Die Häßlichkeit der Worte ließ John innerlich zusammenschrumpfen. Er war fassungslos; dergleichen hatte er noch nie von einem anderen Priester gehört.

Der Mann musterte ihn mit Augen, die bösartigen Stecknadeln glichen. »Sie haben Ihre Anweisungen«, sagte er. In den Worten lag peitschender Hohn, so hölzern sie auch waren.

John wich zurück. Zum ersten Mal hatte er Angst. Bis jetzt hatte er immer geglaubt, Frank wäre verstört um der Verbrechen willen, die in der Kirche begangen worden waren. Aber dies ging tiefer. Wesentlich tiefer. Es hatte ganz offensichtlich keinen Sinn, diesen Mann um irgend etwas zu bitten.

So, mit einem Aufflackern von Dramatik, endet der Film. Der alte Mann geht auf den leeren Gehsteig hinaus, mit dem Koffer in der Hand. Die Leinwand wird schwarz. Die Lichter gehen an, Leute stehen auf, lecken Popcorn-Salz von ihren Fingern, wischen sich Hülsen vom Schoß.

Aber was wird aus dem alten Mann? Die Straße endet, die Nacht bricht herein, ihm wird kalt.

Er nahm seinen Koffer und stieg die Treppe hinunter. In der Diele blieb er noch einmal stehen. Zum letzten Mal als Bewohner dieses Hauses schaute er die schöne Flucht der Treppe hinauf – zu diesem Fremden da drinnen.

Er trat durch die Haustür, zog sie hinter sich zu.

Und was nun? Die Treppe hinuntergehen, zur Ecke gehen. Es ist schwierig, auf einer Nebenstraße von Greenwich Village ein Taxi zu bekommen, dazu muß man auf eine der Avenues. Hinter ihm war gedämpftes Gelächter.

Vielleicht kam es aus einem der anderen Gebäude, aber er glaubte es nicht. Er war überzeugt, daß Frank ihm nachsah und lachte.

Der Nachmittag war noch nicht weit fortgeschritten, aber im Februar geht sogar von den Mittagsstunden eine fahle, erschöpfte Atmosphäre aus. Aber es war nicht so kalt, wie es Anfang der Woche gewesen war, und er ging erhobenen Hauptes.

Der Mond stand voll am Tageshimmel, und man hatte ihm immer erzählt, das bedeutete Tod. Zwei Möwen kreisten hoch oben, suchten die traurige, glitzernde Stadt unter sich nach Müll ab. Ein Mädchen kam ihm entgegen in einem roten Lackledermantel mit Kunstpelzkragen. Es war vielleicht zwölf Jahre alt. Sein Gesicht nötigte zu Hoffnung, wie die Gesichter aller Kinder. Ihn überkam der beängstigende Gedanke, daß er vielleicht nie wieder jemanden taufen würde.

Er ging an dem kleinen Mädchen vorbei, erreichte die Ecke, hob wieder die Augen zu dem Licht. Was machte es schon, wenn die Leute ihn sahen, was war einzuwenden gegen einen alten Mann, der zum Himmel emporschaute? Er sah die Oberkanten der Gebäude, die die Avenue säumten, ihre Türme, ihre Ozeane von geheimnisvollen Fenstern, den Himmel und die Möwen. Es mochte eine Ernährung vom Müll wert sein, so frei zu leben.

Dann senkte er den Blick und wendete sich wieder dem schlendernden Leben der Avenue zu. Sein erster Eindruck vom Wetter war falsch gewesen. Es war immer noch eisig, unerbittlich kalt.

Es lag einfach nicht in seinem Wesen, blind zu gehorchen, zumal wenn er überzeugt war, daß die Befehle falsch waren. Vielleicht war das ein Versagen, aber die Priesterschaft war keine Armee.

Er ging nicht zur Grand Central Station, machte sich nicht auf den Weg in das Seniorenheim. Ganz im Gegenteil, er ging genau dahin, wo er, wie er genau wußte, nicht hingehen sollte; aber es war der einzige Ort, wohin er wirklich gehen wollte.

Er ging geradewegs zu Marias Wohnung. Wenn er je seinen Anteil an Glück bekommen wollte, dann mußte er dort anfangen, zwischen den Schatten, die von seiner wahrsten und tiefsten Liebe noch übrig waren.

17

Frank zitterte am ganzen Leibe, als er John nachschaute. Er war bestürzt über sich selbst. Wie hatte er so zu einem älteren Priester reden können – oder zu überhaupt jemandem? Wie konnte er nur – und besonders zu diesem guten Mann?

Als er sah, wie sich John mit seinem Koffer in der Hand die Straße entlangmühte, empfand er bleiernen Kummer. Er konnte nicht länger warten, er mußte die Wahrheit über Maria Julien und seine Rolle in ihrem Leben eingestehen.

Jeder katholische Priester hat seinen geistlichen Berater. Dabei kann es sich um einen anderen Priester der Diözese handeln, aber im Idealfall gehört er einem Orden an und hat damit mehr oder weniger Abstand von Politik und Gesellschaft der Diözese.

Frank legte die Hand auf den Telefonhörer, spürte das kalte Plastik des Instruments, hob ihn ans Ohr.

Er wählte die Nummer des Kapitelhauses des Martinistenordens, in dem Father Richard Hidalgo lebte. Er war ein beliebter Berater und ein guter dazu, und Frank war froh, seine Stimme zu hören.

»Ich dachte schon, Sie wären ins weltliche Lager übergegangen«, scherzte Father Hidalgo.

»Father, ich bin verzweifelt.«

»Sind wir das nicht alle? Verzweifelt genug, um morgen früh um neun zu mir zu kommen?«

»Father, jetzt gleich.«

»Ich kann ein paar Sachen verschieben, Father. Wissen Sie noch die Subway-Station? Neunundfünfzigste Straße, und ich glaube, Sie müssen von der West Fourth aus die Linie A nehmen. Die Linie D fährt jetzt eine andere Strecke.«

Frank nahm den Zug. Wie sich herausstellte, war es die Linie D, und der Umweg kostete ihn in der Tat einige Zeit. Ein alter Mann kam herein, der *Street News* verkaufte und eine kurze Wettervorhersage lieferte. Er schob sich nahe an Frank heran, mit hoffnungsvollen alten Augen. »*Street News*, Father?»

Worte brachen aus ihm heraus. »Suchen Sie sich einen Job!«

Der alte Mann blinzelte. »Meine Aussichten sind nicht sonderlich gut«, knurrte er. »Fünfundsiebzig Jahre und ständig auf Tabletten angewiesen.«

Seinen Kragen befingernd, wich Frank auf seinem Sitz zurück. Er hatte seine wahren Gefühle ausgesprochen, aber das hätte er nicht tun dürfen, nicht auf diese Weise! Er hätte die Zeitung kaufen, ein gutes Beispiel geben, dem Priesterkragen ein bißchen Ansehen verschaffen sollen. Leute beäugten ihn, und ihre Blicke waren nicht erfreulich.

Okay, na schön, er mußte eben gegen diese Sache angehen. Er konnte immer noch die Säure der Wut spüren, die aus ihm herausgebrochen war, als John in seinem Büro auftauchte. Armer Kerl, all die Jahre, die in Rauch aufgingen. Das Bild dieses alten Mannes, der seinen ramponierten Koffer die Straße entlangschleppte, würde ihn bis zum Tag seines Todes verfolgen.

Ich habe gesündigt, und deshalb mußt du leiden! Ich bin dir einiges schuldig, John Rafferty, bei Gott, das bin ich.

Verwirrt stellte er fest, daß er lachte. Er konnte nicht anders, die Laute kamen einfach aus ihm heraus. Der alte Zeitungsverkäufer drehte sich zu ihm um, mit zusammengekniffenen Augen, suchte nach dem Witz.

Er preßte den Mund zusammen, versuchte, gleichmütig zu erscheinen. Die Frau neben ihm stand auf und setzte sich woanders hin.

Ich habe gelacht! Aber welcher Teil von mir? Und weshalb? Ja, was war so komisch…

Brüllendes Gelächter strömte aus ihm heraus, erfüllte den ratternden U-Bahnwagen, veranlaßte sämtliche Köpfe, sich zu ihm umzudrehen. Nervös befingerte er seinen Kragen, versuchte, ihn vor den Augen der Menge zu verbergen.

– Ich habe einen klassischen Nervenzusammenbruch.

– Ich brauche Hilfe.

– Father Richard, bitte seien Sie für mich da.

Das Innere des Martinistenhauses, das von außen dunkel und abweisend wirkte, ließ sich am besten als gemütlich beschreiben. Früher einmal war hier eine Schule gewesen, die zu der riesigen alten Kirche gehört hatte. Aber die Schule war verschwunden, und die Leute, die zur Kirche gehörten, waren auch verschwunden, hatten sich in Luft aufgelöst. Jetzt hatten die Martinisten nur noch ihr Zentrum, ihre Erinnerungen und ihre Krypta.

Aber diejenigen, die dem Orden treu geblieben waren, waren gute Männer. Sehr gute sogar. Frank läutete und wurde von Father O'Dell eingelassen, der sich an ihn erinnerte und ihn mit einem riesigen Lächeln begrüßte. Er war ein Mann des alten Glaubens, völlig sicher auf seinem Weg. Nur mit Mühe konnte Frank den Impuls unterdrücken, sich in seine Arme zu stürzen. Er hätte den zarten alten Priester umgeworfen.

Er lief, zwei Stufen auf einmal nehmend, die Treppe hinauf, und da, auf dem obersten Absatz, stand der Mann, auf dessen Rat er sich in den letzten zehn Jahren verlassen hatte, der ihn sanft und hartnäckig auf den Weg zu Gott führte.

Er hatte diesen Mann betrogen, ihn angelogen, seinen Rat mißachtet, seinen Glauben besudelt. Als er auf ihn zuging, wurde ihm das gefährlichste Resultat einer schweren Sünde bewußt: die Tendenz, den Sünder in einem Gefängnis des Selbsthasses zu isolieren. Man bemüht sich, der Welt ein hübsches Gesicht zu zeigen, und muß deshalb die Dunkelheit verbergen.

Solche Dinge ließen sich nicht leicht vor Father Hidalgo verbergen, der eine Menge spektakulärer Sünden und schwerer persönlicher Krisen gesehen hatte. »Frank – macht es Ihnen etwas aus, wenn ich unumwunden sage, daß Sie erbärmlich aussehen?«

»Ich weiß es.« Father Richards Büro war unverändert, die Bücher in Glasschränken, der uralte Schreibtisch mit seinem Pfeifengestell und seinem riesigen, lederbezogenen Aschenbecher, die Lampe mit dem grünen Schirm. Frank empfand die ganze schäbige Düsterkeit als überaus wohltuend.

Father Richard selbst war einer der Männer, denen die Verheerungen der Jahre erspart geblieben waren. Anstatt grau und runzlig zu werden, war er ätherisch geworden, als wollte er sich in ein Gespenst verwandeln, ohne tatsächlich zu sterben. »Es ist achtzehn Monate her, Frank.«

»So lange? Das ist mir gar nicht bewußt geworden.«

»Als Sie das letzte Mal hier waren, haben wir über eine Fastenobservanz gesprochen, die Sie einhalten wollten.« Er erzeugte ein kleines Geräusch in der Kehle, als belustigte die Erinnerung ihn irgendwie. »Meinen Notizen zufolge hatten Sie vor, vierzig Tage lang das Jesusgebet zu halten.« Er zündete seine Pfeife an. »Ein wahrhaft lobenswertes Vorhaben.«

»Father, ich stecke in entsetzlichen Schwierigkeiten.«

»Was vermutlich der Grund dafür ist, daß Sie aussehen wie ein Drogentoter.«

»Ich ...« Plötzlich stand sie vor ihm, bereit, offenbart zu werden: seine Sünde, seine furchtbare Übeltat. Die nächsten paar Worte würden sein Pastorat beenden, sein Priestertum hoffnungslos kompromittieren. Was würde Bischof Bayley denken? Sein geliebter Onkel, der Mann, den er auf dieser Erde am meisten bewunderte, und der beste katholische Geistliche, der ihm je begegnet war, würde davon zu Boden geschmettert werden.

Du hast mir eine Berufung gegeben, und ich habe darauf gespuckt. Ich habe auf meine Gelübde gespuckt, auf meine eigenen geweihten Hände gespuckt, und jetzt bin ich hier und will um Vergebung bitten.

– Dir kann nicht vergeben werden, sagte die Stille.

Der alte Priester lächelte, seine Augen forschten im Gesicht des jüngeren Mannes.

– Dir kann nicht vergeben werden, sagte der Wind, der gleichgültig ans Fenster klopfte.

»Father, ich …«

»Eine Frau, Frank?«

Oh, es wäre so einfach, zustimmend zu nicken. Einfach zustimmend zu nicken!

Father Richard blinzelte. »Ein anderer Priester?« Seine Stimme senkte sich. »Ein Junge?«

»In meiner Kirche hat es Morde gegeben.« Nein, Mann, sag es ihm. *Sag es ihm*! »Und ich bin verstört. Sie konnten nicht aufgeklärt werden.«

»Ah, aber sie werden aufgeklärt werden. Die Polizei ist gut darin, wenn sie sich dahinterklemmt.«

»Mag sein. Aber es hat einen Skandal gegeben …«

»Ich habe den armen Father John im Fernsehen gesehen. Was haben sie mit ihm gemacht? Ihn entlassen?«

»Und mich als Pastor eingesetzt!«

»Wir ernten, was wir säen – entschuldigen Sie das Klischee, aber in diesem Fall trifft es zu. Father John hatte Umgang mit dieser Frau …«

»Er ist ein guter Mann.«

»Natürlich ist er das.« Father Richard zündete die Pfeife wieder an. »Aber Sie sind auch ein guter Mann. Die Kirche ist darauf angewiesen, ihre jüngeren Männer zu ermutigen.« Er lächelte. »John wird schon zurechtkommen. Wenn sich der Skandal gelegt und er alles gebeichtet hat, wird er irgendwo wieder auftauchen, reuig und bereit, von vorn anzufangen.« Er betrachtete eine Zeitlang seine Hände; vielleicht erinnerte er sich an ähnliche Fälle aus der Vergangenheit. »Es sei denn, er verläßt uns.«

»Das darf nicht passieren, Father!«

»Es kann sein, und wenn das der Fall ist, dürfen Sie sich deshalb keine Vorwürfe machen. Ihr Weg ist klar, junger Mann. Kehren Sie in Ihre Kirche zurück und machen Sie sich an die Arbeit. Stürzen Sie sich hinein. Sie werden alle möglichen Skelette in den Schränken vorfinden. Alte Pastoren hinterlassen immer faszinierende Probleme, die gelöst werden müssen. Die Hauptsache ist, daß Sie sich in die Arbeit stürzen. Das ist das Allheilmittel für einen gläubigen Mann. Ich gehe davon aus, daß Sie in dieser Hinsicht keine Probleme haben.«

Eine lebhafte Erinnerung an Marias lange, weiche Schenkel durchbrach die fromme Erwiderung, die diese Feststellung verlangte. Sie pflegte ihn zu beugen wie eine entzückte Katze … so unglaublich herrlich, so überaus perfekt …

Die tiefere Sünde bestand in der Erkenntnis, daß ihre Weiblichkeit die Quelle seiner eigenen Missetaten war. An der Frau ist nichts Böses; das Böse kommt aus dem Denken, daß es so wäre.

»Nicht die geringsten«, erwiderte er schließlich. »Mein Glaube ist völlig intakt.«

Father Richard saß einen Moment nachdenklich da. Dann lächelte er, und die Pfeife veränderte ihren Winkel. »Das Problem der alten Männer ist der Tod, das Problem der jungen das Leben. Und das Gebet ist für uns alle da.«

»Ja, Father.« Der Moment dehnte sich. Frank konnte die Wahrheit sagen, es war immer noch Zeit dazu.

Father Richard schlug ein gemeinsames Gebet vor.

Frank senkte den Kopf, ein Urbild der Frömmigkeit. Der Moment ging vorüber. Er hatte sich eingebildet, Father Richard würde hellsichtiger sein, fordernder. Er war gekommen, um seine Sünde aus sich herauszerren zu lassen. Statt dessen hatte er nur die Seligkeit eines Lächelns bekommen. Es reichte nicht – obwohl es natürlich wesentlich mehr war, als er verdiente.

Ihm war, als wirbelte er in der leeren Luft herum, nahe daran, tatsächlich abzustürzen, und da war überhaupt nichts zwischen ihm und der Tiefe, der Tiefe unter ihm.

Der Abgrund.

NACHTSPUK

Tom hatte im Bett gelegen und Radio gehört, als er ihn holte. Er legte ihn auf den Kellerfußboden, kniete auf seiner Brust, dann griff er über ihn hinweg zur schwarzen Eisentür des Müllverbrennungsofens. Als er sie öffnete, gab sie ein trockenes, knarrendes Geräusch von sich.

Was zum Teufel weißt du, alter Mann? Was *weißt* du?

Was zum Teufel wolltest du diesen verdammten Priestern erzählen?

Tom beobachtete ihn mit ausdruckslosen Augen. Er hatte ihn aus dem Bett geholt, ihm sein Gesicht gezeigt, und das hatte die Dinge einfach gemacht. Tom war fast von Sinnen vor Angst. Seine Augen waren offen, aber sein Körper war wie Plastik. Angst kann ein nützliches Werkzeug sein.

Es war fast zehn Uhr, und er fragte sich, ob er jetzt eine Verbrennung riskieren konnte. Der Qualm war dicht, und was den fürchterlichen Gestank anging, waren sie bereits sensibilisiert.

Tom winselte, als er ihm Hände und Füße fesselte. »Jetzt redest du nicht, stimmt's?«

Tom schüttelte heftig den Kopf.

»Wir glauben, Gott zu verstehen, aber dann stellt sich heraus, daß wir auf dem Holzweg sind, stimmt's?«

Jetzt nickte Tom.

»Du weißt, wer ich bin … oder richtiger, wer es ist, den ich – sollen wir sagen – bewohne?«

Er schüttelte den Kopf.

»Aber du *könntest* es wissen, und du *könntest* wieder anfangen zu sprechen. Deshalb sind wir hier.«

Er schüttelte den Kopf noch heftiger. Er hatte begriffen, wo sie waren, er sah den Verbrennungsofen.

»Ich kann dich entweder ersticken lassen und dich dann verbrennen, oder dich einfach verbrennen.«

Er streichelte den trockenen alten Hals. Tom speichelte. Dann kam ein tropfendes Geräusch. Der Schließmuskel des alten Mannes hatte versagt. Eine häufige Angstreaktion. »Gewöhnlich haben sie den Verurteilten einen Einlauf gemacht, bevor sie erdrosselt wurden. Aber ich glaube nicht, daß sie es auch getan haben, bevor sie sie verbrannten. Weshalb auch?«

Die Inquisition glaubte an ganz, ganz straffe Fesseln. Also verdrehte er die beiden Enden des Seils um Toms Handgelenke, bis seine Hände dicke, purpurne Klauen waren. Tom machte ein keuchendes Geräusch, dann stöhnte er, dann stieß er einen lauten Schrei aus.

Dies war der Augenblick der Inquisition, eine der tiefsten Freuden seines Lebens.

Er faßte seinen Entschluß.

Er packte Tom bei den Schultern, dann schob er ihn in den Schlund. Der alte Mann schrie und krächzte und wand sich wie ein Fisch in einer Reuse. Seine Füße strampelten, als die Ofentür geschlossen wurde.

Jetzt konnte er entweder das Feuer anzünden oder aber warten und es später tun, nachdem das Gas Tom umgebracht hatte.

Das Würgen setzte ein. Er sang ein kleines Lied, um die Seele auf ihrer Reise zu geleiten:

Ich bau meiner Liebsten einen Turm
wohl an der kristallklaren Quelle
und des Berges Blumen häuf ich auf
an des Turmes fester Schwelle.

Er ging zu dem Regal, in dem Lupe seine Streichhölzer aufbewahrte, nahm die Schachtel und kehrte zu dem Verbrennungsofen zurück. Von drinnen kam das stetige Trommeln von Füßen und heftiges Würgen. Es stank scharf nach Erbrochenem.

Er zündete ein Streichholz an, und wie hübsch es aufflammte. Und oh, das verzehrende Gewisper des Feuers. Er hielt das Streichholz an die Feuertür. Der Brenner sprang an, mit leisem, entschlossenem Dröhnen.

Das Donnern von Füßen und Armen, die auf beschränktem Raum um sich schlugen, die würgenden Schreie eines Mannes in Todesqualen – und dann die Stille.

Die Seele entweicht so lieblich.

Von oben kam Toms Radio, das immer noch lief: »Remember me, Oh my darlin', remember me...«

Er schaute in den Feuerraum, beobachtete die Schatten zwischen den dunkel orangeroten Flammen. Aus dem Radio kam Gesang, und von weiter entfernt das Gemurmel der Stadt in ihrem Fluß.

Als er ins Feuer starrte und das Geflacker an den Wänden betrachtete, begann Angst wie Rauch durch ihn hindurchzuwogen. Sein Instinkt sagte ihm, daß die Polizisten in der Nähe waren. Er wußte, wie es lief. Sie brauchten vermutlich nur einen kriminaltechnischen Beweis, um ihn mit irgendeinem Aspekt seiner Verbrechen in Verbindung zu bringen.

Diese verdammte Polizistin war ihm durch die Lappen gegangen, um Haaresbreite!

Die Flammen waren jetzt klar, blaue Stacheln in einem schwarzen Knochenkäfig. Er drehte die weißen Kontrollknöpfe, und das Feuer erstarb mit einem letzten Puffen.

Als er die Treppe hinaufstieg, besserte sich seine Verfassung, und als er die Diele erreicht hatte, war er schon wesentlich fröhlicher.

Jetzt würde er hinaufgehen und seine benzingetränkten

Kleidungsstücke und seinen Kanister holen und was er sonst noch gebraucht hatte, und alles gut verstecken. Er wußte genau, wo.

Er ging ins Badezimmer, schaltete aber das Licht nicht ein. Der Grund dafür war der Spiegel. Man schaut nicht hinein. Man weint nicht.

Er trank einen Schluck Wasser aus dem Hahn, dann öffnete er den Wäschekorb. Es war alles da, genau, wie er es zurückgelassen hatte.

Und weshalb auch nicht? Er war eben viel intelligenter als diese absurden kleinen Insekten, die ihn verfolgten.

Sie hatten nichts als das bescheidene, trübe Licht ihres Verstandes. Er verfügte über die ganze Nacht und konnte die Fackeln Luzifers gegen seine Feinde schleudern.

Er würde siegen. Natürlich.

18

John saß am Küchenfenster und winkte der Katze auf der anderen Seite des Luftschachts mit den Fingern; doch dann erschien eine ältere Frau, warf ihm einen Blick zu und zog die Jalousien herunter. Einen Moment war er verletzt, dann begriff er. Er hatte Anstoß erregt; er war ein Eindringling. Im Menschengewimmel einer Großstadt muß man sein Privatleben wahren. Er hatte die Frau bestohlen, hatte ihr Haustier zu seinem eigenen Vergnügen ausgenutzt. Er war verlegen und trat vom Fenster zurück.

Er war gegen halb zwei angekommen, hungrig auf seinen Lunch. Mrs. Communiello hatte ihm gewöhnlich ein paar Sandwiches zurechtgemacht; er war es nicht gewohnt, sich seine Mahlzeiten selbst zu beschaffen.

Er hatte den Kühlschrank geöffnet und in das helle Licht gestarrt, den ranzigen Geruch verdorbener Milch gerochen. Es hatte ein paar Augenblicke gedauert, bis er begriffen hatte, daß er in eine Schatzkammer aus exotischen Vorräten schaute. Da waren Dosen mit teurem Kaviar, Flaschen mit Smith's Lagerbier aus England, eine Selektion von etwas, das noch vor kurzem exquisiter Käse gewesen sein mußte. Er erkannte einen Camembert, einige gute Cheddars, etwas Gruyère, Ziegenkäse mit sonnengetrockneten Tomaten in einer zugedeckten Schüssel. Und eine Menge Schimmel.

Ein Salat aus weißen Bohnen in einem Plastikbehälter war in wesentlich besserem Zustand gewesen. Außerdem waren da eine Flasche *vinho verde* und ein französischer Weißwein, von dem er annahm, daß er recht gut war.

Und so hatte sich ihm ein weiteres von Maria Juliens Geheimnissen offenbart. Sie hatte eine fiktive Familie, da war dieser merkwürdige Lederumhang in ihrem Kleiderschrank, und nun schien sie insgeheim eine Feinschmeckerin gewesen zu sein.

Was würde als nächstes zum Vorschein kommen – eine Kollektion von impressionistischen Gemälden, zusammen mit dem Nietengürtel unter dem Bett versteckt?

Alle diese Geheimnisse bewirkten, daß er Barrieren um seinen Kummer errichtete; was bohrende Pein gewesen war, wurde jetzt zu einer Art von dumpfem Schmerz in seiner Brust. Immerhin hatte er ihr so viel bedeutet, daß sie ihm ihr Geld hinterlassen hatte, und das war sehr rücksichtsvoll, aber er hatte in seinem Leben genügend Gaben in Empfang genommen, um zu wissen, daß Geldgeschenke oft als Barriere dienen sollten.

Er hatte ihre Wohnung erkundet, wobei er sich vorgekommen war wie ein Einbrecher oder eine Art Flüchtling. Wenn er jetzt, da die Wohnung dunkel war und die Welt still, zurückdachte, dann hatten diese ersten paar Stunden ihm ein ganz eigentümliches Gefühl vermittelt: entsetzlichen Schmerz, aber auch eine Süße, die er vielleicht nie wieder vergessen würde.

Er öffnete eine Flasche Bier, leerte sie mit ein paar Schlucken. Ihn verlangte nach einer Art Betäubung. Sich sinnlos zu betrinken, war eine Möglichkeit.

Aber das Bier, die Stille und die leicht überheizte Wohnung hatten zusammengewirkt und ihn schläfrig gemacht. Er war ins Schlafzimmer gegangen, hatte das Bett betrachtet und sich gefragt, ob er es benutzen sollte. Schließlich hatte er sich dafür entschieden, sich auf die Tagesdecke zu legen, ohne zwischen die Laken zu kriechen. Aber ihm war schon bald kalt geworden. Er hatte den Schrank geöffnet, auf der Suche nach etwas Wärmerem als nur der dünnen Decke.

Unvermeidlicherweise hatte der Lederumhang sein Interesse erweckt. Er hatte ihn herausgezogen. Mit trotzigem

Schwung hatte er ihn umgeworfen, die Kapuze hochgeschlagen. Eingehüllt in den Ledergeruch von Marias Geheimnissen hatte er sich wieder aufs Bett gelegt. Was hatte ihr Körper empfunden, wenn er in dieses Ding eingehüllt war? Was hatte sie getan? »Es ist möglich, in die Hölle zu fahren!« hatte er geschrien. »Verdammt nochmal, Maria, es ist *möglich*!«

Er hatte sich umgedreht, das Gesicht in den Kissen vergraben. Irgendwo in dem Staub und dem kitzligen Federgeruch konnte er den noch haftenden Duft ihres Haares wahrnehmen. Daraufhin drehte er sich wieder um, er konnte ihn nicht ertragen, legte sich auf den Rücken. Der Lederumhang breitete sich um ihn aus. Er hatte die Beine gespreizt, seine Genitalien umfaßt, empfand den sanften Genuß seiner eigenen Berührung. Seine üblichen Verteidigungsmechanismen traten in Kraft; bevor mehr geschehen konnte, war er eingeschlafen.

Es war ein schwerer Nachmittagsschlaf gewesen, voll von dunklen, unerinnerten Träumen. Er war froh, als er endlich wieder aufgewacht war. Er wanderte zum Bücherschrank, versuchte, sie irgendwie wieder heraufzubeschwören, indem er sich an ihre Lieblingsbücher erinnerte.

Er sah einen vertrauten Band und griff danach: *Notes on Thought and Vision* von Hilda Doolittle. Sie hatten es immer und immer wieder gelesen, es war eine Bibel ihrer Beziehung. »Christus war die Traube, die an den sonnenhellen Wänden des Berggartens zu Nazareth hing. Er war die weiße Hyazinthe von Sparta und die Narzisse der Inseln. Er war das Tritonshorn und der Purpurfisch, zurückgelassen von den Gezeiten des Sees. Er war der Leib der Natur, des Weins, des Dionysos, er war die Seele der Natur.«

Er umfaßte das kleine blaue Buch mit beiden Händen. Wie der Verlust Marias auf ihm lastete! Ihm war, als hätte er seine einzige Chance verloren, das Leben wirklich zu leben. Wenn er nur bei ihr gelegen hätte, nur ein einziges Mal. Er hätte es gebeichtet, alles wäre ihm vergeben worden.

Und er hätte es gewußt! Er hätte es *gewußt*!

Auf dem Tisch stand eine Flasche Kognak neben einer Vase mit verwelkten Blumen. Er griff nach der Flasche und trank einen großen Schluck.

Dann knickte er zusammen, kämpfte mit zusammengepreßten Lippen gegen Übelkeit an, zwang sich, es unten zu behalten.

»Herr, sprich zu mir. Sag etwas! Gib mir ein Zeichen! Etwas ganz Simples – das Grollen von Donner, der Ruf eines Vogels in der Nacht…«

Jetzt verhöhnte ihn der unsterbliche Gedanke von Meister Eckhart: »Wir sollten danach streben, nicht zu Gott beten zu müssen, nach seiner Gnade und göttlichen Güte zu verlangen, sondern sie ohne Fordern hinnehmen.«

Er schaltete mehr Licht ein und kehrte in die Küche zurück, holte sich einen Löffel und aß etwas von dem Kaviar.

O schau, schau in den Spiegel,
O schau deines Leidens Pflicht;
das Leben bleibt ein Segen,
aber segnen kannst du nicht.

War nicht kürzlich ein Band mit Audens geheimen deutschen Gedichten herausgekommen? Den mußte er sich besorgen, ja, er würde morgen früh zu Three Lives hinübergehen, dann würde er bei einer Tasse Kaffee hier sitzen oder ins Peacock Café an der Greenwich gehen und Espresso trinken und es genießen.

Das würde am späteren Vormittag sein, wenn die harte New Yorker Sonne enthüllt, was anderes Licht verbirgt. Er aß Kaviar und trank ein Glas Leitungswasser nach dem anderen. Vielleicht bekomme ich von dem Salz einen Schlaganfall, dachte er. Was für ein Tod für den Heiligen der Seventh Avenue – zu sterben, während er sich mit Beluga vollstopfte.

Er holte den Weißwein aus dem Kühlschrank, entkorkte ihn und trank. Die Kälte erfüllte seine Eingeweide. An der Fensterscheibe war Reif. Er trank noch einen großen Schluck Wein.

Er hätte nie hierher kommen sollen; er war nicht stark genug, um dies zu ertragen, bei weitem nicht stark genug.

Sie hatte ein geheimes Leben gehabt, von dem er völlig ausgeschlossen gewesen war. Deshalb hatte sie ihn nicht geliebt, sie konnte ihn nicht geliebt haben, wenn sie ihm ihr Leben nicht anvertraut hatte. »Wir sind verheiratet in unseren Seelen...«

Er stürmte ins Schlafzimmer und griff nach dem großen Lederumhang und drückte ihn ans Gesicht, inhalierte tief seinen scharfen Geruch. »Ich hätte es getan, wenn du es gewollt hättest«, sagte er. »Natürlich, es ist nichts dabei«, sagte er. Ein mattes Lächeln erschien auf seinem Gesicht, als er zum Spiegel blickte und seine eigene schmale Gestalt sah.

Er warf sich den Umhang um. Da, das war es, was er wog, das war es, wie er sich anfühlte. Ihn verlangte danach, ihn zu besitzen, ihn zu zwingen, seine Erinnerungen preiszugeben.

Er drückte ihn fest an sich. »Deine Geheimnisse«, flüsterte er, »deine herrlichen Geheimnisse.«

Oh, geliebte Frau, wo bist du jetzt? Sie war ohne Absolution gestorben, und in ihrer Beichte war nie die Rede gewesen von schwarzen Mänteln und Ledergürteln. Sie war eine so gesunde Frau gewesen! Sie hatte sogar gesund ausgesehen mit dieser perfekten, blühenden Haut.

Wo bist du jetzt, Maria? Eine Sünde gleicht einer Entstellung, sie ist etwas, das wir verbergen möchten. Er war immer der Ansicht von C. S. Lewis gewesen, daß die Hölle ausgesprochen winzig sein mußte, weil die Seelen in ihr völlig in sich gekehrt und deshalb verschwindend klein sind. Natürlich bildet Satan sich ein, er wäre riesig und überragte die Welt. Diese Illusion ist seine einzige Schwäche, und gewöhnlich reicht sie nicht aus, um seine Pläne zu vereiteln.

Die Grube und das Feuer und die Verzweiflung würden wahrscheinlich in die hohle Hand eines Mannes passen, sämtliche Sünden aller Zeiten.

Er wußte, was er zu tun hatte. Er hätte es schon vor Tagen tun müssen. Er mußte für sie beten, mußte Gott anflehen ihrer Seele wegen, mußte sie zurückrufen aus den Tiefen der Gefallenen.

Jetzt, da ihm klargeworden war, was geschehen mußte, durfte er keine Sekunde mehr verschwenden. Er zog die Kapuze über und trat auf den Flur hinaus. Das Leder war schwer, aber es fühlte sich gut an, das Gewicht zu tragen, das sie getragen hatte.

Der dunkelblaue Teppich knisterte unter seinen Füßen, der Fahrstuhl klickte und flüsterte, als er hinunterfuhr, der Pförtner blickte erstaunt und mit hochgezogenen Brauen auf, als er eine solche Erscheinung aus seinem Gebäude kommen sah. Der Teufel hole den Pförtner; das war jetzt seine Wohnung, er hatte sie geerbt.

Und da war er nun, ein mitternächtlicher Irrer, der in einem Lederumhang die Straße entlangging. Aber er war ihr Symbol, und er trug ihn mit Stolz. Sollte doch die ganze Welt von dem verdammten Ding erfahren. Es tat ihm nur leid, daß es nicht zehn Uhr am Sonntagmorgen war. Vielleicht hätte er sogar die Messe damit abgehalten.

Er überquerte die Seventh Avenue in Richtung Village Cigars. Ein Mann, der die Christopher Street herunterkam, widmete ihm einen Moment lang flüchtige Aufmerksamkeit. Aber als er ein ältliches Gesicht unter der Kapuze sah, verflog sein Interesse wie winterliches Zwielicht.

O steh nur, steh am Fenster,
wenn Tränen brennend schmerzen;
und lieb deinen falschen Nachbarn
mit deinem falschen Herzen.

Einsam im bleichen Licht der Straßenlaternen stand M. and J. da, mit Fenstern, schwärzer als schwarz.

Er stieg die vertrauten Stufen zum vertrauten Portal hinauf, berührte den vertrauten Türgriff. Der Messingknauf drehte sich, die Tür war nicht einmal verschlossen. Merkwürdig, aber wenn schon. Er würde hineingehen und beten, bis er so ausgetrocknet war, daß er nicht mehr konnte.

»Ich komme«, hauchte er. »Ich komme.«

Er stieß die Tür auf, trat auf die alten Dielen, schaute in das stille Schiff.

Er trat in die Dunkelheit.

NACHTSPUK

Um elf Uhr läuteten die Glocken, dröhnten hinaus in die hektischen Nachtstraßen. Die Stadt pulsierte in ihrem Uhrfederrhythmus, niemand achtete auf das Läuten.

Er flüsterte. »Oooohhh, es ist dunkel! So dunkel hier drinnen, Johnnikins.« Ganz leise. »Aber ich habe Nachtaugen, ich hab meine Möhren gegessen!« So-o-o leise. »Guck-guck, Johnnikins, du kniest dort drüben…«

DU VERDAMMTER LOVER BOY!

Er kam sich vor wie ein Erdbeben, das Bersten des Himmels, das Stürzen der Sterne. Er kam aus seinem Versteck hinter der Gipsjungfrau hervor und begann, die Kirche zu durchqueren. Er hüpfte und klatschte in die Hände, machte es zu einem Tanz. »Rollse auf, rollse auf, markierse mit nem Strich, schiebse in'n Ofen für mein Baby und mich!«

Johns Andacht war zerschmettert. Er hob den Kopf, sah sich mit tränenerfüllten Augen hektisch um. Eine singende Stimme – ein Kind. Aber wo? Seine Augen hatten sich längst an die Dunkelheit gewöhnt, außerdem war die Kirche keineswegs stockfinster. Ihre Buntglasfenster leuchteten schwachgelb vom Licht der Straßenlaternen. Er sah keine Menschenseele, die Kirche war leer.

Töten kann dem Liebesakt gleichen; Soldaten wissen es. Der warme Abzug in seiner Wiege aus Fingerhaut, der hervorbrechende Seufzer deiner Geschosse … die ferne, taumelnde Gestalt, und du weißt, was er fühlt – einen elektrischen Schlag, wenn dein Stahl in seine Muskeln klatscht.

Deine Morde kehren heim wie Soldaten auf dem Rückmarsch aus ihren geschmolzenen Welten.

Aus seinem aufgewühlten Inneren kam die Stimme eines Fremden, so überraschend, so süß wie eine Glocke in einer Schneenacht. Der Wind wehte sanft, die Wiege schaukelte … Oh, lieber Alptraum, wie reizend kannst du sein.

Gefangene hatte man oft so mit Ketten belastet, daß sie nicht einmal eine Hand heben konnten, um sich vor den Ratten zu schützen. Von denjenigen, die unter dieser Tortur starben, hieß es, sie wären vom Bösen befreit worden.

Es ist normal für ihn, in bösen Menschen zu leben. Sie sind seine Behausung. Aber wenn er in den Guten Fuß faßt, dann widerhallen die Himmel vor Kummer.

Do wopwopwop!

Da war es wieder – eine Art gemurmeltes Kindergeschwätz. John erstarrte. Ganz offensichtlich konnte die Kirche ein gefährlicher Ort sein – aber doch gewiß nicht zu dieser frühen Stunde.

Der Mörder kam erst nach Mitternacht, und aus dem eindeutigen Grund, weil vorher die Straßen viel zu belebt waren.

Er glitt durch das Schiff, flog schnell und lautlos auf sein Opfer zu. Er würde die Überreste in den Keller bringen, sie verbrennen. Der Ofen würde Überstunden machen müssen. Aber er ging ein ziemliches Risiko ein, wenn er es so kurz vor Mitternacht tat. Polizeibeamtin Pearson würde früher oder später den Rauch bemerken.

Todsicher.

Er mußte schnell arbeiten, die Exekution vornehmen, den Ofen saubermachen, eine Ladung Knochen verstecken … oh je!

Tut mir ja sooo leid!

Wenn er nur jemanden sehen könnte, dann wüßte er, daß dies kein Trick der Akustik war, Leute draußen auf der Straße. Er ließ den Blick über die leeren Bankreihen schweifen, versuchte die Geräusche einer bestimmten Richtung zuzuordnen.

Aber sie schienen direkt aus der Luft herauszuschmelzen.

Wende dich dem Gebet zu, Mann. Darin liegt deine Stärke. Vertraue auf Gott, ihm hast du dein Leben gewidmet. »Vater unser, der du bist im Himmel…« Die Worte glitten leicht von seinen Lippen, in diese murmelnde Stille geflüstert. Also hatte er noch seinen Glauben.

Gut, ausgezeichnet, falt die Hände, senk den Kopf, er betet wieder. Jetzt konnte er John riechen, so nahe war er.

Was für ein Spaß.

Erst als das neue Geräusch abbrach, erkannte John, daß es dagewesen war, unter dem Gemurmel. Er dachte darüber nach … und da war es wieder. Ein zischendes Geräusch. Ungefähr so, als glitte jemand auf Strümpfen über den Boden.

Ausgesprochen unheimlich.

Und vermutlich nicht mehr als ein Heizkörper, aus dem Dampf entwich.

Er war jetzt nicht mehr auf sein Sehvermögen angewiesen, es behinderte ihn sogar. Also schloß er die Augen und verließ sich statt dessen auf eine andere Sicht, bestehend aus Erinnerung und Wissen und tausend Eindrücken, zu subtil, um identifizierbar zu sein. Er bewegte sich mit unendlicher Sorgfalt auf den Ledergeruch zu, der den alten Furz umgab. Er setzte einen Fuß weit vor dem anderen auf den Boden, dann streckte er sich, bis der andere auf gleicher Höhe war.

Sie legten ihn in die Kiste und steckten ihm einen hölzernen Keil zwischen die Beine, dann hämmerten sie auf den

Keil ein, bis die Knochen barsten und das Mark herausrann auf den Boden. Wie heilig, wie römisch, wie katholisch. Er mußte auf einem Karren zum Scheiterhaufen gebracht werden, denn laufen konnte er nicht mehr.

Do wop wop wop, ich komme, ob du nun bereit bist oder nicht!

Da war ganz eindeutig etwas, das sich auf ihn zubewegte. Eine Ratte, eine Katze?

Nein, es schien größer zu sein als eine Katze.

Als das Geräusch abbrach, schaute er nervös in die Dunkelheit, wo es gewesen war. Waren die Schatten dort dichter? Ja, entschied er. Das war's, er hatte genug, er zog den Umhang um seine Schultern und erhob sich aus der Bank.

Seine Muskeln wurden zu eisernen Federn. Er roch den muffigen, staubigen Geruch, der typisch war für das Entsetzen der Alten. Erstaunlich, wie alte Leute am Leben hingen. Seine einzigen passiven Opfer waren jung gewesen.

Johnnikins kam in das Schiff. Er hatte begriffen, was passierte, und er versuchte zu entkommen.

Zu spät, mein Lieber, *do wop.*

John eilte auf die Tür zu, als er sah, daß sich ein Schatten dagegen drückte. Er blieb stehen, verblüfft und entsetzt. Wie konnte sich jemand so schnell bewegen?

Er würde zur Sakristei laufen. Aber nein – Frank hatte bestimmt die Tür von der Pfarrhausseite aus verschlossen. Selbst er würde nicht so töricht sein, das zu vergessen. Aber es gab noch eine weitere Tür, hinter dem Altarraum, die hinunterführte in die Krypta.

Von der Krypta aus konnte er in den Keller des Pfarrhauses gelangen. Ob Frank auch die Tür am oberen Ende der Kellertreppe abgeschlossen hatte?

John würde es herausfinden.

Er war ein wenig überrascht, als John kehrtmachte und in die Kirche zurückkehrte. Aber die Überraschung beruhte nicht auf der Befürchtung, daß er entkommen könnte. Er war mehr als bereit zu einer kleinen Jagd. Er brauchte nichts zu tun, als ihm noch mehr Angst einzuflößen. Wirkliches Entsetzen beraubt einen Menschen all seiner Vernunft und Reaktionsfähigkeit. »Wir wolln den Strotzer tanzen!«

Mein Gott, was war das? Eine Stimme wie fallendes Laub, wie reißendes Wasser, aber auch wie der Schrei eines Kindes. Was zum Teufel war das? John konnte nicht anders, er fing an zu rennen, er stürmte blindlings auf den Altar zu, vergaß, wo er war, stolperte gegen die Stufen, die zum Sanktuar hinaufführten.

Da hockte etwas auf dem Altar. Er konnte die Gestalt deutlich sehen vor dem bleichen Marmor des Tabernakels, *seines* Tabernakels. Er blickte hoch zu dieser Person, mit tränenerfüllten Augen. Der Atem rasselte in seiner Brust. Der Kopf des Mannes war lang, sein Gesicht war… Oh, nein. Bestimmt spielten Johns Augen ihm einen Streich, die Dunkelheit bewirkte, daß er sich Dinge einbildete. Aber dieses Gesicht, dieses Gesicht – speichelnd, glotzäugig, kaum noch menschlich –, es war das Gesicht eines Monsters.

Die Morgensonne brachte Mutters Kanarienvogel zum Singen. Er war so glücklich. Oh, so glücklich! So, so, so glücklich!

Es war ein langsamer und schwieriger Prozeß, einem lebenden Vogel die Federn auszureißen. Zuviel Schmerzen, und er starb, zuwenig, und es machte keinen Spaß mehr. Er liebte es, Spaß zu haben, im Sonnenschein, am goldenen Morgen. »Tweedle, tweedle, tweedle-dee«, sagte er. Und, Junge, Junge, John versuchte, seinen Arsch in Sicherheit zu bringen! Er flog regelrecht den ganzen Weg durch das Kirchenschiff zurück. »Woll'n den Strotzer tanzen«, rief er ihm nach. Er stand auf dem Altar, hoch aufgerichtet und nackt und steif wie Stahl.

»Hilfe! Hilfe!« Johns Brust brannte wie Feuer, die Worte kamen schwach und trocken heraus. Es war wie ein Alptraum, man will schreien, aber es geht nicht. Jeder Muskel in seinem Körper zitterte, ihm war schwindlig, er spürte, wie der Boden unter seinen Füßen wankte. Noch nie hatte er etwas so Grauenhaftes gesehen, noch nie so etwas wie diese Stimme gehört.

Es war beim Altar, es versperrte den Eingang – wo sollte er hin? Es gab keinen Ort. Wenn er nur zu den Schaltern käme, dann könnte er Licht machen, aber die Schalter waren in dem Schrank unter der Treppe zur Chorempore. Um dorthin zu kommen, würde er den ganzen Weg zurück und durchs Vestibül laufen müssen.

Er tauchte in der nächsten Bankreihe unter, warf sich zu Boden, klappte die Kniestütze hoch und begann, auf dem Fußboden entlangzukriechen. Er versuchte, leise zu sein, aber es nützte nichts. Er kroch unter der Bank hindurch in die Reihe dahinter. Dann wartete er.

Es war faszinierend, das war eine echte Jagd! Er tanzte durch das Mittelschiff und sang: »Meine Augen haben die Glorie der Wiederkunft des Herrn gesehen!«

Du hast eine wundervolle Stimme, mein Junge, pflegten sie zu sagen. Sie sagten es im Sommer, sie sagten es im Herbst, sie sagten es, wenn das Rotkehlchen den Wurm herauszog. Sie saßen in den großen weißen Adirondacks-Sesseln, ihre kühlen Gläser mit Drinks in den Händen, und er stand da und sang für sie. Er stand steif, legte die Arme an die Seiten, wendete von der Mitte des Hauptschiffes aus das Gesicht dem Altar zu, und dann sang er aus der tiefsten Tiefe seines Wesens, und der Gesang schwoll an, und der Gesang war grandios.

Die Nacht lag ich im Schlummer kaum,
da kam zu mir ein schöner Traum.
Zu Jerusalem vor dem Tempel ich stand,
hörte Kinder singen mit hellem Klang,
mir schien es wie Engelstimmen und
wie himmlischer Harfen Gesang…

Nein, das war Mist, die Worte waren falsch. Engelsstimmen, himmlische Harfen, so ein Quatsch! Lieber das Lied von den Sixpence singen, Taschen voller Korn, denn er war erst fünf, und wenn man fünf ist, Mommy, ist es schwer, Daddy, sich an den Schatten des Kreuzes zu erinnern. »Jerusalem, Jerusalem, Taschen voller Korn!«

Er würde gehen, eh heh heh heh.

Daddy hat mich mit dem Kopf nach unten gehalten und mich geschüttelt, als ich meinen Kommunionsanzug naßgemacht hatte. »Also traten alle ein, die eintreten wollten, dann *schließe ich die Türen und zermalme all die Menschen*!«

John hatte noch nie etwas dergleichen gehört, diesen kraftvollen, herrlichen Tenor, der »Jerusalem« sang, sich veränderte, zur Stimme eines Jungen wurde, rein und neu, zur Stimme eines Kindes, dann zur Stimme eines Säuglings. Nun gurrte der Säugling und murmelte und schmatzte und war auf der Suche nach ihm. John war nicht in der richtigen Verfassung für diese Art von Anstrengung, er kämpfte immer noch gegen sein eigenes Herz und seine Lungen an, focht im Schweiße seiner Angst.

Aber er flüchtete weiter. Wer immer das sein mochte, er war sehr nahe.

Oh, da läuft er, *do wop*! Er hat Kampfgeist, dieser leckere kleine Brocken! Er wird es bekommen, und zwar langsam, *do wop*, Zeit für die Frage, tanz den Strotzer, *do wopwopwop*!

Einen Moment, ist er das nicht, auf dem Weg zurück zur Sakristei? Ja, lieber durch das Seitenschiff, er hat ganz entschieden Kampfgeist, dieser kleine Honigkuchen.

Er flog, schnell wie eine Eule.

John war hinter den Altar gelangt, er duckte sich tief, er kroch auf die Tür zur Krypta zu. Er mußte hinein, sonst würde er nicht lebend davonkommen, und er wollte am Leben bleiben. Es war nicht mehr eine Sache des Denkens, das Denken besorgten sein Blut und seine Muskeln und seine Knochen. Er wollte am Leben bleiben, er wollte nicht zulassen, daß ihm das passierte, daß er in einem Müllcontainer endete.

Oh, Gott, er ist auf der anderen Seite des Altars, er atmet, man kann es hören, du mußt dich bewegen, die Hände tun weh, schlepp dich weiter, sieh zu, daß du zu dieser Tür kommst, du kannst ihn sehen, da ist er.

Atmen, atmen. »*Do wop*«, murmelte er wieder. Was zum Teufel ist das, eine Redensart in der Sprache der Hölle? Nein, er kommt nicht einmal aus der Hölle, es ist ein Außerirdischer, schlimmer als die Hölle, etwas von jenseits der Schwärze des Raums, und es ist hier, und es hat es auf mich abgesehen, es sieht aus wie ein Monster. Gott helfe uns allen!

Jetzt brauchte er nichts mehr zu tun, als auf den Altar zu springen, die Monstranz in seine große, breite Hand zu nehmen, und dann peng! Okay, Zuckerpflaume, Zeit zum Sterben.

Rollse auf, rollse auf, markierse mit nem Strich
Schiebse in'n Ofen für mein Baby und mich!

Er stolzierte auf dem Altar herum, schwenkte beim Tanzen die Monstranz. Jetzt würde er gern eine gute Zigarre rauchen, eine hübsch teure wie die, die der Bischof rauchte, eine von diesen Dunhills oder – aber Bischof, sind die nicht illegal? – eine Corona de Corona aus Havanna, Kuba.

Die liebste doch, schiebse in'n Ofen
für mein Baby und mich!

Gott Gott Gott, er berührte die Tür, seine Hand lag auf dem guten, kühlen Knauf, er drehte sich, dann Kryptaluft, und er war drinnen! Oh, ja!

Jemand stöhnte.

Er ist auch hier drin, er ist direkt neben mir!

Nein, nein, es war John selbst. *Er* hatte gestöhnt. Oh, das war eine Erleichterung. Er hatte gestöhnt, und weshalb auch nicht? Er wollte schreien, aber das durfte er nicht. »Gib keinen Ton von dir, du alter Narr«, flüsterte er. Oh, ja, das war besser. Er richtete sich auf, schwenkte die Hand über dem Kopf, suchte nach der Kette mit dem Zugschalter, mit dem er Licht anmachen konnte.

Er fand die Kette, zerrte daran. Nichts geschah.

»Es ist still. Ja, zu still. Was meinste? Ich meine, das Hühnchen ist aus dem Käfig geflogen, das ist es, was ich meine, Blödmann!«

Also, wie konnte er das tun? John kennt seine Kirche, er ist sehr gut, es ist eine prächtige Jagd!

Also, wie konnte er, wo würde er...? Muß die Krypta sein. Und das war wunderbar! Das war ein gefundenes Fressen, ja, mach, daß du runterkommst in diese Krypta, und dann machste den Sarg auf und stopfst diesen winselnden Lederkerl zu den Knochen hinein!

Wird gemacht!

Ohne jede Vorwarnung schlug etwas sehr Hartes in Johns Gesicht. Er schwenkte die Hände hektisch um sich, ein jämmerlicher Verteidigungsversuch. Es dauerte ein paar Sekunden, bis er begriffen hatte, daß er gegen eine Wand gerannt war.

Er stand reglos da. Einen Moment Stille, dann das Knarren einer Tür. Dann, vom oberen Ende der Treppe: »*Fe fi fo fum*!«

Völlig verängstigt tastete er sich weiter, erreichte eine der alten Grüfte, seine Finger schleppten über den Marmor. Vorsichtig kroch er dahinter, duckte sich.

Ah, dieser Ledergeruch – der Geruch nach alter Haut und der Gestapo. »Wo bist du, Johnnie? Ich fürchte mich im Dunkeln!« Oh, ja, mein Lieber, du bist ein Goldstück, du bist ein Prachtjunge, du willst einfach nicht erwischt werden!

Genug war genug. Er hob die Monstranz. Er würde zuschlagen.

John sah, wie sie sich in der Tintenschwärze bewegte, ein flackerndes Leuchten, das Licht einer kalten, fernen Sonne. Sie schwebte, eine goldene Scheibe, kam langsam auf ihn zu, glitt durch die Dunkelheit, kam näher, noch näher.

Ganz plötzlich wußte John Bescheid: Maria war mit der Monstranz erschlagen worden, dem Behältnis des Heiligen Sakraments, dem Urgefäß der Verehrung Gottes.

John sah die Monstranz durch die Dunkelheit gleiten, hörte das Bersten ihrer Stirn, sah die Monstranz zurückgleiten.

Er hob sie hoch, und als er das tat, sah er ein Glimmen auf ihrer goldenen Oberfläche. Er hielt sie mit voll ausgestrecktem Arm, zögernd, staunend. Dieses Glimmen hätte nicht erscheinen sollen. Die Krypta war so dunkel wie das Innere einer Höhle, er hatte die Sicherung selbst herausgedreht. Also, wo kam das Licht her? Er drehte sich um, schaute die Treppe hinauf. Ah ja.

Oder nein, es waren Autoscheinwerfer, die auf die Fenster trafen, weil jemand in die Morton Street einbog. Bestimmt.

Okay, gut. Bring es hinter dich. »So, und nun ganz still, Mr. Kopf, hier kommt Mr. Monstranz, und er ist wütend!«

Selbst Angst hat eine Grenze, und als sich die Monstranz über ihm hob, überschritt John diese Grenze. Er duckte sich, verkroch sich in das Leder. Er schloß die Augen. Jedes Detail des Augenblicks bot sich dar wie eine winzige, komplizierte Blüte. Zuerst das Rauschen von Leder, als er die Arme gegen den kommenden Schlag hob. Dann das lange, tiefe Atemholen. Dann das Kribbeln auf seiner Stirn, als hätte die Basis der Monstranz ihr Ziel mit einem Kreidestrich markiert.

Was zum Teufel ist das? Das ist das Licht einer gottverdammten Taschenlampe, das die Treppe herunterkommt, das ist es, was es ist.

Verschwinde. Schnell!

19

John hatte nur einen Gedanken: Leben. Die Schritte kamen näher. Leben.

»Okay, Mann, kommen Sie raus da!«

Leben.

Ein Fuß stieß seinen Rücken an. »Los, Bewegung!«

Leben.

Hände packten seinen Lederumhang, zerrten. Sein Instinkt sträubte sich, und er wurde aus dem Umhang herausgeschleudert in gleißend helles Licht und die funkelnden Läufe von Pistolen.

»Keine Bewegung, Mann, Sie sind... Großer Gott, Father!«

Er taumelte vorwärts, sah erst jetzt die glattrasierten jungen Gesichter und die Uniformen. Er sank vor den jungen Männern zusammen, griff nach der Brust, dem Gürtel des ihm am nächsten stehenden Polizisten, um Halt zu finden. Dann war er einfach so dankbar, daß er weinte, regelrecht heulte, und der kräftige junge Mann hob ihn hoch.

»Hol einen Stuhl, Tom, es ist einer der Priester!«

Ein anderer Polizist kam mit einem Faltstuhl von irgendwoher, und John sank darauf. »Herr«, murmelte er. »Oh, Herr, steh mir bei!«

Detective Dowd bewegte sich schnell durch die Krypta; sein Gesicht war hart und angespannt, seine kleinen Augen funkelten im Schein der Taschenlampen. »Habt ihr ihn?«

Nein, Sir.«

Dowd blieb stehen, sprach in das Walkie-Talkie, das er bei sich hatte. »Alles abriegeln. Täter bisher nicht gefunden. *Ich wiederhole: Alles abriegeln*!«

Als er an dem Detektiv vorbeischaute, sah John, daß die Monstranz auf der Gruft des alten Father Thomas Geary stand. In ihr konnte er eine Hostie sehen.

Das Priestertum gewann wieder die Oberhand. Er stand auf, eilte hinüber zu dem kostbaren Objekt, wollte es ergreifen.

»Fassen Sie das verdammte Ding nicht an«, befahl Dowd. »*Er* hat es hier heruntergebracht.«

»Er wollte mich damit erschlagen.«

»Wahrscheinlich auch die Mordwaffe im Fall Julien. Unsere Techniker haben jeden Kelch und jeden Kerzenhalter im Gebäude nach Spuren abgesucht. Alle waren sauber. Auch das war sauber.« Er seufzte. »Aber Metall läßt sich leicht abwischen.«

Der Detektiv holte einen weiteren Faltstuhl und setzte sich John gegenüber. »Kann ich Ihnen ein paar Fragen stellen?«

»Ich...«

Dowd schloß die Augen, als hätte er Schmerzen. »Sagen Sie nicht nein.«

»Bitte, fragen Sie.«

»Beschreibung der Person, die Sie gesehen haben?«

»Sehr schmales Gesicht. Große, vorstehende Augen. Lange Nase, schmale Lippen. Das häßlichste Gesicht, das ich je gesehen habe.«

»Bekannt?»

Er schüttelte den Kopf. Wie würden sie das je verstehen können? »Völlig unbekannt.«

»Mist!«

»Wie sind Sie... Ich glaubte schon, ich müßte hier sterben.«

»Die Kirche wird Tag und Nacht beobachtet. Wir sahen Sie hineingehen. Sie hätten nicht diesen Phantom-der-Oper-Umhang tragen sollen! Wir waren sicher, daß Sie der Typ waren. Sie haben Glück gehabt, daß Sie nicht erschossen wurden.« In seine Augen trat ein verletzter Ausdruck, aber sein Ton war herablassend. »Eine sentimentale Anwandlung wegen Ihrer Lederfreundin?«

Bevor John etwas erwidern konnte, kam eine andere Stimme, leise und unendlich sanft, und Frank erschien zusammen mit einem weiteren uniformierten Polizeibeamten auf der Treppe. »Das Heilige Sakrament«, sagte er und bewegte sich auf die Monstranz zu.

»Nicht anfassen!«

Frank konzentrierte sich dermaßen auf den Zustand der Hostie, daß er die Monstranz ergriffen hatte, bevor ihm bewußt wurde, was Dowd gesagt hatte.

»Verdammter Mist, das ist die Mordwaffe!«

»Das ist der Leib des Herrn«, sagte Frank. »Ich muß ihn in meine Obhut nehmen.«

Dowd schüttelte den Kopf. »Metall wie dieses liefert gute Abdrücke, aber sie sind verdammt empfindlich. Sie haben uns einen schönen Strich durch die Rechnung gemacht, Father Bayley!«

Jetzt endlich begreifend, ließ Frank die Monstranz los, als hätte sie ihm einen Schlag versetzt. »Oh, Entschuldigung. Es tut mir leid!«

»Nehmen Sie Ihr Heiliges Sakrament und essen Sie es oder bringen Sie es zu Bett oder was Sie sonst damit zu tun pflegen. Wenn wir ganz viel Glück haben, finden wir noch einen verirrten Abdruck, der nicht von Ihnen stammt.« Er lachte, ein Geräusch wie ein überdrehter Motor.

»Oh, John.« Frank trat zu ihm, mit Tränen in den Augen. Er umarmte ihn. John wurde übel vom Geruch des Rasierwassers. Er wich zurück, schob die breiten Schultern von sich. Frank gab ihn frei. »Tut mir leid, John!« Er wirkte verletzt.

Er konnte den Ton nicht vergessen, den der jüngere Mann am Mittag ihm gegenüber angeschlagen hatte. Er hatte die Dinge von Grund auf geändert. In ihm hatte ein bestürzendes Echo der Wahrheit gelegen. John war überzeugt, daß Frank in diesen wenigen Sekunden seine wahren Gefühle offenbart hatte.

Frank öffnete die Lünette, holte die Hostie heraus und brach sie in der Mitte durch. Er musterte John, und seine Augen waren arglos wie die eines Kindes. »Der Leib Christi«, sagte er. John nahm die ihm dargebotene Hälfte und steckte sie in den Mund.

Sie nahmen ihre Kommunion gemeinsam.

Herr, sagte John in seinem Herzen. Herr, Herr, Herr.

Franks Stimme war sahnig. »Er ist entsetzlich mitgenommen, Mr. Dowd. Wir müssen ihn nach oben bringen, zusehen, daß er etwas Kaffee bekommt.«

»Ihnen ist doch wohl klar, daß der Täter immer noch hier drinnen ist.«

Frank wurde grau. »Soll das ein Witz sein?«

»Er ist hier, er muß hier sein. Wir haben sämtliche Ausgänge abgeriegelt.«

»Auch die Schule?«

Dowd nickte. »Den ganzen Bau. Gerade jetzt machen sich die Leute bereit zu einer eingehenden Durchsuchung sämtlicher Räumlichkeiten.«

»Ist es gefährlich, wenn wir hierbleiben?«

»Sicher ist es jedenfalls nicht.«

»Dann sollten wir vielleicht...«

»Einen Ausflug in die Küche zum Kaffeetrinken werden Sie vermutlich überleben. Ich komme mit.«

Mit den unsicheren Schritten eines Fremden folgte John ihnen nach oben und in seine eigene, vertraute Küche. Er setzte sich an den Tisch und zählte die roten Quadrate der Plastiktischdecke, bis Frank die Kaffeemaschine eingeschaltet hatte. Dann beobachtete er ihn.

»Ich muß Sie beide ein paar Dinge fragen«, sagte Dowd.

»Nur zu.« Frank war energisch, tatkräftig, gefaßt. Er trug seinen blauen Bademantel und ein Paar Pantoffeln, die John noch nie an ihm gesehen hatte. Vielleicht war er ausgegangen und hatte ein bißchen eingekauft, zur Feier seines Sieges.

Dowd wendete sich an John. »Erstens, weshalb trugen Sie diesen Umhang?«

Er war zu mitgenommen, um etwas anderes zu sagen als die Wahrheit. »Ich weiß es nicht. Ich fand ihn bei Maria … vielleicht hoffte ich, etwas zu verstehen. Ihn zu tragen kam mir irgendwie sinnvoll vor.«

»Sie sollten eigentlich für zehn Tage ins Holy Name Center fahren.«

»Ich will nicht für zehn Tage ins Holy Name Center! Also ging ich zu dem einzigen anderen Ort, wo ich hinkonnte.«

Frank ergriff das Wort. »Sie waren in Marias Wohnung?«

»Ich werde dort wohnen. Sie gehört jetzt mir.»

Dowd warf ihm einen Seitenblick zu. »Das Testament ist noch nicht bestätigt. Die Wohnung gehört nicht Ihnen.«

»Was wollen Sie tun – mich wegen Einbruchs und unbefugten Eindringens verhaften?«

»Mir ist es egal, wohin Sie gegangen sind. Das geht mich nichts an. Ich muß nur wissen, was hier passiert ist, sonst nichts. Also, Sie legen sich den Umhang um, Sie kommen hierher in die Kirche. Was wollten Sie hier, um elf Uhr abends?«

»Ich wollte beten. Ich wollte meine Abendgebete sprechen – für die Menschen, die hier gestorben sind.«

Frank zog den Stecker der Kaffeemaschine und goß Kaffee in die Becher. John stellte fest, daß er ihn dringend nötig hatte.

»Also, Sie kommen aus sentimentalen Gründen in die Kirche. Obwohl es Nacht ist und offensichtlich überaus unklug. Was dann?«

»Ich habe eine Weile gebetet. Wie lange, weiß ich nicht. Dann wurde mir klar, daß außer mir noch jemand in der Kirche war. Ich hörte Atmen.« Er erzählte die ganze Geschichte seines Erlebnisses.

»Was ist mit Ihnen, Father Frank?«

»Ich habe mir Abendessen gemacht, ein bißchen ferngesehen, dann bin ich nach oben gegangen. Ich las in meinem Brevier, als der Beamte anklopfte.«

»Bis zu diesem Zeitpunkt haben Sie nichts gehört?«

»Ich hatte die Tür zur Kirche abgeschlossen. Sogar den Zugang durch den Keller.«

»Sehr vernünftig. Leider müssen wir davon ausgehen, daß unser Mann Schlüssel zu allen Türen hat und über alle Tunnel und dergleichen Bescheid weiß. Wo ist übrigens Father Sprachlos? Gewöhnlich pflegt er doch in solchen Fällen aufzutauchen und auszusehen, als wollten ihm die Augen aus dem Kopf fallen.«

»Er ist nicht im Pfarrhaus«, sagte Frank.

Das überraschte John. »Nein?«

»Ich nehme an, er ist bei den Georgianischen Brüdern in der Sullivan Street.«

»Er kennt Bruder Harold schon seit vielen Jahren«, sagte John. »Wenn er irgendwohin gegangen ist, dann dorthin.«

»Sie haben gesehen, wie er ging? Einer von Ihnen?«

»Nein«, sagte Frank. »Gesehen habe ich es nicht. Ich habe nur angenommen…«

»Sie kennen vermutlich George Nicastro?«

»Natürlich«, erwiderte Frank.

»Seine Frau hat ihn heute mittag als vermißt gemeldet.«

John beobachtete, wie sein Priesterkollege langsam weiß wurde. Seine eigene Kehle fühlte sich an, als zöge sie sich zusammen. Er hätte würgen können.

Der Detektiv fuhr fort. »Er ist vor zwei Nächten hierher gekommen. Und nicht nach Hause zurückgekehrt.«

Das traf Frank da, wo es wehtat. »Der Rauch – nein!«

»Mehr wissen wir nicht.«

»Oh, Jesus, steh uns bei! Steh uns bei in dieser schweren Zeit!«

Johns Impuls war, den jüngeren Mann in die Arme zu

schließen. Eine derartige Verzweiflung in der Stimme eines Menschen hatte er nur selten gehört.

»Wir beobachten die Kirche rund um die Uhr«, sagte Dowd. »Aber wir haben nicht gesehen, daß Nicastro in der Nacht seines Verschwindens die Kirche betreten hat. Vielleicht hatte er Familienprobleme.«

»Er war ein vorbildlicher Katholik.«

»Auch Katholiken laufen von zuhause fort, das weiß ich aus Erfahrung.«

Der an der Schwelle stehende Polizist in Zivil, ein untersetzter Mann, der eine Daunenjacke und Cordhosen trug, scharrte mit einem Fuß über den Boden. »Ich möchte wissen, ob es außer den Türen noch eine andere Möglichkeit gibt, hier hereinzukommen.«

John antwortete. »Es gibt eine eiserne Luke hinten in dem alten Kohlenkeller, die mit der Schule in Verbindung steht. Sie wurde gebaut, damit man die Kohle hindurchbefördern und größere Mengen auf einmal anliefern lassen konnte. Wenn man diesen Durchgang kennt, kann man vom Pfarrhaus in die Schule gelangen.«

»Aber nicht in die Kirche?«

»Nein.«

»Verdammt«, sagte der Polizist in Zivil mit stiller Intensität.

»Fluchen Sie nicht in der Kirche, Hal. Oh, ich habe Ihnen Hal Hawkins noch nicht vorgestellt. Hal, das sind die Priester.«

Der Mann in der Daunenjacke lächelte. »Ich würde Ihnen empfehlen, von hier zu verschwinden, bis wir diesen Kerl gefaßt haben.«

»Das paßt mir gar nicht«, sagte Frank.

»Aber hier können Sie nicht bleiben, Frank.«

»Nein.« Er bedachte John mit einem steten Blick. »Ich könnte mit Ihnen gehen.«

John dachte an das, was er in der Kirche gesehen hatte,

und kam zu dem Schluß, daß er gern Gesellschaft haben würde – selbst die von Frank. »Sie können mitkommen.«

Dowd trank den Rest seines Kaffees. Er schien im Begriff, etwas zu sagen, doch dann entschied er sich dagegen. Er knöpfte seine Lederjacke zu.

»Möchten Sie noch Kaffee?«

»Nein, danke.« John spürte, wie ihn eine Welle von Übelkeit überkam. Der Kaffee war stark gewesen, und sein Magen war übersäuert. Er hustete heftig, würgte gegen sein Aufstoßen an. Ein Teil von ihm wollte allein sein, sich in Marias Bett zusammenrollen und diese dunkle Zeit vergessen, sein Gesicht in der Erinnerung an ihren Duft vergraben.

Dowd beobachtete ihn. »Brauchen Sie Hilfe?«

John wollte ihre Besorgtheit nicht. In Wirklichkeit wollte er nur zum Ausdruck bringen, was er in der Kirche erlebt hatte. »Er hat ein Kinderlied gesungen«, sagte er. »Seine Stimme – sie war ganz merkwürdig. Und unterschiedlich. Erst hörte sie sich an wie die eines Säuglings, dann wie die eines Jungen – und dann fing er plötzlich an, diese alte Hymne zu singen, vielleicht kennen Sie sie, ›Jerusalem‹.« John erinnerte sich an die widerhallende Perfektion der Stimme. »›Jerusalem, Jerusalem‹ … er sang wunderbar.«

Frank kam zu ihm, bückte sich, umfaßte seine Hände. »Mein Freund«, sagte er. John war verblüfft, als er sah, wie tief bewegt er war.

Dann kam ein lautes Knarren und Trampeln, und mindestens sechs uniformierte Polizisten stapften auf dem Flur vorbei. Einer von ihnen steckte den Kopf zur Tür herein. »Alles klar bis hierher«, sagte er.

Frank sah ihnen nach, wie sie sich auf den Weg zu den oberen Geschossen des Pfarrhauses machten. »Ich will nicht hier sein, wenn sie ihn finden.«

Das brachte John auf die Beine. »Ich auch nicht!« Der Gedanke, der Mann, den er in der Kirche gesehen hatte, könnte irgendwo in der Nähe sein, hätte ihn beinahe zu panischer Flucht verleitet.

»Sie sollten lieber von hier verschwinden«, sagte Dowd.

»Und wenn Sie einen Mantel haben, dann sollten Sie dieses Ding abnehmen und ihn anziehen«, setzte Hawkins hinzu. »Dieses Ding ist nicht gerade die ideale Bekleidung in einem Revier, in dem nach einem Irren gefahndet wird.«

»Sie glauben also, er hätte das Grundstück verlassen?«

»Ich meine, wir haben ihn bisher noch nicht gefunden, und das Revier ist in Alarmbereitschaft. Tun Sie sich selbst einen Gefallen und verzichten Sie auf das verrückte Ding.«

John wartete in der Diele, während Frank seine Sachen für die Nacht zusammenpackte. Sie verließen das Haus gemeinsam. John trug einen alten Regenmantel und schauderte unter dem scharfen Wind.

»Ich kann nur sagen, daß es mir leid tut«, sagte Frank, sobald sie allein waren. »Zu meiner Entschuldigung kann ich nur sagen, daß ich unter Druck stand.«

»Schon gut. Ich weiß, daß Sie hitzköpfig sind.«

»Ich war heute bei Richard Hidalgo.«

Sie überquerten die Seventh Avenue. Marias Haus am Waverly Place kam in Sicht. John hatte seit fünf Jahren nicht mehr mit Franks geistlichem Berater gesprochen. »Wie geht es ihm? Er muß auf die Hundert zugehen.«

»Er sieht immer noch aus wie fünfundfünfzig.«

»Er hat ausgesehen wie fünfundfünfzig, seit er zwanzig war.«

Frank kicherte, schlug John auf die Schulter. John spürte einen Widerhall der alten Kameradschaft.

Zwei oder drei Minuten später betraten sie die Wohnung und waren sofort umgeben von warmer Luft und einer eigentümlich düsteren Atmosphäre.

»Sie haben kein einziges Licht angelassen.«

»Ich habe nicht daran gedacht. Ich wollte so schnell wie möglich in die Kirche.«

Frank betätigte einen Schalter, und das Wohnzimmer füllte sich mit weichem Licht. »Ich hätte nicht im Dunkeln hineingehen können. Ich weiß nicht, wie Sie das fertiggebracht haben.«

»Ich dachte, es bestünde keine Gefahr, weil es noch früh war. Was ein Irrtum war, wie sich herausgestellt hat.« John entledigte sich seines Mantels, dann ließ er sich auf die Couch sinken. Er rieb sich das Gesicht. Er war völlig erschöpft. Als er die Augen schloß, hatte er das Gefühl, daß das Zimmer sich um ihn drehte. Wieder sah er das Monster auf dem Altar hocken. Sein Mund wurde trocken, seine Hände begannen zu zittern. Wie konnte jemand so aussehen?

Eine Minute verging, drei Minuten, fünf. Immer noch saß er da. Er verbrachte die Zeit damit, seine Gedanken durch die Jahre schweifen zu lassen, dann nickte er ein.

»Hey.«

Er blinzelte, erstaunt, Frank vor sich stehen zu sehen.

»Sollten Sie nicht lieber zu Bett gehen?«

»Er hat getanzt, Frank. Er schien... ungeheuer schnell zu sein, wenn er sich bewegte. Ich glaubte, er würde mich umbringen. Ich glaubte, mein Leben wäre zu Ende.«

Frank ging zu einer eingebauten Bar und holte eine große Flasche Black Bush heraus. »Ein steifer Drink, und dann ins Bett. Was halten Sie davon?«

John nahm den Drink von seinem ehemaligen Kuraten entgegen, nippte daran.

»Moment. Ich glaube, das wäre angebrachter.« Frank kippte den Inhalt seines Glases hinunter, goß sich einen weiteren Drink ein. »Eine Sünde mit Black Bush, ich weiß, aber in Anbetracht der Umstände...« Er leerte sein zweites Glas mit einem Schluck.

Auch John nahm seine Medizin. Der Alkohol wärmte ihn, und er begann sich etwas besser zu fühlen. »Bett«, sagte er, »endlich! Ist die Tür abgeschlossen?«

Frank nickte, aber John überzeugte sich trotzdem selbst.

Einen Moment später hatte er die Schlafzimmertür geschlossen und sich auf das Bett geworfen. Er rechnete damit, daß er sofort einschlafen würde, aber es gelang ihm nicht. Es gibt eine Art seelischer Erschöpfung, die Schlafen unmöglich macht. Anstelle der ersehnten Bewußtlosigkeit drängten sich ihm Erinnerungen an die Kirche auf. Wieder sah er die Monstranz funkeln, roch den feuchten Boden der Krypta, in der er Zuflucht gesucht hatte.

Wenig später öffnete er die Augen. Da das Zimmer auf eine schmale Gasse hinausging, war es ziemlich dunkel. Er tastete nach der Lampe, fand sie nicht.

Den Schatten auf dem Fußboden sah er, als er sich aufsetzte. Er hatte ungefähr die Größe eines großen Hundes, und er schien sich auf das Bett zuzubewegen. Einen Augenblick lang war er buchstäblich gebannt davon. Er blinzelte, konnte nicht recht glauben, daß er wirklich war.

Er tastete abermals auf dem Nachttisch herum, jetzt sehr nervös. Endlich trafen seine Finger auf die Lampe. Er suchte weiter, fand den Schalter, drückte darauf. Licht.

Da war nichts, natürlich. Er stieß den Atem aus, sank wieder zurück und starrte an die Decke. Am Morgen würde er Dr. Morris anrufen. Eine derartige Anspannung konnte er nicht verkraften. Und er würde ins Holy Name fahren. Winzige Zimmer, massenhaft Leute, eine wohlversteckte Anlage; jetzt hörte sich das alles wundervoll an.

Er dachte daran, zu lesen, griff statt dessen aber nach seinem Rosenkranz und betete eine Dekade. Dann schaltete er das Licht aus, wickelte sich in die Tagesdecke ein und drehte sich um.

Eine Minute verging, dann zwei. Endlich begann John einzunicken.

Wieder wurde er gestört, diesmal von einem einzigen, scharfen Einatmen, ziemlich nahe bei seinem Bett. Bestimmt wieder falscher Alarm. Aber das einfachste war vielleicht, bei eingeschaltetem Licht zu schlafen.

Als er die Augen öffnete, sah er dieses entsetzliche, wächserne Gesicht, das starre Grinsen, die glitzernden, unvollkommenen Zähne.

O Alptraum.

Der Kopf ruckte zurück, und die Augen musterten ihn, dunkle Stecknadeln in bleicher Sahne.

Ein unwillkürlicher Schrei brach aus ihm heraus; eine Hand unterdrückte ihn. Er schlug um sich, aber er war kein Kämpfer. Binnen einer Sekunde war er gepackt, von hinten festgehalten, sein Mund fest verschlossen.

Dann drang der sanfteste, süßeste Tenor in sein Ohr. »Oh Jesus, birg und schütze mich...«

Er erstarrte, sein Verstand versuchte, sich über das Ausmaß klarzuwerden, in dem sein Alptraum zu einer Realität geworden war.

»Oh, Johnnie, oh, Johnnie, wie konntest du lieben!«

Dann roch er Kölnischwasser und wußte, daß es Franks Kölnischwasser war.

»Wolln wir den Strotzer tanzen?« fragte Frank. Sein Ton war umgänglich, man konnte das Lächeln darin hören.

John war völlig fassungslos. Frank? Dieses grauenhafte Gesicht – das war Frank?

Großer Gott, natürlich! Es war Frank in extremer Qual, in extremem Entsetzen, Frank in mystischer Pein.

John trat, er biß, er warf sich herum wie ein gestrandeter Fisch, aber aus dem stahlharten Griff des Mannes gab es kein Entkommen. Das war unglaublich, das war grauenhaft. Frank, Frank...

»Back mir einen Kuchen, Johnnikins, so schnell du kannst!«

Allmächtiger, großer Gott.

»Kein Problem, ich back ihn mir selbst. Ich weiß, wo sie die Streichhölzer aufbewahrt.« Er zerrte von hinten an John. »Ich habe diese Wohnung eingerichtet, Lämmchen, Hunca-Munca und ich. Oh ja...«

John wand sich, ruckte, wehrte sich, bis seine Muskeln nahe daran zu sein schienen, sich von den Knochen loszureißen.

»Du hast sie gefickt, du Bastard! Du hast mein Baby gefickt!«

»Was?«

»Maria! Du hast sie gefickt!« Der Schmerz in der Stimme, der unverhüllte Schmerz! John hatte noch nie etwas auch nur entfernt Ähnliches gehört.

»Ich habe es nicht getan!« John hatte nicht den Mut dazu gehabt.

»Du bist ein Lügner!« Seine Kraft war ungeheuerlich. John kam sich in seinem Griff vor wie ein Blatt. »›Die Heilige Inquisition verfolgte auch wichtige politische Ziele. Die politischen Ziele waren sogar der Hauptgrund dafür, daß sie von den Staaten toleriert wurde, in denen sie Fuß gefaßt hatte.‹ *Do wop*.«

Hinter ihm begann Frank, seinen Arm hochzuzerren, ihn höher und höher zu zerren. Stechende Schmerzwellen fegten durch seine Schulter, seine Brust, seinen ganzen Oberkörper. Er war kaum noch auf den Beinen, nur seine Zehen berührten noch den Fußboden, er war überzeugt, er würde vor Schmerzen ohnmächtig werden, wenn das nicht aufhörte.

Falsetto, spanischer Akzent: »Oh, oh, ihr Herren, bindet mich los, und ich werde sagen, was ihr wollt, nur bindet mich los, und ich will es sagen, oh, bitte, ihr Herren, bindet mich los, und ich will alles sagen, was ihr von mir hören wollt!«

Dann wurde er vollständig vom Boden hochgehoben, ein paar Zentimeter über den Fußboden, und ihm war, als träten seine Zehen in die schwarze Ewigkeit. Unvorstellbare Schmerzen pulsierten durch seine Schulter, seine Brust und seinen Hals. Sein anderer Arm schlug ohnmächtig gegen Franks kräftigen Torso.

»Etwas zu sagen?«

Die Hand über seinem Mund lockerte sich. John versuchte, um Hilfe zu schreien, aber alles, was herauskam, war ein unartikuliertes Brüllen.

Die Hand klappte zurück, und der Schmerz wurde noch viel schlimmer.

»Sag mir«, sagte Frank, »glaubst du an die Gemeinschaft der Heiligen?«

Johns Schreie waren eine erstickte Musik.

»Also, Johnnie – sie hat dich Johnnie genannt, du Bastard –, wenn du nicht willst, daß ich dir den Arm abreiße, und das willst du doch sicher nicht, dann laß das Schreien und hör zu!«

John wollte es lassen, aber er schaffte es nicht.

»Du hörst jetzt zu!«

Er kämpfte mit sich, hielt den Atem an.

»Schon besser. Und jetzt werde ich ein bißchen lockerlassen, und du wirst nicht schreien, du wirst reden. Verstanden? Nicke!«

John nickte. Er nickte und nickte, diese Qual mußte aufhören, sie war zu groß, sie war das Schlimmste, das er je erlebt hatte, sie mußte aufhören!

Endlich bekam er sich unter Kontrolle. Er hing da, still und stumm, schmerzgepeinigt.

»Okay, keinen Mucks. Ehrlich, wenn du schreist, hörst du dich an wie ein mißgelaunter Kanarienvogel.«

Er konnte es nicht ertragen, er würde wieder anfangen, die Schmerzen waren so fürchterlich, es war, als spaltete jemand die Knochen in seinem Körper. Verzweifelt versuchte er, verständliche Laute hervorzubringen. »Stuu – uu . . .« Ein Bein vollführte einen langsamen Tritt, dann das andere. Er kämpfte gegen den Schrei, der kommen wollte, unterdrückte ihn schließlich, indem er sich erschlaffen ließ.

»Das ist schon viel besser! Siehst du, was wir leisten können, wenn wir uns Mühe geben?« Das war er, in einem Haufen auf dem Boden. Sein linker Arm funktionierte nicht, er war ein Fetzen, der von seiner Schulter herabhing, er explodierte immer noch vor Schmerzen. Aber nicht lange. Er wurde kalt und begann taub zu werden. Er versuchte, ihn zu bewegen. Ein Gespensterarm kam hoch, aber die Ruine an seiner Seite rührte sich nicht.

»Engelficker sind Ketzer. Es ist Ketzerei, was du getan hast.«

»Ich habe doch gesagt, zwischen uns ist nie etwas gewesen. Nie!«

»Ihr Name war Zophiel, und sie war ein Engel, und du hast sie gefickt, du *Bastard*!«

John hatte ihn nicht ansehen wollen, aber dann veranlaßte ihn ein Geräusch zum Aufblicken. Frank riß die Seiten des kostbaren Hilda Doolittle-Buches in Streifen. »Das werden wir verbrennen«, sagte er, »weil es ein Symbol deiner Sünde ist.« Die Stimme war gespenstisch, mit vertrautem Charme. Er trat vor John, verschränkte die Arme, schaute auf ihn herab. Das Lächeln war sanft, liebenswürdig. »Und dann verbrennen wir dich.«

⌡ 20 ⌊

Du wehrst dich, du kämpfst, du haßt dich selbst, bis du es satt hast. Deine bemerkenswerten Akte, so lauter und so beeindruckend, sind kein *Tun*, sie sind ein Freimachen.

Du läßt zu, daß die Kindheitserinnerung, die »nein-nein« sagt, in deinem seidenweichen Inneren versinkt, immer tiefer und tiefer, bis sie dir einfach entgleitet. Das Gewissen verschwindet, in deinem Kopf tritt Stille ein, du beginnst, die Vögel wieder zu hören.

Im Augenblick ist dir so wohl zumute, daß du dich am liebsten gehenlassen und tanzen würdest.

»Ein Jammer, daß wir nicht den Strotzer tanzen können, Johnnikins.« Du spürst deine Stimme in deinem Mund, eine hölzerne Nahrung.

Man sehe sich dieses lange Gesicht an, er könnte ein großer, alter Hund sein.

John war an einem Küchenstuhl festgebunden, gefesselt und geknebelt.

Du betrachtest deine Hände, Menschenhände, so überaus geschickt. Einst waren es weiche Hände, bleich, als sie erstmals Schmerz verursachten, erstmals Vergnügen bereiteten.

Alle Priester sind verrückt!

Außer ihm, *diesem stinkenden Mistkerl*!

Du bist ruhig, nur ein kleines bißchen herablassend.

»Okay, wir könnten eigentlich anfangen.« Er zerrte den Stuhl zurück in die Küche. »Es gibt Arbeit«, murmelte er. »Arbeit, die Spaß macht.« Er holte eine Metallschüssel aus dem Schrank, in dem Maria ihre Backutensilien aufbewahrte, und legte die Streifen des Doolittle-Buchs hinein. Dann stellte er die Schüssel auf den Küchentisch. Auf den Boden der Schüssel goß er zwei Zentimeter Benzin. Gut.

Hinter dem Knebel gab John einen knurrenden, gurgelnden Laut von sich, dann schüttelte er den Kopf. Es war ein interessanter Vorgang. Frank vermutete, daß er heulte.

Er schaute John in die Augen, räusperte sich und sprach. »Bei unserer heutigen Lektion geht es ums Braten. Die verläßlichsten Quellen sind der Ansicht, daß die Inquisition zwischen dreißig- und vierzigtausend hilflose Menschen auf dem Scheiterhaufen verbrannt hat. Aber die Schätzungen variieren von den offiziellen Angaben, denen zufolge es ein paar hundert waren, bis hin zu denen der feministischen Hexen, die von fünf Millionen sprechen.«

Er zündete ein Streichholz an, hielt es über die Schüssel mit den benzingetränkten Papierfetzen. John kaute.

Er brachte das Streichholz immer näher heran. Johns Augen folgten ihm. »Ich vermute, daß jeder, der zum Scheiterhaufen verdammt ist, der Faszination des Feuers verfällt. Und was meinst du, Father Johnnie? ›Am Anfang war das Wort, und das Wort war bei Gott, und Gott war das Wort.‹ Nein, glaub mir, das ist nur Propaganda. Am Anfang war das Feuer!«

Whoomp!

John warf den Kopf zurück.

»So, jetzt haben wir's...«

Frank sah zu, wie das Buch brannte. »Es ist Johns Lieblingsbuch«, hatte sie gesagt. Und er hatte es tatsächlich aus dem Schrank geholt. Er mußte es durchgeblättert, sich erinnert haben.

»Ich habe sie oft gevögelt, Johnny. Ich weiß, das reißt dir das Herz aus dem Leibe. Aber die Wahrheit ist, wir sind immer zu ihrem Haus in Ulster County gefahren. Hast du von diesem Haus gewußt? Mein Gott, wir haben manchmal tagelang zusammen im Bett gelegen.« Er lachte, erinnerte sich. »Die angebliche Familie war meine Idee. Ich fand sie ziemlich gut. Wenn wir ein Wochenende damit verbringen wollten, uns um den Verstand zu vögeln, dann wurde ich von Bischof Bayley nach Chicago gerufen, und ihre Mutter wurde krank.«

Der Abscheu in Johns Augen machte Frank wütend. Er zeigte mit dem Finger auf ihn. »Ich werde dich verbrennen!«

Zu Franks Entzücken ruckte er wild an seinen Fesseln.

»Oh, Johnny, oh, Johnny, wie konntest du lieben! Es ist nur so, daß sie dich liebte, aber mit mir ist sie ins Bett gegangen, und ich bin ja so-o-o eifersüchtig.« Er kicherte, wie der Bischof immer zu kichern pflegte. Es war ein reizendes kleines Kichern, eh heh heh heh. »Leute wie ich kommen angeblich immer aus funktionsgestörten Familien. Der Ausdruck ist dir natürlich bekannt. Bei ihrem Versuch, mich zu verstehen, hat Maria...« Es war zu komisch, er mußte aufhören zu reden. Sie hatte dort gekniet und gebetet, als er es tat. *Bonk*. Ihr Blick verschwamm, und aus ihrem Gebet wurde Geplapper. Flapper-plapper. Er sollte nicht lachen. Flipper-flapper-plapper. Er schnaubte durch die Nase. »Maria wußte Bescheid«, quiekte er. Dann warf er den Kopf zurück und lachte, bis ihm die Tränen kamen. »Sie hat es gewußt!« Er lachte wieder. »Sie wußte, wer sich hier drin verbirgt!«

John wurde ganz still.

»Maria hat meiner Familie die Schuld gegeben. Aber ich bin geliebt worden. Sehr, sehr geliebt worden. Glückliches Heim.« O die Geheimnisse des glücklichen Heims, des sehr glücklichen Heims. »Meine Mutter und mein Vater waren so ein reizendes Paar.«

Hör dir an, wie du vor dich hinschwatzt. Du spielst mit John, und das ist gar nicht nett. Zeit, ihn in Brand zu setzen. Er holte ein weiteres Streichholz aus der Schachtel.

Ich bin nicht schuldig! Nicht, nicht, nicht!

Das Streichholz zwischen seinen Fingern, die rote Hitze, die weiße Spitze.

Reibung destabilisiert Phosphor, oh ja, das tut sie.

Ein Dämon ist zwischen deinen Fingern, zwischen den Welten, er lebt drunten in den Spalten deiner ungeheuer großen Seele. Du bist eine Welt aus Wüsten und Türmen, und deine Canyons glühen rot im Licht des Dämons.

Brennen tut weh, es tut so weh!

Etwas ist in mich gefahren, und es ist schlecht.

Also okay. Das ist cool. Ich bin gut. Es ist alles unter dem weichen Ozean aus Seide, der mich verbirgt.

Satan ist so unvorstellbar riesig, daß er jedes einzelne kleine Ungemach in den zwanzig Milliarden Galaxien austreibt und aus allen, die waren und sein werden, und er verbirgt sich so gut, daß …

»Es ist seltsam, Johnnie, jetzt komme ich mir nicht verrückt vor. Wenn ich ganz allein in der Kirche bin und es ist dunkel, dann komme ich mir sehr verrückt vor. Wie das ist? Es ist ein Spaß! Ein grandioser Spaß. Ich versichere dir, da ist etwas in dem, was ich tue – ein unglaubliches Geheimnis. Ganz herrlich! Du kannst dir nicht vorstellen, wie es ist, völlig frei zu sein, Dinge zu tun, die sonst niemand zu tun wagt. Es ist wundervoll!« Er erinnerte sich an das Strampeln von Füßen, das erstickende Pfeifen aus zerquetschten Luftröhren, das Zischen des Verbrennungsofens. »Es ist ein Testen der Grenzen menschlicher Erfahrung.« Er richtete sich auf, sah die Anklage in Johns Augen. »Mir gefallen deine Augen nicht«, sagte er. »Mach sie zu.«

Er tat es nicht. Frechheit.

Er zündete das Streichholz an, schwenkte es auf Johns Gesicht zu. Sofort schlossen sich die Augen. Er brachte das Streichholz noch näher heran. Die Nüstern weiteten sich. »›Zum Scheiterhaufen kommend mit heiterer Miene und willigem Geist, legte er eiligst seine Gewänder ab und stand aufrecht da in seinem Hemd.‹ Kennst du das? Sag mir, John, weißt du überhaupt etwas von der Kirchengeschichte? Hast du den Mut, mit einem Lächeln im Gesicht den Scheiterhaufen zu besteigen? Mit einem Lächeln!« Er ergriff seinen Benzinkanister und füllte die Schüssel wieder auf, die inzwischen ausgebrannt war. »Riechst du es, Johnnie? ›Jetzt, da das Feuer entzündet wurde, streckte er die rechte Hand aus und stieß sie in die Flammen und hielt sie dort geraume Zeit, bevor das Feuer einen anderen Teil seines Körpers erreicht hatte; jedermann sah, wie seine Hand hellauf brannte, und er rief mit lauter Stimme: ›Diese Hand hat Unrecht getan.‹ Kennst du diese Passage?« Das Streichholz ging aus. Er hielt das Benzin dicht vor Johns Gesicht. Die Augen wollten sich öffnen. »Halt sie geschlossen!« Er zündete ein weiteres Streichholz an.

»Ich habe die gesamte Geschichte der Inquisition auswendig gelernt. Ich fand, ich mußte es tun, weil sie die zentrale Realität der Kirche ist.«

Von hinter dem Knebel kam eine Explosion von etwas, das Frank für klerikale Dialektik hielt.

»Wir haben verbrannt, was gut war, unterdrückt, was schön war, und jetzt leben wir in der Glut der Kohlen. Dies ist die klerikale Dämmerung, Johnnikins, und ich bin hier, um dazu beizutragen, daß die Sonne untergeht.«

Er zündete ein weiteres Streichholz an, ließ es in Johns Schoß fallen. Die Augen gingen ruckartig auf, als er spürte, wie sich die Flamme in seinen Oberschenkel fraß. Von hinter dem Knebel kam ein Geräusch wie ein überdrehter Elektromotor. Sein Gesicht war röter als die Flammen.

Dann warf er den Kopf zurück und fing an, laut zu schreien, aber der Knebel dämpfte das Geräusch. Der Geruch brennender Haut erfüllte den Raum, wie ein angekohlter Thanksgiving-Truthahn. Frank packte sein Bein, erstickte die Flammen.

»Beruhige dich. Du bist doch bestimmt nicht so ein Feigling! Bischof Cranmer hat vom Scheiterhaufen aus eine Predigt gehalten. Er hat seelenruhig eine Predigt gehalten! Und sie war besser als die meisten von unseren Predigten, mein Freund.«

Frank ging zum Ausguß, füllte ein Glas mit Wasser und goß es über das qualmende Loch in Johns Hose. »Wir lieben uns, hast du das gewußt? Deshalb stecken wir zusammen in dieser Sache. Guter Mann, schlechter Mann. Darin besteht eine berühmte Anziehung.« Er zündete ein weiteres Streichholz an.

Als John das Aufsteigen dieser Flammenperle sah, rollten seine Augen zurück in seinen Kopf.

Frank kniete neben Johns Stuhl, streichelte seinen Kopf und intonierte leise in Latein »›*Aeterne rerum conditor noctem diemque regis*–‹ Kennst du das, Johnnikins? Nun sitz nicht einfach so da.« Er brachte das Streichholz nahe an Johns schwitzendes Gesicht heran. »Du mußt respondieren.«

Johns Brauen zogen sich zusammen. Dachte er über die Frage nach oder versuchte er lediglich, erbarmungswürdig auszusehen? »Es ist eine Lobeshymne, geschrieben vom heiligen Ambrosius vor dem Ende des Römischen Reiches. Ist das nicht erstaunlich, das wir so etwas über all die langen Jahre hinweg bewahrt haben? ›*Hoc excitatus lucifer solvit polum caligine*‹ – ›Durch ihn erwacht der Morgenstern‹, John. Luzifer. Der Stern des Neubeginns. Glaubst du etwa, die Schöpfung wäre simpel, Gott wäre das einzige Licht der Welt? Es gibt noch ein anderes Licht, John. Deshalb werde ich der Sohn des Morgens genannt.«

Er war so sehr versucht, das Benzin einfach über dieses Hemd zu gießen und ein Streichholz darauf fallen zu lassen und zu verschwinden. Aber das wäre nicht in Ordnung. Moralisch falsch, im Detail wie im Ganzen. Er hieb mit der ganzen Kraft, die in ihm steckte, auf Johns verletzten Oberschenkel.

Die Laute hinter dem Knebel waren heftig.

Frank wartete, bis wieder Ruhe eingekehrt war. »Du willst doch nicht etwa, daß ich mir auch das andere Bein vornehme, oder? Gebratene Keule?«

Verbrenn den Priester, verbrenn den Priester. Sie riefen, sie sangen, sie machten einen Bossa nova daraus, einen Walzer. Verbrenn den Priester. »Oh, Johnny«, sagte er, »wie konntest du lieben.« Sieh ihn an!

⌋ 21 ⌊

Während John Rafferty an seinem Stuhl festgebunden war, fand er ein paar geheime Dinge über das Leiden heraus: wie der Körper selbst verzweifelt und dies der Grund dafür ist, weshalb man bebt, wenn man Qualen erleidet, wie Feuer zuerst so nagt, daß man vor Schmerzen den Verstand verliert, und wie es sich später kalt anfühlt, und das ist noch grauenhafter, weil man weiß, daß man verschlungen wird.

Außerdem fand er heraus, wie es ist, wenn ein Mensch eine Mission entdeckt, die er unter allen Umständen vollbringen muß – und dann zu sterben beginnt.

Frank war wieder ein Junge, er flog auf den Schwingen der Jugend, das helle Blut des Kindes rann durch seine Adern. Aber da war auch dunkles, altes Blut, und er konnte sein Gewicht spüren und in jeder seiner Zellen einen Eingang in die Leere. Er war fleischgewordener Haß, er nannte sich selbst Satan.

Seine Aufgabe war eine ganz außerordentliche; er durfte nicht versagen. Von diesem einen kleinen Ereignis aus würde Father Frank Bayley in den Mythos eingehen, und ungefähr hundert Jahre lang würde man über ihn flüstern.

Sie tanzten miteinander, einen dunklen Tanz, jenseits der Grenzen von Zuneigung und Haß; John spürte, daß ein Potential zur Veränderung darin steckte. Als Frank Wasser auf sein Bein goß, hoffte er sogar auf etwas Transzendentes.

»Siehst du, Johnnie-boy, nur eine kleine Verbrennung

dritten Grades im Zentrum der Wunde. Die Schmerzen sind zum größten Teil nur zweiten Grades, Johnnie.« Er liebkoste sein Gesicht mit einem feuchten Küchentuch, dann trocknete er den verletzten Oberschenkel ab, reinigte ihn mit den knappen Gesten eines erfahrenen Krankenpflegers.

Er umarmte John, richtete sich auf. John beobachtete ihn ganz konzentriert. Jedes Detail von Franks Gesicht, die Neigung des Kiefers, die beweglichen Lippen, die jetzt von einer geschäftigen Zunge angefeuchtet wurden, die flinken, feuchten Augen, sogar der Schweiß auf seiner Stirn – alles faszinierte ihn und stieß ihn zugleich ab. Es war schon erstaunlich, wie der Geist das Aussehen eines Menschen verändern konnte. Aber die Muskeln, die Art, auf die sie gehalten wurden – das konnte man verstehen, beinahe.

»Oh, Johnnie«, sagte Frank und hörte sich dabei an wie ein Mädchen mit Liebeskummer. »Das ist…« Er zögerte, als überdächte er seine nächsten Worte mit ungewohnter Behutsamkeit. Er neigte den Kopf zur Seite. »Nur ein Vorgeschmack, mein Lieber.« Damit verschwand er.

Frank stand mit hochgeschlagenem Mantelkragen auf der Gasse, er beobachtete Marias Fenster und wartete auf das Aufflackern von Flammen, das ihm sagen würde, daß sein Werk getan war.

Um sich selbst die Minuten zu verschaffen, die er zum Entkommen brauchte, hatte er eine simple Zeitbombe gebaut. Er hatte ein Blatt Papier über die Öffnung seines Benzinkanisters gelegt und Marias Bügeleisen, hoch eingestellt, draufgesetzt. Die Hitze des Bügeleisens würde das Papier in Brand setzen, und dann würde das Benzin explodieren. Der Mechanismus stand auf der Rückenlehne der Couch, und es war reichlich Benzin vorhanden für ein hübsches, prasselndes Feuer.

»Nur etwas Geduld, mein Lieber…«

John beobachtete das Bügeleisen – seine Form faszinierte, die stumpfe Ästhetik des braunen Griffes bedrückte, das kleine rote Licht an der Vorderkante bewirkte, daß sich ihm der Magen umdrehte. Er ruckte, er verdrehte sich, er schob ihm sein Kinn entgegen. Aber die Bombe befand sich am entgegengesetzten Ende des Wohnzimmers – zu weit weg, als daß er sie erreichen konnte.

Er konnte sehen, wie die Hitze in der bleichen Luft flimmerte.

Er versuchte zu schreien, aber der Knebel steckte tief in seiner Kehle, und das Geräusch trug nicht. Der Schmerz seines verletzten Beins rammte in seinen Solarplexus.

Er beobachtete das Bügeleisen.

Mit der Zunge drückte er gegen den Knebel an. Er versuchte, mit dem Stuhl zu hüpfen, hörte aber wieder damit auf, weil er fürchtete, bei einem Sturz ohnmächtig zu werden.

Das Geräusch des ausbrechenden Brandes war so leise wie der Seufzer eines Kindes. Die Flammen schlugen hoch, dann konzentrierten sie sich in dem Kanister, in dem sie begonnen hatten. Während John voller Entsetzen zuschaute, verbeulte sich das Plastik des Kanisters, das Bügeleisen geriet in Bewegung und kippte um, und plötzlich ergoß sich eine Flut von brennendem Benzin über die Rückseite der Couch.

In dem dunklen Fenster sah Frank einen Wurm aus Gelb. Er kroch an der Scheibe entlang, grell in der fragilen Morgendämmerung. Gott, wenn er John doch sehen könnte, tatsächlich sehen, wie er da wartete, beobachtete – seine fieberhaften Gebete hören, seine Verzweiflung schmecken…

John beobachtete, wie eine Flamme aus dem Glühen hervorschlug und einen hüpfenden Tanz entlang der Rückseite der Couch begann. Dann gesellten sich weitere Flammen zu ihr, bis die ganze Oberkante der Couch brannte und die Wand dahinter Blasen warf, schwarz wurde, aufplatzte.

Der Rauch drang durch die Küchentür, rollte an der Dekke entlang, wie das Meer auf den Strand rollt, und lange Streifen von Plastikasche regneten aus ihm herab.

Die Flammen wurden zu einem roten Glühen im Wohnzimmer, verhüllt von dickem Rauch. Der Geruch war fürchterlich, wie der unvergeßliche Gestank in den Kleidern einer verbrannten alten Frau, der John einst die Sterbesakramente erteilt hatte.

Dann kam ihm eine Idee, eine *wundervolle* Idee! Die Tür war zehn Meter entfernt, an der anderen Seite des Wohnzimmers. Aber das Küchenfenster – vielleicht drei Meter!

Er hüpfte, er mühte sich ab, er versuchte, mit dem Stuhl zu rucken. In seinem Entsetzen hatte er vergessen, wie gefährlich das war, daß er stürzen und ohnmächtig werden konnte.

Er dachte nur daran, daß er zum Fenster gelangen konnte, die Scheibe einschlagen, dafür sorgen, daß Leute aufmerksam wurden. Der Stuhl schwankte, torkelte, bewegte sich ungefähr zwei Zentimeter.

Der Rauch senkte sich tiefer. Der Stuhl schwankte.

Ganz plötzlich weinte Frank wie ein dreijähriges Kind, und dafür gab es absolut keinen Grund. Weshalb weinen? Du bist glücklich, du bist in Sicherheit.

Wie die Dinge lagen, war es an der Zeit, eine Tasse Kaffee zu trinken und sich bereit zu machen für den kommenden Tag.

Er hatte eine Gemeinde zu leiten.

John krümmte sich zusammen, dann warf er sich mit aller ihm noch verbliebenen Kraft in die Höhe und nach hinten. Die Stuhlbeine glitten unter ihm weg, und er schlug so heftig auf den Fußboden, daß ihm die Luft ausging. Er lag da, würgend und keuchend, kämpfte gegen die Schmerzen an.

Die Idee, zum Fenster zu gelangen, verließ seinen Kopf. Er würde niemals bis dorthin gelangen. Er würde überhaupt nirgendwohin gelangen. Er würde hier bleiben müssen.

Die Luft unten in Fußbodennähe war eine Spur sauberer. Jetzt hatte er es nur mit den heißen kleinen Meteoren von der brennenden Couch zu tun. Als er wieder atmen konnte, drehte er den Kopf zur Schwelle.

In der Rückwand der Couch erschienen rotglühende Federn. Die ganze Wand dahinter stand in Flammen. John erkannte, daß er alles getan hatte, was er tun konnte. Er mußte seinen Frieden mit Gott machen, seine Zeit war gekommen.

Seine armen Nachbarn!

An der der Luft ausgesetzten Seite seines Körpers setzte ein furchtbares Nagen ein. Ein herabgefallener Funke hatte sein Jackett in Brand gesetzt. Er rollte sich herum, erstickte das Feuer. Aber noch einmal konnte er sich nicht herumrollen, das machte der Stuhl, an den er gefesselt war, unmöglich. Weiter konnte er sich nicht von dem Feuer entfernen.

Er schrie und schrie und kaute auf dem Knebel, schrie und hieb seinen Kopf gegen die Vorderseite des Herdes, er hämmerte mit den Füßen auf den Boden, tat alles, was in seinen Kräften stand, um Lärm zu machen, und wußte, daß es nicht viel war.

Der Rauch senkte sich immer tiefer herab. Er hatte die Schwelle völlig verdunkelt, das Küchenlicht war nur noch ein trüber Fleck. Große, weiche Rauchschwaden kamen herab, und als sie ihn berührten, waren sie warm. Er dachte daran zu beten, doch dann entdeckte er, daß er es vorzog, zu schweigen. Als sich der Rauch um seinen Kopf herabsenkte, löste ein einziger kurzer Atemzug einen heftigen Hustenanfall aus. Seine Auswirkung war bestürzend – ein Gefühl wie Messer in seinen Lungen. Er wand und drehte sich, versuchte, eine letzte Nische mit guter Luft zu finden.

Sein nächster Atemzug würde tief sein, und es würde Rauch sein. Er machte sich darauf gefaßt, wünschte sich, Zugang zu den Sakramenten zu haben. Er hätte viel gegeben für eine letzte Hostie, für die Segnungen der Sterbesakramente. Sein Gebet bestand darin, daß er sich die Heilige Jungfrau vorstellte, wie sie in seinen Gedanken immer gewesen war, eine junge, reine Frau mit einem überaus sanften Lächeln. Wenn ich sterbe, komme ich zu dir. Ich komme!

Sie war vor ihm, strahlend in dem Feuer.

Es mußte doch noch irgendetwas geben, das er tun konnte. Er hatte schließlich Nachbarn, er mußte seinen Nachbarn helfen! Er verdrehte die Hände, er hämmerte mit dem Kopf, er schrie wieder mit dem dicken Knebel, und ganz plötzlich war seine linke Hand an seiner eigenen Kehle.

Die Hand bewegte den Knebel, zerrte ihn herunter. »Feuer«, schrie er, »Feuer, Feuer, Feuer!« Er hob den Kopf, und die Hitze stürzte sich auf ihn wie wütende Hornissen. Er warf sich wieder auf den Fußboden. Dann schob er seinen immer noch an den Stuhl gefesselten Körper vorwärts. Er mußte in den Flur gelangen, mußte die anderen warnen, alles andere war einerlei. Erst als er die Tür erreicht hatte, wurde ihm bewußt, daß er den Stuhl loswerden konnte, indem er einfach die Schnur aufknotete. Doch als er an den Knoten herumtastete, begann er wieder zu würgen. Er fürchtete, daß ihm das Entkommen in allerletzter Minute mißlingen könnte.

Das Heulen der Sirenen war anfangs so schwach, daß es kaum in Franks Bewußtsein vordrang. Dann hörte er, wie es näher kam. Himmel, die waren schnell gekommen! Ein weiterer Blick zum Fenster hinauf zeigte ihm helle Flammen. War John inzwischen tot?

Frank verließ die Gasse, eilte zur Ecke der Seventh Avenue. Zwei weitere Feuerwehrautos kamen.

War John inzwischen tot?

Er mußte bleiben, es herausfinden. Schnell – such dir ein Versteck. Er wollte zusammenschrumpfen oder fliegen – frei, hoch in die Lüfte…

Dann sah er hinter einem hohen Zaun die winterkahlen Sträucher der Jefferson Market Gardens auf der anderen Straßenseite. Genau das Richtige.

Schnell wie ein Leopard kletterte er an dem dreieinhalb Meter hohen Maschendrahtzaun hoch, der die Gardens umgab. Er breitete die Arme aus und sprang. Der Boden kam ihm entgegen, er rollte sich gewandt ab, raschelte durch das tote Laub. Als er sich aufrichtete und sich von den Blättern befreite, sah er den braunen Plymouth, der ihm verriet, daß auch die Polizisten da waren.

Ja, natürlich – die Meldung über ein Feuer in Maria Juliens Wohnung mußte bewirken, daß sie angerannt kamen.

Er wich zurück in die Schatten, als ein Rettungswagen und ein weiteres Löschfahrzeug erschienen. Immer mit der Ruhe, Leute, kommt nicht so verdammt früh dort an!

John konnte sich nicht erinnern, wie er aus der Wohnung herausgekommen war, auch später nicht. Und er konnte sich auch nicht daran erinnern, daß er die Flure entlanggerannt war und an Türen gehämmert hatte.

Er war herumgetaumelt, völlig desorientiert, als ihm plötzlich ein harter Gegenstand übers Gesicht gestülpt wurde.

»Ganz ruhig«, sagte eine Stimme, die sich anhörte, als käme sie aus einer Gruft. »Atmen! Los, Mann, atmen!«

Die Luft roch nach Gummi, aber er sog sie dennoch begierig ein. Er konnte kaum etwas sehen, aber er wußte, daß es eine Sauerstoffmaske war, und ein Mann in einem schwarz-gelben Mantel zerrte ihn zum Fenster am Ende des Flurs.

Überall waren Leute, in Bademänteln, in Nachtzeug, mit Hunden, Katzen, Kindern auf den Armen, eine Frau schleppte eine Topfpflanze und fluchte gotteslästerlich. Sie kamen wie Schatten durch den Rauch, einer nach dem anderen, und er wurde getragen; die Luft, die er atmete, erinnerte ihn an den Meeresstrand. John versuchte zu sprechen. »Ah, ah!«

»Alles in Ordnung«, sagte der Feuerwehrmann. Er bückte sich und hob ihn auf. »Ich nehme Sie jetzt über die Schulter und bringe Sie hinunter. Machen Sie einfach die Augen zu und fangen Sie um Gottes willen nicht an zu strampeln. Wir gehen zum Fenster hinaus und über eine Leiter zur Straße hinunter. Bewegen Sie sich nicht!«

Der Feuerwehrmann trug ihn zu dem Fenster, das bereits offenstand. John folgte seinen Anweisungen, so gut er konnte. Jetzt kam frische Luft, kalt und wundervoll frisch. Er schob die Sauerstoffmaske beiseite und atmete tief ein. Ein kurzer Blick zeigte ihm helle Lichter und Gestalten, die sich tief unten auf der Straße bewegten. Er hörte das schwere Atmen des Feuerwehrmannes, das Geräusch seiner Stiefel auf den Aluminiumsprossen der Leiter. Er hörte die geschäftigen Laute der Tauben auf den Simsen. Wie leise sie sich anhörten unter dem Rauschen von Wasser, dem Dröhnen von Motoren, dem gefährlichen Prasseln der Flammen. Dann setzte der Mann John ab, legte ihn sanft auf eine Tragbahre. Eine weitere Sauerstoffmaske wurde ihm aufs Gesicht gepreßt, dann beugte sich ein Schwarzer mit einem großen Bart über ihn.

Und dann wurde ihm schwarz vor Augen.

Genau acht Minuten, nachdem er das Gebäude verlassen hatte, sah Frank, wie sie ihn auf die Trage legten.

Das Gesicht – das Gesicht –, es war nicht zugedeckt. Franks Augen traten vor, er zischte, er hätte Säure gespuckt, wenn er dazu imstande gewesen wäre. Der Mistkerl war noch am Leben. Backe, backe Kuchen – fangt mich, wenn ihr könnt.

Jetzt hängten sie ihn an so einen verdammten Tropf! Und da kamen Kitty Pearson und diese Vogelscheuche Dowd und stürzten sich wie Bussarde auf den alten Dreckhaufen.

Das Drama des Feuers spielte sich selbst zu Ende, die Leute in ihren Bademänteln begannen, ins Haus zurückzukehren, im Osten breitete sich die Morgendämmerung aus, der Himmel war wächsern golden hinter den schwarzen, geheimnisvollen Silhouetten der Gebäude.

Er kletterte abermals über den Zaun, eilte am Riviera Café vorbei und die Seventh Avenue entlang. Ganz plötzlich wagte er es nicht mehr, sein eigenes verdammtes Pfarrhaus durch die Vordertür zu betreten! Als er näher kam, konnte er einen Blick auf die Fassade von Mary and Joseph werfen. Heiliger Ort, *reiner* Ort. Er würgte, beugte sich vornüber, würgte noch einmal, dann gab es sich, und er eilte weiter.

»Atmen! Atmen! Atmen!«

Die Stimme war so weit weg, sie schien so wenig zu bedeuten.

»Künstliche Beatmung!«

Jemand schlug ihn. Er versuchte, etwas zu sagen, konnte es nicht. Weshalb schlugen sie ihn? Es war warm hier, es war angenehm.

»Schwellung der Luftröhre!«

»Bringt ihn in Gang!«

»Es wird schon wieder«, sagte jemand, und John fand das gut.

Leute sangen, aber weshalb? Leute sangen nicht, wenn es brannte. »Er wehrt sich«, sagte jemand. Wie weit weg war er? Hörte sich an wie hundert Meilen. »Ganz ruhig, ich will Sie nicht fesseln!«

Niemals, niemals, niemals!

»Himmel, ist der kräftig.«

»Er ist verängstigt, Mann. Okay, Pop, es wird schon wieder. Entspannen Sie sich.« Eine Hand begann, über Johns Stirn zu streichen. »Sie atmen«, sagte er.

»Kann er reden? Was ist passiert, Father?«

Wer war das nun schon wieder? Ein großer Mann, ganz zusammengefaltet in dem Krankenwagen.

»Krankenwagen…« War das seine Stimme, dieses Quieken?

»Stimmt, Sie sind in einem Krankenwagen. Unterwegs zum St. Vincent's Hospital.«

Kitty funkelte ihn an. »Was ist passiert, John? Wo ist Frank?«

Armer Frank, so ein Jammer.

»Alter Mann, genau wie mein Dad.« Die Hand, die ihm über die Stirn strich, fühlte sich gut an, und er schloß die Augen.

»Scheiße!« schrie sie, aber das war in einer anderen Welt, weit weg, und hatte nichts mit ihm zu tun.

»Tief in deiner Wunde, Herr, versteck dich und… versteck dich…« Seine Stimme lief wie ein Motor, seine Blicke schossen hierhin und dorthin, hielten Ausschau nach dem flinken Auge eines Polizisten, der Pistole, dem Schlagstock.

Blut, Blut, Blut, ganze Meere von Blut, reiß sie nieder, bring die Häuser zum Einsturz.

Sein Turm brach zusammen, die Ziegelsteine beschrieben stumme Bögen durch die winterliche Morgendämmerung.

Er kannte alle Gänge und Türen, alle Ecken und Winkel und Löcher.

Hinunter wie Alice in den Kaninchenbau, hinunter, wo träumend meine Geliebte liegt.

So viel ist verlorengegangen; die Welt besteht nur noch aus Grüften.

Er ging durch den Hintereingang in die Schule, bewegte sich schnell wie eine zurückweichende Schlange. Hier gab es Löcher und Stille, Spalten, in denen er sich verstecken konnte...

Die aufgegebene Schule von Mary and Joseph reichte nicht ganz bis ans Ende der Morton Street. Dort stand ein weiteres Gebäude, drei Wohnungen über einem Laden. Jahrelang war es ein kleines Lebensmittelgeschäft gewesen, in dem italienische Spezialitäten verkauft wurden. Erst vor kurzem war daraus eine Glaskunst-Boutique mit dem widerlichen Namen Chrystalis geworden.

Wenn man die Treppe hinunterging, die von der Straße in den Keller führte, gelangte man zu einer feuersicheren Tür, die seit einer Ewigkeit nicht mehr benutzt worden war. Die Ladenfront gehörte der Gemeinde, und in der Schachtel, die auf Johns Schreibtisch stand, war ein Schlüssel gewesen.

Der Keller, in dem früher das Lebensmittelgeschäft Dosen gelagert hatte, war kürzlich ausgeräumt worden. Chrystalis hatte vor, hier unten mehr Ausstellungsfläche zu schaffen. Frank bewegte sich zuversichtlich durch den Staub, unter der niedrigen, abgesackten Decke hindurch, einen Gang entlang, der in sehr ferner Vergangenheit zu einem Kartoffelkeller geführt hatte. Der Putz blätterte ab, der Boden war rissig.

Er ging bis zum hinteren Ende des Kartoffelkellers. Dort gab es eine Öffnung in der Wand. Wie ein Gefangener bohrte er die Finger durch das Gitter. »Jim O'Shea wurde ausgesetzt«, sang er, während er es lockerte, »auf einer indischen Insel.«

Er hörte mit dem murmelnden Gesang auf, hob das Gitter heraus. Er hatte gewußt, daß es funktionieren würde, er hatte es schon früher getan. Er war sehr, sehr vorsichtig gewesen.

Auf dem Gitter stand »Stuyvesant Gas Illumination Company«. Dahinter lagen alte, eiserne Gasrohre, die im Licht von Franks Stablampe sichtbar wurden. Er kroch hindurch.

»Und magst du mich, wie ich dich mag, woher wir beide

kamen, dann sag ich dir an diesem Tag, ich geb dir meinen Namen…«

Das Lied trug ihn voran. Als Junge hatte er es oft für Bischof Bayley gesungen, der immer gelacht und in die Hände geklatscht hatte. Wie er das alte Schwein haßte, ihn haßte, *haßte*!

Als John aufwachte, war ihm, als wären Stunden vergangen, aber sie waren immer noch dabei, sein Bein zu verbinden. Er begriff, daß er im Hospital war. Er erkannte sogar die Notaufnahme von St. Vincent's. »Er ist wach, Officer.«

Kitty Pearsons Gesicht erschien. »John?« Dowd stand direkt neben ihr.

»Es tut mir leid. Es tut mir so leid.«

Sie beugte sich über ihn, ergriff seine Hand.

Er dachte wieder an die Nachbarn. »Ist jemand verletzt worden, ist das Haus abgebrannt?«

»Wo ist Frank? Er war doch nicht in der Wohnung, oder?« Der Feuerwehr zufolge war keine Leiche gefunden worden.

»Frank – nein!« Schwarz, schwarz, schwarz…

»Der Mann steht unter Schock«, sagte der Arzt.

Bald erreichte Frank ein weiteres Gitter, legte seine Hände auf die Stäbe und zog daran, fing es auf, bevor es auf das Linoleum polterte. Er kam in einer Ecke der alten Schulküche heraus. Hier standen riesige, archaische Großküchenherde mit massigen Abzugshauben, und da waren Ausgüsse, in denen Generationen von Nonnen das Geschirr für Generationen junger Katholiken gespült hatten.

Er stemmte die Hände auf die Hüften, er tanzte, und mein ist der Tanz des Todes, ein eleganter Tanz.

»Und liebst du mich, aus eins mach zwei, aus zwei mach eins, so lieb ich dich!«

Die Küche war, wie der Rest der Schule, in einem herzzerreißenden Zustand der Betriebsbereitschaft zurückgelassen worden. Man brauchte nur hereinzukommen, die alten Herde einzuschalten, die vergilbten Katechismen aus ihren Kästen zu holen und zu intonieren: »Was ist die Gemeinschaft der Heiligen?«

»Und magst du mich, wie ich dich mag, woher wir beide kamen...«

John sah etwas Großartiges. Ihm gefiel das Licht, man brauchte nur hineinzuschauen, das herrliche Licht, so hell, so weiß...

»Father?«

Wer war das schon wieder? Wer wollte reden, wenn man nichts anderes zu tun hatte als schauen und schauen...?

»Wir brauchen Sie, Father!«

»Laßt es langsam angehen. Der Mann ist völlig erschöpft. Er braucht Ruhe. Los, verschwindet von hier.«

Das Licht ging aus. Wie hatte das passieren können? Wenn das Licht der Welt so einfach abgeschaltet werden konnte, dann war vielleicht...

Ihm wurde bewußt, daß er auf eine Deckenlampe geschaut hatte, und plötzlich war er hellwach. »Hey!«

Die Tür flog auf, und sie waren da, und er sprudelte seine Geschichte heraus. »Faßt ihn«, schloß er, »um der Liebe Gottes willen, faßt ihn.«

Er wollte jemanden in Stücke fetzen, ein nasses Herz mit seinen eigenen Händen herausreißen. Wie zum Teufel war das möglich, wie hatte der alte Bastard es geschafft, dem Feuer lebendig zu entkommen?

Das ist die Verdammnis!

Es kann einfach nicht sein, nein. Ich bin so brillant, ich bin so vorsichtig, weshalb habe ich ihn gefoltert! Einfach ein Messer ins Herz, ein Küchenmesser. Weshalb bin ich dieses Risiko eingegangen?

»Lauf, lauf, so schnell du kannst, mich erwischst du nicht, ich bin der Kuchenmann!«

– Nicht weinen, kleiner Junge, nur weil du in der Scheiße sitzt.

Ich habe für diese Gemeinde gearbeitet! Ich habe ein Recht darauf!

Backe, backe Kuchen.

Ganz, ganz vorsichtig stieß er die Tür auf.

Im Pfarrhaus war es still. Gut. Er mußte sich verstecken, und er brauchte Essen. Wollte auch seinen Rasierapparat holen.

Ich esse, ich rasiere mich, ich habe ein Bett, und ich habe Anhänger. Ich habe Leute, die vor mir niederknien, und ich gebe ihnen die falsche Kommunion.

»Willie Fitzgibbons verkaufte viel Leinen, war den ganzen Tag auf den Beinen ...«

»Hi, Father Frank!«

Trish Moltash stand an der Schwelle zur Küche.

Sanft, melodischer Ton, ernsthaftes Lächeln. »Morgen, Trish.«

»Ich bin früh gekommen, weil ich die alten Gemeindeanzeiger wieder auslegen wollte. Die Leute scheinen sie zu mögen.« Sie lachte ein wenig.

Sie umbringen?

Ja. Sie würde es aller Welt erzählen.

Nein. Soll sie sie doch irreführen. »Wenn irgendwelche Anrufe für mich kommen, ich bin nicht da«, sagte er.

»Ja, Father. Geht in Ordnung.«

»Alle Anrufe. Denken Sie daran. Ich bin außer Haus, und Sie haben keine Ahnung, wann ich zurückkomme.«

»Gehen Sie wirklich irgendwohin?«

Er nickte. »Weit weg«, sagte er. »Ganz weit weg.«

22

Johns Bein pochte, sein schmerzender Arm behinderte jeden Versuch, es sich im Bett bequem zu machen. Drei Nächte daheim hatten nichts dazu beigetragen, die Schmerzen zu lindern. Im Krankenhaus hatte er unter Drogen gestanden, einen schwarzen, verunstalteten Schlaf gehabt und sich beim Aufwachen miserabel gefühlt. Jetzt waren die Drogen fortgefallen bis auf die Schmerztabletten, die Pete ihm gegeben hatte. Aber sie machten ihn benommen und geschwätzig; deshalb war er zu Aspirin zurückgekehrt.

Doch schlimmer als die körperliche Pein war der Sturm in seinem Kopf. Dieser prächtige junge Priester! Wenn in einem guten Mann ein so unsägliches Grauen stecken konnte, dann hatte sich für John Rafferty im Wesen nicht nur der Kirche, sondern auch Gottes und der Welt etwas grundlegend verändert. In den Werken des Gottes, dem er diente, hatte er Ordnung wahrgenommen und den Schatten eines gütigen Wesens. Selbst die Erschütterungen des irdischen Lebens hatten ihn bisher in seiner Überzeugung bestätigt, die Stadt Gottes müsse nach einem friedlichen und grandiosen Plan erbaut worden sein.

Er bewegte sich, stöhnte und warf seine dünne Decke ab. Er setzte sich im Bett auf. Im Zimmer hing ein schwacher Geruch nach Zigarettenrauch, und ihn verlangte nach einer Zigarette. Seine Zunge berührte seine Lippen, als er sich ihre Wärme vorstellte, die innere Beruhigung, die der erste Zug bringen würde.

In Gedanken noch bei diesem simplen Verlangen, richtete er sich plötzlich steif auf, weil er einen durchdringenderen

Rauch gerochen hatte. Langsam und vorsichtig stand er auf, ging zur Tür, öffnete sie einen Spaltbreit. Kitty hatte den Stuhl aus Franks Büro auf den Flur herausgeholt und sich darauf zurückgelehnt. Sie wähnte sich unbeobachtet und ließ die Beine baumeln wie ein kleines Mädchen. Sie hatte gerade ein Streichholz angezündet und hielt es an eine Zigarette.

Ein brennendes Streichholz.

Vor seinem inneren Auge erschien ein Bild: das Gesicht des Dämons. Ihm war, als stürzte er immer weiter rückwärts, in die dunklen Tiefen des Mittelalters, wo man solche Gesichter als Wasserspeier an den Traufen der großen Kathedralen versteckte.

Was hatten sie gewußt?

Es war so gemein und niederträchtig gewesen. Das Gesicht eines bösartigen Lüstlings. Es war ein Gesicht, das einen Teil von einem beschmutzte, nur weil man es gesehen hatte. Aber die Augen – die Augen funkelten vor Leben. Es hatte ihm Spaß gemacht!

Was war Besessenheit? Bedeutete es, daß Frank eine Art Schau war, die der Dämon abzog… oder hatte der Dämon den Menschen verdrängt?

Nein, jetzt, da er darüber nachdachte, wurde John klar, daß es ein wesentlich komplexerer Zustand war. Die Funktion des Dämons bestand darin, die monströsen Potentiale des Menschen zu steigern und alles Gute in ihm zu lähmen.

Kitty Pearson hustete. Sie hatte sich auf dem Stuhl weit zurückgelehnt und schaute zur Decke empor.

Der wirkliche Frank wußte womöglich gar nicht, daß er besessen war.

Er konnte es nicht gewußt haben. In der Rückschau konnte der Mann, der mit ihm gebetet hatte, auf den Altarstufen hingestreckt, und der, der nur ein paar Stunden zuvor diese arme Kreatur in der Kirche verbrannt hatte, nicht einunddieselbe Person gewesen sein.

Gott helfe ihm, helfe ihm, wiederzugewinnen, was immer er an wesenhafter Menschlichkeit verloren hat.

Kitty hob mit ihrer freien Hand ihre Brüste an, dann kippte sie nach vorn. Ihre Füße tappten auf den Boden.

John machte seine Tür zu, er wollte nicht länger in ihre Privatsphäre eindringen. Er warf einen Blick auf sein Bett. Was sollte er tun? Er hatte morgen einen langen Tag vor sich, und er brauchte Schlaf. Vielleicht sollte er nach unten gehen und sich einen Drink holen, einen guten Brandy. Im Schrank im Eßzimmer stand eine Flasche.

Aber dann würde sie ihn in Schlafanzug und Bademantel sehen. Das gefiel ihm nicht. Er seufzte, dann streckte er sich wieder auf dem Bett aus.

Ihm war, als wäre es nur ein Augenblick später, daß er wieder in der Kirche war, sich langsam durchs Mittelschiff bewegte. Es ist kein Traum, sagte eine Stimme hinter ihm. Anfangs kam ihm das alles vor wie die normalste Sache der Welt.

Doch dann nicht mehr. Der Schock traf ihn wie ein Schlag, als er die hochgewachsene, ungeheuer würdevolle Gestalt vor dem Altar stehen sah. Er stand im Schatten, aber John wußte genau, wer es war.

Wie bemerkenswert! Die ganze Zeit hatte er tatsächlich existiert. Er war eine Form, eine Gestalt. In seinem Gesicht spiegelte sich die ganze Geschichte der Menschheit, man konnte sie sehen in dem herabgezogenen Mund, im verschlagenen und grauenhaften Blick seiner Augen.

John erinnerte sich an den buchstäblichen Anhauch des Bösen, den er gespürt hatte, und die seltsame Traurigkeit. Es war ein göttlicher Kummer, kein menschlicher, die Traurigkeit von jemandem, für den sich die Ewigkeit als Falle erwiesen hat.

Der Gegensatz zwischen der Gestalt und Frank hätte nicht größer sein können. Er war immer ein so unvoreingenommener junger Mann gewesen. Seine stämmigen Arme, das offene Gesicht – an ihm war nichts Würdevolles. Dieser Mann war so hochgewachsen, so ernst, so ehrfurchtgebietend, daß John unwillkürlich den Kopf neigte.

Ein Windhauch kam vom Altar herab und mit ihm ein Gestank wie von toten Ratten. Dann kam ein Funkeln, ein Zischen, eine aufbrechende, flammende Blüte, die ihn blendete.

Vor Verwirrung keuchend wachte er auf. Einem Reflex gehorchend, setzte er sich auf, und Schmerzen rasten durch sein Bein, erschütterten seinen Arm.

Es war doch nur ein Traum gewesen.

Aber nicht ganz, nicht ganz...

Seine Augen weiteten sich, er starrte in die dunklen Ekken des Zimmers. War dieser dichte Schatten...? Nein. Nein, es war nur das Heizungsrohr. Natürlich.

War es nicht Satan, der durch die Nacht rauschte, auf der Suche nach einem Einstieg in eine weitere Seele?

»Frank?«

Keine Antwort, natürlich. Die Tür war schwarz, der Giebel darüber kantig. Das unheimliche Entsetzen des Traums kehrte zurück. Dieser Gestank? War er hier drinnen gewesen, hatte sich über Johns Gesicht gebeugt?

Er mußte Kitty rufen, es ihr sagen. Nein, tu das nicht, du alter Narr. Es war nur ein Traum. Du hast einen schweren Schock erlitten, da können solche Reaktionen nicht ausbleiben.

Plötzlich hatte er es sehr eilig, seine Nachttischlampe einzuschalten. Er konnte sich vorstellen, daß Frank im Schrank lauerte, Betty Communiellos Fleischbeil in der hoch über den Kopf erhobenen Hand.

Wie würde es sich anfühlen, wenn einem mit einem solchen Ding der Schädel gespalten wurde? Ein grauenhafter Schmerz, ein Aufblitzen, das eigenartige Herauströpfeln der Seele.

Die Schranktür sah aus, als ob von drinnen ein Gewicht

dagegendrückte. Natürlich kam sie ihm so vor; er war verängstigt. Sein Herz ratterte wie ein alter Ford. Er spürte ein Brennen in seinem rechten Auge: Schweiß hatte sich mit den Tränen vermischt.

Es gab nur zwei Möglichkeiten: entweder sie rufen oder mit der Angst allein fertig werden. Er näherte sich dem Schrank. Frank war nicht darin, es war unmöglich. Das Ding war nicht tief genug, es bot kaum genügend Platz für seine Sachen.

Er legte die Hand auf den Griff. Er war warm. Aber natürlich war das ganze Zimmer warm. Er zog.

Dann kam eine schnelle Bewegung, er fuhr zurück, seine Arme flegelten, er war nahe daran, aufzuschreien – und sein brandneuer Homburg fiel ihm mit einem trockenen Geräusch vor die Füße.

So etwas! Er hob ihn auf, bog die Krempe zurecht. Wer hatte ihn hier hineingelegt? Bestimmt Betty Communiello, zweifellos in der Annahme, daß er nicht vorhatte, einen so schönen Hut tatsächlich zu tragen.

Korrekt bekleidet oder nicht, er würde nach unten gehen, den verdammten Hut wieder dahin bringen, wo er hingehörte, und sich einen hübschen steifen Drink eingießen. Er würde in seinem Wohnzimmer sitzen, Musik hören und Brandy trinken, bis er wieder schläfrig geworden war. Vielleicht würde er ein Gebet sprechen. Ein schönes, tröstliches Gebet.

Satan war um so vieles stärker als ein schönes, tröstliches Gebet! Aber wenn er kam, kam dann nicht auch der Herr? »Herr, weshalb?«

Er bemühte sich nicht, leise zu sein, als er seine Tür öffnete. Zweifellos würde sie ihn begleiten, mit der geladenen Waffe in der Hand. Um so besser. Sollte sie doch einen Priester in einem abgetragenen Wollpyjama sehen. Was machte es schon? Sie war dabeigewesen, als man seine Wunden verband; wahrscheinlich hatte sie ihn sogar nackt gesehen.

Mit dem Hut in der Hand trat er auf den Flur hinaus. Sie saß in sich zusammengesunken auf dem Stuhl; der Kopf war zur Seite gefallen, ihre Kehle bleich im trüben Flurlicht. Ein langes Ausatmen ließ ihn denken... Aber nein, sie schlief nur.

Er sollte sie wecken.

Nein, sollte sie nur weiterschlafen. Er würde in zwei Minuten zurück sein. Sie brauchte es nicht einmal zu bemerken. Was sie befürchtete, war schließlich, daß Frank an den Wänden hochklettern könnte, und nicht, daß er irgendwo im Gebäude lauerte.

Er schlich an ihr vorbei, wollte sich auf den Weg nach unten machen und blieb dann stehen. Das Treppenhaus war eine offene Grube. Er stand da und schaute hinunter, hörte, wie das Ticken der großen Uhr in der Stille widerhallte.

Oh, alter Mann, du hast ja solche Angst. »Was ist der Tod, daß er mich so bedrückt?« Alter Mann – was ist dir in deinem Leben, in deiner Kirche widerfahren? Alles ist zerstört und häßlich geworden. Und das war von Anfang an die Absicht des Dämons gewesen.

Er dachte wieder an Frank, Frank mit Joanie McReady, Frank bei der Messe, Frank im Gebet, Frank lachend am Eßtisch, Frank, der mit einer jüngeren, glücklicheren Betty Communiello tanzte und sie dazu brachte, laut herauszulachen, Frank beichtend, taufend, die Kommunion spendend.

An die Stelle der Angst trat Entschlossenheit. Schritt um Schritt zwang er sich, in sein Wohnzimmer hinunterzugehen. Er wohnte hier, dies war sein Heim, und hier würde er allem widerstehen. Er streckte den Arm aus, betätigte einen Schalter und überflutete die ganze Diele mit Licht. Es war niemand da, natürlich. Überhaupt niemand im ganzen Pfarrhaus außer ihm und Kitty. So eine prächtige junge Frau. Er spürte, wie Gott nach ihrer Liebe hungerte. Wie hart mußte es sein für Gott, jeder Seele so nahe zu sein und dennoch in so furchtbarem Detail die Flut der Gleichgültigkeit zu spüren, die die Welt verschlingt.

Warum ein Priester sein? Jemand mußte Gott helfen. Jemand mußte ein paar Seelen den Weg zu Gott weisen, seine Liebe der Mühe wert machen. Wir sind nicht allein, wir wissen nicht, wie es ist, wenn man allein ist. Aber was ist mit Gott, dem Außenseiter?

John hatte vor, das Werk Gottes zu tun, und zwar hier in diesem Pfarrhaus und in dieser Kirche. Er riß die Tür des Dielenschranks auf und legte den Homburg auf das Bord, auf das er gehörte. Sehr gut. Sein Herz flatterte nicht mehr, er hatte sich wieder unter Kontrolle. Er betrat das Eßzimmer, und es war, als träte er unter Gespenster.

Sie waren alle um ihn, die Männer der Kirche, die an diesem Tisch gesessen hatten, seine Freunde. Er dachte an Tom Zimmer, als sie noch jung gewesen waren, und an all die Späße und das Lachen. Die Lichter brannten hell, der Tisch war reich gedeckt... und der junge Frank Bayley errötete bis über beide Ohren bei einigen der Witze, die gemacht wurden. Dies war der schlimmste Raum, um all des Frohsinns willen, den seine Wände aufgesogen hatten.

John erinnerte sich an ein paar Toasts aus genau dieser Flasche Hennessy. Sie war mindestens ein Jahr alt; in diesem Pfarrhaus wurde nicht viel getrunken. Er goß sich den, wie sich herausstellte, letzten Drink ein, den sie enthielt, dann trug er die Flasche in die Küche, spülte sie aus und warf sie in den Recyclingbehälter.

Als er an seinem Drink nippte, hörte er aus der Küche das Zischen eines aufflammenden Streichholzes. Er konnte sich nicht bewegen, nicht atmen, keinen Laut von sich geben. Irgend etwas in ihm verriegelte sich; er hörte das Rascheln einer Soutane, das leisere Prasseln des brennenden Streichholzes.

Er wartete auf das *whoomp* des aufflammenden Benzins, die ruhige, sachliche Stimme.

Er wartete.

Da war nichts außer dem Flattern seines Atems und dem Ticken der Uhr.

Ein gedemütigter Mann eilte die Treppe hinauf, an seiner schlafenden Beschützerin vorbei und in die Dunkelheit seines Zimmers. Zu diesem Zeitpunkt konnte er nicht wissen, ob das, was er gerade gehört hatte, real gewesen war oder nicht. Konnte Frank tatsächlich im Pfarrhaus sein?

John sah in flackerndem Umriß die Andeutung eines Plans. Er entsann sich seines Traums und wußte plötzlich, wer den Plan erdacht hatte und was es war, das er tun mußte.

Er legte sich wieder aufs Bett. Ich werde nicht schlafen, dachte er, nie wieder. Er hatte eine Menge Arbeit vor sich. Zumindest mußte er die Grundlagen des Exorzismus lernen, auch wenn es ihm widerstrebte, es mit einem Ritual zu versuchen, von dem er im Grunde seines Wesens nicht überzeugt war.

Aber er hatte den Dämon gesehen. Er hatte ihn gesehen.

Wie konnte man einem solchen Ding gegenüber mit ein paar Gebeten etwas ausrichten?

Es war nicht so, daß er an das Ritual nicht glaubte. Die Wahrheit war, daß er an sich selbst nicht glaubte.

»Segne mich, Father, denn ich habe gesündigt...«

Absolution mußte nicht nur erteilt, sondern auch akzeptiert werden. Das wahre Geheimnis der Beichte besteht darin, daß ein Mensch schon sehr stark sein muß, wenn er sich von seinen Sünden befreien will. Wir fürchten uns vor unseren Sünden. Und weil das so ist, ist Satans Argument, daß wir uns verdammen, wenn wir sie offenbaren, so überzeugend.

Er konnte sich einfach nicht vorstellen, daß er selbst das alte Ritual vollzog. Und hatte Tom Zimmer es nicht bereits versucht und war dabei gescheitert?

Tom Zimmer, der jetzt ebenso als vermißt gemeldet war wie George Nicastro.

Von draußen kam eine Bewegung, das Knarren eines Stuhls, ein Schnauben. Gut, daß sie aufwachte.

Er driftete dem Rand entgegen, an dem Traum und Wirklichkeit ineinander übergehen. Frank ... weshalb Frank? Die konventionellen Erklärungen reichten nicht aus. Eine versehrte Kindheit war nicht der einzige Bestandteil des Bösen; jeder trägt ein beschädigtes Kind in sich, aber deshalb werden wir nicht alle zu Mördern.

Johns Denken tastete sich tiefer in die Frage hinein.

Wie lange war Frank schon so? Er schien sich in seinem Zustand wohlgefühlt zu haben. Die schlimmste Obszönität war seine Gelassenheit. Das Böse kam nicht in dem Augenblick, in dem das Streichholz angezündet wurde, sondern vorher, wenn seine Hand es ungerührt aus der Tasche zog.

»Weshalb, Frank?«

War das nicht Gelächter, Gelächter in den Mauern?

⌋ 23 ⌊

Nach sechs miserablen Stunden, die sie dösend auf einem Stuhl verbracht hatte, verlangte Kitty nach einer Zigarette; aber ihr war immer noch nicht wohl bei dem Gedanken, sich in der Kirche eine anzuzünden, jedenfalls nicht während der Messe. Wenn der Körper in wachem Zustand alle zehn bis fünfzehn Minuten eine Zigarette erwartet, dann ist eine fünfundvierzig Minuten dauernde Messe nicht leicht zu verkraften.

»Laßt uns das Mysterium des Glaubens verkünden«, sagte John. Seine dünne Stimme erlangte ein hochdramatisches Timbre. Seine Wirkung war erstaunlich: dieser Mann glaubte. »Im Sterben hast du unseren Tod besiegt, mit der Auferstehung hast du uns unser Leben zurückgegeben. Herr Jesus, komm zu uns in deiner Glorie.«

Verdammt, er machte sie wütend. Das bedeutete, daß sie innerlich beteiligt war, ohne es zu wollen. Um die Wahrheit zu sagen, ihr tat sogar Frank leid, und er war… nun, Gott allein wußte, was zum Teufel er war.

John sah erbärmlich aus. Erschöpft, von Schmerzen geplagt, verängstigt. Man sehe sich nur an, wie er sich mit dem Kelch abmühte, versuchte, seinen gezerrten Arm zu benutzen.

Seine Gewänder schimmerten, der Altar ertrank unter Blumen, sein kahler Scheitel glühte vor Anstrengung. Die Kirche war brechend voll. Die Berichterstattung der Medien hatte eine Menge Außenseiter angelockt, was sie noch nervöser machte.

Er kam zum Kommunionsritus, und wenig später stand er

mit zwei Diakonen vor dem Altar und spendete der Menge die Eucharistie. Fast alle wollten das Sakrament empfangen, und die lange Zeit, die das in Anspruch nahm, verstärkte ihr Unbehagen.

Wieder trat ihr das Bild dieser an der Mauer hochkletternden schwarzen Gestalt vor Augen. Am Vortag hatte sie sich die Zeit genommen, zu ihrer Wohnung hinauszufahren und die Mauer Zoll für Zoll zu untersuchen.

Ganz plötzlich wurde ihr bewußt, daß sie auf dem Weg zur Kommunion war. Sie war einfach zusammen mit den anderen Leuten in ihrer Bankreihe aufgestanden. Es war irgendwie automatisch geschehen.

Nein, das war es nicht.

Ihre Hostie war ein großer Krumen Pita-Brot. Sie hätte die geheimnisvollen kleinen Oblaten ihrer Kindheit vorgezogen. Es war wesentlich schwerer, sich vorzustellen, Christus könne in Pita-Brot aus einem libanesischen Feinkostgeschäft gegenwärtig sein, als in einer dieser reinweißen Oblaten.

Wieder in ihre Bank zurückgekehrt, versuchte sie, ein Gebet zu sprechen. »Heil dir… Brot unserer Väter… geh in uns ein…« Sie griff sich eine kleine Broschüre aus einem der Kästen an der Rückseite der Bankreihe vor ihr und las. »Meine Seele dürstet nach dem lebendigen Gott. Wie der Hirsch schreiet nach frischem Wasser, so schreiet meine Seele, Gott, zu dir.«

Da war er wieder, der Hirsch, immer noch da seit der Zeit, als sie acht Jahre alt gewesen war.

Sie beobachtete, wie sich John zu seinem Altar zurückmühte. Es war ein schmerzlicher Anblick. Dieser Mann hätte mehr gebraucht als nur eine Nacht im Krankenhaus und einen Verband an seinem Bein. Er brauchte Ruhe, psychiatrische Hilfe und Beistand. Und vor allem mußte er von hier fort.

Warum zum Teufel bist du zurückgekehrt, du dummer Kerl?

Jetzt kam ihr Gebet, ihr wahres Gebet, direkt aus dem Zentrum ihrer Seele, aus einer solchen Tiefe, daß sie wahrscheinlich nicht einmal wußte, daß sie es sprach. Wo ist er, Gott? Wir müssen diesen Mann finden. Ich meine, es ist deine Kirche, in der er seine Untaten begeht. Verstehst du mich? Dein Priester, er kann nicht mehr. Hilf mir, Gott, hilf mir!

Frank war wie vom Erdboden verschwunden. Erstaunlich. Sie hob den Blick, schaute hinauf zu den Dachsparren. Letzte Nacht hatte sie geträumt, daß da irgendwelche Dinge waren, die aus den Fenstern des Glockenturms hinausspähten.

»Geht, die Messe ist beendet«, sagte John. Die Reaktion der Gemeinde war ein allgemeines Geraschel, und die geübten Stimmen erhoben sich zur korrekten Erwiderung: »Dem Herrn sei Dank.«

Er drehte sich um und begab sich durch die Tür in die Sakristei. Kitty folgte ihm sofort. Sie sah stumm zu, wie seine Diakone ihn entkleideten, lauschte gequält den kleinen Lauten, die er von sich gab, als er seinen verletzten Arm hob.

Inzwischen mochte sie den alten Mann sehr gern. Aber selbst wenn das nicht der Fall gewesen wäre – sie haßte es, Leute leiden zu sehen.

Sie verlangte jetzt verzweifelt nach einer Zigarette, aber sie wußte nicht, ob Rauchen in einer Sakristei schicklicher war als in der Kirche selbst. Außerdem war nirgends ein Aschenbecher zu sehen. Der Gedanke, den Kelch zu benutzen, schoß ihr durch den Kopf. Du hast einen üblen Sinn für Humor, Frau.

»Father, wir müssen miteinander reden.«

»Also reden wir.«

Sie warf einen Blick auf die Diakone. »Woanders«, sagte sie.

Sie folgte ihm durch die Tür ins Pfarrhaus. »Was macht das Bein?« fragte sie, als er sich mühsam in den Sessel im Wohnzimmer manövrierte.

»Ich bete zum heiligen Judas um schnellere Heilung, aber bislang scheint er mit anderen Fällen vollauf beschäftigt zu sein.«

»Father, es ist Wahnsinn, daß Sie hierher zurückgekommen sind.«

Seine Antwort bestand darin, daß er dasaß und sie anblinzelte. Wie konnte ein intelligenter Mann so blöd aussehen?

»Father, Sie müssen von hier fort. Sie dürfen nicht über Nacht hierbleiben.«

»Nein.«

»Es gibt tausend Orte, wo Sie hingehen könnten! Jedes Ihrer Gemeindemitglieder würde Sie sofort aufnehmen. Außerdem gibt es andere Pfarrhäuser, andere Orte, an denen ein Priester unterkommen kann.« Sie griff nach ihren Zigaretten, bot ihm eine an. Er schüttelte den Kopf.

»Dies ist der Ort, an den ich gehöre. Und ich habe eine Menge durchgemacht, um hierher zurückkehren zu können.«

»Ich würde lieber in einem Tigerkäfig schlafen als hierbleiben.«

»So schlimm ist es?«

»Ist Ihnen klar, daß wir keinen einzigen vernünftigen Hinweis haben – und das trotz der großen Publicity?«

»Ich weiß. Die Publicity ist äußerst unerfreulich.«

»Im Gegenteil, die Medien leisten verdammt gute Arbeit. Bei dem Interesse, das dieser Fall erregt, ist es einfach nicht zu fassen, daß niemand ihn bisher zu Gesicht bekommen hat. Niemand!« Eine kleine Stimme in ihr sagte: Was hast du denn erwartet? Der Mann kann an nackten Wänden hochklettern. Und Gott allein weiß, was er sonst noch alles kann.

Johns leichtes Lächeln blieb unverändert. »Ich nehme an, wir werden von ihm hören.«

»Sagen Sie mir wenigstens, weshalb Sie unbedingt hierbleiben wollen. Nennen Sie mir einen guten Grund.«

»Wenn ich hierbleibe, ganz offen den Geschäften der Gemeinde nachgehe, dann wird er auftauchen. Früher oder später.«

»Ich habe es gewußt! Verdammt nochmal, Sie bieten sich als Köder an. Das ist Wahnsinn, Father!«.

»Wenn er entkommt, wird er zu einer Legende, einem Mythos. Er hat der Kirche schon genug geschadet. Es muß etwas passieren, das den Leuten erlaubt, ihn zu vergessen.«

»Der Teufel soll Sie holen, John!«

»Wo haben Sie Ihr Englisch gelernt, Lady?«

»In der Gosse, und versuchen Sie nicht, mich vom Thema abzubringen. Wenn Sie nicht von selbst hier verschwinden, dann setze ich ein Enteignungsverfahren in Gang.«

»Mit welcher Begründung?«

»In diesem Bau treibt ein verdammter Dämon sein Unwesen!«

»Hören Sie ...«

»Nein! Wir wissen beide, daß er ...«

»Das Wort, das wir benutzen, lautet ›übernatürlich‹. Über dem Natürlichen, aber unter dem Supranatürlichen.«

»Man muß ihn nur mit Thorazin vollstopfen, dann ist er nicht mehr übernatürlich.«

»Vermutlich nicht. Aber noch haben wir ihn nicht, also können wir das nicht tun. Wenn ich von hier fortgehen würde, müßte ich wegbleiben, bis Sie ihn gefaßt haben. Ich will Sie nicht kränken, aber das könnte sehr lange dauern.«

Endlich, eine Öffnung! Sie stieß nach. »Geben Sie uns zwei Wochen. Nur zwei Wochen. Wenn wir ihn bis dahin nicht haben, können Sie zurückkommen.«

Er sah sie im vollen Bewußtsein seiner Würde an. »Unmöglich. Die Gemeinde ist in Aufruhr. Ich werde hier gebraucht.«

»Ich dachte, man hätte Sie vor die Tür gesetzt.«

»Nach den Hieben, die die Kanzlei von der Presse einstecken mußte, haben sie es rückgängig gemacht.« Das kleine Lächeln wurde eine Spur breiter.

»Wischen Sie sich dieses Lächeln aus dem Gesicht! Das ist so ziemlich das Ärgerlichste, was ich bei einem Menschen je gesehen habe. Wenn Sie eine Frau hätten, dann würde sie es – ich weiß nicht, was – aus ihnen herausprügeln!«

Da lachte er, und das Lachen war freundlich.

Sie beschloß, es von einer anderen Seite her zu versuchen. »Okay, aber wenn Sie hierbleiben, dann müssen Sie damit rechnen, daß es hier von Polizisten wimmelt. Wir werden auf dem Dach sein, im Keller, sogar unter ihrem Bett, Father! Wir werden fünf Mann in der Toilette haben, während Sie draufsitzen.«

»Und deshalb werden Sie Frank nicht in die Hände bekommen. Ich sage Ihnen, wenn ich nicht hier bin, um ihn zurückzulocken, dann verschwindet er. In die nächste Kirche.«

»Früher oder später erwischen wir sie alle. Alle!« Das sagte sie, um ihn zu beruhigen, aber sie wußte nur zu gut, daß es keineswegs der Wahrheit entsprach. Sein Gesicht verriet ihr, daß er sich der Lüge bewußt war. »Verdammt nochmal, Father John, ich mache mir Sorgen um Sie! Wissen Sie das nicht?«

»Ich bin ein alter Mann. Ich habe mehr als meinen gerechten Anteil am Leben gehabt. Wenn meine letzte Tat darin besteht, Frank unschädlich zu machen ... nun, ich kann mir einen sinnloseren Tod vorstellen.«

»Sie arroganter Bastard!«

Sein Lächeln konnte auch vernichtend sein. Einen Augenblick lang fehlten ihr die Worte. Es war ein Fehler gewesen, zu glauben, daß sie es noch mit einem harmlosen Mann zu tun hatte. In seiner neuen Tiefe lag etwas, das ihr noch nie zuvor begegnet war, und es flößte ihr Ehrfurcht ein. Sie mußte nachgeben, sie hatte keine andere Wahl. »Also soll dieser Bau eine Falle sein, und Sie sind der Köder.«

Er sagte nichts.

»Das Problem ist nur, wenn Sie hier allein sind und niemand da ist, der Ihnen hilft...«

»Ich werde nicht allein sein.« Er betrachtete sie mit stetem Blick. »Wenn Satan real ist – Gott ist es auch.«

»Wie stellen Sie sich das vor? Sie führen einfach Ihr normales Leben weiter, und *wir* warten?«

»Ich glaube nicht, daß es lange dauern wird.« Jetzt lag ein Licht in seinen Augen. Er wußte, daß er gewonnen hatte. »Angesichts der Tatsache, daß er immer noch hier ist.«

»Das kann ich Ihnen nicht abkaufen.«

»Es ist wahr.«

»Nein, er ist unterwegs nach Kalifornien. Oder Kanada. Oder sonstwohin.«

John schüttelte den Kopf.

»Haben Sie Beweise dafür?«

»Ich weiß, was er tun wird. Was er tun *muß*. Er ist hier, er muß hier sein.«

»Wir haben den ganzen verdammten Bau durchsucht.«

»Wir wollen es noch einmal tun. Wenn Sie eine Waffe haben.«

Sie hob ihre Handtasche, die ihren .38er enthielt. Dann warf sie einen Blick auf sein Bein. »Wenn Sie können.«

Ein bestürzender Ausdruck erschien in seinen Augen, und sie begriff, daß das kleine Lächeln nichts war als gespielte Tapferkeit. Er hatte starke Schmerzen und außerdem entsetzliche Angst.

Sie zog ihn aus seinem Sessel hoch. Sie gingen zu einem Bücherregal, hinter dem sich eine Tür zur Schule befand. Sie schob das Regal beiseite.

»Bitte, passen Sie auf, daß Sie nicht den Fußboden zerkratzen.«

»Keine Sorge. Ich bin immer vorsichtig.« Sie betraten das Büro des Schulleiters. John tastete sich zur gegenüberliegenden Wand und schaltete das Licht ein. Eine kleine Birne warf einen kläglichen Lichtschein. Sie wußte bereits, daß sie die meisten Glühlampen herausgeschraubt und durch ein paar ganz schwache ersetzt hatten, die gerade so viel Licht lieferten, wie für eine aufgegebene Schule nötig war. Es war ein stiller Ort voller Schatten.

»An dem Tag, an dem ich die Schule schloß, hatten wir noch mehr als vierhundert Kinder. Meine Nonnen haben sich aus dem Staub gemacht, und ich hätte im Laufe eines einzigen Sommers zwölf weltliche Lehrerinnen einstellen müssen. Das war nicht zu machen.« Er seufzte, öffnete einen Kasten an der Wand. »Das ist der Sicherungskasten.«

»Ich weiß. Und drei Viertel der Glühlampen sind verschwunden.«

»Licht kostet Geld.«

»Ich möchte, daß Sie jede Lampe, die noch da ist, einschalten und brennen lassen.«

»Übrigens – weiß Ihr Boß, daß Sie bei einem Priester kampieren?«

Sie hatte nicht einmal angedeutet, daß sie vorhatte, eine weitere Nacht in seiner Nähe zu verbringen. »Nein«, fauchte sie.

Er lachte ein wenig.

»Wir fangen unten an«, sagte sie, »und arbeiten uns dann nach oben vor.«

Wohin man auch kam, gab es Hinweise auf Kinder, die vergilbenden Malereien in den Klassenzimmern, die kleinen Pulte, sogar die Kreidestücke, die noch auf den Ablagen der Wandtafeln lagen. Dies war kein toter Ort, sondern vielmehr einer, der unter einem Bann zu stehen schien.

Irgendwer hoffte, diese Schule wieder in Betrieb nehmen zu können; deshalb war alles so gelassen worden, wie es gewesen war. Sie betrachtete Johns gebeugten Rücken, während er sich langsam voranbewegte.

Am hinteren Ende der Cafeteria befand sich eine kleine schwarze Tür. Sie führte, wie sie wußte, zu einem alten Schacht voller Gasrohre, das hatte sie auf dem Plan gesehen. Aber er hatte keinen Ausgang. Nur um Bestätigung zu finden, öffnete sie die Tür und ließ das Licht ihrer Stablampe in die Dunkelheit fallen, dann schloß sie sie wieder. »Aus der Zeit, als es hier noch Gasbeleuchtung gab.«

»Die Schule hat nie Gasbeleuchtung gehabt. Sie wurde 1923 gebaut.«

»Dann waren sie für etwas, das vorher hier stand. Aber der Schacht ist ohnehin eine Sackgasse. Von ihm aus kommt man nirgendwohin.«

Sie wendeten sich ab, ohne das leise Atmen zwischen den Röhren zu hören.

Dann gingen sie in den ersten Stock hinauf; sie bewegten sich jetzt schneller, schauten in jedes Klassenzimmer. Im zweiten Stock sah es nicht anders aus. »Ich komme nur ungern hierher«, sagte John. »Das ist mein Fehlschlag.«

»Die Hälfte aller katholischen Schulen in New York ist geschlossen.«

»Die Hälfte ist in Betrieb.«

»Machen Sie sich keine Vorwürfe. Sie haben es mit etwas zu tun, das wesentlich größer ist als nur eine Gemeinde und eine Schule.«

Sie erreichten den dritten Stock, in dem die Nonnen gewohnt hatten, als er sie mit einer Geste zum Stehenbleiben aufforderte.

Dann hörte sie es auch, ein schwaches Gelächter. Sie lauschten, aber es wiederholte sich nicht. »Ich glaube, das kam von draußen«, sagte sie.

»Ich hoffe es. Denn wenn nicht, dann lebt er in den Mauern wie eine Ratte.«

»Sagen Sie nicht so etwas. Es ist zu unheimlich.«

»So ein Lachen habe ich schon ein- oder zweimal gehört.«

Sie hatte noch nie dergleichen gehört und wollte es auch nicht wieder hören. Sie schüttelte den Kopf, als wollte sie den Nachhall des Geräusches loswerden.

Dann entdeckte sie eine kleine Luke in der Wand. »Ich weiß nicht, ob schon jemand da hineingeschaut hat.«

Sie befanden sich im Eßzimmer der Nonnen.

»Das ist der Speisenaufzug. Auf diese Weise brauchten sie das Essen nicht den ganzen Weg von der Küche heraufzutragen.« John machte die Tür auf. Dahinter befand sich ein Seil, das hinabführte in die Dunkelheit.

Sie griff hinein, faßte es an. Als Versteck für einen Menschen reichte der Platz nicht aus. Sie richtete ihre Stablampe auf eine ungefähr einen Meter höher angebrachte Holzdekke. Der Zugmechanismus war mit rostigen Schrauben befestigt. Dann schaute sie nach unten und sah etwas am Ende des Seils. »Das ist interessant«, sagte sie.

»Was?«

Sie gab ihm ihre Lampe. »Ich glaube, auf dem Aufzug liegt ein Müllsack.«

»Wenn das stimmt, dann kann er noch nicht lange da liegen. Ich habe hier im Haus keine Müllsäcke geduldet, bis Mrs. Communiello mir deswegen im vorigen Jahr mit Kündigung gedroht hat.« Er zog mit seinem unverletzten Arm an dem Seil. Der Mechanismus war eingerostet, und sie mußten beide anfassen, um den Aufzug heraufzuziehen.

»Schwer, was immer es auch sein mag«, bemerkte sie. Ungefähr einen Meter unterhalb der Öffnung kam alles zum Stillstand. Sie richtete das Licht nach unten. Der Müllsack war über den Rand der Plattform gerutscht und klemmte an der Wand.

»Lassen Sie ihn ein Stückchen herunter«, sagte John.

Aber er bewegte sich nicht. »Was zum Teufel mag das sein?« Sie beugte sich vor, griff nach unten.

»Vorsichtig, der Flaschenzug ist nicht sonderlich stabil.«

»Wenn ich ihm einen Ruck geben kann, löst er sich vielleicht.« Sie merkte zu spät, daß der Rahmen um die Öffnung herum verrottet war. Bevor sie reagieren konnte, taumelte sie unter einer Wolke von Holzmehl nach vorn. »Scheiße!«

Sie spürte, wie eine Hand ihr Kleid packte. Er unterdrückte ein Schmerzensstöhnen, als er ihren Sturz verhinderte.

»Vorsichtig, Father!«

»Alles in Ordnung. Versuchen wir's noch einmal. Ich glaube, er ist locker.«

Nachdem sie sich wieder gefaßt hatte, ergriff sie das Seil und zog mit aller Kraft. Sie war völlig unvorbereitet auf die Leichtigkeit, mit der der Aufzug jetzt, wo das Hindernis beseitigt war, nach oben kam. Er schoß hoch und an ihnen vorüber und prallte gegen die Decke des Schachtes.

Der Plastiksack zerplatzte wie eine faule Frucht, und schwarze Objekte regneten um sie herunter und landeten mit lautem Poltern auf dem Boden.

Einen Augenblick herrschte Stille, dann sah John, und alles, was er tun konnte, war schreien, er hatte sich nicht unter Kontrolle, er konnte nicht aufhören. Einen Augenblick lang war Kitty verwirrt, dann sah sie den geschwärzten, kieferlosen Menschenschädel, der an der Kante des Aufzugs lag. Und ein zweiter lag in ihrem Schoß, mit geborstener Hirnschale.

Sie war fassungslos, zum ersten Mal in ihrem Job.

Sie war keine Detektivin mehr, keine Polizistin, nur noch ein menschliches Wesen, empört, angewidert, von Entsetzen gepackt.

Dann sah sie etwas Weißes aufblitzen, spürte, wie sie das Gleichgewicht verlor und gegen den Eßtisch zurücktaumelte. »Tut mir leid«, sagte John. »Entschuldigen Sie!«

»Sie haben mich geschlagen!«

»Tut mir leid. Sie waren ...«

»Das ist aus dem Kino, verdammt nochmal. Leute schlagen, damit sie wieder zur Vernunft kommen.«

»Sind die ... alt?« Er deutete auf die Knochen.

Ihr war eiskalt, sie zog die Schultern ein, faltete die Arme um sich. »Woher soll ich das wissen? Wir müssen unsere Leute herbeordern, und zwar sofort.« Er versuchte, sie in die Arme zu nehmen, dann trat er zurück, ohnmächtig, ohne jede Erfahrung, was engen körperlichen Kontakt betraf.

»Kommen Sie«, setzte sie hinzu, »wir müssen zurück ins Pfarrhaus und telefonieren.«

Und wieder kamen sie, die Streifenwagen, die kriminaltechnischen Experten, die Pathologen. John machte Kaffee, und sie nahm einen großen Becher und kehrte damit zum Schauplatz des Verbrechens zurück. Diesmal waren weitere Polizisten draußen, um die Horden von Presseleuten zurückzuhalten, die sich zu benehmen anfingen wie ein außer Kontrolle geratender Mob. Fotografen mußten von Feuerleitern und Dachtraufen heruntergeholt werden, so wild waren sie darauf, Aufnahmen von Skeletten für ihre Frühausgaben zu machen.

»Einer der Fotografen hat fünfhundert Dollar für jeden geboten, der ihn hereinläßt«, sagte Dowd zu Kitty, als sie die Treppe hinaufeilten. »Für den Fall, daß Sie schließlich doch noch bestechlich werden wollen.«

Sie schüttelte den Kopf. Er klopfte ihr auf die Schulter. »Hey. Sie sehen aus, als hätten Sie mit einem Vampir zu Abend gegessen.«

»Es ist so grauenhaft, es ist... Himmel! Das geht zu weit, das ist mehr, als ich verkraften kann!«

»Da ist ein Bischof Bayley in der Stadt. Er hat beim Revier angerufen, will mit uns reden. Und mit St. Johnnie auch.«

»*Bischof* Bayley – wer ist das, der Vater?«

»Werden Sie nicht zynisch auf Ihre alten Tage. Er ist der liebende Onkel. Die Mutter liegt mit Herzproblemen in Chicago im Krankenhaus. Daddy ist völlig außer Gefecht. Hatte vor ein paar Jahren einen Schlaganfall.«

»Wahrscheinlich, weil er sich Sorgen um seinen Sohn gemacht hat.«

»Das bezweifle ich. In solchen Fällen ist der Täter immer eine Überraschung.«

»Eltern spüren solche Dinge.«

John kehrte aus dem Pfarrhaus zurück. Er schleppte eine große Kaffeekanne aus Aluminium, die er auf dem Eßtisch absetzte. Blitzlichter flammten auf; Polizeifotografen waren bei der Arbeit. »Ich hole noch ein paar Becher«, sagte John und verschwand wieder.

»Himmel, ich würde das Zeug nicht trinken«, bemerkte einer der Techniker, als er gegangen war.

»Das sind eindeutig Brandopfer«, sagte die Pathologin. »Und ich wette, Father Johns Kaffee ist gut.«

»Wahrscheinlich ist Eisenhut drin«, entgegnete ein Uniformierter.

»Der ist für Werwölfe«, sagte sein Partner. »Das hier hat ein Teufel getan.«

Die Pathologin, eine winzige Frau mit einer riesigen Tasche, die sich über den Knochenhaufen gebeugt hatte, richtete sich auf. »Zwei Tote. Vermutlich beides Männer. Und noch nicht lange tot, vermute ich.«

»Sind Sie sicher, daß es zwei sind? Nicht mehr?

»Sicher bin ich mir über gar nichts. Aber es sieht aus wie zwei.«

»Ich habe so das Gefühl, als hätten wir gerade Tom Zimmer und George Nicastro gefunden«, sagte Sam.

»Sie müssen ihm auf die Schliche gekommen sein.«

»Stellen Sie keine Vermutungen über seine Motive an.«

»Wo hat er sie verbrannt?« fragte die Pathologin Kitty.

»In der Schulküche stehen Herde. Und im Pfarrhaus gibt es einen Müllverbrennungsofen.«

»Machen wir uns an die Arbeit«, sagte Dowd.

Sie war dankbar, weil dies zugleich hieß, daß sie von den Skeletten fortkam. Sie hatte noch nie eines gesehen, hatte nicht geahnt, welche Wirkung sie auf sie haben würden. Dieser Fall fraß den sorgfältig konstruierten Abstand hinweg, den sie zwischen sich selbst und ihren Kunden zu halten gelernt hatte.

Sie führte Dowd in die Küche. »Hier endet der Speisenaufzug.« Er hob den Riegel an der Holztür mit einem Bleistift. In dem Schacht war nichts zu sehen außer dem Seil und herabrieselndem Staub, weil oben jemand an der Plattform arbeitete.

Sie wendeten sich den Herden zu, die groß und alt waren, vier davon in zwei Gruppen. Ihre Türen bestanden aus schwarzem Eisen mit den eingeprägten Worten »Royal Rose«. Kitty wickelte sich ein Taschentuch um die Hand, nahm all ihren Mut zusammen und wollte die erste Tür öffnen.

»Nein. Das mache ich.« Dowd öffnete sie, schaute hinein. »Sauber.«

Die anderen drei ebenfalls. Dann sah sie den Grund dafür: Der Gashauptanschluß war zugedreht und versiegelt. Die Gaswerke versiegelten jede Leitung, die noch Gas enthielt, aber nicht mehr benutzt wurde. Wenn jemand diese Herde in Gang gesetzt hätte, hätte er das Siegel erbrechen müssen.

»Dann bleibt nur der Verbrennungsofen«, sagte Kitty. Sie kehrten ins Pfarrhaus zurück, wo Father John in der Küche herumhantierte. »Wir wollen uns den Verbrennungsofen ansehen. Der funktioniert doch noch, oder?«

»Oh, ja. Wir benutzen ihn ständig. Wir haben eine Genehmigung.«

»Wie oft?«

»Lupe verbrennt alle paar Tage unseren Müll. Wir wissen, daß das die Umwelt verschmutzt, aber es ist wesentlich billiger, als ihn abfahren zu lassen. Die Stadt fährt den Müll von wohltätigen Organisationen nicht kostenlos ab.«

Sie führte Dowd die enge Kellertreppe hinunter; die Stufen knarrten unter ihren Füßen. Der Raum stank nach Müll und nasser Asche. Außerdem lag ein leichter Brandgeruch in der Luft. Sie wußte sofort, daß sie am richtigen Ort waren.

Als sie am unteren Ende der Treppe angekommen waren, erschien Father John oben an der Tür. »Bleiben Sie, wo Sie sind«, sagte Kitty. Er kam trotzdem herunter.

»Der Verbrennungsofen ist sehr alt. Und gefährlich.« Seine Augen sagten, daß er Angst um sie hatte.

Dowd hob die Eisenstange, mit der die Doppeltür verschlossen war, dann zog er sie auf. Er richtete seine Taschenlampe in den schwarzen Feuerraum. »Das ist merkwürdig.«

»Was?«

»Jemand hat das Innere Ihres Verbrennungsofens saubergemacht.«

»Wer sollte auf die Idee kommen?«

Dowd schnaubte. »Sie haben Ihrem Hausmeister nie gesagt, daß er es tun soll?«

»Nie in all den Jahren, die ich schon hier bin. Der Gedanke ist mir nie gekommen.«

»Nein. Aber Father Frankie ist er gekommen, der hier drin Leute verbrannt und dann die Asche beseitigt hat. Fast.«

»Entschuldigen Sie, aber nennen Sie ihn nicht ›Father‹. Der Unhold, der hier seine Opfer verbrannt hat, ist kein Priester. Es ist nicht einmal ein menschliches Wesen.«

»Das glauben Sie, Father.«

»Ich habe sein Gesicht gesehen!«

In der nächsten halben Stunde ging Kitty ihren beruflichen Pflichten nach, verfaßte ihren Bericht, schickte schließlich Dowd weg. Allmählich verschwanden die Polizisten, das Leben, die Geräusche.

Endlich war alles still. John lag in dem großen Sessel im Wohnzimmer.

»Für heute nacht haben sie Schluß gemacht«, sagte Kitty. »Und Sie gehen zu Bett.«

Er öffnete die Augen. »Ich könnte noch Kaffee machen.«

»Sie gehen jetzt nach oben und sehen zu, daß Sie ein bißchen Schlaf bekommen!«

Er schlurfte davon. Ihr eigenes Bein tat weh, nur vom Zusehen, wie er sich die Treppe hinaufschleppte.

Sie war überzeugt, daß nur jemand, der Franks Fähigkeiten mit eigenen Augen gesehen hatte, imstande sein würde, sich wirkungsvoll gegen ihn zur Wehr zu setzen. Man konnte den Leuten erzählen, daß er an Wänden hochklettern konnte. Natürlich konnte man es ihnen erzählen.

Aber man konnte auf dergleichen nicht gefaßt sein, wenn man es nicht gesehen hatte.

Und vielleicht nicht einmal dann.

24

Plötzlich war es hell, und sie wußte, daß sie stundenlang geschlafen hatte. Sie sprang von dem Bürostuhl auf, den sie sich für ihre Nachtwache geholt hatte. John schlief tief und fest; Gott sei Dank war ihm nichts passiert, während sie ihre Pflichten vernachlässigt hatte. Sie ließ den angehaltenen Atem entweichen. Er lag mit gespreizten Beinen und von der Schulter abgestreckten Armen da. Mikey, der Dreijährige ihres Bruders, schlief auch so.

Er tat einen tiefen Atemzug und drehte den Kopf zur Wand. Sie trat ans Schlafzimmerfenster. Am Bordstein sah sie einen Streifenwagen, in dem zwei Uniformierte saßen. Sie hielten Kaffeebecher in den Händen und unterhielten sich.

Um Frank aufzuwecken, genügte das Krabbeln einer Schabe, die raschelnde Bewegung einer Ratte.

Der Frank, der seine Augen aufschlug, war nicht derjenige, der sie geschlossen hatte, der hierher gekommen war, der entsetzliche Verbrechen begangen hatte.

Er wachte auf, streckte zuerst das eine Bein und dann das andere, dann setzte er sich auf – und bekam einen Schlag gegen die Stirn, der ihn wieder umwarf.

Einen Augenblick lang war er völlig verwirrt – weshalb in aller Welt war er hier?

Dann schauderte er, Erinnerungsfetzen trieben in ihm an die Oberfläche. »Oh … nein. Nein. Nein!«

– Maria zappelt wie ein Fisch. Ihre Zunge zuckt in ihrem Mund.

Sie ist verängstigt, fassungslos.

Aber sie weiß, daß sie sterben muß! Sie weiß es. Und sie ist eine Hure, sie hat mit diesem Drecksack John gevögelt.

Nein, das bin nicht ich, der so denkt. Das bin nicht ich!

Maria rennt, sie rennt auf die Tür zu, auf die Straße.

»Nein!«

Die Monstranz gleitet auf ihre Stirn zu. Frank, sagt sie, ich habe gewartet und gewartet – großer Gott!

Sie stirbt.

Tom Zimmer, das weiße Feuer.

Spiele ich backe, backe Kuchen?

Was zum Teufel ist der Strotzer?

Und *do wop?*

Er warf den Kopf zurück und kreischte in die lastende Stille des Kriechgangs.

Dann brach er ab, schlug die Hände über den Mund.

– Sie wissen, was du tust.

– Sie suchen nach dir.

Du bist ein ganz böser Junge.

Also sei nicht so verdammt blöde. Sei mucksmäuschenstill.

John keuchte, als er die schwarze Gestalt vor seinem Fenster wahrnahm. Sie bewegte sich, und plötzlich war Kitty Pearson da und schaute mit einem etwas gequälten, unsicheren Lächeln auf ihn herab. »Möchten Sie Kaffee?«

Er zog an der Decke, versuchte, sich gründlicher zuzudecken. Er war nicht nur ein sehr schamhafter Mann, ihm lag auch an der Zeit, die er allein verbrachte, und die frühen Morgenstunden waren ihm immer kostbar gewesen. Sogar im Hospital war es zwischen sechs und sieben still gewesen. Er wollte sein Brevier, seinen Rosenkranz. Dies war die Zeit des Gebets und der Kontemplation, nicht die gesellschaftlicher Kontakte.

Als sie sah, wie er nach seiner Decke griff, fragte sie sich, ob sie ihm nur ein leises Unbehagen bereitet oder ihn tatsächlich zum Schaudern gebracht hatte. Sie versuchte, die Spannung zu lockern. »Ich werde welchen machen«, sagte sie. »Für mich ist Kaffee wichtiger als Essen.« Außerdem wollte sie eine Zigarette, aber das sagte sie nicht. Sie würde sich in der Küche eine anzünden. »Und ich mache Ihnen Frühstück, wenn ich schon einmal dabei bin.«

Als er immer noch nichts sagte, verschwand sie in Richtung Küche. Jetzt, da es hell war, konnte sie ihn guten Gewissens allein lassen, und das war ganz offensichtlich das, was er von ihr wollte.

Hi-i-i-ier ist Frankie!

Etwas Komisches ist mir passiert auf meinem Weg in die Krypta. Ich bin gestorben. Eh heh heh heh.

Marsch, Leute, Knie hoch – Murkspatrouille!

»Und magst du mich, wie ich dich mag…«

Ich stecke bis über beide Ohren in der Scheiße, Momma, weil ich Hunca-Muncas Mäusefamilie umgebracht habe. Mäusevater Johnnikins, oh, ich… ich… ich hätte ihm ein Messer in die Brust stoßen sollen. Es ihm zeigen sollen, oh ho ho ho.

Er machte die Luke auf und sprang in die Cafeteria hinunter. Durch die hohen Fenster fiel etwas Licht ein und ließ die Reihen von Tischen und leeren Stühlen schwach glimmen.

»Ich bin der Herr des Tages, sagte er. Tanze, tanze, wer immer du auch bist!«

Muß pissen.

John rasierte sich gewissenhaft. Danach nahm er den Verband von seiner Wunde ab, wie man es ihm beigebracht hatte. Er trug die Salbe auf, die Pete Morris verschrieben hatte. Heute abend würde er sie mit Jodseife abwaschen müssen, eine Aussicht, die ihm mißfiel. Es hatte sehr weh getan, als die Krankenschwester das getan hatte, und er fürchtete, wenn er es selbst tat, würden die Schmerzen noch viel größer sein.

So schwer es ihm fiel, er zog einen Anzug an. In diesen Tagen konnte alles mögliche passieren, und wenn er ausgehen mußte, war der Anzug zweckmäßiger. Nachdem er sich angezogen hatte, öffnete er Franks Badezimmerschrank.

Er holte Franks After-Shave heraus und sprühte sich etwas davon auf die Wangen. Normalerweise benutzte er nie After-Shave, aber heute verlangte ihn danach. Er bemerkte, daß der Rasierapparat verschwunden war. Sorgfältig suchte er danach zwischen den säuberlichen Reihen von Salben und Lotionen. Frank war ein gewissenhafter Mann, und der Rasierapparat war eindeutig verschwunden.

Als der Kaffee sprudelte und der Speck briet, rief Kitty Dowd zuhause an, in der Hoffnung, daß er inzwischen etwas über die Identität der Skelette erfahren hatte. Sie war keine Küchenfrau, aber sie wollte Father John etwas zu essen vorsetzen, der Mann sah so verhungert aus. Sie beobachtete aufmerksam, wie der Speck zischte und sich aufrollte. Es läutete sechsmal, bis ihr Partner sich meldete.

»Ich stehe in der Küche und mache Frühstück für Father John, und ich möchte wissen, was mit den Skeletten ist.«

»Haben Sie geschlafen?«

»Ein bißchen, gegen Morgen. Aber unserem Baby geht es immer noch gut.«

»Sie glauben doch nicht wirklich, daß sich der Täter immer noch hier herumtreibt?«

»Nein, aber er könnte bestimmt jederzeit zurückkommen.«

»Dann müßte er aber schon sehr blöd sein, bei der Überwachung.«

»Er könnte sich daran vorbeischleichen.«

»Über die Skelette wissen wir noch nichts. Sie warten

noch auf die zahnärztlichen Unterlagen der beiden mutmaßlichen Kandidaten. Also gibt es nichts Neues, abgesehen davon, daß Sie für einen Mann Frühstück machen, bei dem nicht die Gefahr besteht, daß Sie sich in ihn verlieben.«

Das Problem mit Dowd war, daß ihm nicht genug entging.

Pißbecken für kleine Jungen, wo sie immer ihre Pimmel verglichen haben, oh Gott, ich bin so kaputt. Goldener Fluß, Brücke in die schwarze Gosse. Wenn ich dir nur folgen könnte, goldener Fluß, hinab, dort hinunter, wo die Jauchegrube der Freiheit liegt.

Du hast die Hostie geweiht, hast Beichten abgenommen, du hast Kinder getauft.

Er war ein Schwert, das auf das Herz des Priestertums zielte, *do wop.*

John war entschlossen, die Gemeinde wieder in Gang zu bringen. Alles war ins Stocken geraten, sogar die Suppenküche. Eine Zeitlang würde er eine Menge Dinge selbst erledigen müssen. Er bezweifelte stark, daß Bob Quindlan ihm einen Kuraten zuweisen würde, selbst wenn einer verfügbar war. Er schaute auf die Uhr. Zehn vor sieben. In fünf Minuten würde er zur Kirche hinübergehen, die Tür aufschließen und die Frühmesse abhalten.

Als er in seinem Brevier las, wurde er sich des Kaffeeduftes bewußt, der aus der Küche heraufschwebte, untermischt mit dem Geruch von verbranntem Essen. Scheppern und wütende Flüche machten es ihm schwer, sich auf seine Gebete zu konzentrieren. Er warf einen Blick auf den Kalender. Sankt Blasius war gekommen und gegangen, die Segnung der Kehlen. Wie lange das schon zurückzuliegen schien; dabei waren es nicht einmal zehn Tage. Und man sehe sich das an – morgen war Aschermittwoch.

Maria hatte vorgehabt, während der Fastenzeit täglich

zwei Stunden stummen Betens einzulegen. Sie war fasziniert gewesen von der Idee des Büßens.

Von der Decke her kam ein Knarren, ganz leise.

Wee Willie Winkle wohnt hier oben auf dem Dachboden. Hey, Wee Willie, du hast so große schwarze Augen, mit denen guckst du ständig auf und ab und ein und aus, du siehst die Welt der *Gefühle*.

Sing mir ein Liedchen, während du von Balken zu Balken springst.

Dachböden sind hübsch.

Sie haben Luken, an die Blödmänner gewöhnlich nicht denken. Sie schauen nicht nach oben. Schlechte Angewohnheit.

Er hockte sich neben die Luke, durch die man in den oberen Flur gelangte. Bald würde er sich in Johns Welt hinunterfallen lassen, eine Spinne an einem Faden aus Luft.

⌋ 25 ⌊

Der Mann, der auf der Vortreppe des Pfarrhauses stand, versuchte zu lächeln, aber es wirkte erbärmlich. Sein Haar sah in der Sonne aus wie weißer Rauch, der um seine Schläfen hing. Obwohl er einen Hut, einen Schal und einen dicken Mantel trug, zitterte er am ganzen Körper. Am Bordstein hinter ihm entdeckte John einen Wagen der Erzdiözese. »Ich gehe nicht von hier fort«, sagte John. »Wenn Sie deshalb gekommen sind.«

»Ich bin Bayley«, sagte der Mann, John trat zurück und zog die Tür weit auf.

»Treten Sie ein«, sagte John, »bitte.« Bischof Bayley mußte an die achtzig sein, und ein so alter Mann spürt die Kälte.

Frank machte die Luke auf. Ganz leise. Er spähte hinunter in den Flur. Leer. Von unten kamen Stimmen – John und ein weiterer Mann. Er reckte den Hals, um besser hören zu können. Ein Polizist? Nein, der Stimme fehlte es an Autorität.

Er beugte sich noch weiter vor, gab aber acht, daß er nicht das Gleichgewicht verlor.

Wer war zu Besuch gekommen, wer?

Als der Bischof das Pfarrhaus betrat, wurde John klar, daß seine Miene überhaupt kein Lächeln war, sondern eine permanente Grimasse. Er stand mitten in der Diele und mühte sich mit den Knöpfen seines Mantels ab. Es dauerte einen Augenblick, bis John begriffen hatte, daß er den Mantel nicht öffnen konnte. Seine Hände waren verkrümmt, die Knöchel knotig. Er litt an Arthritis, litt ganz fürchterlich. Es mußte für diesen kranken alten Mann eine ungeheure Anstrengung gewesen sein, die weite Reise von Chicago hierher zu unternehmen.

John half ihm. »Ich habe Kaffee«, sagte er.

Jetzt brachte Bischof Bayley ein echtes Lächeln zustande. »Ich war bei der Polizei«, sagte er. »Dort hat man mich mit Kaffee vollgeschüttet.« Er warf einen Blick zum Wohnzimmer hinüber. »Ich will Sie nicht lange aufhalten, Father. Ich weiß, daß Sie viele Pflichten haben.«

Dann, ganz plötzlich, weinte der alte Mann. John legte ihm eine Hand auf die Schulter. »Das Alter«, sagte der Bischof schließlich, »ist ein grauenhafter Verräter.« Mit der hektischen Unbeholfenheit des Arthritiskranken zupfte er an einem Taschentuch, und es gelang ihm, es aus der Tasche seines Jacketts herauszuziehen. Er schnaubte sich hörbar die Nase.

Frank sprang auf Strümpfen hinunter in den Flur. Um den Aufprall aufzufangen, ging er in die Hocke. Dann richtete er sich auf, streckte die Hand aus. Ja, er konnte mit dem allerkleinsten Sprung wieder hinaufgelangen, die Kante ergreifen, sich darüberschwingen.

Mit drei langen Schritten war er an der Treppe und schaute über das Geländer nach unten.

Der *sanbenito* war ein Bußgewand aus billigem, ungefärbtem Material, gewöhnlich Wolle, mit Symbolen für die Ketzereien, deren der Gefangene sich schuldig gemacht hatte. Außerdem trug er eine konische Kopfbedeckung, die *coraza.* In den Fällen, in denen er verbrannt werden sollte, waren sowohl *sanbenito* als auch *coraza* mit Flammen bemalt.

Und das war das Wort des Herrn!

Früher am Morgen hatte John die Messe abgehalten, mit Tina gesprochen und begonnen, seinen Kalender aufzuarbeiten. Für heute waren schon sechs Termine angesetzt, vom organisatorischen Problem der Übernahme von Franks Confraternity of Christian Doctrine bis zum Arrangieren eines Plans für die Messen, der der Gemeinde Genüge tat und gleichzeitig verhinderte, daß ihr Pastor tot umfiel. »Ich habe viel zu tun«, sagte John.

Der Bischof schwenkte eine verkrüppelte Hand. »Das weiß ich.«

John führte den alten Prälaten ins Wohnzimmer. Ed Bayley ließ sich dankbar in den Sessel sinken. Einen Moment lang schloß er die Augen. »Sein Vater und seine Mutter konnten nicht kommen. Sein Vater ist nach einem Schlaganfall völlig hilflos. Seine Mutter ist herzkrank. Ich hoffe, Sie verstehen das.«

»Natürlich.«

»Father, ich gehe davon aus, daß Sie denken, ich wäre aus selbstsüchtigen Motiven gekommen. Daß ich vielleicht hier bin, um mich für meinen Neffen einzusetzen.«

»Tun Sie das bei der Polizei. Ich kann Frank nichts zuleide tun, und ich bezweifle, daß ich ihm helfen kann.«

Der Bischof schloß die Augen. »Ich fürchte, das kann niemand, aber ich liebe ihn immer noch.«

Diese Stimme! Es war unmöglich, er war ein alter Mann, hoffnungslos verkrüppelt, er hätte es nie geschafft, hierher zu kommen. Aber nein, er war es, backe, backe Kuchen. Frank war auf der Hut. Wenn er sang, durfte es nicht mehr sein als das leiseste Wispern, man durfte ihn nicht hören. Aber er mußte singen! »Eines Tags fiel ein kleines Stück Himmel herab, fand im fernen Meer ein einsames Grab...« Nein, pst. Oh, bitte, laßt mich singen, laßt mich singen für Eddy! Oh, du hast mich so sehr geliebt, daß du mir den Kopf geküßt und mich in deinen schwarzen Armen gehalten hast. O Onkel Edward, Ed, Eddie, nenn mich Eddie, wenn wir allein sind, markierse mit nem Strich, ein Mann kann nicht für immer allein weitermachen, Eddie, nimm meine Hand, *do wop.* Die Fackel wurde dem Fürsten übergeben, und er stieß sie in die aufgeschichteten Scheite, dann sah er zu, wie die Flammen… »Ich bringe dich heim, Kathleen, übers Meer so groß und wild.« Jetzt krochen die Flammen an seinen gefesselten Beinen empor.

Muß tanzen!

Johns Wunde schmerzte, und er bewegte sich gequält auf seinem Stuhl. Ihn verlangte nach einem Drink. Um diese Tageszeit nicht gerade vernünftig.

Der Bischof fuhr fort. »Ich erinnere mich so gern und so gut an seine Kindheit. Franks Vater hat es sehr schwer gehabt. Seine erste Frau war gestorben und hatte ihm eine siebenjährige Tochter hinterlassen. Zwei Jahre lang siechte mein Bruder dahin, als sickerte das Licht einfach aus seiner Seele heraus. Dann lernte er Angela kennen. Sie brachte die Sonne wieder in sein Leben zurück.« Dann lachte er leise. »Eh heh heh heh.« Seine Augen schlossen sich wieder.

»Frank hat von seinen Eltern gesprochen, aber öfter von Ihnen.«

»Angela Holmes war eine prachtvolle Frau. Sie war achtundzwanzig.« Seine Stimme wurde höher, begann zu beben. »Sie können sich nicht vorstellen, wie schön sie war, so überaus anständig – mein Gott, sie war wunderbar.«

»Haben Sie einen Rat für mich, Euer Gnaden?«

»Machen Sie nicht den Fehler, zu glauben, Sie hätten es mit etwas… Natürlichem zu tun. Um Ihnen das zu sagen, bin ich gekommen.« Der Bischof sah aus, als wünschte er sich, nicht so lange gelebt zu haben.

»Er muß eine schwere Kindheit gehabt haben.«

»Wir haben nichts getan, was Frank hätte schaden können! Er wurde mit Liebe und Zuneigung in einem untadeligen Haushalt aufgezogen. Sehen Sie sich seine ältere Schwester an – sie ist eine erfolgreiche Geschäftsfrau, sie ist seit elf

Jahren mit demselben Mann verheiratet, sie hat zwei reizende Kinder.«

Oh, Eddie, sag ihm, was wir getan haben! Erzähl ihm von den Nächten und den Liedern. Erzähl es ihm, Eddie! Ich komme, Eddie, backe backe Kuchen, oh Eddie!

»Mein Neffe war ein lieber Junge. Er konnte singen wie seine Mutter. An Sommerabenden saßen wir oft draußen unter den Bäumen, und er sang all die alten Lieder. Seine Stimme war so rein wie ein Bergbach.«

»Das ist sie immer noch.«

»Als Franklin acht Jahre alt war, ist etwas geschehen, etwas Merkwürdiges und Bestürzendes.«

John hätte es am liebsten aus dem alten Mann herausgeschüttelt. Er zwang sich zum Warten.

»Eines Sonntagmorgens blieb Franklin im Bett. Er wollte nicht mit in die Kirche, es ging ihm nicht gut. Als seine Eltern nach Hause zurückkehrten, hing ein fürchterlicher Geruch im Haus. Sie stellten fest, daß Franklin auf der Terrasse hinter dem Haus einen Scheiterhaufen errichtet, das weiße Kaninchen seiner Schwester darauf angebunden und es verbrannt hatte.«

»Woraufhin Sie ihn in psychiatrische Behandlung gegeben haben?«

»Wir hielten es für einen Eingriff des Satans, also beteten wir. Es ist nicht noch einmal passiert. Frank war ein glücklicher Junge, jedenfalls nach außen hin. Während seiner Pubertät gab es ein paar kleine Zwischenfälle. Ein Mädchen hat sich beschwert, er wäre eines Nachts völlig nackt in ihr Schlafzimmer eingedrungen, und als sie aufwachte, hätte er sie geschlagen. Von Zeit zu Zeit berichteten Nachbarn, sie hätten nachts einen nackten Mann herumschleichen sehen. Aber ... nun ja, als er uns mitteilte, er wollte Priester werden, waren wir natürlich alle sehr froh.«

»Weil Sie damit die Verantwortung für ihn loswurden, nehme ich an. Wurde das Seminar über seine Probleme informiert?«

»Die Sache mit dem Kaninchen war übel, aber da war er ja noch ein Kind. Was die anderen Dinge betrifft, so sagte er, damit hätte er nichts zu tun, und wir entschieden uns dafür, ihm zu glauben.«

Frank wollte laut heraussingen, zu den Dachbalken, zu den Sternen. »Ich glaube an dich!« Eh heh heh heh. Sing laut heraus! Eh heh heh heh. Sing laut heraus. Eh heh heh heh.

Er würde einfach hineingehen, sich hinsetzen und ihnen die Herzen herausreißen.

»Als er zu mir kam, war er einfach wunderbar. Ein wunderbarer junger Priester.«

»Er *ist* wunderbar.«

»Ich hätte mir jemanden gewünscht, der ein bißchen liberaler war, aber Frank war immer fair und ein viel zu guter Priester, als daß mich das sehr gestört hätte.«

»Ist hier irgend etwas – passiert?«

»Er hatte ein hitziges Temperament. Ich habe deshalb sogar mit seinem geistlichen Berater gesprochen. Es ist vorgekommen, daß er mich angeschrien hat. Aber darum geht es hier nicht. Lassen Sie mich ganz offen sein. Sie sind ein aufgeklärter Mann, und ich bin es auch. Wir halten nichts von primitivem Aberglauben. Aber ich muß Ihnen gegenüber ehrlich sein. Frank verändert sich so von Grund auf, so vollständig, daß … sogar sein Gesicht verändert sich. Er ist nicht wiederzuerkennen.«

»Auf welche Weise verändert er sich?«

»Das kann ich Ihnen nicht beschreiben. Grauenhaft inhuman. Der Unterschied zwischen dem Guten und dem Bösen in ihm ist so groß, daß ich glaube, daß seine Persönlichkeit gespalten ist.«

Der Bischof schloß die Augen, offensichtlich schmerzgepeinigt. »Das kann sein.«

»Sie sagten, Sie hätten mir etwas mitzuteilen. Ich glaube nicht, daß Sie das bereits getan haben.«

Er musterte John aus dem Herzen seines Geheimnisses heraus.

Wie kannst du es wagen, alter Mann, ich bin dein dich ewig liebender Schiebse-in-den-Ofen-Neffe, und du sagst, du behauptest, ich wäre verrückt.

Tut mir ja so leid!

»Halt…« Verdammt. Das war laut. Er schlug die Hand vor den Mund.

Bischof Bayley erstarrte. »Ich habe ihn gehört.« Sein Blick wanderte zu der dunklen Türöffnung. »Da draußen – gerade eben!«

»Beruhigen Sie sich, Euer Gnaden.«

»Nein, ich will mich nicht beruhigen. Er ist hier, da bin ich ganz sicher.«

»Ich sehe nach.«

Der Bischof kam auf die Beine. »Nein. Bleiben Sie hier! Er ist da draußen, ich weiß es! Hören Sie, ich habe Ihnen noch nicht alles erzählt. Da gab es ein Ritual – eigentlich war es ein Scherz –, aber irgend etwas ist mit ihm passiert… Oh, es war ein Sakrileg, was wir taten – aber nur zum Scherz! Großer Gott, es hat ihn verändert. Irgendwie.«

»Also haben Sie gewußt, daß mit ihm etwas nicht stimmt, als Sie ihn ins Seminar schickten. Glauben Sie, daß der Herr tatsächlich einem solchen Mann die Sakramente anvertraut?«

»Die Sakramente… Ich weiß es nicht. An die Sakramente habe ich nicht gedacht.«

»Mir sind die Sakramente heilig, Euer Gnaden, auch wenn Sie es Ihnen nicht sind. Die Menschen kommen zu uns um der Sakramente willen. Der Rest ist Alltagskram und belanglos.«

»Wenn der Herr den Apostaten Judas ertragen konnte, kann er auch Franklin ertragen.«

»Was war das für ein Ritual?«

Der Bischof ruckte auf seinem Stuhl. »Nichts von Bedeutung.«

»Abgesehen davon, daß es vielleicht die Pforten der Hölle geöffnet hat.«

Bayleys Augen flackerten zur Tür hinüber. »Franklin!«

»Er ist nicht hier.« John wußte, daß das vermutlich eine Lüge war.

»Er ist hier, und das wissen Sie ganz genau.« Und der Bischof wußte es offensichtlich auch.

Ganz verstohlen pflegte der Inquisitor sich dem Angeklagten zu nähern. Er stand ganz plötzlich vor ihm, wenn er nicht auf der Hut war, und dann verhörte er ihn mit allergrößtem Nachdruck.

Vom unteren Flur kam ein rasselndes Geräusch. Tina hatte ihren Stuhl zurückgeschoben, und jetzt ein Geräusch – ihre Füße tappten über den Fußboden, sie war in Bewegung, sie verließ das Büro!

Auch John hörte das Tappen ihrer Füße, als sie die Diele durchquerte. »Father?« Sie steckte den Kopf zur Tür herein.

»Ja, meine Liebe?«

»Ich wollte nur sehen, ob alles in Ordnung ist.«

»Uns geht es gut. Ich finde, Sie sollten nach Hause gehen, Tina. Und erst wieder ins Pfarrhaus zurückkommen, wenn diese Sache erledigt ist.«

Frank atmete ganz flach. Wenn man vorsichtig war, kam man mit der Luft in einem Schrank wie diesem sehr lange aus. Während er den Geräuschen von Tinas Abgang lauschte, sammelte sich eine Träne in seinem rechten Auge und rollte ihm dann über die Wange.

Bischof Bayley hatte die Initiation einen Scherz genannt, einfach Kinder beim Spiel. Es gibt eine Tür, die nach unten führt, und diese Tür ist überall.

Hast du das nicht gewußt?

»Euer Gnaden, ich möchte wissen, was Sie getan haben. Was war das für ein harmloses Ritual – das Sakrileg?«

Die Hände des Bischofs zitterten, und der Tremor bereitete ihm offensichtlich starke Schmerzen. »Die Kinder beschäftigten sich mit Satan. Sie müssen wissen, ich glaube an das Böse. Aber nicht an einen tatsächlichen Teufel. Der Teufel war eine Erfindung des Mittelalters – eine Methode, die Götter der vorchristlichen Zeit in Verruf zu bringen.«

»Was haben Sie getan?«

»Ich wollte ihnen beweisen, daß Satan nicht existiert, indem ich ihn in einer alten Zeremonie beschwor, die man als Zitieren des Asmodeus bezeichnet. Es gibt bestimmte Worte – ich nahm die Kinder mit in eine Höhle – und ich sprach diese Worte. Ich beschwor Asmodeus.«

Und ich wurde geboren! Und es tut verdammt weh, geboren zu werden. Es tut weh, Onkel Eddie! Sie legen die Schinderklinge zuerst auf die Haut und stellen die Frage: Bereust du? Dann schneiden sie damit ein. Bereust du? Dann wird sie tief hineingestoßen. Bereust du jetzt? Dann ziehen sie sie wieder zurück. Hol tief Luft, halt sie an. Halt sie weiter an. Hol wieder Luft. Sie erstickten die Nonnen und Priester, indem sie sie einmauerten und durch eine Öffnung mit Essen und Trinken versorgten. Das Loch bot Platz für siebenundzwanzig, und sie mußten in der Mauer sterben.

John musterte den alten Bischof. »Das befriedigt mich nicht«, sagte er schließlich. »Das reicht nicht. Die Leute spielen ständig mit Ritualen herum, und nichts passiert.«

Der Bischof schaute zu Boden. Als er endlich sprach, tat er es mit leiser Stimme. »Es war grauenhaft, die Art, wie wir gelebt haben! Es gab so viele Dinge, die unrecht waren. Ich... ich...« Er stieß einen langen Seufzer aus, wie John ihn viele Male im Beichtstuhl gehört hatte. Jetzt würde es kommen. »Ich muß zugeben, daß ich ihn geliebt habe... körperlich... ich...«

Die Wut überkam John ganz unvermutet, sie hätte ihn fast veranlaßt, auf den alten Mann einzuschlagen.

»Er hat es nie gewußt! Das schwöre ich bei Gott! Ich ging nachts zu ihm. Spät nachts. Ich kniete dort ... er war wie jemand, der von oben herabgekommen war. Ich hatte nie ein eigenes Kind, und ich habe einfach... Meine Liebe wurde zu etwas Schmutzigem.«

»Sie behaupten, er hätte es nie gewußt? Aber es geschieht mitten in der Nacht, daß er loszieht und Leute erwürgt und verbrennt! Er erdrosselt *Sie,* er verbrennt *Sie!* So etwas geht nie unbemerkt vonstatten, Sie alter Narr! Das Kind hat etwas gemerkt, und es fürchtet sich und haßt! Und *haßt*!«

Der Bischof war in sich gekehrt, verkrümmt und verzerrt, und jetzt kam das tiefe Schluchzen eines zerbrochenen Menschen. »Ich hätte nie gedacht, daß ich den Mut aufbringen würde, diese Sünde zu beichten.«

John hätte diesem armen, niedergeschmetterten Sünder Trost spenden müssen, aber er konnte es nicht. Es war ihm unmöglich. »Ein Jammer, daß er nicht Sie verbrannt hat, Bayley. Vielleicht hätte er dann die anderen nicht verbrannt.«

Und es folgte das Gelächter des Dämons. Aber es war kein tatsächliches Gelächter, das in den Wänden und den Dachsparren widerhallte, sondern etwas wesentlich Fürchterlicheres, das in der Seele nachzitterte und bewirkte, daß sie sich klein fühlte und ihrer Macht beraubt.

Ich komme, Johnnie-John, unter Glockengeläut und mit Nägeln, so scharf wie Rasierklingen, und mit meinen wundervollen Blumen aus Feuer.

⌡ 26 ⌊

Die Gemeinde stellte unzählige Anforderungen, die Presse belagerte ihn, sein Bein und sein Arm schmerzten, er blieb erschöpft. Er bekam die tragische Nachricht, daß es sich bei einem der Skelette, die sie gefunden hatten, um die sterblichen Überreste von Tom Zimmer handelte. Das andere konnte noch nicht identifiziert werden, aber die Nicastros hatten nicht mehr viel Hoffnung.

Dem Herrn sei Dank, daß beide nicht von M. and J. aus beigesetzt werden mußten.

Jetzt mußte er eine weitere Krise bewältigen. Kitty stand vor der Tür, eine Tasche mit ihren Übernachtungsutensilien in der Hand und im Begriff, eine weitere Nacht im Pfarrhaus zu verbringen.

Er versperrte ihr den Weg. Ihm war klargeworden, daß Frank nichts unternehmen würde, solange andere in der Nähe waren. Und nach allem, was man von ihm wußte, war auch klar, daß man ihn nicht erwischen würde, wenn er sich nicht von selbst zeigte.

»Ich bleibe hier, John Rafferty!«

Er hob die Hand, als wollte er einen Schlag abwehren. »Hitzkopf«, sagte er im liebenswürdigsten Ton, den er zustandebrachte. »Ich bin lediglich der Ansicht, daß ich in den Gebäuden keine Polizeipersonen mehr brauche.«

»Ich bin keine Polizeiperson, ich bin ich.«

»Und ich bin hier zu Hause.« Was sollte er ihr sonst sagen? Sie wußten beide nur zu gut, weshalb er wollte, daß sie wieder ging.

»Ich habe mich schon jetzt zum Narren gemacht, indem

ich hierherkomme. Sie lachen über mich. Die Kollegen sagen, ich wollte Sie verführen.«

Er berührte sein verletztes Bein. »Ich glaube nicht, daß ich imstande wäre, die dazu erforderlichen Bewegungen zu machen.«

»Und eben deshalb muß ich bleiben. Sie brauchen einen Leibwächter.«

»Den brauche ich nicht.«

»Er kann Wände hochklettern! Er ist... ja, er ist...« Sie schlug die Augen nieder. »Wir wissen, was er ist, Sie und ich.«

Früher hätte John über das, was sie da andeutete, gespottet; jetzt tat er es nicht. »Vergessen Sie nicht, daß er außerdem ein menschliches Wesen ist. Ein Opfer.«

»Sie wissen, wozu er imstande ist.«

»Ich bin ein Invalide, es ist fast zehn, und ich brauche meinen Schlaf.«

»Sie können mich nicht zwingen, Sie allein zu lassen!«

»Ich kann es, meine Liebe. Sam.«

Als der Detektiv seinen Namen hörte, kam er aus der Küche. Auf Johns Bitte hin hatte er sich dort aufgehalten, um notfalls helfen zu können. »Gehen wir hinaus und genehmigen wir uns einen Kaffee, Lady.«

Kitty Pearson wußte, wann sie geschlagen war; jetzt versuchte sie nur noch, ihre Würde zu wahren. »Okay«, sagte sie, »Kaffee ist immer gut.« Ohne ein weiteres Wort ging sie, und Dowd folgte ihr.

John begleitete sie zur Haustür, machte sie hinter ihnen zu und schloß sie ab. Dann lehnte er sich mit geschlossenen Augen dagegen.

Der Herr ist mein Licht und mein Heil, vor wem sollte ich mich fürchten? Der Herr ist meines Lebens Kraft; vor wem sollte mir grauen?

Die Uhr im Wohnzimmer schlug zehn. John sprach in die darauf folgende Stille hinein. »Wir sind jetzt allein«, sagte er. »Nur du und ich.«

Im Mund hatte er einen metallischen Geschmack, seine Hände zitterten, er spürte das rasende Flattern seines Herzens. Die Angst machte Fäuste und bohrte sich in seine Kehle, als wollte sie von innen her das Leben aus ihm herauswürgen.

Mit schwerem Schritt bewegte er sich durch das Erdgeschoß und schaltete die Lichter aus. Es fiel ihm unvorstellbar schwer, aber er hatte keine andere Wahl.

Frank war hier drinnen, dessen war er sich ganz sicher. Und niemand auf dieser Erde konnte ihn aufspüren, einerlei, wieviel Mühe sie sich gaben.

Er mußte angelockt werden.

John war der Köder. Der beköderte Angelhaken – hoffentlich.

Er überprüfte sämtliche Türen vorn und hinten. Frank würde sicher sein wollen, daß alle fest verschlossen waren.

Dann durchquerte er die Diele und näherte sich der großen Eichentür, die in die Sakristei führte. Noch nie war sie ihm so groß, so überaus häßlich vorgekommen. Schon die Form des Türgiebels schien auf ein gewaltiges, lauerndes Böses hinzudeuten.

Er schloß die Tür auf und ging hindurch. Die Stille drinnen war profund und so total, daß von ihr eine Art Würde ausging.

Aber es war keine natürliche Stille. Draußen ertönten keine Hupen, keine Stadt ging ihren eiligen Geschäften nach.

Er roch den schwachen, vertrauten Duft von brennenden Kerzen. Er hatte sie selbst angezündet und bei jedem Streichholz, das er angerissen hatte, ein Gebet gesprochen.

Die großen Mahagonischränke, in denen die Meßgewänder aufbewahrt wurden, standen stumm da. Er durchquerte die Kirche, blieb am Altar stehen. Die Schatten waren tief, das einzige Licht kam von den Votivkerzen und der Kerze vor dem Allerheiligsten. Er hatte sie nach der Abendmesse neu entzündet, als er die eine Hostie gesegnet hatte, die er in dieser Nacht brauchen würde.

Das Ewige Licht leuchtete in seinem rubinfarbenen Glas, und die Flamme war hell und stetig. Er schloß das Tabernakel auf und holte den Kelch heraus. Er nahm die Hostie in die Hand und küßte sie, roch den uralten Duft ungesäuerten Brotes.

Plötzlich schaute er auf. Er hatte gespürt... Aber nein, hier zog es an allen Ecken und Enden. Das war alles gewesen – ein Luftzug.

Er richtete seinen Blick wieder auf die Hostie.

War es überhaupt möglich, einen Menschen mit einem Stück Brot zu erretten?

Aber wenn Satan wirklich existierte, dann mußte auch Gott existieren.

Oh nein, sagte eine Stimme in ihm. Sieh dir die Welt an. Die Werke Satans überspreizen Zeit und Geschichte. Aber wo sind die Werke des Herrn?

Er legte die Hostie in den Kelch zurück und griff nach der Monstranz. Der furchtbare Zweck, zu dem man sie gebraucht hatte, hatte sie für ihn noch heiliger werden lassen.

Irgendwie würde er Frank Bayley exorzieren. Er hatte die Rituale gelesen, aber es war nicht das Ritual, was es bewirkte – die Folge der Worte war nicht der ausschlaggebende Teil. Der Dämon isolierte die Seele vom Körper, ließ sie in Dunkelheit zurück. Für das Opfer ist Besessenheit nichts als eine schwarze, unbewußte Leere.

Der Körper rennt vor der Peitsche des Dämons her, während die Seele schläft...

Er hatte sich einen eigenen Exorzismus geschaffen, nur für Frank. Das Entscheidende daran war, die Seele des Besessenen aufzuwecken. Dann würde sie hervorkommen in all ihrer verborgenen Güte und den Dämon vertreiben, wie der Engel es tut, über die Klippen des Lebens und hinab in die Grube.

Aber er mußte weitermachen, er durfte nicht innehalten und nachdenken, keine Sekunde lang. Sonst würde er es sein, der rannte, er würde kreischend durch die Kirche jagen, würde durch die Straßen hetzen und nach Sicherheit schreien, aber es würde keine Sicherheit geben, niemals wieder, nicht für den Mann, der den Dämon kannte.

Er eilte durchs Schiff zum Portal und rüttelte daran. Die Tür war fest verschlossen, und er wußte, daß niemand sie öffnen würde, nicht in dieser Nacht. Um sicherzugehen, daß er auf dem Höhepunkt seiner Angst nicht selbst versuchen würde, die Flucht zu ergreifen, warf er seine Schlüssel fort in die Dunkelheit.

Dann begann er mit der Durchsuchung der Kirche. Es durften keine Polizisten darin sein.

Zuerst stieg er die Treppe zur Chorempore hinauf und sah sich zwischen den staubigen Bänken um, dann begab er sich in den Glockenturm. Über sich konnte er das Surren des Elektromotors hören, der die Glocken schwingen ließ. Es waren auch Seile da, so daß sie von Hand geläutet werden konnten. Als er die Treppe hinaufstieg, hielt er sich, um seinen Weg zu finden, mit einer Hand an den Seilen fest.

Hier war es stockfinster. Er konnte überhaupt nichts sehen, und er befand sich hoch oben, und unter ihm war eine beängstigende Tiefe, und er spürte, wie etwas an seinem Bein heraufglitt.

Er zog den Atem ein, stieß einen schrillen, erstickten Schrei aus – und fiel fast einen Meter tief, bevor seine Hand wieder die Seile umklammerte.

Es glich eher einem sehr, sehr langen Finger als einer Maus oder einer Schabe. »Frank?«

Dann war es verschwunden, und er konnte vor sich wieder etwas sehen. Durch das Zifferblatt der Uhr fiel ein wenig Licht ein. Er blieb stehen und schaute durch das gekrümmte Glas auf das gekrümmte Abbild der Stadt.

Dann stieg er wieder vom Turm herab, in der Gewißheit,

daß die Kirche leer war. Als nächstes mußte er in der Krypta nachsehen, und das würde ihm sehr schwerfallen.

Aber er mußte ganz sicher sein, daß sich kein Außenseiter eingeschlichen hatte. Nur ein einziger, und Frank würde es wissen und nicht kommen.

»Frank, ich will, daß du kommst.«

Als er die Tür öffnete und ihm von unten her der vertraute, feuchte Betongeruch entgegenschlug, wurde ihm bewußt, weshalb er die Krypta bis zuletzt aufgeschoben hatte.

Er schaute zum Altar hinüber, zu der im Kerzenlicht schimmernden Monstranz. Sein Herz schwoll an, und er dachte: So koste ich die Liebe, die ohne Ende ist. Die heilige Kerze erinnerte ihn an das Licht des Lebens und ihre Flamme daran, wie wir herumwirbeln und tanzen und vergehen.

Er tat einen Schritt in die Krypta hinein, blieb stehen, dann tat er noch einen. Die Schwärze war undurchdringlich. Er tastete herum, versuchte den Lichtschalter zu finden. Endlich berührte seine Hand die alte Zugkette. Als er daran zog, widerhallte das Geräusch zwischen den alten Grüften unter ihm. Diesmal ging das Licht an.

Er sah, daß Dowd sein Versprechen gehalten hatte. Auch hier hatten sich keine Polizisten versteckt. Außerdem sah er, daß die beiden leeren Grüfte geöffnet worden waren, und auch das war so, wie es sein sollte. Die eine hatte Frank offensichtlich für Tom Zimmer vorgesehen. Die andere war für den, der verlor.

Normalerweise hätte ihn der Gedanke, unter den Priestern zu ruhen, die hier ihr Leben beendet hatten, mit Frieden erfüllt. Aber nicht jetzt. Er hatte vor, den Dämon auszutreiben. Er mußte es. Alles andere war undenkbar.

Er berührte den kühlen Marmor der Grüfte. Dann sah er sich um, sicher, ein Rascheln gehört zu haben.

Die Wände schienen im Begriff einzustürzen, die Decke herabzukommen. Selbst die Luft, bisher zeitlos kühl, schien dick und bedrückend zu werden. Du wirst langsam gehen, befahl er sich. Aber er konnte es nicht, er stürmte los und rannte, mit ungeschickten Sprüngen zwei Stufen auf einmal nehmend, bis er die Tür der Krypta hinter sich geschlossen hatte.

Er lehnte sich dagegen, mit geschlossenen Augen und schwer atmend. Je mehr seine Anspannung wuchs, desto stärker schmerzten seine Verletzungen. Er kehrte in die Sakristei zurück, ging durch die Tür ins Pfarrhaus. Das Telefon läutete. Natürlich, in dieser Gemeinde war immer etwas los. Jemand war geboren worden, jemand anders war gestorben. Als er den Hörer abnahm, schaute er auf die Uhr. Zwanzig nach zehn. Diese Ewigkeit in der Kirche hatte nicht einmal eine halbe Stunde gedauert. »Mary and Joseph.«

»Hier ist Tina.«

»Hi.«

Dann trat Stille ein.

»Was ist los, Tina?«

»Nun… Ich mache mir Sorgen um Sie, Father. Daß die Presse mitten in der Nacht anruft, oder etwas ähnliches.«

Ihr Tonfall besagte, daß sie sich wegen viel mehr Sorgen machte als nur wegen der Presse. »Danke. Ich achte darauf, daß der Anrufbeantworter eingeschaltet ist.«

»Father?«

»Ja, Tina.«

»Wir lieben Sie, Father. Wir alle!«

»Und ich Sie.« Er legte schnell auf, weil er befürchtete, daß sie die Angst aus seiner Stimme heraushören würde, wenn das Gespräch länger dauerte. Dann ging er nach oben. »Ich werde mich bereit machen«, sagte er. Er war so nervös wie damals, als er sich auf seine Ordination vorbereitet hatte. Er würde baden, sich in so frischem Zustand präsentieren, wie es einem alten Mann überhaupt möglich war. »Jetzt liegt es bei dir.«

Er ging ins Badezimmer, entledigte sich seiner Kleidung,

warf sie in den Wäschekorb, damit Betty sie sortieren und waschen konnte. Nackt öffnete er Franks Badezimmerschrank und holte seine Seife und sein Shampoo heraus. Dann stellte er die Dusche an.

Das Shampoo enthielt ein starkes Parfum, das er als widerlich empfand, die Seife fühlte sich fettig an. Aber ihn verlangte nach dieser Nähe zu Frank. Er hatte fünf Jahre lang mit ihm im gleichen Haus gelebt, hatte gesehen, wie er sein Herz und seine Seele in diese Gemeinde einbrachte. Das Gute in Frank mochte in Gefangenschaft geraten sein, aber es war immer noch vorhanden; etwas anderes konnte John nicht glauben. Es verdiente Liebe, es verdiente Mitleid, es verdiente Hilfe.

Und nun ging es einzig darum, an diesen guten Teil zu appellieren, den sakramentalen Augenblick und die Gnade Gottes zu benutzen, um es wieder zutage zu fördern, das Gute in die Lage zu versetzen, das, was es gefangengenommen hatte, auszutreiben.

Er wußte, als er sich einseifte, daß ein Schatten ins Badezimmer gekommen war. Er drückte sich gegen die Rückwand der Duschkabine. Der Schatten zog sich zurück und kam nicht wieder.

»Danke«, sagte er, als er sah, daß ein Gewand zurückgelassen worden war. Dies war das erste eindeutige Zeichen dafür, daß er auf gutem Boden ackerte.

Das Gewand war grob aus einer der Wolldecken herausgeschnitten, die M. and J. an die Obdachlosen verteilte. Er nahm es von dem kleinen Tisch neben der Dusche und entfaltete es.

Wie eine Kasel bestand es aus einem einzigen Stück Stoff mit einer Öffnung in der Mitte und war dazu gedacht, vorn und hinten herabzuhängen. Er untersuchte es. Mitten auf Brust und Rücken war ein rotes X aufgemalt, das Symbol des Apostaten. An den Unterkanten waren orangefarbene und gelbe Flammen.

Aus der Kirchengeschichte kannte er dieses Gewand. Es war der *sanbenito,* das härene Kleid, das die Ketzer beim *auto da fé,* dem Glaubensakt, trugen. »Wer nicht in mir bleibet, der wird weggeworfen, wie eine Rebe, und verdorret, und man sammelt sie und wirft sie ins Feuer, und sie müssen brennen.« Armer alter Johannes, ihm ist vermutlich nie bewußt gewesen, welches Grauen aus diesen Worten erwachsen würde. Die gesamte Inquisition war aus Johannes 15.6 herausgesponnen worden.

Neben dem *sanbenito* zusammengerollt lag eine *morgaza,* ein in Galle getauchter Knebel. Er berührte ihn, leckte an seinem Finger. Essig, vielleicht Urin. Er flehte nicht um Erlösung, nicht um Hilfe. Im Glauben gibt es einen kritischen Zustand der Hingabe an Gott, der jenseits aller Gebete ist. Die in ihn eintreten, gelten als Märtyrer.

Was nicht bedeutet, daß sie sich weniger fürchten oder weniger leiden.

Er warf sich den *sanbenito* über den Kopf, schlang sich die wollene Schärpe um die Taille und nahm die *morgaza* in die Hand. Als er auf den Flur hinaustrat, fiel sein Blick wieder auf die Madonna von Guadelupe. Auch war ihm, als stünde die auf den Dachboden hinaufführende Luke offen, aber er brachte es nicht fertig, hinaufzuschauen.

Die Madonna sah ihn an, und ihr Gesicht kam ihm ganz anders vor als sonst. Es war immer noch rein, aber gleichzeitig war es ein wissendes Gesicht. Sie wußte um grauenhafte Dinge, sagten die Augen; dennoch blieben sie so bleich wie die Rose.

Er ging zur Treppe. Hinter ihm war nicht eigentlich ein Geräusch, sondern eher eine schnelle Luftbewegung. Das war er, oh ja. Mein teurer Freund, mein prächtiger junger Mann.

Sie stiegen zusammen hinunter. »Sieh mich nicht an«, sagte er.

»Warum tust du das?«

Es kam ein tierischer Laut. »Warum bahnt sich die Schlange ihren Pfad, warum wächst die Blume?«

Weil sie müssen, dachte John.

»So ist es«, sagte die rauhe, seufzende Stimme.

John war übel bei dem Gedanken, daß diese Augen in ihn hineinschauten, daß dieser grauenhafte Verstand dem Wirken seiner Seele folgte. Das Böse war dicht um ihn, so dicht wie Schwemmsand.

»Wie kannst du mich für böse halten – weil ich versuche, diesen deinen Christus zu vernichten? Vielleicht bin ich ein Arzt im Lande der Seelen, und er ist deine Krankheit.«

»Nein.«

Als sie am Fuß der Treppe angekommen waren, läutete abermals das Telefon. Sein Lärmen ließ sie beide erstarren. Außerdem schuf es ein Problem. Johns Blick wanderte zum nächsten Apparat auf der anderen Seite der Diele. Als sich eine Hand auf seine Schulter legte, fuhr er zusammen, blieb stehen. Die Hand tappte sanft, die Finger wischten über seine Wange. Als der Anrufbeantworter in Tinas Büro sich einschaltete, zog die Hand sich zurück.

Sie bewegten sich durch die Diele, und John hörte Kitty: »Weshalb melden Sie sich nicht, John? Verdammt nochmal, ich muß mit Ihnen reden. Unbedingt!« Dann ein Klicken, ein Summen.

Von hinter ihm kam eine Stimme. Sie war so seltsam, ein Grollen, die Bewegung des Windes, eine dunkle Erinnerung: »Weshalb fürchtest du mich? Ich habe mich nicht selbst erfunden. Wir sind alle Opfer der Schöpfung.«

»Du hast deine Sünde begangen.«

»Welche Sünde?«

»Zum Beispiel hast du dir den Körper meines Freundes angeeignet.«

»Ich bin dein Freund.«

Wie gerissen die Kunstfertigkeit dieser Lüge war! Der Eindruck, daß er es mit einer überaus erhabenen und entsetzlichen Präsenz zu tun hatte, wurde zur Gewißheit. Paradoxerweise gab ihm das neue Hoffnung. Wenn es wirklich so etwas gab wie Besessenheit, dann hatte er eine sehr reale Chance, Frank zu retten.

Der Dämon, durch Lügen und Gerissenheit gekommen, kann nur unter einem Vorwand wieder vertrieben werden. Das behaupteten die alten Bücher, sofern sie nicht logen.

»Ich kann nicht zu dir kommen ohne einen Körper, sonst würdest du mich übersehen.«

»Was nur gut wäre.«

»Solange du mich nicht verstehst, kannst du dich nicht von der Idee des Bösen befreien.«

»Eine weitere Lüge.« John versuchte mühsam, die Hand zu heben, um die Tür der Sakristei zu öffnen. Sein Arm fühlte sich unglaublich schwer an. Das war die berühmte Schwere der Angst, die es erforderlich machte, daß Menschen zu ihrer Hinrichtung getragen werden mußten.

Als ob er Johns Entsetzen spürte, klopfte sein Begleiter ihm wieder auf die Schulter. »Es gibt keinen wahreren Freund als den, mit dem man ein Laster gemeinsam hat.«

John hatte nicht das Gefühl, mit Frank zu sprechen. »Ich habe keine Laster mit dir gemeinsam«, erwiderte er.

»Nicht Stolz?«

Natürlich stimmte das. Die Leichtigkeit, mit der er zu dieser Erkenntnis gelangt war, flößte ihm Unbehagen ein. Er schwankte innerlich … nur ein kleines bißchen.

»*Do wop.* Und beeil dich. Die Polizistin ist schon unterwegs.«

Als er versuchte, sich zu schnelleren Bewegungen zu zwingen, tänzelte er wie eine Marionette. »Tut mir leid«, sagte er.

»Macht nichts, mein Freund.« Wieder berührten die Finger seine Wange. Sie waren trocken und verblüffend warm.

John schaffte es, die Tür zur Kirche zu öffnen. Hinter ihm

lag eine Pause. »Sie ist leer«, sagte John. »Ich habe sogar in der Krypta nachgesehen.«

»Der Turm?«

»Leer und abgeschlossen.«

»Dann geh nach hinten. Setz den Hut auf, den du dort findest, zünde die Kerze an und komm durch den Mittelgang zurück.«

An den Füßen trug John nur seine Pantoffeln, und sie machten keinerlei Geräusch. Einmal stolperte er, und das leise Poltern widerhallte in der Kirche.

Der Hut war der, von dem er gewußt hatte, daß er es sein würde, die *coraza,* die hohe Kopfbedeckung des Ketzers. Wie der *sanbenito* war er von aufgemalten Flammen gesäumt. John wurde klar, daß Frank diese Sachen in der Schule angefertigt hatte. Er stellte sich den Zeichensaal vor langer Zeit vor, voll von kleinen Kindern und ihren Fingermalfarben, das Sonnenlicht, das durch die hohen Fenster einfiel, und die winzige Schwester Anne, die versuchte, ein wenig Ordnung in das Chaos zu bringen.

Mit einem schweren Seufzer stülpte er die *coraza* auf seinen Kopf. Sie war aus Papiermaché auf einem Gestell aus feinem Maschendraht, und die Drahtenden bohrten sich in seinen Skalp wie eine absurde Parodie der Dornenkrone. Die Kerze war eine lange rote Votivkerze. Einen Augenblick lang wußte er nicht, wie er sie anzünden sollte, dann sah er, daß neben ihr eine Schachtel Streichhölzer lag.

Streichhölzer. Seine Hand zitterte so stark, daß er kaum eines herausholen konnte. Die meisten fielen heraus und landeten auf dem Boden.

Mit der flackernden Flamme der Kerze vor sich begann er seine Prozession zum Altar. Er sah ihn dort stehen in goldenen Gewändern, mit einer weißen Mitra auf dem Kopf und einem selbstgemachten Bischofsstab in der Hand. Er hatte sich für die schlichte Mitra entschieden, die Beerdigungen vorbehalten war.

Er sang mit seiner klaren, reinen Stimme, der Stimme des verlorengegangenen Jungen:

O heilsam Opfer, öffne weit
dem Erdenkind das Himmelstor!
Vom Feind bedrängt von aller Seit,
hilf uns, verleih uns Kraft zuvor.

Wie oft hatte John *O Salutaris Hostia* gehört, aber nie zuvor so voller Anmut und Gefühl wie jetzt. Ein Teil des Wunders war sogar in der etwas hölzernen Übersetzung erhalten geblieben. Und als spürte er Johns Wunsch, ging er zu Latein über, als er die Hymne ertönen ließ.

Uni trinoque Domino
Sit sempiterna gloria,
Qui vitam sine termino
Nobis donet in patria.

Je näher John herankam, desto stärker begann das Licht der Kerze auf dem Gesicht seines Rivalen zu flackern.

Das war der schwerste Teil, zu sehen, wie sich sein Gesicht veränderte. Der Übergang war so radikal, so unmöglich – die mumienstraffe Haut, die riesig gewordenen Augen, die in ihren eigenen Tränen schwammen, das aus den Poren hervorquellende Blut.

Als das Ding sprach, verwandelte sich die reine Kinderstimme in etwas wie das Krächzen einer Krähe. »Du dreckiger Götzendiener, mach deinen Rücken gerade! Du, der du Apostasie verbreitest, der du Lügen hineinrammst in den Schlund der Gläubigen, ich verfluche dich!«

Die Giftigkeit der Worte erschütterte John zutiefst. Der Frank, nach dem er suchte, mußte sehr weit von der Oberfläche entfernt sein.

»Leider haben wir keinen *quemadero*, aber diese Kirche,

die du mit deiner dreckigen Gegenwart besudelt hast, wird Brandstätte genug sein! Die Flammen werden sie reinigen, die Flammen werden sie wieder gut machen, und deine Asche wird zu heiliger Erde werden. Sohn einer Hure, widerlicher Sodomit!«

»Frank, du kannst das besiegen. Du mußt es nur versuchen.« Die Worte hörten sich dünn und unglaubwürdig an, und sie erhielten die Antwort, die sie verdienten: einen Schwall von Gelächter. John dachte: Ich habe einen fürchterlichen Fehler gemacht. Dann: Ich muß von hier fort! Aber die Tür war verschlossen, und er hatte sich bewußt die Möglichkeit des Aufschließens verwehrt. Er beschloß, gleichfalls gerissen zu sein. Er würde es mit einem Trick versuchen. »Hör mir zu, Frank! Du bist nicht besessen. Es ist eine Krankheit, Frank. Mit Gottes Hilfe können die Kranken geheilt werden.«

Und wieder das Gelächter. »Wolln wir den Strotzer tanzen?«

»Nein, das wollen wir nicht. Ich weiß nicht einmal, was das ist.«

Er bewegte sich auf ihn zu. »Ich bringe es dir bei.«

»Nein. Bleib, wo du bist. Hör mir zu. Ich weiß, was du empfindest. Du bist furchtbar verletzt und wütend...«

Wieder ein Schwall Gelächter, so scharf und heiß wie eine schlitzende Klinge. Etwas bewegte sich neben dem Altar, so schnell wie eine Ratte, so groß wie ein großer Hund. John redete sich ein, daß er es nicht gesehen hatte, daß solche Dinge unmöglich waren. Frank kicherte: »Dein Stolz hat dich zu uns gebracht. Dein Stolz ist dein Untergang.«

John sprach zu dem Mann, von dem er immer stärker fürchtete, daß es ihn nicht mehr gab: »Frank, nichts, überhaupt nichts wird mich davon überzeugen, daß du dem hier nicht entkommen willst.«

Der Feind schleuderte seinen Bischofsstab wie einen Speer durch das ganze Mittelschiff. Er prallte gegen die Tür. Dann hielt er etwas anderes in der Hand, einen langen, dikken Gegenstand. In seiner freien Hand funkelte etwas, und plötzlich war das, was er hielt, eine Fackel.

Die Flammen tanzten in den Fenstern und an den Wänden. »Frank, wenn du nicht sprechen kannst, streck die Hand aus, streck sie mir entgegen!« Er zwang eine zitternde Hand auf die reglose Gestalt zu. Einen Augenblick später war da entsetzliche Pein – die Fackel hatte seine offene Handfläche berührt. Er riß seine Hand zurück, er heulte. »Oh, *Jesus*!«

Wieder wurde die Fackel auf ihn zugestoßen. »Einige von ihnen waren so überzeugt von der Rechtmäßigkeit ihrer Verurteilung, daß sie den Schergen die Fackeln abnahmen und sie selbst in das zu ihren Füßen aufgestapelte Holz stießen. Es heißt, die Flammen hätten sich kalt angefühlt für diejenigen, die sie selbst entzündet hatten.« Grinsend bot er John die Fackel an.

»Nimm sie weg! Nimm sie weg von mir!« Wie dumm war er gewesen, was für ein Narr! Es bestand nicht die geringste Hoffnung, daß Frank zurückkehren würde.

John stürmte durch den Mittelgang und begann, an der verschlossenen Tür zu rütteln. Der Feind hatte jetzt zwei Fackeln und kam hinter ihm her, schleifte sie über die Rücklehnen der Bänke; jede von ihnen zog eine Feuerlinie hinter sich her. Wie ein wildes Tier brüllend, schleuderte er eine der Fackeln direkt auf John zu. Sie wirbelte durch die Luft und segelte so dicht über seinen Kopf hinweg, daß sie die wahnsinnige Kopfbedeckung herunterschlug.

Die Fackel versetzte der Tür einen widerhallenden Schlag und zerbarst in tausend Kügelchen aus loderndem Pech. John wich vor der Feuerwand zurück.

Dann stürmte Frank durch den Mittelgang wie ein großer, wahnsinniger Affe, mit zwei weiteren Fackeln in den Händen. Eine von ihnen schleuderte er gerade in die Luft empor. Sie prallte gegen die Decke, verfing sich in den Sparren und verspritzte überallhin weißglühende Tropfen.

»Nicht meine Kirche!«

»Do wopwopwop!« Er raste um die Peripherie der Kirche herum, schleifte zwei weitere Fackeln hinter sich her, hinterließ eine Feuerspur. Wieder am Altar angekommen, schleuderte er die Fackeln in die Höhe, und sie flogen wie Kometen zur Chorempore und blieben sprühend dort liegen.

Zwei weitere Fackeln flammten in seinen Händen auf. John unternahm einen Versuch, der, wie ihm bewußt war, vielleicht sein letzter sein würde. Er rannte auf die Sakristei zu.

»Wenn du schon nicht tanzen willst, möchtest du dann vielleicht backe, backe Kuchen spielen?« fragte Frank in einem so absolut vernünftigen Ton, daß es grauenhaft war.

John stürmte in die Sakristei und durch die Tür ins Pfarrhaus. Er knallte sie hinter sich zu und verschloß sie. Er stürzte zum Telefon, wählte 911, aber noch während er das tat, hörte er die Sirenen. Sie waren da, natürlich. Sie waren die ganze Zeit draußen gewesen. Gott sei Dank dafür, daß es dich gab, Kitty. Du dickköpfige Person, du konntest einen alten Narren nicht im Stich lassen!

Er griff nach seinem Mantel und warf ihn sich um die Schultern. Einem jener Impulse nachgebend, die typisch sind für Augenblicke großer Katastrophen, nahm er seinen neuen Hut vom Regal, setzte ihn auf und rückte ihn sorgsam zurecht, bevor er nach draußen rannte. Außerdem hatte er sich den alten Feuerlöscher aus der Vorratskammer gegriffen und trug ihn vor sich wie ein Kind einen Blumenstrauß für den Maialtar der Madonna. Das Wasser in dem alten Gerät schwappte beim Laufen.

Die Fenster der Kirche erglühten im Licht unmenschlichen Lebens: Joseph hüpfte im Fenster mit dem Kind in der Krippe, Maria wirbelte im Mysterienfenster durch die Sieben Schmerzen.

Eine Phalanx von Feuerwehrautos kam in Viererreihen

die Seventh Avenue herunter und jagte den zähen New Yorker Verkehr auseinander wie eine Bö, die fahles Laub beiseitefegt.

Dann wurde er ergriffen, eine kräftige Person nahm ihn in die Arme. Er war verblüfft, Bobby Quindlan zu sehen, mit knallrotem Gesicht und fassungslosen Augen, und hinter ihm die verkümmerte Gestalt von Bischof Bayley, der gerade aus einer Limousine ausstieg. Dann sprang Kitty aus ihrem Wagen. »Herr im Himmel!« schrie sie.

»Es tut mir leid. Es war Stolz, die Sünde des Stolzes!«

»Wie können Sie in einem solchen Moment so etwas sagen! Kommen Sie hier herüber, lassen Sie sich anschauen.« Sie hielt ihn bei den Schultern. »Sie Idiot, Sie sind alles losgeworden, was von ihren Augenbrauen noch übrig war.«

»Es tut mir leid.«

»Wir hätten Sie nicht aus dem Krankenhaus herauslassen sollen.«

»Ich gehe nicht dorthin zurück!«

Als der Brand wuchs, tauchte der Widerschein ihr Gesicht in ein grauenhaftes Orange. Sie schloß ihn in die Arme. Jetzt konnte er die Flammen hören, trotz des Getöses der eintreffenden Feuerwehr. Er wich vor ihr zurück, machte Anstalten, sich umzudrehen.

»John«, sagte sie. »Tun Sie es nicht.«

Die Sirenen verstummten. Stimmen dröhnten über elektrische Megaphone. Ein unheimlicher Pfeifton mischte sich mit dem gleichförmigen Knistern des Feuers. »Doch«, sagte John. »Ich muß.«

Eine Speerspitze aus Flammen schoß aus dem Glockenturm heraus und strebte empor in den Nachthimmel.

»Zurücktreten«, rief ein Feuerwehrmann durch ein Megaphon. »Zurück auf die andere Straßenseite!«

John hatte sich an etwas erinnert, das die Wichtigkeit von Anweisungen durch das Megaphon zu nichts verblassen ließ. Als er sich vornahm, was er tun würde, hatte er sich eine

Versöhnung vorgestellt, einen Augenblick, in dem er mit Frank die Hostie teilte, das Brot des Lebens mit ihm brach und damit den Heilungsprozeß in Gang setzte, der ihn zur Beichte führen würde, zu einer Anstalt, in der er seine geistige Gesundheit wiedererlangte, zur Rehabilitation.

Deshalb hatte er die Hostie geweiht, deshalb hatte er sie auf dem Altar zurückgelassen.

Dort war sie jetzt, in Satans eigener Monstranz.

John dachte: Weil ich mir eingebildet habe, ich wäre besser als er, werde ich hier sterben. Es war mein Stolz, der mich vernichtet hat.

Er starrte auf seine brennende Kirche, krank vor Angst vor dem, war er tun mußte. Unter gar keinen Umständen – und ganz gleich, wie groß die Gefahr war – durfte ein Priester zulassen, daß das geheiligte Sakrament zu Schaden kam.

⌋ 27 ⌊

Sanctus, sanctus, sanctus Dominus Deus Sabaoth, pleni sunt, wie heißt es doch gleich, ach ja, caeli et terra gloria tua, hosanna in excelsis. Benedictus qui venit in nomine Domine, und ein *hoop de duu*, noch ein geweihter Schuh.«

Geweiht und abermals geweiht, soviel Weiherei zu erledigen! Er zog eine zerbrochene Zigarre aus der Hosentasche und legte sie neben seine geweihten Schuhe auf den Altar. Er weihte die Zigarre. Himmel, war das heiß hier drinnen.

John kam zurück; er hatte gewußt, daß er zurückkommen würde. »Du mußt alles essen, was auf dem Altar liegt«, teilte er ihm mit. »Ich habe alles geweiht. Vielleicht kannst du die Zigarre und die Schuhe zusammen kochen. Geweihter Schuh-Eintopf.«

Dampf stieg aus Johns Kleidung auf; wahrscheinlich brannte er, was wohl sonst? »Mein lieber Freund, das ist überhaupt nichts. Meine Mitra brennt schon seit mindestens fünf Minuten. Ehrlich!«

John taumelte näher heran, griff nach der Monstranz.

»Brauchst du ein bißchen Licht?« fragte der Gegner und streckte einen brennenden Ärmel aus. »Wie ich das mache, fragst du? Da, wo ich herkomme, ist Feuer keine große Sache. Wir sind an das Zeug gewöhnt.«

Aber der Mann, der in ihm war, fühlte es. Es lag Qual um die Augen herum, Qual in den kleinen Falten, die von den Mundwinkeln ausgingen.

»Komm mit mir, Frank.«

»Gib mir den Feuerlöscher. Den kann ich auch noch weihen. Ich möchte zu gern sehen, wie du und der tote Bischof einen Feuerlöscher essen.«

»Dein Onkel ist nicht tot. Er ist draußen.«

»Blödsinn, er ist gestorben, als er diese Hündin gevögelt hat.«

»Was hat er?«

»Seinen Irish Setter, Mann. Und mich hat er auch gevögelt, der alte Bastard!«

Wo endete Satan, wo begann Frank? John hatte sich darauf verlassen, daß es eine Trennungslinie gab. Was war, wenn da keine war? Er konnte den aus diesem Mann heraussprudelnden Unflat, die Korruption, den Haß fast körperlich fühlen. Wie konnte er es wagen, den Leib Christ zu berühren! »Gib mir die Monstranz!«

»Stört dich das Feuer?«

»Gib sie mir!« John versuchte, danach zu greifen, schlug auf die Flammen ein, die begannen, die Altardecke zu verzehren.

Er hielt die Monstranz außer Johns Reichweite. »Nein, nein, noch nicht. Ich will noch ein paar Dinge mehr weihen. Könntest du mir vielleicht noch irgend etwas geben?«

John ergriff seine Schultern, versuchte es abermals. »Frank, wach auf!« Er schüttelte ihn mit seiner ganzen Kraft. »In Gottes Namen, wach auf!« Gib mir diese Seele, schrie John innerlich. Auch wenn ich schwach bin und voller Stolz, gib mir diese Seele! »Wach auf, im Namen des Herrn!«

»Bäumchen schüttel dich, Bäumchen rüttel dich!« Er ließ sich schlaff vor- und zurückschnellen, bis John aufhörte. »Der Bursche, den du haben willst, ist momentan nicht verfügbar. Er mußte in sein Zimmer gehen.«

Da, das war so etwas wie ein Eingeständnis, daß er existierte! »Gut, Frank, das ist ein erster Schritt! Er ist hier drinnen, du weißt es, du hast es gerade zugegeben!«

»Niemand ist hier außer uns Teufeln, Johnnie-boy!«

»Ich will dich, Frank, dich!«

Er stieß John von sich, wendete für einen Moment sein Gesicht ab, dann blickte er über die Schulter zurück.

Das Gesicht war naß, rot, die Adern pulsierten an der Oberfläche. Es war, als wäre es von innen nach außen gekehrt. Johns ganzer Körper krampfte sich zusammen, sein eigener Schrei kam ihm so zerbrechlich vor wie der Ruf eines Vogels. Dann wurde es dunkel.

Er wußte genau, was er getan hatte. Er sollte den alten Narren einfach schmoren lassen. Aber es gab immer noch etwas, das sich aus ihm herausholen ließ. »Los, komm, so nützt du mir nichts!« Er hob den Feuerlöscher auf, pumpte ein paarmal, dann sprühte er dem alten Mann Wasser ins Gesicht.

John spuckte, taumelte beiseite.

»Laß uns zusammen den Strotzer tanzen, wir werden hübsch aussehen in dem Feuer. Kannst du in Feuer tanzen? Wo ist dein *sanbenito?* Er hat mich eine Menge Arbeit gekostet. Basteln hat mir schon immer Spaß gemacht! Ich habe einen Galgen gemacht, und sie haben gesagt, ich soll ihn in einen Bohrturm verwandeln, eh heh heh heh. Und übrigens, Bischof Eddiekins ist tot. Hast du je in seine Augen geschaut?« Er tanzte, immer rundherum, und die Funken flogen von seinem Gewand.

Jetzt würde John es mit seinem eigenen Exorzismus versuchen, er würde seinen Freund anflehen. Seine Stimme war nur ein Flüstern. »Frank, bitte, komm zurück. Du kannst es. Ich weiß, daß du es kannst.«

»Eh heh heh heh.«»

»Wir werden hier sterben, wenn du es nicht tust!«

»Wolln wir tanzen?«

»Wir werden verbrennen! Beide! Denn eines kann ich dir sagen, wenn du nicht zurückkommst, dann wirst du hier nicht lebend herauskommen. Ich werde nicht zulassen, daß du in die Welt entkommst. Ich lasse es nicht zu!«

»Rollse auf, rollse auf, markierse mit nem Strich!«

John streckte Frank die Hände entgegen. »Ich beschwöre dich, verlaß diesen Mann und kehre zurück in die Tiefen, aus denen du gekommen bist!«

»Schiebse in'n Ofen…«

»Frank, mein Freund. Mein lieber Freund!«

Franks Gesicht schien in sich selbst zu versinken. Seine wütenden Augen wurden trüb, seine geweiteten Nüstern zogen sich zusammen. »John?«

»Oh, Frank!« Johns Hände kamen, ergriffen ihn, hielten ihn fest.

»John?« Das Gesicht verschwamm, dann wurde es weich. Plötzlich war da ein verletzter Mann.

»Gott sei Dank, Gott sei Dank!«

»Ich… Wo…?« Er sah sich um. Seine Augen öffneten sich weit, auf seinem Gesicht erschien ein Ausdruck völliger Fassungslosigkeit und wilden Entsetzens. »Was habe ich getan?«

»Frank, wir müssen hier heraus!«

»Das habe ich nicht getan! Ich hätte es nicht gekonnt!«

Die Qual in seiner Stimme war fast unerträglich. Die Worte waren so verblüffend, daß John wie gebannt dastand. Ihnen blieb nicht einmal mehr ein Augenblick, das Feuer wütete, aber er stand da und starrte seinen armen Freund an. »Du hast es nicht gewußt?«

»Das habe ich getan?«

John nickte. In diesem Moment drangen die Schmerzen des Verbrennens in Franks Bewußtsein. Sein ganzer Körper bebte; wenn er sich wand, brachen in seiner Haut rote Risse auf, seine Muskeln verknoteten sich, seine Knochen krümmten sich in der Hitze.

Er warf den Kopf zurück und schrie.

John versuchte, den Feuerlöscher auf ihn zu richten. Eine riesige, orangefarbene Flammenwand fegte über sie hinweg, und plötzlich brannten beide Männer.

Es kostete Frank den letzten Rest seiner Kraft, den Feuerlöscher zu ergreifen und John gründlich zu durchnässen, zu versuchen, ihn zu retten, und dann die heiße Monstranz zu nehmen, die Lünette herauszuholen und sie ihm mit einer Hand zu überreichen, an der sich das Fleisch von den Knochen löste.

»Komm mit mir, Frank, er ist tot, der Dämon ist tot!«

Er sprang davon. »Den Teufel ist er, Johnnikins!« Der gute Priester raffte den allerletzten Rest seiner Kraft zusammen, stellte sich zwischen John und die Flammenwand vor dem Altar. »Komm, Dämon«, sagte er.

Er überlieferte sich selbst dem Feuer.

Es dauerte einen Moment, bis John begriffen hatte, daß die Lünette mit der Hostie in seiner Hand war.

»Oh, Frank«, flüsterte er und starrte auf das kostbare Brot.

Funkensprühend fiel die Mitra vom Kopf herunter. Dann verzerrte sich das Gesicht langsam zurück in seine grinsende Starre, und das Wüten der Flammen machte es noch grauenhafter.

Eine immense Anstrengung setzte ein, ein Körper versuchte, sich zu bewegen, in blauem Feuer zu funktionieren.

John trat einen Schritt zurück, genau in dem Moment, in dem eine verkohlte Hand an seinem Gesicht vorbeifuhr. Frank war tot, er konnte sich nicht mehr bewegen, er war verbrannt und zerstört. Es war die Hitze, die das bewirkte. Er sah es nicht wirklich.

Die Hand krallte wieder nach seinem Gesicht, und diesmal sprang er beiseite. Sengender Wind peitschte an ihm vorbei, als er sich in die Sakristei zurückzog. Die Tür krachte hinter ihm ins Schloß.

Die Schreie auf der anderen Seite schienen immer weiter und weiter und weiter zu gehen, und sie waren so grauenhaft, daß John gleichfalls schrie.

Die Tür schauderte, bebte, ratterte.

Oh Gott, was war da drinnen, welches Mysterium? Er erkannte, daß er nicht einmal angefangen hatte, es zu verstehen. Frank war nicht vollends gestorben, nur der gute Mann. Dieses Ding – wie konnte es sich wehren, wie konnte es schreien, wenn sein Körper nur noch eine geschwärzte Hülle war?

Das Beben der Tür wurde zu einem Dagegenhämmern. Sie rüttelte in ihren Angeln. John lehnte sich dagegen, aber sie ratterte und barst. Sie wurde immer heißer, sie würde nicht mehr lange halten. Johns Hand fuhr zum Riegel, die Tür bebte, das Schreien wollte nicht aufhören.

»Im Namen Gottes, hebe dich hinweg!« schrie er. Das Hämmern wurde nur noch heftiger, das Schreien wütender. Er versuchte, den Riegel vorzuschieben, aber die Hitze hatte ihn verbogen. Das Hämmern schwoll zu einem Dröhnen an, das Schreien zu einem Gebrüll. »Bei allen Heiligen und Engeln, bei der Macht des Herrn…«

Die Tür würde nicht halten, die Schlacht war verloren.

Dann Stille. Die Stimme eines kleinen Jungen begann zu weinen. John schüttelte den Kopf, er weigerte sich, es zu hören, aber das Weinen wurde zu piepsendem Geheul, und die Klein-Jungen-Stimme rief: »Mama, ich habe Feuer an mir, Mama, hilf mir, hilf mir!« Dann, lauter, älter: »Laß mich raus!« Und völlig erwachsen: »Laß mich verdammt nochmal raus!«

Die Tür knarrte, das Hämmern setzte wieder ein. John weinte, John schauderte, John hielt die Tür geschlossen, indem er mit seiner ganzen Kraft dagegendrückte, John betete, so gut er konnte, stockend, verworrene Fetzen sämtlicher Gebete, die er je gekannt hatte.

Das Hämmern ging immer weiter, steigend und fallend. Die Tür wurde heißer, die Angeln stöhnten. John mühte sich ab.

Eine Frau kam auf ihn zugestürmt, uralt und gebückt, und grub ihre Fingernägel in sein verletztes Bein. Er schrie vor Schmerzen, er rief den Namen Gottes, und sie verschwand mit einem Zischen in der Dunkelheit.

Er dachte an die Hostie in seiner Brusttasche, er versuchte zu glauben, daß ihr Vorhandensein etwas bewirkte, daß es ihm helfen würde. Für einen Mann des Glaubens kam er sich sehr schwach vor, der Prüfung nicht gewachsen.

Er war fast am Ende seiner Kraft, als ihm bewußt wurde, daß das Hämmern aufgehört hatte. Er wartete, aber aus dem Altarraum kam nichts außer dem vielfältigen Seufzen des Feuers. Die Tür war heiß, und John trat von ihr zurück. Von oben schwebte eine brennende Aschenflocke herab. Er rannte ins Pfarrhaus, brachte eine weitere Tür zwischen sich und das Inferno.

Sein Gesicht schmerzte, sein Mantel war angekohlt, sein Hut versengt, und er war tropfnaß vom Wasser aus dem Feuerlöscher.

Mit der Hostie sicher in der Tasche ging er nach draußen. Die kalte Luft fühlte sich an wie eine neue Haut. Ein Stück die Straße hinauf sah er eine Menschenmenge hinter einer Reihe von Polizisten. Mary and Joseph bot einen tragischen Anblick, Flammen schlugen aus allen Fenstern. Während er hinschaute, schwankte der Turm, stürzte ein und krachte funkensprühend vor der Kirche auf die Straße.

Feuerwehrleute riefen und rannten, Schläuche wurden ausgerollt, Wassermassen ergossen sich in das Inferno.

John hätte sich keine Sekunde länger drinnen aufhalten können.

Er überquerte die Straße und ging den Gehsteig entlang. Kitty und Dowd lösten sich aus der Menge und kamen auf ihn zugerannt. »John!« schrie Kitty, und ihre Füße hämmerten. Ein Feuerwehrmann versuchte, sie aufzuhalten. »Weg da, aus dem Weg«, brüllte sie ihn im Vorbeirennen an.

»Dieser Mann hat Brandwunden, Madam!« Der Feuerwehrmann versuchte, ihn auf eine Ambulanz zuzuschieben.

»Sie sind verbrannt, oh, Sie sind verbrannt!«

»Wenn man's genau nimmt, eigentlich nur angesengt. Frank hat mich mit einem Feuerlöscher gerettet.«

Sie warf einen Blick auf die Kirche. »Ist er tot?«

»Er ist ... nicht intakt.«

Sie schloß ihn in die Arme, drückte ihre Wange gegen seine Brust. Wie klein sie war, wie leicht! Sie nahm seine Hand und geleitete ihn wie eine bedeutende Persönlichkeit zu dem schwarzen Cadillac.

Ihre Hand drückte die seine ein letztes Mal, dann war sie fort.

Bobby Quindlans Gesicht war tränenverschmiert, seine Augen schwarze Höhlen. »John...«

»Bobby, das muß nicht sein.«

»Es tut mir so leid.«

John schaute an ihm vorbei auf die brennende Kirche. »Mir tut es noch viel mehr leid, Bobby.«

Bischof Bayley bedachte ihn mit einem dünnen Lächeln. »John«, sagte er, »Sie werden sie wieder aufbauen. Sie werden feststellen, daß die Leute immer noch da sind und warten.«

»Sie warten auf uns«, setzte Bobby Quindlan hinzu, »warten darauf, daß die Kirche mit ihnen Schritt hält. Das habe ich von Ihnen gelernt, John.«

»Was ist mit dem Kardinal?«

»Die Kirche hat Raum für Sie.«

John musterte den alten Bischof. Was konnte er zu diesem Mann sagen? Er war einer der Schöpfer von Frank Bayley. Dieses gebrechliche alte Wrack hatte schlimmen Schaden angerichtet.

Der Bischof bedeckte eine von Johns Händen mit seiner eigenen, jämmerlich verkrüppelten Klaue. »Wir werden einen Fonds gründen, wir werden sie in ihrer ursprünglichen Pracht wieder aufbauen, junger Mann! In ihrer ursprünglichen Pracht!«

John zuckte innerlich zusammen wie unter der Berührung eines Reptils.

Das Funkeln, das in Bischof Bayleys Augen geflackert hatte, ergriff die Flucht.

Bob Quindlan begann, die Stirn zu runzeln. Der Bischof schloß die Augen. Auf seinem Gesicht spiegelte sich verblüffender Schmerz.

In diesem Augenblick brach das gesamte Dach der Kirche unter gewaltigem Getöse zusammen, und aus der Menge kam ein lautes Aufstöhnen.

Das Pfarrhaus und die Schule blieben unversehrt. So würde wenigstens etwas übrigbleiben für ihn, für die Gemeinde. Etwas, wenn auch nicht viel.

John wußte nicht, ob er je imstande sein würde, die Kirche wieder aufzubauen. Aber er wollte es, und er war bereit, notfalls sein Blut dafür zu geben, denn sein Erfolg war gleichbedeutend mit der Niederlage des Dämons.

Noch mehr Leute kamen, rannten die Straßen entlang, ließen die bloß Schaulustigen hinter sich, und ihre Gesichter waren flach vor Schock.

Die Gemeinde versammelte sich.

»Ich habe zu tun«, sagte John. Er stemmte sich zur Wagentür hinaus und überließ es Bob, mit dem weinenden, zerschmetterten Bischof zurechtzukommen.

Für den Bruchteil einer Sekunde dachte John an Frank und sein Leiden, an das Leiden derer, die er umgebracht hatte, an die gepeinigte Seele auf dem Rücksitz des Cadillac, und wie es kam, daß der Sieg über das Böse immer gleich ist: Selbst seine schlimmsten Verheerungen fördern verborgenes Gold zutage; Gnade strömt aus den Rissen, die es der Welt zufügt.

Marias Gesicht erschien vor ihm, und er sah, daß ihnen eine Freiheit angeboten worden war, eine frauliche Gnade, die weder akzeptiert noch begriffen wurde, und all dieses Grauen war daraus entstanden.

Er überquerte die Straße, kroch unter dem gelben Band hindurch, das die Polizeiabsperrung markierte. »Messe im

Pfarrhaus, wenn der Brand gelöscht ist«, rief er. Er hielt die Lünette hoch. »Ich habe die Hostie.« Sie drängten vorwärts. Hände ergriffen Hände. Das war es, was unvergänglich war; dies war die Kirche; die Hostie, die suchenden Herzen, die Kinder Gottes.

Er trat unter sie.

Dean R. Koontz

DAS VERSTECK

Hideaway

Roman, 400 Seiten, geb.

Eigentlich war Hatch Harrison schon mausetot. Aber im Krankenhaus gelingt das Unglaubliche: die Rückkehr ins Leben, allerdings mit furchtbaren Folgen. Hatch hat von seinem Ausflug ins Reich der Toten eine gespenstische Gabe mitgebracht. Nach und nach wird ihm klar, daß er auf übernatürliche Weise mit dem Gehirn eines psychopathischen Mörders verbunden ist: In entsetzlichen Alpträumen erlebt er die Untaten des Killers am eigenen Leib mit. Und der Killer kommt näher, sucht seine Opfer zunehmend im direkten Umkreis der Harrisons. Als Hatch schließlich seine Familie im Visier des visionären Doppelgängers sieht, stellt er sich dem entscheidenden Kampf im Versteck des unheimlichen Mörders, einer verlassenen Geisterbahn.

Stephen King

DOLORES

Roman

352 Seiten, geb.

Hinter der Kulisse des idyllischen Little Tall Island offenbaren sich ungeahnte menschliche Abgründe. Dolores ist fünfundsechzig, und das Leben hat es mit ihr nicht besonders gut gemeint: eine harte Jugend, dann die Ehe mit Joe St. George, einem skrupellosen Egomanen, der sie immer wieder mißhandelte. Und endlich die Bindung, einer lebenslangen Gefangenschaft ähnlich, an Vera Donovan – die reiche, arrogante rücksichtslose Vera, in deren großem Haus Dolores als Putzfrau, dann als Haushälterin und Gesellschafterin arbeitet, und die sie schließlich von Schlaganfall zu Schlaganfall pflegt; nicht aus Zuneigung, sondern eher aus Gewohnheit. Vera, krank und ans Bett gefesselt, schikaniert Dolores auf unerträgliche Weise, bis sie eines Tages im Fieberwahn einen tödlichen Fehler begeht…